Silvia Philipp

Loreley auf Abwegen

Eine fast wahre Geschichte über Rhein, Wein und Mann

IMPRESSUM

Lektorat: Konstanze Allnach
Korrektorat, Lektorat: Martina Walz
Umschlagentwurf: Silvia Philipp
Layout, Umschlaggestaltung: Andrea Horndasch
Alle Rechte vorbehalten
Copyright© 2006 Silvia Philipp
Printed in Germany 2006
Herstellung und Verlag: Books on Demand GmbH, Norderstedt.

Philipp, Silvia
Loreley auf Abwegen: Roman/Philipp, Silvia
Erstauflage
Herstellung und Verlag: Books on Demand GmbH, Norderstedt.
ISBN 10: 3-8334-6805-X
ISBN 13: 978-3-8334-6805-6

Bibliografische Information der Deutschen Bibliothek:
Die Deutsche Bibliothek verzeichnet diese Publikation in der
Deutschen Nationalbibliografie;
detaillierte, bibliografische Daten sind im Internet über http://dnb.ddb.de abrufbar.

FÜR MEINE LIEBEN

Wie wird man zur Loreley? Ehrlich gesagt, ich weiß es selbst nicht so genau. Irgendwie kam alles wie von selbst. Man liest etwas von zweihundert Jahren Rheinromantik und denkt, man lässt sich etwas dazu einfallen. Bei blonden langen Haaren und einer Vorliebe für Abendkleider musste ich nun doch nicht so weit gehen und tagelang darüber nachdenken. Bis zu diesem Zeitpunkt kannte ich auch nicht mehr als dieses Gedicht „Ich weiß nicht, was soll es bedeuten", einen langweiligen Ausflug zu diesem Felsen und die Geschichte dieser die Männer ins Unglück stürzenden Sagengestalt.

Natürlich – keine frisch geschlachteten Kühe, die ich in den Rhein stoßen musste, keine Kondomstatuen im Goldfischbecken und keine Nacktauftritte mit berühmten Persönlichkeiten. Ich musste mit keinem Sportstar oder Politiker ein Verhältnis beginnen – ich brauchte mir nur ein Schiff zu suchen und einige Tage den Rhein entlangfahren.

Ich hatte mir wirklich alles recht einfach vorgestellt: ein Kassettenrekorder mit alten Schunkelliedern und ein goldener Kamm. Einige wenige Tage ohne Handy und Auto kann man schon aushalten.

Einige wenige Tage – wenn ich heute daran denke, dann weiß ich nicht, ob ich lachen oder singen soll. Es wurden Jahre daraus. Was aus diesem kurzen Trip wurde – man müsste es erfinden, wenn es nicht passiert wäre.

Ein Hoch auf die Billigläden! Der Niedergang unserer Stadtkultur lässt sich nicht aufhalten. Alte Traditionsgeschäfte geben auf und meine Heimatstadt ist übersät mit Bäckereien und Schnäppchendiscountern. Neben diesen unzähligen Kerzenhaltern und Vasen und kitschigen Vitrinenfiguren gab es ein weißes Kleid für zehn D-Mark. Ich hatte es in einem dieser ominösen Läden vor einigen Jahren gekauft. Eine Anprobe hielt ich nicht für notwendig. Gerader einfacher Schnitt und hundert Prozent Polyamid. Ich brauchte es nicht einmal zu bügeln. So ein Kleid war bestimmt goldrichtig. Wofür ich es verwenden würde, war mir damals noch nicht so klar. Es war eben einer dieser Das-kann-man-bestimmt-einmal-brauchen-Käufe. Es war dann auch einer dieser Schrankhüter, der jahrelang unberührt in meinem Kleiderschrank hing, dann den Weg in den Sommerkoffer fand und dort wartete.

In der letzten Zeit gab es eine Invasion von Feng-Shui-Beratern. Man kann sie sogar bestellen und seine Wohnung nach dieser chinesischen Lebensphilosophie einrichten. Neben nicht geschmackssicheren Wind- und Spiegelspielen darf man sich ein Fischbecken zur Beruhigung ins Schlafzimmer stellen. Nur, dass die Aquariumspumpe einen Riesenlärm macht und die Schlafgewohnheiten wirklich umstellt.

Seit Monaten hielt ich auch den Toilettendeckel brav geschlossen, damit sich der Geldsegen im Haus einstellen möge, aber irgendetwas musste ich dann doch falsch gemacht haben. Ich bin froh, dass ich lieber den weißen braven Deckel immer geschlossen hielt und nicht meine gesammelten Keller- und Dachspeicherschätze vollends entrümpelte. Ich ging nicht befreit von aller unnötigen Anregung und Erinnerung durch die Welt und hatte mein gutes weißes Polyamidkleid nicht weggeworfen.

Shampoos, silikonhaltige Haarspülungen und ein strahlendes Chemiefaserkleid.

Ich wurde schneller zur Loreley, als ich gedacht hatte. Da ich bis zu diesem Zeitpunkt

nur Bürsten benützt habe, müssen meine Finger erst einmal die Haarpracht durchkäm-
men. Man glaubt nicht, wie viele Arten und Möglichkeiten es gibt, sein Haar zu durch-
wühlen und zu durchstreichen. Manchmal wähne ich mich schon als Motiv in einem
Kalender aus den Siebzigern oder fühle mich als etwas unglaubwürdige Werbeträgerin
für Haarkosmetik. Vielleicht hätte mich dieser Newton auch einmal angezogen foto-
grafiert und mit Vaseline um die Linse etwas Rheinromantik gezaubert.

Als Teenager habe ich dies tatsächlich einmal probiert und mit dieser seltsam rie-
chenden Mineralölcreme einige Teile meiner Billigkamera verkleidet. Der braune
Häkelpulli mit dem beigefarbenen Rüschenkragen und dem ebenfalls braun karierten
Schal kamen recht gut zur Geltung.

Leider habe ich es mit dieser Vaseline dann doch etwas übertrieben, so dass man
von dem Selbstauslösermotiv dann gar nichts mehr sah. Neben den langwierigen
Reinigungsarbeiten und einem Kurzurlaub am Strand gab es für mich und meine
Kamera dann doch keine gemeinsame Zukunft mehr. Meine Zukunftspläne mit Herrn
Hamilton musste ich begraben.

Aus der Häkelpulli- und Vaselinbilderzeit stammen auch die gesammelten
Literaturwerke dieser gelben schmalen Büchlein. Man las die „Leiden des jungen
Werther", „Minna von Barnhelm" oder auch die Rheinsagen. Da der Unterricht sich
jahrelang wiederholte, zeichnete und kritzelte ich sämtliche Deckseiten voll.

Ich kann mich gar nicht erinnern, ob ich diese Loreleysage je richtig gelesen habe,
oder ob ich wieder einmal Liebeskummer hatte. In diesen unruhigen Zeiten konnte
Letzterer einen bekanntlich ziemlich in Beschlag nehmen. Fehlzeiten und schlechte
Noten gaben sich die Hand.

Dem Feng-Shui-Trotz sei Dank! Es gab sie noch, diese Rheinsagen und dieses
weltbekannte Gedicht von Heinrich Heine. Bei dieser Ausgabe hatte ich sogar einmal
die Titelseite verschont und nicht meinen Gestaltungsausbrüchen ausgeliefert. Das
Büchlein war ungewohnt leer und ruhig.

„Loreley, diesmal bist du zu weit gegangen!" Der Flussgott sah ärgerlich auf seine
Lieblingstochter. Sie hatte sich in all den Jahrhunderten einfach nicht geändert. Nur
Unsinn im Kopf! Dieses Kind, woher sie das nur hatte!

„Wie meinst du das? Zu weit gegangen?" Die Nixe dachte länger nach. War es die
Geschichte mit dem Medienmogul im Waschsalon oder meinte ihr Vater diesen dick-
lichen Computerfreak, der unentwegt auf diesen Pornointernetseiten surfte, obwohl
seine Freundin seit Wochen unbefriedigt einschlafen musste? Es war doch nur eine
kleine Tonleiter! Eine winzig kleine! Wer hätte denn wissen können, dass neben seinen
kugeligen Glupschaugen auch noch die Gehirnäderchen platzen könnten. Zugegeben,
es war schon etwas unappetitlich und dieses Dickerchen war noch jung, aber dafür
hatte er doch einen schnellen Tod.

„Du weißt ganz genau, was ich meine!"
In solchen Situationen war es für Loreley immer das Beste, unbedarft zu sein.
„Bitte hilf mir doch weiter. Ich weiß wirklich nicht, was du meinst." Sie versuchte,
ihre blauen Augen besonders weit zu öffnen und von unten nach oben zu blicken.

„Ich sage nur Shampoo!" Der Vater Rhein wand seinen mächtigen Körper. Durch die gewaltige Masse geschah dies äußerst langsam. Er hob seinen rechten Arm mit seinen glänzenden großen Muskeln und ballte seine riesige Hand zur Faust. Loreley wusste, dass es nun ernst wurde.

„Shampoo?" Vielleicht war es gut, ihre Stimme zittern zu lassen.

„Wie konntest du nur für eine Haarkosmetikfirma werben? Bist du von allen guten Geistern verlassen? Dein Haar – deine Waffe der Götter flatternd auf einer unüberschaubaren Menge von nackten Männerhintern. Werbung – seit wann machen wir Göttlichen Werbung? Vor allem mit unseren Gaben? Kleine, du bist zu weit gegangen!"

Die Angesprochene dachte nur kurz nach, ob vielleicht die sieben Zwerge sich einmal zu weit vorgewagt hatten. Sie war sich nicht sicher. Auf jeden Fall gab es keine kleinen Zwergenmützchen auf Silikonbrüsten.

„... aber ich wollte doch nur ..."

„Du hast nicht zu wollen! Mit Göttergaben scherzt man nicht!" Der Vater grollte und grummelte; in den Tiefen des Flusses erhoben sich dunkle Strudel. Die Untiefen öffneten ihre Münder. Loreley zuckte zusammen. Der Rhein schien wirklich verärgert zu sein. Seine Stimme wurde bedrohlich, die Wellen erhoben sich zu Winden. So hatte sie ihn wirklich noch nie erlebt.

„Es war doch nur ein Spiel. Ich war noch nie im Fernsehen. Außerdem habe ich noch nie so viel Silikon auf einmal gesehen. Du weißt doch, dieses lustige wabbelnde Zeug. Du weißt gar nicht, was man so alles ..."

Der Flussgott tobte. Sein Oberkörper schwoll ins scheinbar Unermessliche an und ergoss sich zum Wasserfall. Seine Adern traten hervor und waren dem Platzen nahe. Sein Bart wehte nicht mehr, sondern stürmte.

„Etwas anderes hast du wohl nicht im Kopf? So geht es nicht mehr weiter! Du bringst uns ja alle in Verruf! Du hast deine Lektion zu lernen!"

„Lektion? Was meinst du damit?" Der Nixe war dieses Wort vollkommen fremd.

„Du verstehst mich schon richtig! Es ist nicht so schlimm mit deinen Männergeschichten. In der Auswahl deiner Vergnügungen warst du schon immer anders als die anderen. Aber dass du uns beleidigst – dies geht nun wirklich nicht."

„Aber ich wollte ja nur ..." Loreley schluckte.

„Auch du musst einmal vernünftig werden. Ich bin deine Ausschweifungen leid. Ab morgen werden hier andere Zeiten anbrechen."

„Aber Papi-Rheinilein, bitte. Es war auch wirklich das letzte Mal. Ich will mich auch bessern." Sie versuchte, die Augen möglichst langsam zu senken und nett zu schauen. Das hatte bisher immer geholfen. Aber diesmal? Das Wasser ihres Vaters fiel und toste immer noch. Auch seine Augen waren fest und starr. Er schien sich durch nichts abbringen zu lassen.

„Nichts Papi-Rheinilein! Ab morgen ist Schluss mit deinen Frechheiten. Ab morgen musst du auf unbestimmte Zeit Mensch sein."

„Aber ich habe doch bisher immer Menschengestalt angenommen. Warum sollten dann andere Zeiten anbrechen?" Die Tochter war verwirrt.

„Ich sagte etwas von Mensch s e i n. Das bedeutet, du fühlst wie ein Mensch, du spürst wie ein Mensch, und zu guter Letzt: Du bekommst ein Gewissen."

Loreley überlegte, woher ihr Vater wohl so schnell ein Gewissen für sie besorgt hatte. In diesen Zeiten war es wirklich nicht einfach zu finden. Sie konnte nicht weiter überlegen, da ihr Vater laut weitersprach.

„Ein Gutes hatte die Geschichte mit den geplatzten Augen von diesem runden Computerwichtel. Nachdem er schnell und knallvoll verschied ...", er sah dabei seine Tochter lange an, bevor er fortfuhr, „fiel sein dicker Kopf auf die Tastatur. Eine fettähnliche schleimige Flüssigkeit, durchsetzt mit Blut, quoll auf die Buchstaben. Der Bildschirm änderte sich und es kam eine Internetverkaufsbörse für Secondhandwaren zum Vorschein."

„Internetverkaufs...", fragend sah die Nixe ihren Vater an.

„Würdest du dich mehr für die wichtigen Dinge des Lebens als für deine albernen Spielchen interessieren, dann würde alles anders aussehen. Tonleitern singen und Männerköpfe zum Platzen bringen." Der Rhein musste sich bemühen, nicht zu lachen. Sein langer Bart half ihm, dass seine Mimik ihn nicht verriet. Im Laufe der Zeit hatte dieser goldige Wirbelwind es zu einer bemerkenswerten Virtuosität und Feinheit gebracht, die ihr keiner so leicht nachmachte. Wenn sie nur nicht immer so viel Unsinn im Kopf hätte.

„Nur bei www.allkauf.fog bekommt man wirklich alles. Wirklich alles, sogar ein Gewissen."

Für Loreley hörte sich das alles unsagbar schrecklich an. So grausam konnte ihr Vater doch nicht sein! Wie konnte er ihr das nur antun!

„Wie lange?"

„Wir werden sehen. Aber jetzt Schluss mit den Diskussionen. Ich habe zu tun." Der Rhein wirbelte mit seinen kräftigen Armen, um seine Wogen zu glätten. Durch seine Verärgerung war das Wasser über die Ufer getreten und hatte das Land überflutet.

Loreley bemerkte, dass es besser war zu gehen. Sie flüchtete in die Schweiz und wartete ab.

Es war wirklich Zeit, alles hinter sich zu lassen. Warum nicht eine kleine Rheinreise wagen? Ich saß mit meinem Frust und meiner Muse in diesem Café. Bezeichnenderweise hieß es „Fortuna". Obwohl ich eine Eisschokolade und einen Kaffee andernorts getrunken hatte, zog es mich zu diesem wundersamen eigenwilligen Ort. Widerstrebend folgte mir meine Muse. Er hatte sichtlich keine Lust, sich noch einmal irgendwo hineinzusetzen. Er wollte lieber ins Bett.

Sicher, mit ihm war es kein optimaler Zustand, aber nach dem schweren Schicksalsschlag mit Bruno war es besser als gar nichts. Ja, dieser plötzliche Tod von Bruno war auch wirklich schlimm. Doch die Beziehung mit Bruno war eine einzige Katastrophe. Nachdem er innerhalb von einem Jahr vier Autos ge- und verkauft hatte, zweimal unsere Küche und unser Sofa ausgewechselt hatte und uns schließlich mit seinen vielfältigen Anschaffungen in den Bankrott getrieben hatte, wurde er von den Computern in Beschlag genommen. Nacht für Nacht saß er an seinen unzähligen verschiedenen Modellen. Dies hatte zur Folge, dass er sich nur noch von Fertigpizzen und Schokoladenriegeln ernährte. Nicht nur, dass Bruno immens an Körpergewicht zulegte und äußerlich mehr und mehr einem Ochsenfrosch glich, er war monatelang nicht mehr fähig, den Geschlechtsakt zu vollziehen. Da saß ich nun bankrott, geschlechtslos und mit einem Ochsenfrosch liiert. Immer wieder musste ich an das Märchen vom Ochsenfrosch, nein Froschkönig denken. Hier spielte sich die Geschichte rückwärts ab. So wie die kleine Prinzessin auf Gedeih und Verderb dem Zusammensein mit diesem ekligen Tier ausgeliefert war, so musste ich ausharren, da die Wohnung auf ihn lief. Zu dieser Zeit sah es auf dem Wohnungsmarkt nicht gerade rosig aus. Da hieß es dann eben Ochsenfrosch – the never ending story. So dachte ich auf jeden Fall – bis zu diesem Tag.

Es war ein Tag wie jeder andere. Nichts deutete auf diesen Schicksalsschlag hin. Unvorhersehbar und plötzlich verstarb Bruno trotz seines jungen Alters an seinem Computer. Einfach so und lautlos. Ich habe es erst gar nicht so richtig bemerkt. Erst nach einigen Tagen wurde ich doch etwas skeptisch, dass der Pizzaboy nicht mehr klingelte. Da entdeckte ich ihn. Der Computer flimmerte und da lag er nun mit seinem dicken Kopf auf der Tastatur. Alle Tasten waren mit einer undefinierbaren klebrigen Flüssigkeit bedeckt. Ich sagte selbstverständlich das Essen mit meiner Freundin ab und beschloss, dass es ein schwerer Schlag für mich war. Die Wohnung gab mir Halt in dieser schweren Zeit.

Irgendwann kam ein Lichtblick in Form eines auf mich ausgestellten Mietvertrages und Hulk.

Hulk blickte mürrisch drein. Er zündete sich seine nächste Zigarette an und strich sich durch sein dunkles lockiges Haar. Seine kantigen Gesichtszüge verdunkelten sich. Meine Muse hatte mich heute erst dreimal beglückt und war dementsprechend schlecht gelaunt.

„Café Fortuna" – wahrscheinlich ging ich deswegen hierher. Der Name verhieß Glück und das konnte ich gut gebrauchen. Ich wollte einfach nur einmal kurz reinschauen, vielleicht einen kleinen Pernod ... Gerade als ich gehen wollte, ließ mich Musik, von einer Kneipe, die genau gegenüberlag, innehalten. Es hallte laut über die Straße.

„Was ist jetzt Sache? Gehen wir jetzt rein oder raus? Ich dachte, du wolltest ins Café." Hulk war ungeduldig.

„Hör nur, Katja Ebstein!"

„Katja wer?"

„Das Lied von Katja Ebstein.
Sie spielen das Lied: ‚Wunder gibt es immer wieder'."

„Hast wohl wieder deinen Gefühlvollen?" Meine Muse zog an seiner Zigarette und blickte uninteressiert in die Ferne. Ich fragte mich, ob ihn außerhalb seines Bettes überhaupt noch etwas interessierte. Mir gefiel das Lied. Es war goldrichtig, etwas Gutes zu erleben und wenn es nur ein alter Schlager war. Ich war zurzeit ohne Job.

Ich hatte es nicht für möglich gehalten, aber ich war ohne Job. Hätte mir das jemand vor einigen Wochen gesagt, ich hätte ihn für verrückt erklärt. Alles war klar, meine jahrelange Arbeit ließ mich auf der Karriereleiter immer weiter nach oben steigen. Eigentlich war alles schon abgesegnet. Der Vorstand wollte mir eine Niederlassung in Shanghai übertragen. Ich sollte nur noch ein Projekt mit meiner Nachfolgerin, Frau Pott durchführen. Der Vorstandschefin Frau Weißhaupt konnte ich diese Bitte allerdings nicht abschlagen. Sie war eine weltliche Nonne, immer von einem Rosenkranz umschlungen und mit einem frommen Wort auf ihren Lippen. Sie lebte mit ihren Schwestern in einem Kloster und kümmerte sich in ihrer Freizeit um den Klostergarten. Sie wollte noch dieses Intercodeprojekt abgeschlossen wissen, um sich dann völlig dem religiösen Leben widmen zu können. Es war für mich unklar, wie diese Frau zu dieser Stellung kam. Sie war nicht von dieser Welt, dachte überirdisch, lebte und bewegte sich überirdisch und sprach eine fremde Sprache voll Ergriffenheit und Pathetik.

„Meine Gute, also Ihre letzte, wie nennt man das doch gleich wieder? Die glanzvolle Vorstellung? Ja also, Ihre letzte glanzvolle würdige Präsentation, das war wirklich ergreifend. So etwas habe ich noch nie erlebt. Wie sie die Anwesenden da überzeugt haben – so etwas, ich glaube ich darf dies schon so beim Namen nennen, habe ich noch nie erlebt. "

„---. "

„Ihre Analyse, Ihre überzeugende Darlegung der Fakten. Dies war Labsal. Und Ihr persönliches Engagement über die Jahre hinweg, Sie sind ein Geschenk des Himmels." Ich schwieg weiterhin. Das war in solchen Augenblicken auch am besten. Es war mir unangenehm und ich wusste dem nichts entgegenzusetzen.

„Shanghai, meine Liebe! Shanghai – die Krone Asiens. Es gibt zwar so entsetzlich viele Nichtchristen, aber wer weiß, was die Zeit bringt. Gottes Wege sind manchmal unergründlich." Frau Weißhaupt richtete ihre Augen nach oben und verharrte sekundenlang in dieser bigotten Haltung. Ich blickte nach oben, konnte aber nur die grob gemusterten Styroporplatten entdecken.

Nach Shanghai kam ich denn doch nicht. Meine sozial engagierte Nachfolgerin wies mich in das Reich des Mobbings ein. Es dauerte nicht lange und Frau Pott saß im Jet nach Shanghai, während ich erst einmal einige Wochen Zeit hatte, mich mit dem Frühstücksfernsehen zu vergnügen.

„Also, was ist jetzt? Rein oder raus? Ich habe keine Lust, hier ewig herumzustehen!" Hulk zertrat seine ausgerauchte Zigarette. Er warf seine schwarze Wildlederjacke über die Schultern und sah mich erwartungsvoll an.

„Ich dachte ..."

„Wir waren doch schon in einem Café. Es reicht dir bestimmt auch. Komm, wir machen es uns jetzt zu Hause gemütlich." Ich kannte diesen Blick. Ich wusste auch, was er mit „gemütlich" meinte. Doch ich musste einfach in dieses Café. Unerklärlich, aber voller Charme war da diese besondere Ausstrahlung, die mich magnetisch anzog.

„Ist ja schon gut. Gehen wir hinein."

„Die Sonne scheint doch. Es ist warm und du willst dich reinsetzen?"

Ich sagte nichts mehr, sondern steuerte zielsicher an einen kleinen Sitzplatz an der Bar. Etwas unwillig folgte mir meine Muse. Ohne ein Wort zu verlieren, nahm er mir gegenüber Platz und holte sich seine nächste Zigarette aus der Jacke.

Auf dem Tisch standen leere Camparifläschchen, die als Vase für Gänseblümchen und Frauenmantelblätter dienten. Ich machte mir erst gar nicht die Mühe, Hulk darauf aufmerksam zu machen. Er mochte keine Blumen, da er gegen viele von ihnen allergisch war. Rechts von uns befand sich die Bar, die über und über mit türkisfarbenen kleinen Fliesen verkleidet war. In einem kleinen Erker stand eine dieser kitschigen Venediglampen, wie ich sie noch von meiner Großmutter kannte.

Stundenlang saß ich vor diesen Plastikgondeln mit den üppigen silberfarbenen Schnörkeleien und bunten Lämpchen. Ich durfte damals dieses Boot nicht berühren und durfte es auch nur dann lange betrachten, wenn meine Großeltern mir den Eintritt in ihr heiliges Wohnzimmer zugestanden. Es war für mich der Inbegriff von Schönheit und Reichtum. Oft träumte ich, ich würde mich klein zaubern und in dieser Gondel in die weite Welt fahren.

Ich hatte dieses Andenken, welches in den Siebzigerjahren wohl die Wohnung jedes Italienliebhabers schmückte, schon lange nicht mehr gesehen. Die meisten von ihnen fanden wohl einen nicht ehrenhaften Platz im Müll. Nicht dieses hier! Allein dafür lohnte es sich schon hierherzukommen.

Ansonsten kleidete eine gelbe Blumentapete den Raum. Sanfte Jazzmusik ließ mich ruhig durchatmen. Der Raum hatte etwas Leichtes, Beschwingtes. Durch einen leichten Windstoß klirrten leise Plastikperlenvorhänge mit Marienkäfern und Fliegenpilzen aneinander. Sie gehörten zu einem Vorhang, der den Raum mit der Küche vom Gastraum abtrennte. Ich wurde das unsagbare Gefühl nicht los, dass ich an diesem Ort Glück haben würde. Ich ging an die Bar, um Hulk und mir Kaffee zu bestellen. Dabei fiel mein Blick auf einen Korb mit Papierröllchen. Glückssprüche aus Glückskeksen, nur ohne Glückskekse. Interessiert nahm ich mir ein Röllchen und ging damit zu Hulk: „Es gibt hier sogar Glückssprüche."

„Du hast das Glück, gleich mit mir nach Hause zu gehen!" Er lächelte.

Hulk trank seinen Kaffee mit Milch und Zucker, ich mochte ihn lieber schwarz. Es fiel mir eine altertümliche Kaffeewerbung auf. Ein handgezeichneter Mohr lachte mich an, schräg über ihm tanzte eine Kaffeetasse. Daneben befand sich ein mit Marienkäfern umrankter Zettelkasten mit Flyern. Interessiert nahm ich mir einen heraus.

„Gibt es irgendwo wieder eine gute Party? Wäre mal wieder an der Zeit!" Meine Muse zeigte eine Spur von Interesse und sah auf meine Hand.

„Nein, es geht um eine Art Kulturprojekt. Es geht um zweihundert Jahre Romantik am Rhein."

„Oh Gott! Jetzt bist du absolut durchgeknallt. Rhein? Romantik?" Hulk versuchte, seine Augen zu verdrehen, um gleich danach wieder seine Zigarette wortlos weiterzurauchen.

Rhein – das sagte mir nicht viel. Mein Großvater sagte einmal auf die Frage, wo er denn am liebsten einmal Urlaub machen wolle, wenn er einmal in der Lotterie gewinnen würde, er würde sich eine Reise an den Rhein wünschen. Damals hatte ich das noch nicht verstanden. Ich selbst war mit diesem Fluss nur einmal in Berührung gekommen. Da ich als Kind immer dünn und blass war, schickten mich meine Eltern sechs Wochen zum Erholungsaufenthalt in den Taunus. Die Erzieherinnen waren damals über vierzig, fünfzig und beschimpften uns gerne, weil wir aus Süddeutschland kamen. Es herrschte ein strenges Regiment mit täglichen mehrstündigen Waldspaziergängen. Zu den wenigen Freizeitbeschäftigungen gehörten Pilzesammeln und Träumeerzählen. Es gab jeden zweiten Tag ein Pilzgericht und mehrmals täglich fantastisch erzählte Träume. Natürlich erfand jeder von uns noch etwas dazu, um alles auszuschmücken. Ich hatte sogar einmal einen Preis für meine Erzählungen bekommen: ein vier Zentimeter großes Stoffwappen für mein Poesiealbum. Ich fühlte mich geehrt und musste fortan jedem Kind meine Geschichten erzählen, bis mein Hals trocken wurde. Da selbst die Kräutertees limitiert waren, blieb mir nur eine vorgetäuschte Heiserkeit als Ausflucht, die mich aber nicht davon abhielt, bei d e m Höhepunkt teilzunehmen: einem Ausflug auf die Loreley.

Ich konnte mich nur vage an alles erinnern. Ein Felsplateau, dessen Aussicht mich schwindeln ließ. Mehrere Beleidigungen von den Erzieherinnen und die Geschichte der Loreley. Sie hatte mich wirklich fasziniert. Dieses blonde hübsche Wesen, das auf dem hohen Felsen saß und seine Lieder sang. Gerade dort, wo sie war, soll der Rhein besonders gefährlich gewesen sein. Wenn ein betörter Schiffer nach oben blickte, kam er in die falsche Fahrrinne. So könnten einige Todesfälle passiert sein. Ungerührt erzählte die Dame, die uns führte, weiter. Entsetzt blickte ich nach unten.

Das waren die einzigen Eindrücke, die mich mit dem Rhein verbanden.

Hulk war weiterhin uninteressiert.

„Es gibt einiges an Unterstützung für jedes Kulturprojekt, das angenommen wird."

„Und du meinst, du wirst mit deiner Idee angenommen?"

„Schließlich habe ich einmal einige Semester Kunst studiert und habe viel gemalt – bevor ich dich kannte."

„Das sind ja ganz neue Einsichten. Ich dachte, du hast mit Computern gearbeitet?"

„Sicher – nach meinem Studium – aber das habe ich dir schon mehrere Male erzählt."

„Das klingt ja verlockend." Spöttisch zog er seine Mundwinkel nach unten. „Glaubst du, dass du überhaupt deine Fixkosten damit decken kannst?"

„Die Hälfte bleibt bestimmt hängen. Davon kann ich dann ..."

„Natürlich, und die haben mit ihren zweihundert Jahren Rheinromantik und ihrem unglaublich großen Budget gerade auf dich gewartet." Seine positive Einstellung und sein Optimismus waren einfach umwerfend.

„Natürlich!"

„Klar und was möchtest du dann machen? Romantische Gedichte über Weintrinker ins Net stellen?"

„Das nicht, aber mir fällt bestimmt noch etwas ein."

„Hmmm ..."

„Du warst schon öfter am Rhein?"

„Einmal."

„Hmmmm ..."

„Hulk, was machst du eigentlich an Pfingsten? Hättest du Zeit?"

„Weiß nicht. Für diesen ‚Romantikschrott'?"

„Genau.“

„Du weißt, was du tust?“

„Genau, alles ‚rhein' romantisch!“ Ich suchte seinen Blick.

„---.“

„Findest du es denn nicht auch schön hier?“

„Hmmm ...“

„Möchtest du noch einen Kaffee?“

„Nein.“

Ich merkte, dass Hulks Gesprächsstoff erschöpft war. Selbst die wunderbare Atmosphäre dieses Cafés ließ ihn unberührt. Öfter blickte meine Muse auf seine Uhr und strich sich durchs Haar. Er war immer bemüht, seine gegelten Locken auf den besten Stand zu bringen. Niemand durfte ihm dann ins Haar fassen. Es hätte seine Frisur durcheinanderbringen können.

Ich sah kurz zum Eingang. Dort lag ein buntes Gästebuch. Viele Leute hatten sich dort eingetragen, weil sie an diesem Ort, diesem Café glückliche Stunden verbracht hatten und gerne wiederkamen. Am liebsten hätte ich alle die Gäste persönlich gefragt und mir ihre Geschichten erzählen lassen. Gerne hätte ich ihnen zugehört. Mir blieb nur eine kurze Widmung in das Buch.

„Komm, ich habe schon für dich mitbezahlt.“ Hulk hatte anscheinend seine Schmerzgrenze erreicht und wollte unbedingt gehen.

„Ist schon gut. Dann geh doch allein. Ich komme dann nach.“

„Du weißt genau, warum das nicht geht.“

„Warum?“

„Du hast wohl mein Starset vergessen?“

Das Starset – ich wollte noch einige Fotos schießen, um dann eine Mappe für ihn zusammenzustellen. Hulk wollte unbedingt in das Showgeschäft. Modell, Schauspieler oder Moderator. Irgendetwas in diese Richtung. Er träumte vom schnellen Geld, das er spielend verdienen würde. Mailand, Cannes, Paris, Rom und London – alle würden ihm zu Füßen liegen. Dazu brauchte er nur noch das Starset. Schnelle Autos, viele Partys und grenzenloses Shopping wären ihm sicher. Missmutig stimmte ich ihm zu. Ich blickte mich noch einmal um und holte tief Luft.

Bestimmt würde ich noch einmal wieder hierherkommen. Im Nachhinein kann ich Hulk für eines dankbar sein: Durch ihn wusste ich, dass dieser Besuch im Café reell war. Kein Traum, keine gelesene Geschichte – alles war wahr. Ansonsten wäre ich mir nicht so sicher gewesen.

Die nächsten Tage war ich mit der Fotomappe von Hulk beschäftigt. Erst als ich meine Handtasche vergeblich nach meiner Sonnenbrille durchsuchte, fiel mir der Prospekt mit dem Slogan „200 Jahre Rheinromantik“ in die Hände. Außerdem hatte auch das kleine Papierröllchen überlebt. Mir fiel ein, dass ich den Spruch noch gar nicht gelesen hatte. Er lautete:

„Sollen wir den Himmel voller Geigen hängen?“
(William Shakespeare)

„Was hältst du von der Idee, dass ich fünf Tage als Loreley auf dem Rhein entlangreise?"

„Hmmm ..."

„Hörst du mir überhaupt zu?"

„Ich höre dir doch immer zu."

„Also, ich warte!"

„Auf was?"

„Auf eine Antwort natürlich."

„Übrigens, wie findest du meinen neuen Morgenmantel?"

„Was interessiert mich dein neuer Morgenmantel?"

„Ich würde sagen, dass dich dieses wunderbare Stück bestimmt zu interessieren hat. Besonders wenn es von Maestro ist."

Zugegeben, Maestro ist d e r angesagte Liebling der Modebranche, aber ist mein Kunstprojekt nicht wichtiger?

„Es hat dich aber auch zu interessieren, wenn ich für einige Tage die Loreley spiele."

„Blond ist immer gut."

„Deine Witze waren auch schon einmal besser."

„Also die Haare und das Outfit kommen hin", grummelte Hulk. Er hatte seine Neuerwerbung inzwischen übergezogen und präsentierte sie stolz.

„Diese Haare!", schimpfte er auf einmal los.

„Was ist mit meinen Haaren?", wunderte ich mich. Manchmal konnte ich ihm gedanklich wirklich nicht mehr folgen.

„Diese Haare machen einfach, was sie wollen." Hulk wurde immer lauter.

„Also jetzt verstehe ich dich wirklich nicht."

„Sicher verstehst du mich. Es ist immer dasselbe mit diesen Haaren!"

„Bitte ...?"

„Wir kennen uns doch lange genug!"

„Aber ..."

„Du weißt doch, wie schwierig das immer mit den Haaren ist!" Meine Muse fühlte sich sichtlich unverstanden und knallte seine Enthaarungscreme in das Waschbecken.

„Aber deswegen brauchst du doch nicht so laut zu werden."

„I C H ? Ich werde niemals laut!"

„Stimmt. Deswegen brauchst du dir wegen meinen Haaren auch keine Sorgen zu machen."

„Baby." (Er wurde leiser.) „Baby, wer redet denn von deinen Haaren? Sieh dir lieber das an!" Er zeigte voller Unzufriedenheit auf seine Locken. Ich verstand langsam, was er meinte.

„Wieso, was soll denn da sein?"

„Na, die Wirbel natürlich!"

„Welche Wirbel? Wo?"

„Da auf der Seite. Hier!" Er wies auf seine Schläfen. Ich konnte beim besten Willen nichts entdecken, versuchte aber, länger auf seine Problemzonen zu schauen, um genaues Prüfen vorzutäuschen.

„Ich kann nichts entdecken."

„Aber es ist immer so, wenn die Luftfeuchtigkeit so hoch ist! Die Wirbel auf der Seite lassen einfach meine Locken zu stark hervorspringen!"

Hulk war schlecht aufgelegt, weil er für die Werbung eines Pharmakonzerns, der sich auf Kopfschmerztabletten spezialisiert hatte, nicht genommen worden war. Bei einem Nachwuchskontest für eine Teenieband war er mit 25 Jahren als zu alt ausgeschieden. Aus Frust hatte er sich nun in der besagten Nobelboutique von Maestro einen kobaltblauen chinesischen Vorbildern nachempfundenen Morgenmantel gekauft. Die eigenwilligen Stickereien waren zwar sehr gewöhnungsbedürftig, aber ich wollte seine Stimmung nicht noch mehr verschlechtern. Es war kurze Zeit erst einmal ruhig im Bad. Das war ein gutes Zeichen. Ich sollte recht behalten. Es klirrte etwas, anschließend hörte ich den Wasserhahn laufen. Der Spiegelschrank ging noch einige Male auf und zu, bis meine Muse wieder zu mir kam. Ich hatte recht behalten, es war ein gutes Zeichen. Der Morgenmantel war nun leicht geöffnet. Stolz präsentierte Hulk seine frisch enthaarte Brust. Er hatte sie mit Sanddornöl eingerieben, so dass seine Haut golden schimmerte. Langsam bewegte er sich auf mich zu. Ein bisschen wie Yul Brunner. Dieser hatte auch so einen leicht federnden Gang, fast wie auf Zehenspitzen. Ob in „Sunkings", den „Gebrüdern Karamasov" oder den „Glorreichen Sieben" – er war herrlich anzusehen. Leider habe ich viel zu spät gemerkt, wie schön Yul Brunner gehen konnte. Vorher haben mich dann eben seine schauspielerischen Leistungen beeindruckt.

„Was wolltest du jetzt eigentlich vorhin?" Hulk war wieder besser gelaunt.

„Ich wollte dich fragen, was du davon hältst ..."

„Ach die Geschichte mit der Loreley."

„Also?"

„Ich weiß nicht." Das war nun wirklich nicht hilfreich. Ich hatte noch drei Tage, um den Antrag für das Kulturprojekt abzuschicken.

„Und was fällt dir bei dem Begriff Loreley ein?"

„Ist doch klar: Sex and Drugs and Rock 'n' Roll." Diese Antwort hätte genauso gut auf Mick Jagger, den Comeback-Sportler des Monats oder auf einige Persönlichkeiten des repräsentativen Lebens gepasst.

„Was weißt du noch über diese Sagengestalt?"

„Das war doch diese Lady, die so viele Männer in den Tod stürzte?"

Dabei fiel mir ein, dass vor wenigen Tagen die Väter von Frau Weißhaupt und Frau Pott verstorben waren. Es war fast zeitgleich und kam plötzlich und unerwartet. Wie man mir erzählte, erfreuten sich die beiden älteren Herren bis vor kurzem bester Gesundheit. Frau Pott musste ihre Geschäfte in Shanghai in einer für die Firma sehr wichtigen Phase im Stich lassen, um zur Beerdigung anzureisen. Das Asiengeschäft platzte und die Kurse der Firma fielen rapide.

Ich erzählte meiner Muse nichts davon, es hätte ihn sowieso nicht interessiert.

„Aber das ist nicht alles. Wusstest du, dass diese Loreley unsterblich verliebt ...?"

Ich sah Hulk liebevoll an. Leider hörte er gerade nicht mehr zu. Seine Fingernägel mussten mit ganzer Konzentration und Sorgfalt manikürt werden.

„Es ist großartig. Wir erhalten kostenlose Schiffspassagen und von dem Geld könnten wir ..."

„Was meinst du mit w i r ?"

„Ganz einfach – du und ich."

Es war wirklich einfach: Es bedurfte nur einiger Gespräche und Unterredungen im Bett mit anschließender Massage und wir konnten losfahren.

Loreley saß an ihrer Quelle und hatte nichts mehr zu tun. Sie wartete und wusste nicht, auf was sie eigentlich wartete. Ab und zu dachte sie an die beiden älteren Herren. In der neuen Zeit hatte sich auch nichts geändert. Die Männer waren noch immer ein leichtes Opfer. In diesen Fällen war es wirklich ein Kinderspiel. Einfach schnell in das Altersheim rein, etwas Körper – sie hätte nicht einmal singen müssen, ihre Herzen machten auch so nicht mehr mit. Fast ein bisschen Sympathie kam bei ihr auf, als sie sah, wie sehr sich die weißhaarigen wohlerzogenen Greise freuten, als sie in ihren Schlafzimmern auftauchte. Ein Leuchten ging von ihren Augen aus und ihr Körper schien sich zu verjüngen. Es war dafür ein schöner Tod – kurz und freudenvoll.

Es tat gut, sich wieder das Haar zu kämmen. Strang für Strang, Strähne für Strähne. Langsam, ganz langsam. Eigentlich hätte sie sich das Singen bei den beiden Großvätern sparen können. Aber „Ich weiß nicht, was soll es bedeuten?" war ihr Lieblingslied. Fremd, ganz fremd war dieses flaue Gefühl, als die alten Männer es sich wünschten. Ein unbekannter Krampf in ihrem Oberkörper machte sich breit. Sie zögerte und sah ihre Opfer jeweils ganz lange an. Aber als beide unabhängig voneinander wie selbstverständlich meinten, sie könne mit dem Nacktputzen beginnen, da gab es kein Hindernis mehr.

Es tat gut, sich wieder die Haare zu kämmen. Der Wind spielte mit ihnen und es war lustig zuzusehen, wie ihre Strähnen tanzten.

„Ich weiß nicht, was soll es bedeuten ..." Wie oft hatte sie dieses Lied schon gesungen, schon bevor es die Menschen kannten. Irgendwann einmal sah sie diesen jungen vielversprechenden Dichter am Rhein. Er saß auf einem kleinen Felsvorsprung und wollte nicht mehr leben. Ein kleiner Sprung und es hätte mit ihm ein Ende gehabt. Loreley wollte noch ein bisschen mit ihm spielen, bevor er seinen letzten Atemzug machen würde, bis sie – ihm in die Augen blickte. Diese liebevollen wehmütigen und klaren Augen! Es versetzte ihr einen Stich ins Herz. Es waren s e i n e Augen. Diese Augen erinnerten so sehr an ihn! Er war ihre große Liebe. Sie lernten sich zufällig kennen, als sie ein Bad im Rhein nahm. Er führte gerade seinen braunen Hengst zum Tränken, als er sie entdeckte. Es war Liebe auf den ersten Blick.

Von Anfang an konnten sie nicht mehr voneinander lassen. Es war ein Wirbelsturm der Gefühle, ein Traum, den sie vorher noch nie geträumt hatte. Sie trafen sich immer wieder. Heimlich, so dass ihre Schwestern und ihr Vater nichts davon merkten. Er brachte ihr Blumen und streute sie in den Rhein, sprach zärtliche Gedichte und zeigte ihr den Hasen im Mond. Selbst als er eine reiche Witwe heiraten sollte, stellte er sich gegen seine Eltern und ritt weiterhin täglich zu ihr. Jede Minute ohne ihn war ihr un-

erträglich, es blieb ein bohrender ziehender Schmerz, wenn er nicht da war. Sie sehnte sich nach ihm mit jeder Faser ihres Körpers. Das musste Liebe sein!

Es war eine schöne, unvergessliche, aber viel zu kurze Zeit. Nichts konnte ihnen etwas anhaben. Nichts konnte sie auseinanderbringen. Für ihn hätte sie diesen Schritt gewagt. Für ihn wäre sie sterblich geworden. Sie hätte für ihn den Schritt zum Menschsein gewagt. Sie hatte schon davon gehört. Viviane, eine entfernte Verwandte, soll sich vor längerer Zeit in einen Druiden verliebt haben. Loreley hatte diesen Merlin einmal nur kurz gesehen, für ihren Geschmack war er zu alt. Dieser lange Bart machte ihn auch nicht ansehnlicher. Aber Viviane fand Gefallen an ihm. Schließlich besaß dieser Druide ein großes Herz und ein umfassendes Wissen.

Viviane hatte es geschafft. Sie war bei der „Weisen Frau". Nun lag sie in Ruhe und Stille in einem kleinen Grab in Frankreich bei ihrem Merlin. Es war klein und unscheinbar unter einem alten Baum. Drei einfache unbehauene Steine waren daraufgestellt – mehr nicht. Der alte Baum gab manchmal ihr Liebesgeflüster wieder. Die Menschen hatten über die lange Zeit die Geschichte der beiden nicht vergessen. Immer wieder strömten sie an das Grab und legten dort ihre Wünsche und Blumen nieder. Aber trotzdem wissen die Menschen bis heute nicht, dass das Paar dort liegt.

Sie beide waren sich sicher. Ihr Geliebter wollte nur noch zur „Weisen Frau" flussabwärts. Durch deren Hilfe hätten sie richtig ein Leben lang zusammenbleiben können. Loreley hätte ihre Unsterblichkeit gegeben, sie wäre mit ihm zusammen alt geworden. Es hätte sich gelohnt. Für ihn hätte sie alles getan.

Sie sah ihn, als wäre es erst gestern gewesen: sein lachendes Gesicht beim Abschied, als er sein Boot bestieg. Er sollte nicht wiederkommen. Der Rhein wollte sie nicht hergeben. Ihr Vater forderte seinen Tod. So wie Tausende vor ihm und viele Tausende nach ihm ertrank er qualvoll. Loreley konnte ihm nicht mehr helfen. Leblos sank der Geliebte auf den tiefen Grund. Leise bewegten die Wasserwellen seinen Körper. Irgendwann einmal, sie wusste es auch nicht mehr genau wann, war er verschwunden. Ihr Herz starb mit ihm.

Seinen Tod hatte Loreley niemals verwunden. Andere Männer sollten ihm folgen. Wenn sie nicht glücklich werden durfte, dann andere auch nicht.

Der Rhein stellte, wie alle anderen, fest, dass seit diesem Tag seine Tochter nicht mehr dieselbe war. Mit Wohlwollen bemerkte er, dass aus dem ehemals verträumten, sentimentalen, den Menschen viel zu nahen Ding ein herrlich herzloses Wesen wurde, die im Lauf der Zeiten zahlreiche Varianten erfand, Männer durch ihren Gesang und Wirken in den Tod zu treiben. Es schien, als hätte Loreley kein Gedächtnis mehr. Sie lebte fortan vom heutigen Jahr in das nächste, ohne sich Gedanken zu machen. Der Flussgott war zufrieden. Dieser junge vielversprechende Dichter auf dem Felsvorsprung hatte s e i n e Augen. Es waren seine Augen. Ein Traum, ein Nebel der Erinnerung stieg in ihr hoch. Der Hase im Mond. Oft hatte ihr Geliebter ihn ihr damals gezeigt, doch sie hatte ihn nie erkannt. Dieser verzweifelte junge Mann – er sah ihm ähnlich. Loreley dachte kurz an die glücklichen, lang vergangenen Zeiten und beschloss, nicht mit ihm zu spielen. Sie erhob fast unmerkbar ihre Stimme. Kaum merkbar säuselten die Worte über ihre Lippen.

Hatte sie in den Zeiten der Liebe nicht immer wieder schöne Gedichte gehört und gesprochen? Warum diesem glücklosen Poeten keine schönen Worte ins Ohr flüstern und ihn so seinen Kummer vergessen machen? Sanft und kaum hörbar näherte sie sich ihm. Ein kleiner Windhauch verriet sie. Leise und voll wehmütiger Erinnerung flüsterte sie ihm ihr Lied ins Ohr.

DIE LORELEY oder
ICH WEISS NICHT, WAS SOLL ES BEDEUTEN ...

Ich weiß nicht, was soll es bedeuten,
Dass ich so traurig bin,
Ein Märchen aus uralten Zeiten,
Das geht mir nicht aus dem Sinn.
Die Luft ist kühl und es dunkelt,
Und ruhig fließt der Rhein;
Der Gipfel des Berges funkelt
Im Abendsonnenschein.
Die schönste Jungfrau sitzet
Dort oben wunderbar,
Ihr goldnes Geschmeide blitzet,
Sie kämmt ihr goldenes Haar.
Sie kämmt es mit goldenem Kamme
Und singt ein Lied dabei
Das hat eine wundersame
Gewaltige Melodei.
Den Schiffer im kleinen Schiffe
Ergreift es mit wildem Weh;
Er schaut nicht die Felsenriffe,
Er schaut nur hinauf in die Höh.
Ich glaube, die Wellen verschlingen
Am Ende Schiffer und Kahn;
Und das hat mit ihrem Singen
Die L o r e l e y getan.
(Heinrich Heine)

Der Dichter strich mit seiner schönen feingliedrigen Hand über sein Ohr. Es kitzelte und er lachte. Die Sonnen und Wolken zauberten ihm ihre schönsten Farbspiele. Das Wasser des Rheins glitzerte wie ein Meer voll Edelsteine. Der Anblick war berauschend und unwirklich.

Der Dichter vergaß diesen Augenblick zeitlebens nicht mehr. Seine Freunde und Feinde, alle, die ihn kannten, waren überrascht, dass er, der ironische kritische Dichter, solche romantischen und dramatischen Worte fand. Sie erkannten ihn in dem Text nicht wieder.

Das Loreleylied wurde bekannt und in aller Welt gesungen. Sein Zauber ging bis in die Neuzeit. Die Worte des Dichters wurden auf Wände gepinselt, später auf Postkarten und allerlei Andenken gedruckt. Die Menschen dachten an die Loreley und so wurde die Nixe nicht vergessen. Auch der junge Dichter wurde ein Held. Er wurde, soweit es einem Menschen möglich war, auf seine Art unsterblich.

Loreley hatte keine Lust, weiter über diese gefühlvollen Dinge nachzudenken. Viel lieber wollte sie vergessen und diesen herrlichen neuen Nagellack ausprobieren. Er hatte einen speziellen Glitzereffekt, der sich je nach Sonneneinfall änderte. Außerdem war er absolut stoßfest und man musste ihn nur einmal auftragen. Nach drei Minuten war er trocken und man konnte damit ins Wasser gehen. Gute Ideen hatten diese Menschen schon! Seit einigen Jahren gab es sogar brauchbare wasserfeste Wimperntusche. Loreley musste zugeben, dass viele Erfindungen der Sterblichen ein interessanter Zeitvertreib waren und man ausgiebig damit herumspielen und sie ausprobieren konnte. Das machte viel mehr Spaß, als darüber nachzudenken, was dieses Gewissen denn sein sollte. Bestimmt war es sehr unangenehm, wenn ihr Vater es schon bei dieser Firma im Internet erworben hatte, um sie zu bestrafen.

Wie es wohl aussehen mochte? War es in einem Schließfach oder schwamm es auf dem Rhein? Ob es wohl leichter war als Wasser? Hoffentlich war es nicht zu schwer, denn Loreley wollte sich nicht anstrengen. Sie dachte schon wieder viel zu viel über die ganze Angelegenheit nach – das war eigentlich schon Strafe genug.

Grenzen, ihr Vater wollte ihr Grenzen aufzeigen. Was lag näher, als zu einer neuen von Menschen gemachten Grenze zu schwimmen?

Dort an diesem großen See, der auf ihrem Vater ruht. Dort an der schweizerisch-deutschen Grenze, dort wo man ihren Vater am wenigsten vermutete. Dort wollte sie sich ein wenig umsehen.

„Kannst du mir bitte sagen, was der Bodensee mit dem Rhein zu tun hat?" Hulk hatte eine besondere Art, sein Interesse zu zeigen.

„Der Rhein verläuft vermutlich unterirdisch unter dem Bodensee, oder er speist ihn."

„Ist ja schon gut. So genau wollte ich es gar nicht wissen."

„Ist es nicht schön, dass an einem Ort, wo es nur wenige Schritte braucht, um eine Grenze zu überwinden, die Reise beginnt?"

„Der Romantikwahn macht sich bei dir schon langsam bemerkbar."

„Wie meinst du das?"

„Nichts, nichts ..."

„Stell dir vor, ein paar Schritte, und wir sind in Deutschland, ein paar Schritte zurück und wir sind in der Schweiz."

„Hmmmm ..."

„Auf dem Wasser überquere ich irgendwann einmal die Grenze, ohne zu wissen wann."

„Hmmmm ..."

„... eine Grenze, die von Menschen gemacht ist, die der Fluss nicht kennt."

„Baby, jetzt komm mal wieder runter. Denke lieber an heute Morgen. Da warst du wirklich grenzenlos."

Ich musste schmunzeln. Er hatte recht – es war grenzenlos.

„Wie lange dauert denn dieser ganze Zinnober heute? Ich finde, wir sollten so schnell wie möglich weiter an unseren Grenzerfahrungen arbeiten."

Wenn es um dieses Thema ging, wurde meine Muse bisweilen sehr gesprächig.

„Ich weiß nicht, Vertreter der Stadt Kreuzlingen wollten mich kurz im Namen der Stadt begrüßen und dann ist noch die Kunstaktion in Konstanz. Die dauert einige Stunden."

„Nun übertreibe mal nicht so, Kleines. Ich wollte ja nur wissen, wie lange es dauert."

„Ich denke, bis heute Abend."

„Nun einmal langsam. Es ist sieben Uhr morgens und du willst mir weismachen, dass bis heute Abend nichts läuft?"

Ich musste zugeben, dass dies wirklich ein unerträglicher Zustand für uns beide war. Es dauerte eben alles länger, als angenommen. Die Presse hatte zudem von meinem Vorhaben erfahren. Ich würde erst morgen nach Rheinfelden und Schaffhausen weiterfahren. Heute Nacht konnten wir noch in dem kleinen VW-Bus von Hulk schlafen, morgen würde ich dann erst meine Reise fortsetzen. Um ihn mit meinen Ideen und Erlebnissen nicht mehr zu überfordern, beschloss ich, ein Tagebuch anzulegen.

TAGEBUCHEINTRAG: KREUZLINGEN

Ich kannte Kreuzlingen vorher nicht. Es liegt gleich an der Grenze zu Deutschland. Hier möchte ich meine Reise beginnen. Hoffentlich spielt das Wetter mit.

Kreuzlingen ist die Stadt der Schwäne. Es gibt sie überall in jeglicher Ausführung. Der Journalist der Regionalzeitung meinte, wir sollten uns an der Minigolfanlage treffen. Sie läge in der Nähe des Hafens und es gäbe dort auch eine dieser besagten Skulpturen in Schwanenform.

Bei meiner Ankunft steht der Mann von der Presse schon bereit. Eine kurze Begrüßung, dann geht mein Weg erst einmal durch die Minigolfanlage. Mit dem weißen Kleid kann man erfreulich schöne große Schritte machen.

Ein irritierter Minigolfanlagenbesitzer kommt auf uns zu und zeigt stolz den Schwan. Anfangs bin ich etwas enttäuscht, denn die Bemalung erinnert eher an eine Motorradhelmgestaltung. Aber als ich näher komme, sehe ich die Nymphe, die aus der Quelle steigt, als Thema. Besser und symbolischer kann die Reise nicht starten.

Setze mich auf den Harley-Davidson-Nymphenschwan und lasse mich ablichten. Ein noch mehr verwirrter Minigolfanlagenbesitzer verwechselt mich mit einem Modell für eine Männerzeitschrift und fragt, ob ich mich jetzt nackt fotografieren lasse, oder wofür jetzt genau noch einmal die Bilder sind.

Als ich antworten will, muss ich erkennen, dass die Vertreter der Stadt Kreuzlingen interessiert dem Gespräch gelauscht haben. Springe schnell vom Schwan herunter und stelle mich vor.

Einer dieser netten, diskreten Herren hat einen weißen Porzellanschwan als Geschenk mitgebracht. Ich denke, ich werde ihm einen Ehrenplatz zu Hause geben.

Die Enttäuschung des Minigolfanlagenbesitzers scheint anzuhalten, weil ich immer noch keine Fotos für ein Männermagazin mache. Trotzdem lädt er uns alle zu einem Kaffee ein.

Der Hafen von Kreuzlingen ist eher ein beschaulicher Anlegeplatz. Angrenzend ist dort ein kleiner Park mit Skulpturen. Es geht hier ruhig und bedächtig zu. Ich habe keine Schwierigkeiten, mein Schiff zu finden, denn es ist das einzige. Hulk hat mir noch einen weißen Klappstuhl mitgebracht.

Es ist soweit – es geht los!

Als Loreley winkt man anders. Man sitzt auf einem netten Schiff. Das Ufer und die Menschen, die darauf stehen, entfernen sich immer mehr. Freundlich, diese Vertreter von Kreuzlingen, und dass Hulk noch vorbeigeschaut hat – das hätte ich gar nicht von ihm erwartet.

Vielleicht ist er doch viel romantischer und gefühlvoller, als ich dachte. Lange bleibe ich mit meinem goldenen Kamm und meinem Klappstuhl nicht sitzen – ich laufe vor zur vordersten Spitze und fühle mich wie eine Galionsfigur.

Der Rhein wartet auf mich – seine über tausend Kilometer liegen vor mir und drücken mich mit ihrer Macht an den Bootsrumpf. Mir fällt erst jetzt ein, dass ich vergessen habe zu überlegen, ob ich schiffskrank werden könnte.

Erleichtert kann ich mich beruhigen. Man merkt überhaupt nichts. Kein Schwanken, kein Wellengang – es ist wunderschön! Ich öffne meine Arme und versuche, den Rhein zu spüren. Seine Größe, seine Macht bedrücken und überwältigen mich, aber sie machen mir keine Angst.

Es ist eher eine kleine Seerundfahrt mit kurzem Weg. Die Sonne scheint und alles ist urlaubsalbumtauglich. Eine ältere Dame hat meinen weißen Klappstuhl begeistert als bequeme Sitzgelegenheit entdeckt und ist über meinen Ausstieg in Konstanz betrübt.

KONSTANZ

Irgendwo auf dem Wasser wurde die imaginäre Grenze zwischen den beiden Ländern überquert, ohne dass man es merkte. Meine „Jungfernfahrt" währt nur wenige Minuten. Konstanz winkt schon mit einer großen Frauenfigur, es sieht aus, als hätte sie in einer Hand einen Bischof, in der anderen Hand einen König. Es ist wirklich keine Täuschung: Die Statue dreht sich. Lege an meinem ersten Hafen an. Hulk ist schon da. Er ist den Weg gelaufen. Die Zeit rinnt auf dem Wasser anders als an Land. Ich fühle mich ruhig und laufe auch schon langsamer. Es ist heiß geworden und ich habe vergessen, mich einzucremen.

Die Stadt hat ein leicht italienisches Flair. Es ist ein quirliges Treiben. Hulk lässt seine Muskeln spielen und trägt vier Eimer voll mit – Kämmen. Gott sei Dank gibt es doch noch kunstfördernde Firmen. Kämme, Kämme, nichts als Kämme. Am liebsten würde ich darin baden. Sie glitzern und funkeln. Die Kämme sollen ein symbolisches Band bilden, welches die Menschen am Rhein verbindet.

Ich habe einen schönen Platz gefunden. Mein Klappstuhl wird zum Fels. Ich kämme mich. Für dieses Kämmen habe ich stundenlang vor dem Spiegel geübt.

Man glaubt gar nicht, wie viele Arten es gibt, sich das Haar zu kämmen. Die klassische Variante scheint mir für den Einstieg am geeignetsten zu sein. Schon mit dem Klappstuhl folgen mir interessierte Leute, vornehmlich männlicher Natur. Meine Muse verabschiedet sich. Er wolle die Zeit zum Shoppen nutzen.

Ich will mir Zeit lassen. Lege eine weiße Schnur aus dem Heimwerkermarkt aus und fange an zu knoten. Jeder Kamm muss sechzig Meter tanzend aufgefädelt werden, jeder weitere Knoten bedeutet weitere sechzig Meter Tanz. Das geht ganz schön in die Muskulatur. Dank Hulk weiß ich, wie man seine Oberarme gut trainiert.

Die Mannschaften aus den umliegenden Schiffen versammeln sich, fragen, rufen, singen das Lied der Loreley.

Knoten, Kämme
Knoten, Kämme
Knoten, Kämme
Und tanzen.
Die Mittagshitze zeigt sich unbarmherzig.
Knoten, Kämme
Knoten, Kämme
Knoten, Kämme
Und tanzen!

„Kann ich Ihnen helfen?"
„Wenn Sie wollen."
„Was machen Sie?"
„Ich knote Kämme." Er geht mir nach.
„Was soll ich tun?"
„Halten Sie, ich mache eine Schlaufe."
„Da müssen Sie aber weit laufen, um eine Schlaufe zu machen."
Er geht mir mit der Schnur in der Hand folgsam nach und hält diese über Kreuz. Es fällt mir leichter, die Kammkette durchzufädeln. Langsam wird diese länger und schwerer.
„Ich glaube es kaum, aber Sie sind die Loreley." Sein Gesicht ist von der Sonne gerötet. Er trägt Shorts und Sandalen.
„---."
„Sie tanzen ...?"
„Das ist der Tanz der zweihundert Kämme."
„Warum machen Sie das?"
„Es ist das Band der Kulturen."
Ich weise ihn an, wieder die Schnur zu überkreuzen. Es dauert lang, bis man alle

Kämme an der Schnur durchgezogen hat. Eine große Menge hat sich um uns gebildet. Ich hebe die Kette hoch und lasse das gleißende Licht über die Kämme wandern. Er folgt mir brav.

„Und jetzt?"

„Bitte zum anderen Ende der Schnur. Könnten Sie sie mir bringen?"

Er holt das andere Ende der Schnur.

„---."

„---?"

Er schwitzt. Vielleicht sollte er sich seinen rotblonden Bart einmal abrasieren. Ich weise ihn zum anderen Ende der Schnur. E r bringt sie mir.

„Sie sollten einmal für mich tanzen."

„---."

Ich habe hier in der Nähe ein Haus."

„---."

Ich tanze nicht mehr, sondern gehe enge Kreise.

„Es würde sich für Sie lohnen."

„---."

Ich gehe. Habe die Kette immer enger um ihn gelegt, um ihn gewickelt.

Kreise und Kämme.
Kreise und Kämme.
Kreise und Kämme.

Lasse ihn gefangen und verlasse den Platz, um mir etwas zu trinken zu kaufen. Es ist mir möglich, von Weitem seine Befreiungsversuche und sein Schimpfen zu beobachten.

In der Nähe des Kais ist ein kleiner Eisstand. Ich kaufe mir noch eine doppelte Portion Himbeereis, bevor ich weitermache. Es helfen mir noch viele erwähnenswerte und nicht erwähnenswerte Menschen. Schüler wollen meine Unterschriften.

Ich bin nicht darauf vorbereitet und muss mir erst einen Stift ausleihen. Ein Vertreter der Stadt besucht mich mit einer Fotografin. Er nimmt die Kette an sich und lässt sich mit mir ablichten. Er hat keine Zeit. Es dauert ihm zu lange. Er kann sich keine Zeit nehmen. Er geht auf dem Land.

Knoten und Kämme.
Knoten und Kämme.
Knoten und Kämme
und tanzen.

Ich beginne das zweite Band. Knote mich ein und denke an meine Reise und den Rhein. Das Wasser glitzert erwartungsvoll in der Sonne und wartet.

Zeit lassen! Zeit lassen! Meine Bewegungen sind langsamer als die der Menschen um mich herum. Kann man mehr und langsamer leben?

Nach drei Stunden mag ich nicht mehr weitermachen. Schließlich habe ich auf den Schiffen noch jede Menge Zeit dazu.

Mein Klappstuhl wartet schon auf mich und ich kämme mir die Haare. Es tut gut, sich wieder die Haare zu kämmen. Ein leichter Wind kommt auf, spielt mit ihnen und es ist lustig, mit anzusehen, wie die Strähnen tanzen.

„Bist du fertig?" Hulks Shoppingrunde ist zu Ende.

„Nein, ich muss noch zum Rathaus."

„Wie – du musst noch zum Rathaus?"

„Ich habe dir doch alles erklärt."

„Du hast jetzt doch genügend geknotet."

„Ich installiere einen Teil der Kette im Rathaus."

„Du ... Jetzt sitzt du schon über vier Stunden hier am Hafen und bist immer noch nicht fertig?"

„Bitte nimm den Eimer und mache Fotos." Ich gehe schnell und bestimmt los. Abwechselnd recke ich wie eine Freiheitsstatue den Anfang der Kette in die Höhe, um den langen Rest hinter mir herzuziehen.

KONSTANZ II

Eine Stadt hat viele Bordsteine, Kanaldeckel, Abfalleimer und Straßenschilder. Man kann ohne Vorwarnung unüberwindbar hängen bleiben. Besonders die Unterführung und die wendelförmige Weiterführung des Weges zur Fußgängerzone wollen es mir nicht leicht machen.

Doch dann ist es geschafft: das Rathaus ist der Ort meiner ersten Installation. Ich werde mit einer Braut verwechselt und weiß auch bald, warum. Hier befindet sich auch das Standesamt. Ein sich trauendes, doch verwirrtes Hochzeitspaar, freundliche Vertreter der Stadt und jede Menge Hochzeitsfotos folgen. Das Rathaus hat eine wunderbare Wendeltreppe. Ich installiere die Kammkette in dem engen Aufgang bis zum Zimmer des Bürgermeisters.

Hulk hat genug. Ich nehme ihm den Eimer ab und knote im Laufen. Ich probiere eine neue Technik des Knotens aus. Es sind Unmengen von Metern, die ich mit der Schnur wickle und ziehe. Kaufen jede Menge Wasser und Sekt für den Abend und ziehen uns in den VW-Bus zurück.

Meine Muse sah auch frühmorgens blendend aus. Selbst beim Gähnen verstand er es, sich in Pose zu setzen. Mir zuliebe trug er im VW-Bus den neuen blauen Morgenmantel. Seine Haut war von dem kurzen gestrigen Spaziergang golden gebräunt. Seine breiten Schultern und der durchtrainierte Oberkörper kamen bestens zur Geltung. Vielleicht sollte er es einmal mit Werbung für Kleintransporter versuchen. So gab er jedenfalls ein herrliches Bild ab. Ich musste insgeheim lächeln, denn ich wusste, dieser Anblick gehörte in diesem Moment nur mir. Hulk in seinem feinen seidenen Morgenmantel, der sich exklusiv um seinen Körper schmiegte und dazu das etwas reparaturbedürftige, leicht angerostete Auto. Wenn das dieser prominente Modedesigner wüsste!

Meiner Muse ging es gut. Er hatte sich mehrmals seine Manneskraft beweisen können und auch ich hatte sehr viel Spaß mit ihm gehabt. Vielleicht könnte ich mich jetzt ein wenig mit ihm unterhalten. Der Zeitpunkt schien günstig.

„Ist dir schon aufgefallen, dass ich zwei gleiche Loreleykleider besitze?"

„Nein."

„Doch, stell dir vor: Ich sitze nach der Zusage von dem Projektausschuss ..."

„Welchem Projektausschuss?"

„Der Projektausschuss von dieser Rheinromantikgeschichte."

„Klar."

„Ich sitze also nach der Zusage zu Hause und überlege mir, wie ich die Reise mit einem einzigen Kleid schaffen soll."

„Das ist echt ein Problem. Nun das, meine wilde Loreley, das kann ich verstehen. An diesen Aspekt habe ich noch gar nicht gedacht. Wie hast du es geschafft, ...?"

„Ich habe ein bisschen im Internet gesurft."

„Bei der Herstellerfirma?"

„Die gibt es nicht mehr."

„Und dann?" Hulk war sehr interessiert. Er fing an, mir meine Hände zu massieren und wartete gespannt auf meine weiteren Ausführungen.

„Über meine Suchmaschine kam ich auf eine dieser Internetverkaufsbörsen für Secondhandwaren."

„Ach, die kenne ich. Dort habe ich mir meinen Hometrainer besorgt. Leider habe ich viel zu wenig Zeit, täglich zu trainieren."

Ich wusste, das war mein Stichwort. Mehrmals versicherte ich ihm, dass er ein tägliches Programm bei seinem unverwechselbaren Körper nicht nötig hätte. Zufrieden lehnte sich Hulk zurück und massierte meine Hände weiter.

„Du glaubst es nicht. Ich musste gar nicht lange suchen."

„Da hast du wirklich Glück gehabt. Ich suche dort manchmal Stunden, manchmal sogar Tage."

„Es dauerte nur wenige Minuten. Die Auktion war fast zu Ende. Ich habe nicht lange überlegt und sofort zugeschlagen. Ich benötigte nur ein weißes langes Kleid."

„Das war mutig. Du konntest es ja nicht einmal anprobieren."

„Und weißt du, was noch interessanter ist? Es kostete genausoviel wie mein erstes Kleid. Erst als ich zu Hause das Paket öffnete, merkte ich, dass es dasselbe Kleid war, wie dasjenige, das ich schon besaß. Es war so groß wie mein erstes Kleid, dieselbe Marke, dieselbe Farbe, derselbe Schnitt. Beide waren vollkommen identisch!"

„Hmmmm ..."

„Ja, und was sagst du jetzt dazu?"

„Es steht dir auf jeden Fall, wie auf den Leib geschneidert."

„Aber dieser Zufall ..."

„Zufall hin oder her. Als Loreley machst du dich wirklich gut."

„Aber findest du nicht ...?"

„Baby, du denkst zu viel."

Loreley war es unter dem Bodensee zu eintönig geworden. Sie schwamm nach Schaffhausen. Dort war es schon immer sehr unterhaltsam. Das Wasser toste und zeigte dort seine Urgewalt. Sie sah ihren Vater im Geiste vor sich. Hier konnte er sich beweisen und sich von seiner starken Seite zeigen. Er hatte es immer gerne, wenn die Menschen von ihm beeindruckt waren. Wie oft standen sie hier ehrfürchtig vor ihm. Bebend, erstummt und staunend. Nach dem netten Geplänkel des Unterrheins konnte er hier seine Muskeln spielen lassen.

Dieser neue Nagellack war wirklich hervorragend. Er glitzerte nicht nur, er hielt schon seit der Schweiz. Schade, dass ihr Vater ihre Spielereien mit den Werbefirmen nicht unterstützte. Er verstand in der letzten Zeit auch wirklich wenig Spaß. Sie selbst hatte dagegen mehr als genügend Ideen. Gerade an diesem herrlichen Wasserfall! Schön und gut – die Dichter waren hingerissen, der Ort war strotzend vor Kraft. Aber war es zugegebenermaßen nicht eine einmalige Idee gewesen, gerade hier ihrem Vater einen Streich zu spielen? Wie lange mochte es her sein? – Bestimmt über hundert Jahre. Diese technikbesessenen, industriegläubigen Wichtlinge! Sie brauchte keinen einzigen Ton zu singen, nur einige Male diesen etwas einfältigen Herren etwas Unsinn in das Ohr zu flüstern. Schon glaubten sie, es wäre ihre Idee gewesen. Sie waren davon vollkommen überzeugt. Und zwar in einem so großen Maße, dass sie nicht mehr davon abzuhalten waren, diesen Unsinn umzusetzen.

Oh Gott, war ihr Vater erbost! Er fand es weniger lustig, dass diese Herren mit den schmalen Nasen und den ordentlich gescheitelten Haaren den Schaffhauser Wasserfall sprengen wollten.

Peng, einfach wegsprengen. Sie nahmen diesen Unsinn tatsächlich absolut ernst und ließen sogar Expertisen und Statistiken anfertigen, die beweisen sollten, wie vernünftig und gewinnträchtig dies wäre. Man könnte den Schaffhauser Wasserfall industriell nützen. Umleitung des Wassers, Abbau von Bodenschätzen, Landgewinnung – alles war möglich. Schließlich stand man vor dem Beginn des zwanzigsten Jahrhunderts.

Bei der Beharrlichkeit dieser Herren und der daraus folgenden Eigendynamik war es nicht so einfach, den Streich zu stoppen und alles wieder ins Lot zu bringen. Loreley musste vieles flüstern, viele Männer bearbeiten und kräftig Schicksal spielen, um das wieder in Ordnung zu bringen. Ihr Vater war selbstverständlich alles andere als erheitert. Den Schaffhauser Wasserfall sprengen! Wer hätte denn auch wissen können, dass diese Menschen wirklich alles ernst nehmen müssen! Aber wenn es um Gewinn, Macht und Reichtum ging, waren sie unberechenbar.

Zur Strafe gab es seitdem Fotos. Fotos von den angeblichen Loreleyen, vorwiegend in blauen Kleidchen, oft mit viel zu kurzen Haaren. Jahr für Jahr. Ihr Vater hatte versprochen, dass eine unter ihnen einmal echt wirken würde. Was für ein Trost! Jahr für Jahr wurde sie immer wieder aufs Neue geärgert. Immer und immer wieder diese falschen Loreleyen. Da kannte ihr Vater wirklich keine Schonung.

Trotz dieser Misslichkeiten besuchte die Nixe gern den Wasserfall. Es war immer ein Vergnügen, auf den tosenden überschäumenden Wellen zu reiten. Die Strudel zogen ihren Körper nach allen Seiten, so dass sie vor Freude und Übermut nur noch juchzen konnte. Es war stets eine wilde Wasserfahrt mit immer wiederkehrendem Rutschen,

Tauchen und einem aufregenden Auf und Ab. Die gewaltigen Wassermassen ließen sie in Sekunden in den Rheingrund hinabtauchen und an dem kleinen Häuschen, das den Gewalten so nahe stand, direkt am Wasserfall wieder hochschnellen. Das kleine Bauwerk diente auch als Restaurant. Es machte Loreley Spaß, beim Auftauchen die Fische von den Tellern springen zu lassen. Bevorzugt auf Seidenstoffe, denn da gingen die Flecken nicht so leicht heraus.

UNTERRHEIN: SCHAFFHAUSEN

Habe mein Kleid erfolgreich gewaschen, mit Mineralwasser und Pulver. Mit etwas Bioseife wäre es im Rhein so richtig stilecht. Nach meinem Intermezzo in Konstanz ist auch die letzte Chemiefaser getrocknet. Halk ist schon vorgefahren, ich warte noch im Hafen.

Die Anlage ist mit Rosen und Lavendel bepflanzt. Drei türkische Frauen, die sich gemütlich auf einer Bank niedergelassen haben, machen gerade Pause. Ich setze mich zu ihnen auf die Bank. Ob sie unter der langen Kleidung und den Kopftüchern schwitzen? Vielleicht haben sie sich daran gewöhnt. Ich frage sie lieber nicht, denn es wäre zu unhöflich. Sie lachen mir zu und geben mir süßes Baklava. Ich liebe dieses Gebäck und lasse die Walnüsse und den Honig auf meiner Zunge zergehen. Die drei türkischen Frauen reden nicht viel, wirken aber sehr entspannt. Sie wollen eine Bodenseerundfahrt machen. Loreley? Nein, kennen sie nicht.

Ich werde nervös, denn ich bin mir nicht sicher, ob ich am richtigen Steg bin und ob die Abfahrtszeiten stimmen. Gerade, als ich noch einmal zur Schiffhaltestelle gehe, kommt mein Boot. Die Besatzung ist über meine Mitreise überrascht. Schlage meinen Klappstuhl auf und kämme mich.

Der See wird langsam zum Fluss. Die Ufer rücken näher. Ebenso die Schiffsgäste. Bekomme Geschichten und Wein angeboten. Denke an den Film „Drei Mann in einem Boot" aus den Fünfzigern. Hans-Joachim Kulenkampff, Heinz Erhardt – nur wer war der „Dritte"? Die Herren fuhren auch auf dem Rhein. Ich will den Film noch einmal sehen und dann auf Video aufnehmen. Allerdings muss ich zugeben, dass ich mich, wäre mir das vor einigen Jahren passiert, für verrückt erklärt hätte. Gut, dass ich jetzt dieses Tagebuch schreibe, damit es mir später alle glauben werden – drei Mann in einem Boot!

Kleine Ortschaften tauchen links und rechts auf, immer wieder steigen Leute aus und zu. Es wird langsam ruhiger, ich genieße die Fahrt. Zuerst glaube ich, die lange Zeit werde ich nicht auf dem Wasser aushalten, aber jetzt merke ich, wie ich immer mehr entspanne. Waldböschungen säumen den Uferrand.

Da es so heiß ist, suchen dort einige Leute einen Badeplatz. Es ist aber nicht überlaufen, sondern eher verträumt und verspielt. Autoreifen dienen als Schaukel und Menschen springen auch einmal von niedrigen Brücken ins Wasser. Das würde ich zwischendurch auch ganz gern machen. Wie eine Nixe ins Wasser abtauchen, bei der nächsten Brücke wieder aufs Schiff springen und die Leute erschrecken.

Der Fluss ist ruhig und bedächtig. Er steckt in seinen Kinderschuhen und hat ein bisschen Pippi Langstrumpf in sich. Vielleicht findet sich hier der Limonadenbaum am Ufer? Das Motorengeräusch ist beruhigend und gleichmäßig. Nehme den Rhein in mir auf.

Habe die Zeit vergessen. In Schaffhausen hätte ich beinahe den Ausstieg verpasst.

Hulk wartete. Er hätte auch mitfahren können, hatte aber keine Lust. Schade, ich hätte gerne mit ihm zusammen das alles gesehen. Hulk holte mich in die Wirklichkeit ab. Er saß auf dem Parkplatz neben dem Schiffsanlegesteg und machte nicht gerade ein freundliches Gesicht. Ich bewegte mich langsam auf ihn zu.

„Es ist heiß!", begrüßte er mich und wischte sich, um das Ganze zu unterstreichen, mit seinem Taschentuch den Schweiß von der Stirn.

„Hulk, es ist unbeschreiblich. Eine andere Zeit! Es ist eine andere Zeit! Ich fahre auf dem Wasser und erlebe eine andere Zeit."

„Ich habe schon gegessen. Wenn du willst, kannst du ja dort vorne essen gehen. Ich habe jedenfalls keine Lust, noch länger herumzusitzen."

„Ja, und was willst du machen?"

„Ich weiß es nicht, auf keinen Fall hier in der Hitze herumsitzen." Hulk wischte sich nochmals den Schweiß von der Stirn.

„Komm, geh doch mit. Es gibt so viel zu erzählen."

„Was du nicht sagst. Was glaubst du, was mir in den zweieinhalb Stunden Warten so alles passiert ist? Ich kann es dir gleich sagen: gar nichts!" Er war wirklich nicht mehr zu beruhigen.

Da ich großen Hunger hatte, schleppte ich ihn einfach mit. Leider bewirkte das nette Restaurant auch nicht viel bei ihm. Meine Muse sprach kein Wort, sondern rauchte nur eine Zigarette nach der andern. Immerhin ließ die Klimaanlage ihn nicht mehr schwitzen. Nach diesem wortlosen, aber doch guten Essen kehrten wir schon nach kurzer Zeit zum Auto zurück. Hulk ging voraus. Sein starrer Blick wollte sich nicht mehr vom Boden lösen. Wortlos sperrte er die Türe auf. Erst als ich begann, meine Kämme und Gedichte herauszuholen, wachte er aus seiner Erstarrung auf.

„Willst du nach diesem anstrengendem Tag heute etwas machen?"

„Du weißt doch – meine Gedichtsrezitation am Schaffhauser Wasserfall."

„Das ist doch nicht dein Ernst."

„Aber sicher doch – warum auch nicht?"

„Muss das denn unbedingt sein?" Er merkte, dass ich ruhig blieb und nicht antwortete. Es blieb ihm nichts anderes übrig, als den Schlüssel in das Zündschloss zu stecken. Ich setzte mich an die Beifahrerseite und wies ihm den Weg zu den Wasserfällen.

Parkplätze zeigen selten, für wen sie gebaut wurden. Hier war es ebenso. Schräg, bergauf, bergab lagen sie eng vor uns.

Von den Wasserfällen war zuerst nichts zu sehen. Erst nach einem kurzen Fußmarsch eröffnet sich die ganze Pracht dieses Naturschauspiels. Mein ruhiger, netter Rhein tost und schäumt mit einer Wucht und einer Kraft, die niemanden unbeeindruckt lässt.

Na also, etwas Niagara-Feeling. Hulk ist nicht gerade anschmiegsam und macht nur widerwillig Fotos.

Es ist laut. Sehr schön laut.

Ich stelle mich auf die Balustraden, spreche und lese die Worte. Manchmal treibt der Rhein sein lustiges Spiel mit mir.

Er spritzt mich und meine Blätter nass. Schmeiße die Blätter! Sie umwirbeln die neugierigen Touristen. Manche heben die Blätter auf, ein älteres Ehepaar wünscht sich noch einmal ein Gedicht.

Ich laufe entlang eines kleinen Weges, der den Wasserfall begleitet. Es ist hier so viel Kraft, so viel Urgewalt. Selbst Hulk ist beeindruckt. Er macht noch einige Bilder. Da es spätnachmittags ist und er das Gegenlicht nicht beachtet, werden sie alle nichts und ich bin nur als Schatten zu erkennen. Eine Digitalkamera! Eine Videokamera! Ein Königreich für beide Kameras!

Liebesspiele und Romanzen zu forcieren und zu beeinflussen brachte etwas Abwechslung in die kindlichen Wasserspiele der Nixe. Es ließ sie ein bisschen einen Vorzug an den Menschen erkennen. Liebe und Leidenschaft – das ist ein willkommener Nachtisch zu dem meist eintönigen Hauptgang. Liebe, das gefiel ihr schon besser an den Menschen als das ewige Gestreite und all die Kriege. Besonders das Letztere war so etwas von sinnlos, aber all die Jahrtausende blieb es gleich: Hunderttausende, Millionen von Menschen starben sinnlos und qualvoll. Nur weil einige machtversessene Kleingeister sich Landvergrößerungen, Fischereirechte, neue Grenzen oder Rohstoffe in den Kopf gesetzt hatten, verloren Mütter ihre Söhne, Frauen ihre Männer, Kinder ihre Väter. Wie oft schon war der Rhein mit Blut getränkt. Grausame Menschenspur in den göttlichen Gewässern. Ihr Vater hatte nie darüber geredet, sie wusste, er verachtete die Menschen deswegen. Er ließ sie in ihr Unglück rennen, vielleicht glaubte er, sie würden lernen. Vielleicht war es ihm auch egal.

Die Nixe wollte nicht zu lange darüber nachdenken. Sie wollte keinen rot gefärbten Rhein, kein Blut. Wie oft hatte sie es schon rinnen sehen. Von den Schlachtfeldern an den Uferböschungen verließ es langsam Richtung Wasser die Körper. Zentimeter um Zentimeter bahnte es sich seinen Weg. Manchmal im Sommer trocknete es, doch bei einer großen kriegerischen Auseinandersetzung war dies kaum von Bedeutung.

Das Blut rann genügend und in großen Mengen, um einmal im Rhein zu enden. Ein seltsam anmutendes Farbspiel. Mengen von Rot sammelten sich bei einem ruhigeren Abschnitt des Flusses, um zu einer organisch anmutenden Fläche zu wachsen. Es bewegte sich langsam, manchmal nach links ausufernd, manchmal nach rechts. Die Strömungen ließen immer wieder neue Figuren und Formen entstehen, bis die Farbe irgendwann einmal ganz verschwunden war. Bisweilen kam es vor, dass mehrere Ortschaften weiter die Frauen damit ihre Wäsche wuschen und besonders die Weichheit des Wassers bemerkten.

Diese Menschen – aber man konnte und sollte sich nicht andauernd um sie kümmern. Schließlich waren sie erwachsen genug. Mit ihnen spielen, ihre neuen Einfälle ausprobieren, das war schon viel eher ihr Fall. Oder ein Liebespärchen ärgern.

Meine Muse hatte mich in den Abendstunden am Wasserfall wieder beglückt. Jetzt verstehe ich auch, warum so viele Amerikaner zu den Niagarafällen in die Flitterwochen fahren. Die Männer wünschen und vergleichen, bestätigen sich mit der immer sprudelnden enormen Wassermenge, die Frauen erfreuen sich daran, dass sie endlich so laut schreien können, ohne dass es auffällt – das Tosen der Wassermenge schluckt ihre Ausbrüche. Vielleicht bleibt es im Rhein und geht mit auf die Reise ins offene Meer. Lauter glückliche Schreie und Blicke! Hulk mag leider wieder nicht mitreisen.

„Du weißt gar nicht, was du verpasst!"

„Schiffe, Wasser und wieder Schiffe und Wasser – ich weiß."

„Es wäre ein schönes Erlebnis. Wir beide so auf dem Rhein ..."

„Süße, du bist schon wieder auf deinem romantischen Trip."

„Und du bist gar nicht feinfühlig."

„Sicher bin ich feinfühlig! Und wie! Was glaubst du, was ich früher alles geredet habe. Wie viel Gefühl ich für Gott und die Welt hatte."

„Und warum hast du das jetzt nicht mehr?"

„Bei deinem Körper muss ich einfach nur an das ‚Eine' denken."

Ich überlege mir, ob er diesen Spruch schon oft gesagt hat, aber er kommt gut an. Es hat keinen Sinn, mit ihm weiter darüber zu reden, also setze ich die Reise ohne ihn fort.

Es ist ein seltsam vertrautes Gefühl, als ich das Schiff betrete. Man setzt einen Fuß an Bord und ist Loreley. Ich merke, dass ich meine Rolle immer mehr annehme, und habe meinen Spaß daran. Man gewöhnt sich an die Fragen und Blicke. Ich hätte Schauspielerin werden sollen – vielleicht in einem B-Movie? Vielleicht ein bisschen böses Biest in einer Reanimierung von „Dallas" oder „Denver". Vielleicht ein bisschen Schnulzenweinkönigin in einer Verfilmung von Rosemarie Pilcher? Ich sehe ein, dass ich meine Zeit mit zu viel Präsentationen und Firmenmeetings verbracht habe. Wo sind die willigen Fußballspieler und Schlagerkönige?

RHEINFELDEN

Grenzen – der Rhein kennt keine Grenzen, nur der Mensch. Hier etwas Deutschland, hier etwas Schweiz. Ich fahre darüber und merke nichts. Die Fahrt wird doch einige Tage länger dauern, als ich dachte. Will die Orte nicht einfach nur abhaken, lasse es auf mich wirken. Ein leichter Wind kommt auf und weht mir um das Gesicht. Ich habe das Gefühl, als ob ich durch die Fahrt auf dem Wasser doppelt so viel erleben kann und erlebt habe. Hulk war schon Stunden vor mir in Schaffhausen, alles konnte ihm nicht schnell genug gehen. Bin im Vorteil, ich habe mehr von allem! Parallel neben dem Rhein verlaufen die Autostraßen. Sehe sie alle vorbeiflitzen, dahinrasen. Will nicht mit ihnen tauschen. Bleibe hier auf meinem Rhein.

Ein Fluss, eine Brücke! Zwei Städte? Rheinfelden ist eine doppelte Stadt. Eine Stadt in zweifacher Ausführung. Links vom Rhein die Schweizer, rechts vom Rhein die deutsche Ausgabe. Gehören beide Teile zusammen und wurden getrennt oder sind das zwei verschiedene Städte? Kann es nicht glauben. Was trennt? Was verbindet? Wo fährt denn mein nächstes Schiff ab? Linksrheinisch oder rechtsrheinisch?

Da es diesmal eine Schweizer Schifffahrtslinie ist, die mich mitnimmt, werde ich auf die andere Seite wechseln. Auf der Brücke, die an jedem Ende eine Grenze hat, findet eine Performance im „Niemandsland" statt. Ausweis? Der ist bei Hulk im Auto! Ob ich so über die Brücke kommen kann? Hulk fährt etwas später mit dem Auto über die Brücke, während ich mit meiner langen Kammkette die Grenze langsam Schritt für Schritt ansteuere und immer noch nicht weiß, was ich machen soll. Die Zöllner trauen ihren Augen nicht. Kurz vor dem Landeswappen werde ich korrekt angehalten.

„Guten Tag!" Der Zöllner versucht, keine Miene zu verziehen.

„Guten Tag!"

„Haben Sie etwas zu verzollen?" Der Blick wandert auf die lange Kette, die auf dem Boden liegt.

„Nein!"

„Was wollen Sie in der Schweiz?" Es folgt eine teilweise skeptische, teilweise erheiternde Betrachtung meiner Person und meiner Kämme.

Ich überlege lange. Soll ich ihm von meinen wahren Anliegen erzählen, ohne als Mata Hari des Rheins in Gewahrsam genommen zu werden?

„Ich reise als Loreley auf dem Rhein von der Schweiz bis nach Amsterdam."

„Aha! Als Loreley", der Zöllner bleibt gestenlos, „und führen Sie als Loreley auch Ihren Ausweis mit?"

Hatte ich es doch gewusst.

„Der liegt im Auto meiner Begleitung. Er muss jeden Moment kommen."

„Aha, dann warten wir, bis Ihr Ausweis kommt."

Ich warte also, bis mein Ausweis samt Muse kommt und nutze die Zeit, um mir die Haare zu kämmen. Irritierte Autofahrer passieren den Grenzübergang. Kleine Staus und Fehlfahrten formieren sich, bis endlich Hulk kommt. Ein Mann, ein Ausweis! Kann jetzt in die Schweiz. Wurde auch langsam spannend, sonst wäre mein Schiff ohne mich gefahren.

Meine Muse hat keine Lust, Fotos zu machen. Ich bitte die netten Zöllner, die dankend annehmen. Klettere auf die Brückenbrüstung und spiele mit den Kämmen. Der freundliche junge Staatsbeamte kann mir leider nicht sehr lange behilflich sein, da gewissenhafte Kollegen ihn auf seine eigentlichen Pflichten aufmerksam machen.

Wir haben nicht viel Zeit, Hulk und ich. Das Schiff nach Basel kommt pünktlich. Die Anlegestelle liegt idyllisch unter schattigen Bäumen. Es ist ein Warten mit Zusatzprämie. Hulk sagt kein Wort. Treffe ihn später in Basel.

Basel – Wenn man mit dem Schiff reist, hat man keine Probleme mit der Parkplatzsuche. Einfach anlegen und an Land gehen. Ich traf Hulk und verbrachte mit ihm lange Zeit, nach einer Haltemöglichkeit zu suchen.

„Bist du schlecht gelaunt?"

„Sicher bin ich schlecht gelaunt!"

„Aber wir haben doch jetzt einen Parkplatz."

„Was interessiert mich der Parkplatz?" Seine Stimme wurde lauter. Ich hatte eigentlich keine Lust, mit ihm zu streiten. Die Eindrücke von der Reise waren noch zu intensiv.

„Hörst du? Es ist heiß, ich habe Hunger!"

„Es sind noch Äpfel im Auto." Hulk kam jetzt so richtig Fahrt. Er sprang auf, nahm meine Kammkette und die Äpfel und warf sie auf den Boden.

„Hier siehst du? Das will ich! Ich habe genug von deiner Reise. Immer nur mit dem Auto vorausfahren und warten!"

„Ich habe dir angeboten mitzufahren. Auf den Schiffen ist es viel schöner. Fast wie im Urlaub. Du hättest nur mitfahren brauchen."

„Du mit deinen Schiffen und deinem Rhein! Verstehst du? Ich habe genug!"

Darauf konnte ich nun wirklich nichts mehr entgegnen. Ich blickte auf die mühevoll geknotete Kette, die verwirrt und durcheinander auf dem Teerboden des Parkplatzes lag. Es würde lange dauern, sie wieder in die richtige Reihenfolge zu bringen. Die Performance in Basel fing bald an, die Presse wartete und ich wusste nicht, wie ich das schaffen sollte. Ich wurde wütend. Vor einem wichtigen Auftritt war das das Letzte, was ich brauchen konnte.

Hulk steigerte sich währenddessen in Rage.

„Die letzten Tage Urlaub? Du tickst wirklich nicht richtig. Es ist heiß – ich hätte mich die vergangenen Tage wunderbar sonnen können und wäre zum Baden gegangen. Stattdessen kurve ich hier herum und schwitze. Seit dieser Loreleygeschichte bist du sowieso absolut durchgeknallt!" Er machte eine Pause und wartete. Natürlich entgegnete ich auf diesen Wutausbruch nichts. Er wartete noch etwas und versuchte es erneut.

„Ich gebe dir noch eine Chance: Du brichst hier diesen Schwachsinn ab und ich vergesse diese blödsinnige Geschichte!"

„---."

„Baby, du verstehst nicht so ganz: entweder er oder ich."

Ich ging davon aus, dass Hulk mit „er" wohl den Rhein meinte. Ich musste unwillkürlich schmunzeln, obwohl es jetzt in dieser Situation nicht passte.

„Also ein letztes Mal: Wie entscheidest du dich?"

Er hätte meine Kammkette nicht durcheinanderbringen dürfen.

„Nun, du willst es nicht anders. Ich gehe jetzt!"

Hulk hatte in der letzten Zeit zu viele Videofilme gesehen. Wortlos nahm ich meinen Rucksack an mich.

Er stieg mit seinem wirklich ansehnlichen Körper in den VW-Bus und raste davon. Das war das überraschende Ende unserer Beziehung.

Monate später hörte ich noch von ihm. Hulk war doch noch entdeckt worden. Sein bestes Stück wurde Vorlage für den meistverkauften Vibrator eines Erotikversandes. Sein Erfolg war überwältigend. Die Produktion ging in Serie und übertraf alles bis dahin Dagewesene. Es wurden Autogrammkarten und Poster gedruckt, er trat in Talkshows auf und durfte „sein" Produkt in Homeshopping-Sendungen präsentieren. Er war auf der Liste der erotischsten Männer in diesem Jahr und sollte auch eine eigene Kochsendung erhalten. Es gab eine Riesenauswahl Sexy-Hulk-Zahnbürsten, Sexy-Hulk-Nagelfeilen, Sexy-Hulk-Morgenmäntel, ganz zu schweigen von dem erotischen Duft mit seinem Konterfei, selbstverständlich gab es auch ein Kochbuch mit Erotikgerichten von ihm. Sein Erfolg war überwältigend und er war doch noch ganz berühmt geworden. Doch leider hatte er nicht mehr viel davon.

Beim unvorsichtigen Herumhantieren mit seinem Vibrator bekam er einen elektrischen Schlag und segnete das Zeitliche.

Ich hatte nicht viel Zeit nachzudenken, in Bälde begann meine Performance und ich wusste nicht einmal den Weg in die Innenstadt. Ich hatte Glück und es dauerte nicht einmal lange, bis ich die verhedderten Kämme voneinander löste. Sie waren sehr leicht durcheinanderzubringen.

BASEL

Der Weg zum Rathaus kann weit sein! Mache eine Performance durch sämtliche Ecken der Stadt, die viele Basler zu eigenen Aktionen und Diskussionen angeregt hat. Was tut die Loreley in Basel? Was ist ein „Rheinländer", eine „Rheinländerin"? Kinder und Erwachsene machen lustige Hüpfspiele hinter mir.

Es ist noch immer heiß. Setze mich in der Fußgängerzone in ein Café und schaue etwas der Fußballweltmeisterschaft zu. Tobende, schreiende Fans springen nach jeder Torchance auf. Verschenke ein paar der Kämme von meinem Band und fange wieder einmal zu knoten an.

Finde ein weißes T-Shirt. Gehe an den Rhein und wasche es. Langsam werde ich müde und frage mich, wo ich übernachten soll. Gehe in das nächste Bistro.

Meine „Post" im Internet habe ich auch noch nicht durchgesehen. Ich habe zwar kein Handy, bleibe aber durch das Internet in Verbindung. Gott sei Dank haben auch kleinere genau wie größere Orte inzwischen Möglichkeiten zu surfen, so dass ich jederzeit einen Blick in die Mailbox werfen kann.

Ich warte, bis der letzte Fußballsänger von den Tischen heruntergesprungen ist, und setze mich an den Computer. Manchmal ist das Schicksal schon eigenartig. Ich sitze hier mit meinem Rucksack und den Kämmen, nur mit einem Schlafsack, aber ohne Übernachtungsmöglichkeit. Das Geld neigt sich langsam dem Ende zu.

Gerade jetzt sind zwei Mails in meiner Box. Eine Einladung ins Frauenmuseum Bonn für eine Gemeinschaftsausstellung mit Übernachtungsmöglichkeit und: EIN AUFTRAG!

Zur Ernennung des Mittelrheintals zum UNESCO-Weltkulturerbe wird ein Vorschlag von mir angenommen. Ich soll mit Tausenden von Kämmen den Loreleyfelsen umgarnen. Vor allem: Es wird bezahlt – der Fortgang meiner Reise ist gesichert. Mit diesem Geld könnte ich mehr als nur ein paar Tage auf dem Rhein herumfahren. – Warum eigentlich nicht? Warum sollte ich nicht meine Reise verlängern und mehr von der Landschaft mit seinen vielen Orten und Bewohnern sehen? Was zieht mich nach Hause? Warum nicht ein kleines Abenteuer und einfach losfahren? Einfach schauen, wohin die Reise mich treibt, und mich überraschen lassen, wo ich lande? Ich habe keine Lust, immer nur schnell überall vorbeizufahren. Ich will mehr sehen! Macht der Fuge! Kunst der Fuge – es fügt sich. Es geht alles wie von selbst. Ich nehme mir vor, nicht großartig zu planen. Lasse mich vom Fluss leiten. Irgendwann einmal kommt dann das Meer. Fühle mich leicht. Leicht und erleichtert. Der Fluss liegt erst so richtig vor mir. Ich gehe langsamer, gehe weicher und genieße jeden Schritt. Irgendwann entdecke ich eine Jugendherberge. Schlafe bis zum Mittag des nächsten Tages.

STRASSBURG

Dass Japaner so wild sein können? Aber ich hätte es mir ja denken können – besser gesagt, von Weitem hören können. Aber nichts ahnend ging ich mit durch die Innenstadt, als ich mich wilder Punkmusik näherte. Es führte kein Weg vorbei – ich konnte nicht ausweichen, sondern musste an der Bühne vorbeilaufen. Bemerkenswerterweise handelte es sich bei den Musikern um Japaner. Es war kaum zu glauben. Nicht vergleichbar mit dem Stil der Achtziger, aber trotzdem gut und vor allem wild. Ich konzentrierte mich sehr auf meine Schritte, denn es war immer noch sehr schwer, nicht an Abfalleimern, Rinnsteinen und vorwitzigen Kopfsteinpflastern hängen zu bleiben. Aber bis jetzt lief alles prima.

Ich war schon stolz, dass ich mir diesmal meinen Weg so gut durch die Stadt bahnte, als auf einmal ein lauter Schrei und ein harter Ruck an meinen Kämmen mich anhalten ließen. Hoffentlich hatte sich niemand in meinen Kämmen verfangen, oder hatte sie sich um seinen Hals gewickelt? Vielleicht hatte ich irgendetwas beschädigt? Vorsichtig drehte ich mich um. Nichts dergleichen!

Der Sänger der japanischen Punkrockband hatte mich gesehen und war mit einem lauten Schrei auf die Kämme gesprungen. In richtiger Bruce-Lee-Manier. Frech lachend blieb er auf meiner Kammkette stehen und bewegte sich keinen Millimeter. Für einen Japaner war er ziemlich groß und er hatte einen energischen Mund.

Unsere Blicke kreuzten sich und ich wurde neugierig. Laut stieß er noch einen markerschütternden Schrei aus. Vielleicht handelte es sich bei diesem attraktiven Mann nicht um einen Musiker, sondern von einem Synchronschreier für japanische Actionfilme. Wie dem auch sei – das war meine erste Begegnung mit Ruichi.

Auf einmal wurde alles ruhig. Ruichi lachte nicht mehr, sondern sah mich nur unendlich lange an. Seine dunklen Haare waren wild durcheinander. Wie war das noch mit Bruce Lee?

Die umstehenden Zuschauer waren ratlos. Ging langsamen Schrittes auf die Bühne zu, legte die Kette hin und verharrte. Der Leadgitarrist fing mit einer Improvisation an. Ruichi ging auf mich zu, drehte sich abrupt dem Publikum zu. Es folgte eine Punkversion von „Ich weiß nicht, was soll es bedeuten?". Wahrscheinlich meinten die Zuschauer, es gehörte zur Show. Alle forderten noch eine Zugabe. Ich gebe zu, mir gefällt japanische Punkmusik, vielleicht gefielen mir auch die Musiker.

Die Show war aus. Als Sänger hatte Ruichi am wenigsten zu tun (Gruß an alle benachteiligten Schlagzeuger – sie müssen am schwersten schleppen).

„Stimmt's?"

„Was meinst du mit ‚stimmt's'?" Dieser verwegene Japaner war wirklich ungewöhnlich.

„Du bist es!" Meinte er, mich als Loreley zu erkennen? Ich glaube, in solch einem Fall ist es am besten, die Unschuldige zu spielen.

„Ich bin was?"

„Du bist ‚Sie'"!"

„Wen meinst du?"

„Na, du bist doch die Blonde von dem irren Cover."

„Welchem Cover?" Ich musste mir eingestehen, dass ich nicht wusste, von was er sprach.

„Du bist ja eine! Jetzt stellst du dich so unschuldig ..."

„Ich weiß nicht, wovon du sprichst!" Die Situation wurde mir etwas unangenehm.

Hoffentlich verwechselte er mich nicht mit einem Playboyhäschen oder einer Sonderbeauftragten von Beate Uhse.

„Gib es doch zu." Ruichi lachte verschmitzt und nichtssagend.

„Was soll ich zugeben?"

„Du bist doch diese Sängerin von den ‚Lunachicks'."

Ich war erleichtert. „Du meinst Theo?"

„Natürlich – du hast auf dem CD-Cover von ‚Pretty Ugly' nur ein blaues Polyesterkleidchen an."

Wenigstens hatte er sich nicht auf das vorherige Album besonnen und mich nicht mit einer der Chips und Kuchen in sich reinstopfenden Damen verwechselt. Es wäre allerdings ganz lustig gewesen, wenn er mich hinter der dort abgebildeten Bartträgerin vermutet hätte.

„Es tut mir leid, ich bin nicht Theo." Ruichi war sichtlich enttäuscht.

„Du bist nicht ...?"

„Nein, ich bin leider keine amerikanische Punkmusikerin."

„Und du bist sicher?"

„Sicher."

„Wirklich?" Er wollte es einfach nicht glauben. Immer wieder sah er mich ungläubig an. Betrachtete mein Gesicht, meine Haare und sah danach in die Ferne, als ob auf der Wasseroberfläche des Rheins das Bild der Lunachicks erscheinen würde.

„Schau doch genau hin – ich habe blaue und keine braunen Augen. Außerdem bin ich nicht an meinem linken Unterarm tätowiert."

„Das möchte ich mir wirklich genau ansehen." Er fasste zielstrebig nach meinem linken Arm.

„Stimmt, dort ist nichts."

„---."

„Bist du sonst noch irgendwo tätowiert?"

„Nein."

„Hättest du etwas dagegen, wenn ich es wäre?" Seine Augen wurden neugierig.

„Es kommt darauf an. Und hast du eine?"

„Noch nicht, es fehlt mir nur das richtige Motiv."

„An was hast du denn so gedacht?"

„Ich weiß noch nicht, es wird dann schon auf mich zukommen und dann weiß ich, d a s ist das Motiv."

Ich stellte mir Ruichi mit den verschiedensten Drachen, Panthern und Schlangen vor. Als ich mir seinen Körper mit verschiedensten Blümchen verziert vor Augen führte, musste ich lachen.

„Warum lachst du?"

„Ach nur so."

„Komm sag schon, warum lachst du?"

„Ich musste nur an etwas Lustiges denken."

„Du bist ungewöhnlich."

„---."

„Hättest du Lust?" Diese Frage – kam jetzt etwa ein unmoralisches Angebot?

„Auf was?"

„Na ja, wenn du keine Verpflichtungen in New York bei den ‚Lunachicks' hast, dann könntest du doch bei uns mitmachen."

„Du meinst in eurer Band?"

„Klar, das war doch vorhin wirklich gut."

„Aber ich singe nicht gut."

„Musst du auch gar nicht können. Du ziehst dasselbe wie vorhin ab und dann etwas Schreien als Backgroundsängerin. Das klappt dann schon."

Es war zugegebenermaßen ein verlockendes Angebot.

„Wir fahren jetzt nach Süddeutschland. Eigentlich sind wir nur aus Versehen hier."

„Wie meinst du aus Versehen?"

„Wir waren eigentlich mit dem Tourbus von Nancy unterwegs nach Karlsruhe. Danach geht die Tour nach Stuttgart ..."

„Ja und was hat das mit Straßburg zu tun?"

„Irgendwie müssen wir uns verfahren haben. Von Nancy aus hatten wir die falsche Autobahnabfahrt genommen und sind hier gelandet."

Ich war dem Schicksal für diese außergewöhnliche Irrfahrt dankbar. Ruichi war ein Erlebnis wert. Leider musste ich trotz aller Verlockungen meiner Sangeskarriere eine Absage erteilen. Der Rhein rief und ich musste bleiben.

Ich hatte noch oft seine Version von „Ich weiß nicht, was soll es bedeuten" in meinen Ohren, dazu seine tiefe rauchige Stimme. Es hätte ein Hit werden können. Für mich war es klar, dass er ein König des Rock und Punks in Japan werden würde. Vielleicht ein Sexsymbol für alle schmachtenden Teenager und poppig bunten Hausfrauen des Landes. Vielleicht hätte ich ihn in seinem einfachen spartanischen Hausboot in den Reisfeldern besucht und er hätte mir sein wunderbares wildes Land gezeigt. Ein prickelnder Silvaner vom guten alten Rhein, ein unwahrscheinlich exotisches Reisgericht und die Neuauflage von „unserem" Lied.

Der Mond müsste lachen und der Himmel hätte sich in seine besten kitschigen Farben gelegt. Irgendwann hätte Ruichi die ganzen Klatsch- und Teeniezeitschriften hervorgeholt und wir hätten den lustigsten Abend mit dem Erzählen der verrücktesten Geschichten zwischen Rhein und Japan gehabt.

Leider kommen die Dinge immer anders, als man es sich vorstellt. Ruichi machte Karriere und ging in die Politik. Dort hatte er eine einflussreiche Stellung. Nach einigen Jahren besaß er sogar ein Appartment in Tokio. Jedes Jahr flattert eine Einladung von ihm in meinen Briefkasten. Aber seit er in die Politik ging, waren die Schreiben mit Computer auf holzfreiem Druckpapier aus Kanada geschrieben. War das noch Ruichi – mein wilder Japaner?

Ich las immer wieder etwas von ihm – in Wirtschafts- und Politikmagazinen. Er galt trotz allem als sehr außergewöhnlich. Man sah immer wieder langhaarige blonde Frauen an seiner Seite und immer wieder wurde gemunkelt, er würde in seiner Freizeit Punkmusik hören. Außerdem hieß es, er hätte ein kleines Geheimnis, dort, wo man es nicht sehen konnte: eine Tätowierung in Form einer blonden feenhaften Märchengestalt in der Nähe seines Herzens. Er hat sich nie darüber geäußert.

„Na ja, Politiker werden ist auch ein bisschen wie Sterben", dachte sich Loreley und ärgerte sich über ihren Nagellackentferner. Er war eines dieser Billigprodukte und sie brauchte unendlich lange, bis sie die Glitzerfarbe abgewischt hatte. Ein nicht unbeachtlicher Berg von Papiertaschentüchern türmte sich neben ihr auf. Man brauchte nicht nur viel, es roch auch noch schrecklich. Das war es nicht allein: Der Wind spielte ihr einen bösen Streich – er blies alle Taschentücher davon. Man wollte es nicht glauben, wie schwierig es war, mit Wattebällchen zwischen den Zehen Papiertaschentüchern hinterherzurennen. Nach einer Weile hatte der Wind genügend Spaß damit gehabt – er ließ seine Böen sein. Verstimmt sammelte die Nixe alles auf und wurde noch ungeduldiger, als sie noch länger laufen musste, um einen Abfalleimer zu finden. Dass diese Menschen auch nicht mehr davon aufstellen konnten! Was wäre, wenn mehrere auf die Idee kommen würden, hier am Rheinufer sich die Nägel zu lackieren?

Ich hätte damals in meiner Teenagerzeit doch etwas regelmäßiger zum Unterricht erscheinen sollen. Es tut mir um jedes Wort leid, welches ich nicht kann. Die Franzosen sind wider Erwarten sehr geduldig und freundlich, wenn sie sehen, dass man sich in ihrer Sprache abmüht.

Ich hatte den Vormittag damit verbracht, kreuz und quer auf den Kanälen der Stadt zu fahren. Es war reizend. Wie musste dies erst abends in den Armen eines schönen Mannes sein! Vielleicht würde ich es in den nächsten Abenden, wenn sich die Gelegenheit bieten würde, einmal ausprobieren.

War nicht Französisch die Sprache der Liebe? Von der Loreley wusste man hier nicht unbedingt viel, oft schien sie auch unbekannt, aber das machte nichts. Man war hier immer freundlich und formvollendet. Ohne viel Nachfragen wurde ich auf den Ausflugsschiffchen mitgenommen. Es war reizend. Nach nur kurzer Zeit kam man zu verträumten Ecken mit alten Booten, die so aussahen, als würden sie aus einem

Modellbauprospekt stammen. Verschlafen und ruhig lagen sie da, als hätten sie die letzten Jahrzehnte geschlummert.

Immer wieder begegneten mir Schwäne. Ich musste an meinen Reisebeginn denken.

Hinter den Kanälen lag das Straßburger Münster. Das rötliche Mauerwerk ließ es trotz seiner Größe freundlich erscheinen. Ich hatte einmal gelesen, dass eine Bildhauerin im Mittelalter hier eine Figur mit einem interessanten Spruch im Sockel geschaffen hat. Ich wollte mich davon einmal überzeugen. Leider hatte ich nie richtig etwas darüber erfahren können. Dass es im Mittelalter eine Frau in dieser Zunft gegeben haben soll, fand ich schon sehr interessant. Es stand einfach da, als hätte es auf mich gewartet. Irgendwie fehlte etwas. Immer wieder sah ich es an. Tatsächlich – dieses gotische Meisterwerk hatte nur einen Turm. Ungläubig blieb ich davor stehen.

„Kann ich Ihnen helfen?" Ein gut gekleideter älterer Herr sprach mich in leicht verständlichem Französisch an.

„Ein Turm? Warum e i n Turm?", versuchte ich mich mit meinen Schulkenntnissen zu artikulieren. Es folgte ein französischer Wortschwall, irgendwie hörte ich nur Turm und Statik heraus.

„Es tut mir leid, ich verstehe Sie nicht. Sprechen Sie Englisch?"

Der freundliche Straßburger verneinte. Er versuchte es noch einige Male, bis er dann mit seinen Händen einen Turm nachbildete.

„Bummm!", rief er laut und ließ diesen zusammenbrechen.

Langsam verstand ich. Einen zweiten Turm würde das Gebäude nicht mehr aushalten. Es würde einstürzen.

„Danke, vielen Dank!" Glücklicherweise beherrschte ich noch die einfachen Umgangsformen.

„Es war mir ein Vergnügen. Auf Wiedersehen, deutsches Fräulein!" Kurz verneigte er sich, um dann wieder seiner Wege zu gehen.

Noch während ich Richtung Hauptportal ging, nahm ich mir vor, mir im Schulprogramm des dritten Fernsehsenders die Französischstunden auf Video aufzunehmen, und im nächsten Jahr würde ich mit Italienisch beginnen ...

Die filigran gearbeiteten Figuren und Ornamente waren voll Feinheit und Eleganz. Dieser Masse an Kunstwerken konnte man gar nicht gerecht werden. Jetzt wäre ein Fernglas gut. Ich sah mich um, aber keiner der Fußgänger hatte ein solches bei sich. Selbst die Touristen schienen sich mit der Blickweise ihrer Augen zufriedenzugeben.

Am Hauptportal waren die Figuren der Propheten – das wusste ich noch aus dem Religionsunterricht. Irgendwie musste ich das mit dem vergessenen Turm verschlafen haben. Davon war mir wirklich nichts bekannt. Natürlich wusste ich nicht mehr, wer diese Herren und Damen mit den wallenden Gewändern waren. Ganz rechts außen war eine Prophetin mit – wahrscheinlich – einem Buch in der Hand. Sie blickte doch sehr skeptisch in die Zukunft. Was sie wohl sah?

Ich beschloss, mich meinem französischen Gebäck und meiner neu erstandenen weißen Jacke zu widmen und wieder „auf Reisen" zu gehen. Ich stieg in das nächstmögliche Schiff ein.

Die Stunden vergingen, ohne dass ich es merkte. Ich ließ einfach noch einmal alles aus einer anderen Perspektive auf mich wirken. Trotzdem hielt das Schiff doch früher als erwartet an. Verwundert ging ich an Deck.

„Wo sind wir?"

Erstaunt sah mich die Schiffsbegleitung an. „Natürlich in Rhinau. Wir sind da. Die Fahrt ist zu Ende."

„Rhinau? Wieso sind wir nicht in Basel?" Ich war verwirrt.

„Basel – wir fahren nie nach Basel. Wir fahren nur nach Rhinau."

In meiner Aufregung musste ich das falsche Schiff genommen haben. Rhinau – wo und was war Rhinau?"

„In welchem Land sind wir dann?"

„Sie befinden sich jetzt auf der französischen Seite. Aber eine Fähre fährt alle fünf-zehn Minuten auf die deutsche Seite."

„Aber wir sind schon Richtung Basel gefahren?"

„Richtung Basel ja, da sind Sie richtig. Aber es fahren erst morgen Schiffe in die Schweiz." Geduldig beantwortete die Angestellte meine seltsamen Fragen.

Etwas durcheinander lief ich nochmals unter Deck, um meinen Rucksack zu holen. Es wurde bald Abend und ich wusste weder genau, wo ich war, noch was ich tun sollte, geschweige denn, wo ich heute übernachten sollte.

RHINAU

Ich habe jetzt wieder Zeit, in mein Tagebuch zu schreiben. Es ist etwas kalt gewor-den und ich bin froh, dass ich mir die Jacke gekauft habe, denn die Heizung in dem Wohnwagen ist sehr launisch.

Ja, ich bin tatsächlich in einem Wohnwagen am Rhein gelandet. An solch einen engen Wohnraum muss man sich erst gewöhnen. Eigentlich wollte ich gleich nach einem Tag weiterfahren. Bin aber irgendwie jetzt hier. Ich habe eine Lokalbesitzerin, Frau Boucher, kennen gelernt. Sie war sehr freundlich und hat mir spontan diese Übernachtungsmöglichkeit angeboten. Ich weiß nicht, wie lange ich bleiben werde. Es sind sogar einige Lebensmittel da. Dann lasse ich erst einmal alles auf mich zu-kommen. Nur an die Inneneinrichtung kann ich mich nicht so recht gewöhnen: Eiche, furniert. Passt aber zu meiner Stimmung.

RHINAU II

Ich habe die letzten Tage alle Erlebnisse nachgetragen. Mein Tagebuch liegt nun seit gestern Abend geöffnet auf dem Klapptisch und sieht mich an. Es ist weder vorwurfs-voll noch wartend, es ist nichtssagend und es ist mir auch egal. Seit heute früh regnet es. Ich mag dieses Geräusch. Dieses leichte beruhigende Klopfen an die Fensterscheibe. Bin einfach nur dagesessen und habe zugehört. Nur dasitzen und zuhören. Wenn ein

Tropfen auf den anderen trifft, vereinigen sie sich, doch nur kurz und dann rinnt die Gemeinsamkeit davon. Immer nach unten.

Natürlich meint das Wetter es gut mit mir und es gleicht sich meinem emotionalen Tiefgang an. Ich habe keine Lust, auch nur die kleinste Kleinigkeit zu machen. Werde mich dann wieder in meinen Schlafsack verkriechen. Hulk würde mich wieder als sentimental einstufen. Lieber Hulk: Es ist nun einmal so, finde dich damit ab! Warum denke ich überhaupt an dich? Es würde nichts bringen, wenn du hier wärst. Hoffentlich kann ich schlafen, dann muss man wenigstens nicht so viel nachdenken.

Als Alternative bietet sich entweder die geschmacksschwierige Rüschengardine oder der Sitzüberzug zum Anstarren an. Das Leben steckt eben voller Überraschungen.

RHINAU III

Habe seit Tagen nichts mehr eingetragen. Es hätte auch nichts mehr zum Schreiben gegeben. Seit letzter Woche hat sich auch nichts sonderlich Neues ereignet. Nur der Lebensmittelvorrat neigt sich bald dem Ende zu. Das ist auch nicht verwunderlich, denn ich habe außer essen und zum Fenster hinaussehen nichts anderes getan. Wie wäre es zur Abwechslung mit einer Tasse Tee? In Ordnung! Es ist nichts dagegen einzuwenden. Und dann in den Schlafsack!

RHINAU

Ich habe beschlossen, keine Nummern mehr hinter Rhinau zu schreiben. Da ich nicht weiß, wie oft ich an diesem Ort noch etwas eintragen werde, lasse ich es besser.

Das Wetter versucht, mich zu locken. Die Sonne scheint und will, dass ich nach draußen gehe. Ich mag aber noch immer nicht. Langsam gefällt mir dieses Verkriechen und gegen das Eiche-rustikal-Furnier bin ich immun. Die Gardinen und den Sitzbezug habe ich bis zur Unkenntlichkeit angestarrt. Es gibt kein Wenn und Aber: Ich bleibe „drinnen".

Ich verspüre ein kleines Glücksgefühl.

Nachdem ich Madame Bouchers Kühl- und Vorratsschrank hemmungslos ausgeplündert habe, war ich doch etwas hungrig. Da Fastentage bei mir völlig fehl am Platz sind, habe ich mich an meinen Rucksack erinnert. Ich weiß gar nicht, wie lange er schon so unangetastet in der Ecke steht. Ist ja auch weiterhin nicht von Bedeutung. Lange Rede, kurzer Sinn – es gibt es noch: das gute Straßburger Gebäck. Zugegeben, es ist sehr hart geworden. Aber der schöne heiße Tee löst alle Bedenken und Barrieren.

Die Verpackung des Gebäcks hat es mir angetan: Es animiert mich, einige Skizzen zu machen. Vielleicht werde ich noch einige Bilder malen.

RHINAU

Habe inzwischen alle Papiere, Etiketten und sonstigen Fundstücke verwertet. Ein schönes helles Atelier mit vollen, strotzenden, wartenden Farben wäre recht.

Das Straßburger Gebäck und die Bohnen stecken voll ungeahnter Kräfte. Mein Kopf explodiert vor Ideen. Wenn ich doch nur alles umsetzen könnte. Farben! Ein Königreich für Leinwand und Farben. Die Situation erinnert mich irgendwie an meine Studentenzeit.

Kein Geld für Farben, kein Geld für die Leinwand und jeden Tag Spaghetti. Damals war jede Verschickung meiner Kunstmappen, jede Farbkopie eine fast nicht tragbare Belastung. Habe dann andere Gestaltungsflächen gesucht: Wände, Schränke, Papiertücher, Flaschen und Männerkörper.

Letzteres war dann doch nicht für die Ewigkeit bestimmt. Dafür gab es Unmengen von Spaghetti in allen Variationen. Diese Engpässe haben mich wohl letztendlich dazu gebracht, mein Kunststudium zugunsten des „Brotstudiums" der Betriebswirtschaft aufzugeben.

Jetzt ist außer einer Dose Champignons und drei Dosen Bohnen wirklich nichts mehr zu essen da. Die Konserven habe ich unter den Sitzpolstern gefunden. Außerdem lagen dort noch eine alte Angel, ein Käscher und ein Taschenmesser, wahrscheinlich von Herrn Boucher.

RHINAU

Ein großer Mann mit wallendem Bart ist da. Ich kenne ihn nicht und habe ihn auch noch nie gesehen.

Das Aquarium! Das Aquarium! Ich schaue hinein und kann es nicht fassen. Zuerst hätte ich es auch gar nicht bemerkt. Einige Fische sind tot. Sie liegen bei den andern. Anfangs entdecke ich nur den Goldfisch mit dem Schleierschwanz. Er war mein Lieblingsfisch. Auf der linken Seite liegt der schöne Regenbogenfisch. Mit seinem grün-bläulich schillernden Schuppenkleid war er eine Pracht. Es sind mehr Fische tot, als man auf den ersten Blick erkennen kann. Man hätte das Aquarium nicht transportieren dürfen. Bestimmt sind durch das Anheben einige Fische in Mitleidenschaft gezogen worden. Man hätte mehr aufpassen müssen. Ich stehe vor dem Aquarium und weine. Die Fische fehlen mir. Ich hatte sie doch so gemocht.

Der Mann mit dem Bart hat eine Kommode dagelassen. Eine helle alte Kommode mit einer fast rötlichen Maserung. Die Tischplatte ist aus weißem Marmor. Ein Clip von den Hosenträgern ist in die Türe eingeklemmt worden. Ich mache die Türe auf und will den Clip ordentlich in die Schublade räumen. Da entdecke ich ein Geschenk.

Es ist mit einem herrlich glitzernden, blauen Papier eingebunden. Wenn ich es hochhebe, dann scheint das Blau zu Wasser zu werden, und es schwappt bald über. Ich hebe es gegen die Sonne und ich sehe Tausende kleiner Regentropfen, die wie Diamanten glitzern. Sie vereinigen sich und rinnen nach unten, um dann auf dem Geschenk zu tanzen. Ich löse das Geschenkband auf. Es wird zu einer Wasserschlange, die sofort sich wendend und drehend verschwindet. Ich will ihr nachschauen, aber die Neugier auf das Geschenk ist größer. Die zwei Kartondeckel sind schnell aufgeklappt und ich sehe hinein. Es liegen vier silberne Fische darin und sie lachen mich an.

Mein Mund ist voll. Ich kaue und kaue, aber ich bekomme das sandige körnige Zeug aus meinem Mund nicht heraus. Mein Mund ist übervoll. Ich kann nicht reden oder sonst etwas machen, denn mein Mund ist einfach zu voll. Es ist, als würde ich Sand kauen, aber es ist kein Sand. Was ist eigentlich mit den Bohnen geschehen? Vielleicht sind sie weg? Ich gehe mit meinem vollen Mund zu den Sitzpolstern und hebe sie hoch. Weg! Die Bohnen sind weg und ich brauche sie doch! Ich renne im Wohnwagen herum und schaue überall nach und kann sie nicht finden.

Jetzt stehe ich vor dem Fenster mit der berüchtigten Gardine und sehe hinaus. Mein Mund ist nun leer und es bleibt ein seltsames, schales Gefühl zurück. Ich führe meine Zunge über mein Zahnfleisch und weiß nicht, was ich von diesem nun leeren Mund halten soll. Noch einmal drehe ich mich um und gehe zu den Sitzkissen. Vorsichtig und befremdet hebe ich sie hoch. Erleichtert atme ich tief durch. Sie sind da! Meine Bohnen sind da!

Ich muss zugeben, dass der Traum mich doch ganz schön durcheinandergebracht hat. Es brauchte schon einige Zeit, bis mir klar war, was Realität und was Traum war. Vor allem, dass es ein Traum war! Ungläubig habe ich immer wieder mit meiner Zunge meinen leeren Mund abgetastet und die Dosen angesehen. Ich habe die Bohnen so lange angesehen, bis diese kleinen weißen Dinger auf dem Etikett zu tanzen begannen.

Dann habe ich natürlich mit meiner Wahrheitsfindung aufgehört und diesen komischen Traum sofort aufgeschrieben. Also dieser volle Mund war schon ein unangenehmes Gefühl. Natürlich fehlt jetzt ein kleines Traumdeutungsbuch.

Nach dem Erwachen hatte ich nach diesem Mann mit dem Bart Ausschau gehalten. Er war schon älter und doch vor Kraft strotzend. Der Unbekannte war mir doch nicht so unbekannt und doch fremd. Ich spürte seine Anwesenheit so stark, als ob es wahr wäre.

Gibt es diesen Mann mit dem wallenden Bart? Woher kenne ich ihn? Was war das für eine starke, nicht bekannte Ausstrahlung und Präsenz, die über den Traum hinausging? Wer war er? Kannte ich ihn doch oder war es nur Einbildung?

Nachdem ich jetzt ein bisschen pragmatischer geworden bin, deute ich diesen Traum ohne mein Büchlein wie folgt: Ich sollte nicht jeden Tag Bohnen essen, sondern zum Angeln gehen. Herr Boucher würde es bestimmt verstehen, wenn ich mir aus dieser Not heraus seine Angel ausleihe. Vielleicht sollte ich zur Sicherheit auch noch den Käscher mitnehmen, denn ich weiß nicht, wie man angelt. Mein erster Freund war ein begeisterter Angler. Ich fand das damals ziemlich öde. Vor Langeweile habe ich es damals fast nicht ausgehalten. Da warf dieser gut aussehende, nette Junge seine Angel aus und schaute und schaute und schaute.

Das Schlimme war, dass man kein Wort sprechen durfte. Was sollte man also großartig tun? Für Romantik und schöne Gespräche war keine Gelegenheit. Da hatte ich es endlich geschafft, einen Freund zu haben, und nun konnte ich nichts anderes tun, als sinnlos auf einen See zu starren. Es hätte mir von Anfang an verdächtig vorkommen müssen, als ich ihn über die verschiedenen Fischarten immer ausfragen sollte. Doch ich ahnte nichts, da ich vor lauter Verliebtheit froh war, in seiner Nähe zu sein. Um ihn öfter besuchen zu können, habe ich sogar den Bücherschrank meiner Eltern geplündert und sämtliche Tieratlanten und Fischbildbände angeschleppt, die ich nur finden konnte.

Das Ergebnis ist bekannt. Zu einer unmenschlich frühen Zeit musste ich aufstehen, und ich bin schon immer schlecht aufgestanden. Aber was macht man nicht vor lauter Verliebtheit?

Ich versuche, mich immer wieder an jenen ereignislosen Sommervormittag zu erinnern. Leider haben mich die Angelkünste meines Romeos damals überhaupt nicht interessiert. Von diesem Tag und den vielen Abfragestunden ist gar nichts hängen geblieben. Frustriert schaue ich die Angel von Herrn Boucher an. Ein Wurm ist bestimmt nicht falsch. Liebes Tagebuch, du hast das Privileg. Dir vertraue ich es jetzt in aller Förmlichkeit an: Das, was die Sonne mit ihren Verlockungen nicht geschafft hat, hat dieser seltsame Traum geschafft:

Ich gehe jetzt hinaus! Ich werde mit einem meiner Kämme in der Erde herumbuddeln und nach Regenwürmern suchen. Vielleicht hilft es, wenn man die Erde mit Rheinwasser etwas angießt. Ich werde mich auch bei dem Regenwurm für seine Unannehmlichkeiten entschuldigen. Petri Heil!

Nachtrag: Angeln ist doch nicht so einfach! Vielleicht war das mit dem Regenwurm doch nicht so richtig. Es bleibt mir nichts anderes übrig, als Bohnen zu essen.

Nebenbei bemerkt: Es ist befremdend, wenn man nach so langer Zeit hinausgeht in das Freie. Fühle mich wie auf einem fremden Stern. Es ist mir glücklicherweise auch kein Außerirdischer begegnet.

Mir fällt erst jetzt auf, dass ich die ganze Zeit nicht gewusst habe, wie meine Umgebung aussieht. Es war schon dunkel, als Frau Boucher mich hierherbrachte. Das Einzige, was nicht fremd ist, ist der Rhein. Es schien, als hätte er sich gefreut, dass ich wieder bei ihm war ...

PS: Habe heute unter dem Eindruck der etwas einsamen Bohnen meine „wilde Loreleysuppe", die aus den Wildpflanzen hier vom Rhein besteht, kreiert. Sie ist wirklich genießbar!

WIEDER RHINAU

Träume! Immer diese Träume! Normalerweise wacht man Morgen für Morgen wie immer viel zu früh auf und weiß von nichts. Da man sowieso nichts geträumt hat, kann man sich logischerweise auch an nichts mehr erinnern. Ich kann mich keines Traumes entsinnen, seit ich diese Reise mache und jetzt habe ich gleich zwei hintereinander. Vielleicht holt mich auch meine Sentimentalität und meine Teenagerzeit ein. Aber es war auch dieses Mal wirklich zu mitreißend:

Ich lese Zeitung. Ich blicke auf die Schrift, aber ich kann die einzelnen Buchstaben nicht erkennen. Zuerst denke ich an eine Täuschung, aber auch meine folgenden Versuche, die Zeitung näher an mein Auge zu halten, fruchten nicht.

Ich kann einfach nicht entziffern, was in der Zeitung geschrieben steht. Die Buchstaben werden wie unter einem Sog größer und kleiner. Manchmal verschwimmen sie sogar. Ich bin verzweifelt, dass ich nicht lesen kann und kann es mir nicht erklären. Immer und immer wieder versuche ich es. Doch es ist sinnlos.

Der Rhein – ich springe ins Wasser und tauche ein. Ich kann auf einmal unendlich lange unter Wasser bleiben und blicke nach oben. Über mir schimmert die Helligkeit der Wasseroberfläche. Ich bleibe unendlich lange auf dem Grund des Rheins. Ich sehe immer wieder die dunklen Rümpfe der Schiffe über mir vorüberziehen. Natürlich macht mir das keine Angst, denn ich kenne das ja. Am liebsten lege ich mich in eine unterirdische Stromschnelle. Dort bleibe ich ganz ruhig liegen und lasse meine langen blonden Haare herumwirbeln. Ich höre etwas. Es ist eine verständliche Lautstärke, aber ich kann trotzdem nichts verstehen. Es hört sich an, als würde jemand eine Single auf dem Plattenteller zu langsam laufen lassen. Ich kann einfach nichts verstehen.

Jemand sagt etwas zu mir. Eigentlich dürfte es keine Schwierigkeiten geben. Ich kann den Redenden zwar nicht sehen, aber normalerweise müsste ich mich ganz normal unterhalten können. Ich höre nur die Plattenspielergeräusche und muss aufgeben. Ich kann die Worte einfach nicht verstehen.

LIEBES TAGEBUCH!

Du brauchst keine Angst haben. Du wirst schon nicht zum Traumtagebuch, aber ich muss diese intensiven Schlaferlebnisse einfach für die Nachwelt festhalten. Sie ergeben natürlich keinen Sinn. Aber was macht schon Sinn? Macht es Sinn, ein Tagebuch zu schreiben? Die meisten bleiben unentdeckt und bleiben das, wofür sie bestimmt sind, sie bleiben heimlich. Oder sie werden gestohlen, entführt und den Meistbietenden verkauft und veröffentlicht, was auch nicht gerade sinnvoll ist.

Natürlich ist es nicht gerade sozial von mir, deine Daseinsberechtigung so in Frage zu stellen, da du dich nicht wehren kannst, aber irgendwie muss ich ja meine Träume ohne schlechtes Gewissen aufschreiben können.

Vor mir stehen noch zwei verlockende Dosen belgischer Bohnen. Ich halte der Versuchung stand und versuche es noch einmal mit Angeln. Wer weiß? Vielleicht klappt es ja heute. Petri Heil!

Das Petri Heil bekam nach diesem Eintrag eine völlig andere Bedeutung. Ich hatte nichts Schlimmes im Sinn – im Gegenteil! Ich genoss die wunderbare Umgebung in vollen Zügen. Ich fühlte mich wie in einem kleinen Urwald. Das Grün der Bäume war saftig und voll, ein bisschen Urzeitgefühl stellte sich ein. Es fehlten nur noch die fliegenden Dinosaurier in der Luft. Der Rhein kam in seiner ganzen Ursprünglichkeit zu mir. Ich glaube, ich befinde mich auf einer Art Insel. Die Dunkelheit war schon eingebrochen, als Madame Boucher mich hierherführte. Schade, dass ich erst jetzt die Schönheit dieses Fleckchens entdecke. Die Uferwälder rauschten leicht im Sommerwind, als ich meine Angel aus dem Rucksack packte. Manche Zweige hingen ins Wasser und bewegten sich sanft in den Wellen. Der Fluss schien sich hier auch wohl zu fühlen, denn hier wirkte er unberührt und unbegradigt.

Vielleicht hatte es gestern mit dem Fischfang nicht geklappt, da ich an der falschen Stelle war. Möglicherweise war es hier zu ruhig. Bei meinem kleinen Spaziergang gestern hatte ich eine kleine Brücke entdeckt. Unter ihr rauschte ein kleiner Wasserfall. Zwischen der Wasseroberfläche und der Brücke war ein großer Abstand, so dass ich mir nicht sicher war, ob ich von der Brücke die Angel werfen sollte oder nicht. Ich entschied mich dafür, dass ich den Köder von der Seite ins Wasser warf.

Den Regenwurm von gestern habe ich wieder in die Freiheit entlassen. Dafür entschied ich mich nun für die vegetarische Variante: Brotkrumen. Möglicherweise hatte ich einen Fehler bei dem Köder gemacht.

Zugegeben, Geduld war noch nie meine Stärke. Anstatt die Angel regungslos in den Händen zu halten, baute ich eine Halterung aus einer Astgabel und rammte den Angelgriff in den Boden. Das Ganze beschwerte ich zum Schluss mit einem großen Stein, falls einmal ein Fisch anbeißen sollte. Nun konnte ich mich den angenehmen Dingen des Lebens widmen. Ich suchte mir eine schöne Bucht, zog die Schuhe aus und ließ meine Füße im Wasser baumeln. Wahrscheinlich war dies das erste Mal, dass ich dem Rhein so nahe war, dass ich ihn so intensiv spürte. Es war im wahrsten Sinne des Wortes belebend. Dieses Kribbeln lief einher mit einem unbekannten Elektrisieren. Der Rhein gab mir etwas von seiner sanften Kraft. Mit beiden Armen stützte ich mich nach hinten ab und die Sonne lachte mir ins Gesicht.

Das alte Leben kam wieder zurück. Gelassen beobachtete und genoss ich es. Tief und ruhig ging mein Atem, das Licht gab mir Wärme und Kraft. Ich musste lächeln – ich fühlte mich auf einmal wie sie – wie die Loreley.

Ich weiß nicht, wie lange ich so dasaß. Ich hörte nur urplötzlich dieses laute Rufen der Männer. Erschrocken sah ich mich um und erkannte eine Anzahl von ungefähr vier Männern auf einem Kanu oder Kajak. Sie gestikulierten laut rufend, bis ich entdeckte, warum. Sie waren den kleinen Wasserfall unter der Brücke hinuntergefahren und hatten sich in meiner Angelschnur hoffnungslos verfangen.

Möglicherweise war es ein kleiner unterirdischer Strudel oder auch nur ihre chaotischen Ruderversuche, die sie immer wieder im Kreis drehen ließen. Zugegeben, sie waren perfekt mit Helm und Schwimmwesten ausgerüstet, doch ihre Handlungsweise ließ sie doch etwas peinlich aussehen. Männer, richtige Männer! Ich hatte schon so lange keinen mehr von ihnen gesehen, und dann das!

Hätte ihnen für das erste Wiedersehen nichts Schöneres einfallen können? Während ich noch hin- und herschwankte, ob ich sie bemitleiden oder lachen sollte, näherte ich mich ihnen. Vielleicht brauchten sie Hilfe.

Irgendwie war das keine gute Idee. Mein Kommen ließ sie in Panik verfallen, so dass es nicht lange dauerte, bis das Boot kenterte. Nun, wenn sie so gar nicht wollten.

Ich nahm die Angel aus der Halterung und schnitt die Angelschnur mit dem

Taschenmesser durch. So ein Gerät ist schon praktisch, wenn man es dabeihat. Der Strudel hatte die vier Männer mit Boot freigelassen. Der gekenterte Rumpf trieb der Bucht zu, die vier Outdoor-Spezialisten ebenfalls. Als ich erkannte, dass alle vier Insassen das Ufer erreicht hatten, konnte ich beruhigt meinen Heimweg antreten.

Das Erlebnis von gestern hatte mir gutgetan – in jeder Hinsicht. Ich beschloss, mir heute einmal die Stadt anzusehen und die Lebensmittelvorräte des Wohnwagens wieder aufzufüllen. Er hatte mich herumgekriegt. Der Fluss hatte mich überredet und ich hatte mich endgültig entschlossen, die Rheinreise fortzusetzen, egal, was kommen würde. Die Wohnung würde ich an meinen Bruder untervermieten und den Auftrag für das UNESCO-Weltkulturerbe annehmen. Ich würde erst wieder ernsthaft sesshaft werden, wenn ich die Nordsee erreicht haben würde.

Gegen Mittag packte ich meinen Rucksack und ging los. Ich hatte auch mein Radio nicht vergessen. Das Komische war, ich wusste nicht, wohin der Weg gehen sollte. An jenem Abend war ich zu durcheinander, um mir den Weg zu merken. Ich hatte die Orientierung verloren. Rhein, das konnte nie falsch sein und dann vielleicht die Sonne suchen. Vormittags müsste sie im Osten stehen. Vielleicht lag Rhinau westlich von Basel aus gesehen. Wie dem auch sei – ich lief und lief und irgendwie kam ich auch an.

RHINAU – ZUM SCHLUSS

Man stelle sich vor: Ich betrete ein gut besuchtes Lebensmittelgeschäft. Heiteres Reden, Lachen und Geschäftigsein. Ich betrete nun diesen kleinen Supermarkt und auf einmal erstirbt jeder Ton. Entweder trauen sich die Leute nicht, mich anzusehen, oder ich erkenne nur ängstliche Blicke. Es ist unmöglich zu wissen, was ich von dieser Situation halten soll. Es ist auch kein Spiegel in der Nähe, der mich nachprüfen lassen könnte, ob mein Augen-Make-up verflossen ist oder mein Kleid sich aufgelöst hat.

Verstohlen blicke ich nach unten. Rhinau, 25 Grad, und mein Kleid, es sitzt. Erleichterung macht sich breit. Vielleicht sollte ich mich zusätzlich noch zwicken, denn dieses Erlebnis wäre als Traum auch nicht schlecht. Gezwickt – und – es ist wahr. Ich bin hier im Supermarkt und verbreite Angst und Schrecken.

Selbstverständlich bin ich nicht davon begeistert. Am liebsten würde ich auf meinen nicht vorhandenen Absätzen kehrtmachen und den Laden verlassen. Doch ich muss an das Ehepaar Boucher und ihre geplünderten Vorräte denken. Es hilft nichts – ich muss einkaufen. Ich fühle mich nicht gerade wohl in meiner Haut, als ich die engen Gänge durchstreife und nach den gesuchten Artikeln fahnde. Die Leute lassen teilweise ihre Einkaufskörbe stehen und gehen nach draußen.

Sicherheitshalber durchblättere ich eine Zeitung, ob ein Bild einer blonden Männerdiebin abgebildet ist. Fehlanzeige. Eines Einbruchs oder Banküberfalls kann ich mich auch nicht entsinnen.

Irritiert und etwas nervös bezahle ich. Schnell gehe ich in die Richtung, wo die Bouchers wohnen. Es ist gleich in der Nähe der Kirche. Ich blicke mich um, glücklicherweise folgt mir niemand. Vor dem Kirchenportal probt der Pfarrer ein Singspiel mit einigen Kindern. Als sie mich erblicken, bleibt der Pfarrer wie angewurzelt stehen, während die Kleinen wie auf Kommando in das Innere des Gotteshauses rennen.

Was um alles in der Welt ist nur in dieses nette Örtchen gefahren?

Es war ein lautes herzliches Lachen. Madame Boucher hörte gar nicht mehr auf damit. „Sie machen ja Sachen!", brachte sie unter einem Schwall von Lachanfällen hervor.

„Ich? Aber ich habe doch gar nichts gemacht.", protestierte ich, musste aber auch schmunzeln.

„Natürlich machen sie Sachen. Sie bringen die ganze Region – wie sagt man doch noch – Sie bringen die ganze Region durcheinander!" Madame Boucher hatte diese nette deutsch-französische Mundart, die man oft im Elsass hört.

„Madame Boucher, Sie wissen doch, dass ich ganz unschuldig bin.", versuchte ich mich zu verteidigen.

„Unschuldig bestimmt. Aber die Männer, die armen Männer!", kicherte meine Vermieterin.

„Möglicherweise sind diese Männer gar nicht so arm. Vielleicht haben sie nur zu viel Wein oder Bier getrunken."

„Das kann schon sein, schließlich waren sie vor ihrer Abenteuerfahrt noch bei meinem Schwager in der Kneipe. Trotzdem ..." Meine Gesprächspartnerin versuchte, ernst zu werden. Doch es wollte ihr nicht gelingen. Immer wieder musste sie zumindest im Ansatz lachen.

„Ich habe nur geangelt ...", versuchte ich zu erklären.

„Meine Liebe, Sie vergessen, dass die Herren nach ihrem Erlebnis ärztliche Hilfe benötigten." Ich bemerkte, dass mir immer noch, angesichts des Schicksals der vier Paddler, der nötige Ernst fehlte.

„Ich habe nur geangelt, besser gesagt, versucht zu angeln", wiederholte ich.

„Und dabei haben Sie es wie auch immer geschafft, die Männer zu erschrecken. Sie glaubten, die Weiße Frau, die Loreley oder wen auch immer zu erblicken. Die Angelschnur und die sinnlosen Befreiungsversuche gaben ihnen den Rest. Sie standen alle unter Schock, als sie wieder nach Rhinau kamen. Wie aus dem Nichts wäre diese mysteriöse Frauengestalt erschienen und ebenso wieder verschwunden. In der ganzen Region spricht man von nichts anderem mehr. Die einen sagen, es wäre die Weiße Frau, die anderen meinen, es wäre die Loreley. Die meisten Bewohner glauben auf jeden Fall an einen Spuk."

„Wie geht es den Männern jetzt?", fragte ich fassungslos.

„Keine Angst, sie sind schon wieder auf dem Damm. Morgen werden sie noch einige Fernseh- und Zeitungsinterviews geben. Schade, dass Sie uns schon verlassen wollen. Am Wochenende wollen schon die ersten Touristen kommen und die Spukfrau suchen. Im ganzen Ort gibt es kein freies Bett mehr. Da müsste sich eigentlich der Bürgermeister bei ihnen bedanken." Madame Boucher lächelte noch immer.

„Nein, nein danke. Nur nicht!", wehrte ich ab.

„Und Sie wollen uns wirklich heute noch verlassen?"

„Ja leider, obwohl ich zugeben muss, dass ich diese Geschichte mit dem Spuk noch gerne weiterverfolgen würde. Jetzt haben wir dann einen richtigen Spuk im Elsass."

Es tat mir wirklich ein bisschen leid, dass ich Rhinau verlassen musste. Diese drollige Geschichte machte dieses Örtchen noch sympathischer, obwohl die Begegnung anfangs unter keinem glücklichen Stern stand.

„Muss es wirklich sein?"

„Wirklich."

„Wirklich?"

„Wirklich!"

„Aber dann müssen Sie unbedingt noch zum Essen bleiben, bevor Sie die Fähre nehmen. Wir haben heute ein ganz besonders feines Menü. Kommen Sie, ich lade Sie zur Feier des Tages ein."

Zu dieser Einladung konnte ich beim besten Willen nicht Nein sagen, zumal ich mich in der letzten Zeit nicht gerade abwechslungsreich und gesund ernährt hatte. Es war ein herrliches Essen mit allen Leckereien, die Rhein und Elsass zu bieten hatten.

WIEDER AUF DEM RHEIN

Madame Boucher, die gute Seele, hat mir noch Flammkuchen, Zwiebeltorte und Heidelbeerkuchen in den Rucksack gepackt. Dieser ist dem Platzen nahe, obwohl ich meinen Schlafsack in der Hand trage. Bin aber wirklich um diese herrliche Verpflegung froh. Mit solch einem guten Essen im Gepäck macht eine Reise doppelt so viel Spaß. Madame Boucher ist wirklich ein Goldstück, was hätte ich nur ohne sie getan?

Rhein, du hast mich wieder! Das wohlbekannte Geräusch der Schiffsmotoren klingt heimelig und vertraut. Der Wind bläst sanft meine Haare aus dem Gesicht. Rhinau verabschiedet sich anders, als ich es kennen gelernt habe. Am Ufer irritiert ein großer, klobiger weißer Bau meinen Blick. Ein mächtiger weißer Kasten mit gelbem Geländer. Ein paar kümmerliche Bäume haben sich dazugesellt. Es ist ein Wasserkraftwerk. Genesungsgrüße an meine Paddler!

KARLSRUHE

Was fällt mir zu Karlsruhe ein? Die ersten Gedanken wandern zum Bundesverfassungsgericht und zu der Autobahn Stuttgart–Karlsruhe. Hier hörte ich früher immer im Verkehrsfunk die Staudurchsagen. Es würde mich interessieren, ob es heute wieder Stau gab. Ich stelle mir eine kleine Stadt mit viel Neubauten, Reißbrettplanung und nicht gerade vielen Sehenswürdigkeiten vor.

Das Gute an sinnlosen Assoziationen ist, dass sie oft die Grundlage für Überraschungen bilden. Ich habe mich mit dem Bus zuerst einmal Richtung Marktplatz bringen lassen und glaube es nicht. Ich habe mich schon gewundert, immer wieder nette kleine Fachwerkhäuser zu sehen. Es gibt hier viel weniger Hochhäuser, als ich erwartet habe.

Aber dann an der Haltestelle Marktplatz kann ich es nicht fassen. Ich schließe kurz die Augen, und wenn ich nicht geschminkt wäre, dann würde ich sie mir reiben. Ich bin hier schon in Karlsruhe? Ich bin am Hafen schon richtig ausgestiegen?

Doch, ich bin hier schon in Karlsruhe, einer Stadt in Baden-Württemberg. Oder?

Zaghaft steige ich aus. Vielleicht haben sie die Bavaria-Filmstudios hierher verlegt, oder Babelsberg hat eine Filiale hier eröffnet. Verstohlen halte ich nach einem Kamerateam Ausschau. Fehlanzeige! Die Kulisse ist echt. Inmitten dieses beschaulichen Plätzchens ragt eine ungefähr sieben Meter hohe, rote Pyramide empor. Und gegenüber der Kirche scheint Aristoteles seinen Tempel vergessen zu haben, ganz abgesehen davon, dass mich der Platz mit seinen Marktständen und den vielen geschäftigen Leuten und Blumen an den Campo di Fiori in Rom erinnert. Ägypten, Griechenland und Italien an einem Ort. Diese Stadtplaner hätte ich gerne kennen gelernt. Karlsruhe, was bist du?

Es ist schön hier. Ich setze mich zu der Pyramide und schaue dem Treiben zu. Dolce Vita in Karlsruhe, wenn ich das jemandem erzähle! Die Stimmung unter den Bewohnern ist hier gelassen, trotz der großen Anzahl von Menschen verbreitet sich keine Hektik. Der Wiedereinstieg in die Zivilisation wird mir leicht gemacht. Es ist so, als wäre ich nie weg gewesen.

Diese Pyramide, sie ist wirklich faszinierend. Um ein Vielfaches kleiner und röter als ihre Schwestern in Giseh, steht sie hier selbstverständlich und selbstbewusst. Fast ein bisschen frech. Ihr Alter lässt sich auch schwer schätzen. Wann sie wohl gebaut wurde? Vor allem warum? Von einer Landestation für Außerirdische, über ein Denkmal für die Bildung bis hin zu einer Hommage an „Stargate", fallen mir die verschiedensten Gründe ein. Dieses ägyptisch-badische Wahrzeichen macht es sehr spannend. Ein Ehepaar hat neben mir Platz genommen. Ihre Taschen sind prall gefüllt mit dem Gemüse vom Markt. Da ich das Gefühl habe, dass in Karlsruhe die Geschichte mit der Weißen Frau noch nicht die Runde gemacht hat, traue ich mich, sie anzusprechen.

„Entschuldigung?"

„Ja, was gibt es denn?" Der Mann sieht mich entspannt durch seine dicke Brille an. Es ist sicher, hier hat man keine Angst vor mir und dem Spuk im Elsass. Ich kann weiterfragen.

„Könnten Sie mir sagen, was es mit dieser Pyramide auf sich hat?"

„Ei, Sie meinen unser ‚Rotes Hüatle'?" Die schlanke ältere Frau hat denselben Strohhut wie ihr Mann auf und beherrscht das ursprünglichste Karlsruher Tiefplatt.

Überhaupt sieht sie ihrem Mann sehr ähnlich. Es fällt mir auf, dass sie auch im Bereich Brille auf dasselbe Modell gesetzt hat. Trotz mancher Unverständlichkeit und erst späterem Begreifen hört sich dieser Dialekt niedlich an.

Da sie auf die Pyramide weist, begreife ich, dass es sich um die Pyramide handelt. Möglicherweise meint sie mit „Hüatle" den Begriff „Hut".

„Ja."

„Mei, da liegt er halt drin." Um ihre Aussage zu unterstreichen, nickt sie. Ich schaue etwas ungläubig und verstehe nicht ganz.

„Meine Frau meint, dass er drinnen in der Pyramide liegt." Versucht ihr Mann mir in Hochdeutsch verständlich zu machen. Er hat inzwischen ein hart gekochtes Ei aus der Einkaufstasche gepackt und schält es mit größter Sorgfalt. Ich blicke immer noch etwas irritiert.

„Sie wissen schon – er", bestätigt seine Frau.

„Wen meinen sie mit ‚er'?", möchte ich wissen. Bilder von reanimierten Mumien ziehen vor mein geistiges Auge. Was machen nur diese Karlsruher? Sie sind voller Mysterien und außerdem humorvoll.

„Ei, der Markgraf Karl Wilhelm", erklärt sie weiter.

„Ach, der Markgraf. Und wer war dieser Karl Wilhelm?"

„Das war der Stadtgründer von Karlsruhe. Der hat alles hier gemacht. Und das schöne Schloss ... kennen Sie das schon? Meine Schwester hat einmal ..."

Sie scheint es zu genießen, dass ihr Mann noch mit dem Ei beschäftigt ist. Jetzt hat sie die Möglichkeit zu erzählen. Leider geschieht dies in einem sehr schnellen Sprechtempo und in ihrem einheimischen Dialekt. Ich verstehe nicht sehr viel. Ihr Mann hat fertig gegessen. Er holt sich eine karierte Stoffserviette aus der Jackentasche und tupft langsam und bedächtig seinen Mund ab.

Ich kann es immer noch nicht glauben. Karlsruhe, ein Hort der Sezierung und Mumifizierung? Dieser helle freundliche Platz im Schatten der Dunkelheit? Sollten die Karlsruher etwa ägyptische Ahnen haben, die Stadt Ort einer altpharaonischen Sekte sein? Vielleicht war Nofretete deswegen urplötzlich aus den Annalen ihrer Zeit verschwunden, weil sie das heiße Klima satthatte und klammheimlich nach Karlsruhe auswanderte. Möglicherweise verliebte sie sich auch in einen badischen Sklaven, mit dem sie aus lauter Liebe hierherflüchtete. Die Geschichte müsste wegen der heißblütigen Karlsruher neu geschrieben werden.

„Sie haben ihn dann verbrannt." Der Mann ist mit seiner Brotzeit fertig.

„Verbrannt?" Ich muss zugeben, das Gespräch birgt immer wieder neue Aspekte.

„Ja, ganz und gar verbrannt." Er ist sich seiner Aussage ganz sicher, seine Ehefrau hingegen ist verstummt, nickt aber zustimmend.

„Wer wurde verbrannt?"

„Na unser Exzellenz Karl Wilhelm."

Kommt jetzt das dunkle Kapitel der Hexenverfolgungen? Ich bin irritiert.

„Warum wurde er verbrannt?", will ich dann doch wissen.

„Weil er nicht mehr lebte" Der Mann verzieht keine Miene.

Beruhigt nehme ich zur Kenntnis, dass der Markgraf schon vor der Verbrennung tot war.

„Irgendwann stirbt jeder. Auch unser geliebter Stadtgründer. Dann haben sie seine Asche eben hier unter der Pyramide in einem Sarkophag begraben."

Warum, das kann mir das nette Ehepaar auch nicht sagen. Ich bedanke mich auf jeden Fall. Nofretete wird für mich in Zukunft weiterhin ein Rätsel bleiben, ganz zu schweigen von diesem Karl Wilhelm. Neben Ludwig II. von Bayern gibt es in unserer Zeit ein weiteres Flower-Power-Kind. Dieser Markgraf hätte mich schon sehr interessiert. Schade, die beiden freundlichen Einheimischen wissen auch nicht mehr.

Leider müssen sie gehen. Zum Schluss schenkt mir die Ehefrau noch eine

Plastiktischdecke mit aufgedruckten Weinranken und dazugehörende, farblich abgestimmte Wäscheklammern. Sie hätte es bei dem Haushaltswarengeschäft als Treueprämie geschenkt bekommen. Da sie aber dasselbe Exemplar schon zu Hause hat und ihre Schwester auch, möchte sie es mir verehren.

Ich weiß gar nicht, was ich damit anfangen soll, nehme aber an. Mysteriös, diese Karlsruher!

Damit in meinem Rucksack Platz für dieses ausgefallene Geschenk ist, beschließe ich, die Schätze von Madame Boucher zu würdigen. Da diese herrliche Zwiebeltorte nicht so allein sein darf, muss ein guter badischer Weißwein her. Hier an diesen vielen Ständen und Geschäften ist das auch kein Problem.

Im Gegenteil, ich bekomme so viele Kostproben, dass ich bei dieser Auswahl gar nicht weiß, wofür ich mich entscheiden soll. Ein freundlicher Weinverkäufer leiht mir Weinglas und Serviette. Ich bleibe meinem Markgrafen treu und verzehre dieses deutsch-französische Mahl bei ihm. Es hätte ihm bestimmt auch geschmeckt. Als ich das Glas zurückbringe, schenkt mir der Weinhändler ein kleines Fläschchen mit dem edlen Rebensaft als Kostprobe. Ich muss sagen, diese Freundlichkeit und Großzügigkeit verwundert mich.

Drei Stunden! Ich war fast drei Stunden hier und habe nicht gemerkt, wie schnell die Zeit vergangen ist. Ich habe doch noch den Termin mit Herrn Faber von dem UNESCO-Forum. Das Café muss hier irgendwo in der Nähe sein. Die Passanten helfen mir gerne weiter und es dauert nicht lange, bis ich es gefunden habe. Ich komme sogar an einem Standbild des Markgrafen vorbei. Er sieht aus, wie viele der absolutistischen Männer seiner Zeit. Eine riesige Perücke und eine grazile Kleidung. Aber die Nase, die ist interessant.

Glücklicherweise handelt es sich bei diesem Treffpunkt um ein Straßencafé. Die Sonne scheint immer noch so strahlend und wärmend. Es wäre schade gewesen, wenn ich mich in einen dunklen, lichtarmen Raum hätte hineinsetzen müssen.

Am Telefon hatte sich Herr Faber als ein Herr mittleren Alters mit einem grauen Vollbart beschrieben. Am liebsten hätte ich ihm vorgeschlagen, sich als Erkennungszeichen einen goldenen Kamm ans Knopfloch zu nähen. Um ihn nicht zu sehr zu erschrecken, stecke ich mir diesen in mein Haar. Diskret und unauffällig betrete ich unseren Treffpunkt. Der goldene Kamm vollbringt auch dieses Mal seine Dienste zu meiner vollsten Zufriedenheit und es dauert nur wenige Sekunden, bis ich meinen Namen höre.

Wenn Aristoteles das wüsste! Ich schlendere durch den Säulengang dieses Fast-Tempels. In Wirklichkeit handelt es sich um den Vorbau einer Kirche. Ich stelle mir aber vor, dass es ein echter griechischer Tempel ist, und fühle mich passend mit meinem Kleid. Schade, dass ich keinen Film mehr habe und keine Bilder machen kann. Es wäre – wie würden die Griechen sagen – göttlich!

Dabei darf man nicht vergessen, dass diese holden Denker Frauen nun alles andere als gut behandelt haben. Mein Projekt wäre in der Antike wohl undurchführbar gewesen.

Ja, es hat geklappt! Herr Faber ist von meiner Idee sehr angetan und ich kann eine Installation rund um den Loreleyfelsen zur Ernennung des Mittelrheintals zum

UNESCO-Weltkulturerbe realisieren. Ich bekomme genügend Geld, um bei sparsamem Umgang die Reise größtenteils zu finanzieren, und kann dann noch einige Tage in St. Goarshausen in einem Hotel wohnen. Natürlich mit Vollpension. Kämme, Hunderte Meter von Kämmen rund um diesen großen imposanten Felsen. Herr Faber hat mir Vermessungsskizzen und Landkarten mitgebracht. Ich werde mich, sobald ich eine Übernachtungsmöglichkeit gefunden habe, hineinstürzen. Doch wo soll ich dies tun? Mir kommen die riesige Plastikdecke und die Wäscheklammern der Baderin in den Sinn. Warum nicht auf den Campingplatz und ein kreatives Einmannzelt im Weinrankenoutfit basteln?

KARLSRUHE II

Es hat wirklich geklappt. Ich habe mit dem Rest meiner Schnur für die Kammkette und meinem badischen Geschenk ein individuelles Zelt gefertigt. Da es schon die ganze Zeit so warm ist, ist die Benützung unbedenklich. Ich habe ja außerdem den Schlafsack. Leider erregte meine Übernachtungsmöglichkeit doch mehr Aufsehen, als ich gedacht habe, so dass ich heute Morgen von neugierigen Campingplatzbesuchern und deren Gesprächen früher als gewollt aufgeweckt wurde. Der Besitzer des Platzes ermöglicht es mir, seine Küche zu benutzen. Ich bereite meine „wilde Loreleysuppe" und verfeinere sie mit dem guten Probewein. So schmeckt sie wirklich vollendet. Schmeckt nach Rhein, nach den Weinhängen, den Ufern und der Sonne. Schmeckt einfach gut. Ich lade bei dieser Gelegenheit gleich ein paar Tramper aus Australien und Kanada mitsamt dem Campingplatzbesitzer ein. Nach anfänglicher Verwunderung über eine kochende Loreley lassen sie es sich schmecken.

Ich halte mich heute an den Rat meines badischen Ehepaars und gehe zum Schloss. Mit dem Absolutismus lag ich gestern gar nicht so daneben. Das Gebäude ist inmitten eines Strahlenkranzes von Straßen, die je nach Ansicht von dem Palast weg- oder zu ihm hinführen. Da schüttelt die Stadt einfach so Pyramiden, Tempel und ein Schloss aus seinem Ärmel, wo man doch nur an Stau und Bundesgerichtshof denkt.

Um mehr von meinem geheimnisvollen Markgrafen zu erfahren, schließe ich mich heimlich einer Touristenführung an. Das Innere des Schlosses ist eher einfach, kein Vergleich zu dem Spiegelsaal von Versailles. Doch was muss ich hören? Unser guter Karl Wilhelm wollte ursprünglich ein Lustschloss daraus machen. Na also, dann ist doch der Vergleich mit Ludwig II. von Bayern und dem Thema Flower-Power nicht so abwegig. Ein Genussmensch war er demnach. Bestimmt hat er dann auch gerne gegessen. Als Kunstmäzen machte er sich auch gut. Leider sind zu viele Besucher im Gebäude, sonst hätte ich mir mehr Zeit für sein Porträt genommen. Jetzt weiß ich auch warum Karlsruhe K a r l s r u h e heißt!

Mache anschließend Pause und ein kleines Picknick im Schlossgarten. Hier bin ich umringt von Erholungssuchenden, die sich eine Auszeit im Park gönnen. Ich bin nicht die Einzige, die auf die Idee mit dem Picknick gekommen ist.

Werde von einigen kleinen Kindern zum Federballspiel eingeladen. Obwohl mein Kleid sporttauglich ist, mache ich nicht gerade viele Punkte.

Der gute ruhige Karl! So sehr hatte er die Ruhe nun auch wieder nicht gesucht, wie er immer verlauten ließ! Er passte eher in die Rubrik Schwerenöter, befand Loreley. Sie hatte beschlossen, wieder einmal in die Nähe des Pfalzgrafen zu kommen.

Da lag nun seine Asche in der kleinen Pyramide. Bei seinem Trieb wäre wohl ein Obelisk passender gewesen. Obwohl – die Nixe konnte nicht umhin zuzugeben, dieser Markgraf war schon ein unterhaltsamer Mensch gewesen. Bei seinen Festen war immer etwas los und es kam nie Langeweile auf. Zudem war er ein Pazifist, schon etwas anderes als dieser Raufbold aus Frankreich. Und er hatte eine drollige Knubbelnase. Man konnte sie herrlich zwischen Daumen und Zeigefinger klemmen und ohne Mühe um neunzig Grad drehen. Spaß konnte man mit ihm schon haben, eigentlich war er zu jedem nett, außer zu seiner Frau. Wenn die guten Karlsruher wüssten, welche Ideen er für sein neues Zuhause hatte. Der Begriff Lustschloss wäre gut gewählt. So war er eben der gute Karl Wilhelm. Es wäre schon amüsant, wenn seine Stadt den eigentlich passenderen Namen bekommen hätte: KARLSLUST

Die guten Karls-ruher sollten sich doch Karls-lustler nennen! Wenn die wüssten, was der Markgraf mit „ruhen“ eigentlich meinte. In diesem Bereich hatte er so manche Begabung, die vergessen wurde. Dabei konnte die Stadt auf ihren Gründer stolz sein.

Schade nur, dass es zu diesem „Unfall“ gekommen war. Aber das kann jedem einmal passieren, so ein Gehirnschlag. Loreley musste zugeben, sie hatte damals einen schlechten Tag und Migräne. Dabei hatte er neben ihrem Haar so sehr ihre Hände bewundert!

Die Nixe beschloss, sich eine Schlammpackung für ihre edlen Körperteile zu machen. Seit der Fluss nicht mehr so viel Gifte und Schwermetalle mit sich führte, konnte man dies bedenkenlos tun. Loreley versuchte, die Gedanken an die großen und kleinen Umweltkatastrophen zu verscheuchen. Zu unangenehm war ihr die Erinnerung. Vor allem nach dem Brand dieser Chemiefabrik von dem farblosen Mannverschnitt, der immer zu viel Rasierwasser benützte! Mit diesem Herrn war sowieso nicht sonderlich viel los. Der hatte immer nur Geld im Kopf und ließ sich nichts einfallen. Sie hätte es sich denken können – bei diesem Rasierwasser!

Seine Fabrik brannte damals lichterloh. Sie wusste zwar nicht, was dieser Langweiler produzierte, es hatte sie bis dahin auch wirklich nicht interessiert. Dass diese komplizierten, unattraktiven Produkte (es roch unangenehm und man sah so gut wie nichts davon) in weiten Abschnitten des Rheins das Leben so einfach auslöschten, wer hätte das gedacht! Kein Fisch, keine Muschel – nichts. Alles war mit einem Mal verödet. Sie selbst bekam öfter keine Luft mehr, hatte Angst zu ersticken. Aber es war ja nicht dieser Langweiler allein – hatten diese schlechten Liebhaber, und die Nixe musste noch einmal bestätigen, dass sie unter diesen „Männern“ keinen einzigen, wenigstens akzeptablen Liebhaber entdeckt hatte, hatten sie nicht ihre Abwässer ungeklärt in den Rhein fließen lassen? Sie sollten leiden – so ein nettes kleines Prostataleiden kann ganz schön die Lebensqualität beeinträchtigen, besonders, wenn man keine Zeit hat, zum Arzt zu gehen. Loreley zog sich langsam die Einweghandschuhe über ihre Schlammpackung. Sie hatte Glück, ein Kleinwagen hatte in Ufernähe einen Unfall. Man musste zugeben, dass es zuverlässige und ordentliche Fahrer waren, sie hatten den Erste-Hilfe-Koffer mustergültig ausgestattet.

Eigentlich hätte sie diese Kur für ihre Hände nicht nötig. Sie waren schön, weiß und zart wie zu allen Zeiten. Doch nach diesen anstrengenden Schwimmtouren wollte sie sich auch einmal etwas Gutes gönnen.

Der gute Markgraf. An dieser Stelle würde er ihr wieder sofort ein Kompliment über ihre feinen Finger und ihre wohlgeformte Hand machen. Armer Karl Wilhelm, zu gerne würde sie ihn noch mal in die Nase zwicken!

Gegen ihn war dieser französische Rambo ein miserabler Liebhaber. Eigentlich war er ein miserabler korsischer Liebhaber. Dabei hatte sie so herrliche Korsen kennen gelernt. Nur diese kleine Ausführung gehörte nicht dazu. Bei ihrem ersten Treffen erschien er ihr schon eher, wie sollte sie es ausdrücken – na ja, er erschien ihr bedürftig.

Er zog mit seinen Soldaten Richtung Österreich und pausierte am Rhein. Seine Soldaten vergnügten sich vernünftig in ihren Zelten, nur er stand da. So allein gelassen und eben bedürftig. Wie ein trotziges kleines Kind blickte er in der Dunkelheit auf den Rhein. Seine Lippen hatte er fest aufeinandergepresst, überhaupt war er sehr verspannt. Da war nichts locker, selbst sein lächerlicher Hut, den er sich verkehrt aufgesetzt hatte, war nicht komisch oder „trendy", sondern er saß wie festgeschraubt auf seinem Kopf. Er wusste nicht, wohin mit seinen Händen. Immer waren seine Finger verkrampft. Und immer lief er hin und her. Er war so verspannt und unruhig und konnte diesen herrlichen Mondschein so gar nicht genießen. Wahrscheinlich konnte dieses Männchen gar nichts genießen.

Im Nachhinein ärgerte sich die Nixe immer noch. Wenn sie gewusst hätte ...

Das kommt davon, wenn man so gefühlsduselig und sozial ist. Wer konnte ahnen, dass dieser verkorkste kleine Soldat so viele Menschen ins Grab bringen würde! Millionen und Abermillionen. Einfach so, weil er sich ein Weltreich in den Kopf gesetzt hatte. Und sie hatte diesen „Bedürftigen" noch in dieser Nacht getröstet und ihm Mut zugesprochen! Dabei war er in Liebesdingen außerordentlich hölzern und langweilig. Nach vollbrachter Tat wurde er sofort unruhig und fing wieder zu laufen an. Dabei rief er laut Lobeshymnen auf sich aus und, sofern dies möglich war, jubelte sich zu. Er verglich sich mit Löwen und Hengsten und vergaß nicht, sich in die Reihe der größten Liebhaber einzureihen. Loreley wusste heute noch nicht, ob er dies ernst gemeint hatte oder sich nur immer wieder bestätigen musste. Es war grotesk und lächerlich. Loreley hätte diesen aufgeblasenen und nichtssagenden Mann bestimmt schon wieder vergessen, wenn er nicht so viele Menschenleben gefordert hätte.

Leider gewann dieser Soldatenkönig die Schlacht in Österreich. Dies bestätigte ihn in seinem Handeln und er zog seine Blutspur bis nach Russland. Es berührte ihn wenig, wenn er wie gewohnt auf erhöhtem Platz stand, um „seine" Schlacht zu verfolgen. Er hatte neue Strategieideen und probierte sie so schnell wie möglich mit seinen Soldaten aus. Stundenlang stand er da und stierte durch sein Fernrohr. Man hätte ihm ein Videospiel in die Hand drücken sollen, dann wäre seine Unterhaltung ungefährlicher gewesen.

Acht Jahre später hatte sie ihn noch einmal kurz gesehen. Er befand sich auf dem Rückzug und hatte die Schlacht in Leipzig verloren. Wenn man es genau nahm, dann hatte sie ihn eigentlich noch zweimal gesehen. Nämlich in Leipzig. Der kleine Soldat lag auf seinem Bett und schlief wie immer unruhig. Er drehte sich immer wieder hin und her und schlug selbst im Schlaf noch um sich. Irgendwann war er für ein paar Minuten ruhig, dann sang sie ihm ganz leise ins Ohr. Es sollte nicht so schnell gehen.

Es begann erst mit Magen-Darm-Beschwerden. Leider weiß die Nachwelt nicht, dass der große Feldherr sich am nächsten Tag in die Hosen gemacht hat. Dank wachsender Potenzprobleme hatte er dann auch auf anderen Schlachtfeldern keinen Spaß mehr. Sein Stern begann sowieso zu sinken.

Irgendwann starb er, mit Koliken und Krämpfen geplagt, qualvoll auf einer winzigen Insel. Seine Magenprobleme kamen ihm immer verdächtig vor. Er äußerte wiederholt den Verdacht, dass er vergiftet werden würde. Wie hätte er auch den wahren Grund kennen sollen?

Immer diese unangenehmen Erinnerungen! Das konnte man bei einer wohltuenden Schönheitskur nun wirklich nicht gebrauchen. Schließlich wollte sie sich entspannen.

Vielleicht sollte sie sich für das nächste Mal einen begabten jungen Mann mit kräftigen Oberarmen für eine Ölmassage suchen. Noch einige Kilometer und es gab Winzer in Hülle und Fülle. Die würden dann für ihre Entspannung sorgen. Außerdem gab es dann immer eine Weinprobe dazu. Und im Rheinwein, darin würde sie am liebsten baden, wenn es ginge.

Loreley hatte die Plastikhandschuhe ausgezogen und wusch die grünlich-bräunliche Masse von ihren Händen. Statt einer Ölmassage gab es dann eine Traubenkernölpackung von einer Ökofirma, die keine Tierversuche in Auftrag gab. Zugegeben, die Drogerie hatte nichts anderes mehr im Angebot.

MANNHEIM

Mannheim habe ich eigentlich viel näher an Frankfurt erwartet, inmitten eines Wolkenkratzermeeres, ohne Altstadt, dafür aber mit etwas Bronxfeeling. Schließlich ist hier ein Rap-Zentrum. Wie in Karlsruhe liege ich etwas daneben, soweit ich das von dem wenigen, was ich gesehen habe, beurteilen kann. Warum, das hätte ich mir so auch nicht ausdenken können. Ich leiste mir heute ein Taxi, denn ich habe Hunger und will so schnell wie möglich essen gehen.

Es ist ein junger Taxifahrer mit einer Strickmütze auf dem Kopf, einer futuristischen Sonnenbrille und einem großen Mercedesstern um den Hals. Sicherheitshalber schaue ich, ob das Taxi auch ansonsten noch unversehrt ist. Etwas beruhigt steige ich ein. Vielleicht doch ein bisschen New York. Es klingt laute Rap-Musik aus dem Radio.

„Ist die Musik o.k.?"

„Ja, ja ist schon in Ordnung." Er stellt die Musik lauter.

„Wohin?"

„Erst einmal ins Zentrum."

„Sie sind neu in der Stadt?"

„Bitte?"

„Ob Sie neu in der Stadt sind?" Er hat eine gute, vor allem voluminöse Stimme.

„Ja, ich bin gerade angekommen."

„Aber der Bahnhof liegt doch woanders."

„Wie bitte?" Ich hatte ihn schon wieder nicht verstanden.

„B a h n h o f ! Der ist doch nicht hier!"

„Nein, zum Bahnhof möchte ich nicht."

„Wollen Sie jetzt doch zum Bahnhof?

„Bitte?"

„Wo wollen Sie denn hin?"

„Ich habe Sie nicht verstanden." Langsam wurde es doch anstrengend.

„W o h i n?"

„Zum Zentrum." Das Schicksal war mir gnädig und die Kassette war aus. Die Musik war zwar vollkommen in Ordnung, doch bei der Lautstärke verstand ich nichts mehr.

„Sie können gerne die Musik auslassen."

„---."

Ich hatte zwar einige Hochhäuser entdeckt, doch irgendwie hatte ich mir das anders vorgestellt.

„Wohin wollen Sie denn ins Zentrum?"

„Ich möchte etwas essen."

„Chinesisch? Türkisch? Italienisch?"

„Ich weiß es nicht."

„Wir hätten auch noch ..."

„Wo essen Sie denn gerne?"

Schon meine Mutter hatte mir immer den Tipp gegeben, dass man im Urlaub dort hingehen sollte, wo die Einheimischen essen. Warum nicht auch in Mannheim?

„Ich wüsste da etwas – echt krasse Küche." Ich bin mir plötzlich nicht mehr so sicher, ob Mutters Erfahrungsschatz hier angebracht ist.

„Ich möchte richtig essen gehen, heute ist mir nicht nach Schnellimbiss." Ich will sichergehen, dass ich auch in einem Restaurant lande. Seit dem netten Abend bei Madame Boucher war ich nicht mehr beim Essen. Ich habe keine Lust mehr auf Brotzeit und kalte, schnelle Küche.

„Ist schon klar, Lady. Ich hätte etwas für Sie."

„Sie sind sicher?"

„Klar, übrigens, sind Sie von dem Festival?"

„Welchem Festival?" Ich höre schon Folkloretöne in meinen Ohren.

„Na, das Filmfestival. Sind Sie eine der Darstellerinnen?"

Also charmant kann er auch sein. Leider sehe ich von ihm nicht so viel, da die Mütze und die Sonnenbrille nur wenig von seinem Gesicht übrig lassen. Schade. Der Autositz lässt keinen Blick auf seine Figur zu.

„Auch nicht weiter wild. Ich bin einer von der Gemeinde Mannheims."

Seine jetzt hehr angeschlagenen Töne verwundern mich. Ein Sohn der Gemeinde klingt klassisch.

„Ach ja?"

„Jetzt sind wir zwanzig. Die Gemeinde wächst."

Jetzt bin ich doch etwas verwirrt. Hoffentlich lande ich nicht in der Kaschemme einer Sekte.

„Wollen Sie auch kommen?"

„Ich weiß nicht."

„Wir treffen uns heute Abend. Wird ganz easy."

Es klingt ganz und gar nicht vertrauenserweckend.

„Ich weiß nicht, ob ich Zeit haben werde."

„Also Lady, ich gebe Ihnen jetzt eine Gratis-Eintrittskarte für die Session heute Abend."

„Ich weiß nicht."

„Cool down, nehmen Sie sie einfach."

Nicht gerade begeistert nehme ich an. Diese Gratiszuwendungen kennt man doch zur Genüge. Erst als ich mir das Geschenk genauer anschaue, schwindet mein Misstrauen. Es ist eine Karte für ein Musikkonzert. Gemeinde Mannheims ist der Name der Gruppe, die spielt. Zwanzig musizierende Männer sind nie schlecht, könnte interessant werden.

„Ich überlege es mir."

„Sie sehen es dann, Lady."

„Was ist denn das für ein Restaurant?", wechsle ich das Thema.

„Die ‚Blaue Zitrone' rulezzz on."

„Bitte was?"

„Na, die ‚Blaue Zitrone' ist das beste vegetarische Restaurant, das die Stadt in der Tasche hat."

„Vegetarisch?" Dieser Taxifahrer hat immer noch eine Überraschung – wie sagte er doch? – in der Tasche.

„Absolut abgefahren. Die Zutaten sind alle hundert Prozent Bio. Das Gemüse wird biologisch von Bauern der Umgebung angebaut."

Er hat recht. So ein Vitaminschub käme jetzt gerade richtig. Ich bekomme immer mehr Hunger.

„Müssen wir noch weit fahren?"

„Wohl ganz schön hungrig, weiße Lady?" Er grinst von einem Ohr zum anderen.

Hatte er etwa das Knurren meines Magens gehört?

„Da sind wir schon." Er hält vor einem gelben Haus mit einer blauen Markise. Ich bin gerettet. Erleichtert nehme ich mein Gepäck und steige trotz meines möglicherweise attraktiven Fahrers schnell aus.

Mein Hunger wird übermächtig. Hoffentlich dauert die Zubereitung des Essens nicht zu lange. Zielstrebig setze ich mich an den nächsten freien Tisch. Das Schicksal meint es gut mit mir. In der Mitte des Restaurants gibt es ein riesiges kaltes Buffet zur

Selbstbedienung. Mit einer erstaunlichen Schnelligkeit schaffe ich es, einen ansehnlichen Köstlichkeitenberg auf den Teller zu packen. Für das Erste bin ich gerettet. Der freundliche Kellner stellt mir eine Riesenauswahl an Menüs vor, dass ich gar nicht weiß, wofür ich mich entscheiden soll. Ich bin mutig und lasse den Zufall entscheiden: Sojagulasch mit Vollkornspätzle. Habe ich zu viel gewagt?

Der erste Hunger ist mit dem riesigen Vorspeisenteller gestillt. Ich nütze die Zeit und vertiefe mich in die Schifffahrts- und Stadtpläne für meine nächsten Reisestationen.

Bei den An- und Abfahrtszeiten kann ich doch nicht alles dem Zufall überlassen.

„Darf ich?"

„Ja, gerne, stellen Sie die Teller nur hin", entgegne ich, ohne hochzublicken. Das mit dem Sojagulasch ging ja schnell.

„Ich meinte, darf ich?"

„Ja, selbstverständlich." Manchmal waren die Kellner aber wirklich höflich. Der Tipp des Taxifahrers war nicht schlecht. Jetzt musste nur das Essen weiterhin so gut schmecken. Irgendwie passen die Abfahrtszeiten der Linien nicht zueinander. Ich weiß nicht, wie lange ich wo bleiben soll. Im Fall, dass ich spontan aussteigen möchte, muss ich entweder übernachten oder eine Anschlussfahrt finden. Mannheim, was kommt nach Mannheim? Stockstadt, Dürckheim, Worms, Oppenheim ... sagt mir jetzt auf Anhieb noch nicht so viel. Nach Mannheim fängt Rheinland-Pfalz an. Da könnte doch dieses Oppenheim etwas mit unserem Altkanzler zu tun haben.

Heißt dessen Leibgericht nicht „Pfälzer Saumagen"? Klingt irgendwie nicht gerade appetitanregend und lecker. Bei des Kanzlers „Saumagen" muss ich an mein Essen denken und beschließe, mich an meinen zweiten Gang heranzuwagen. Ich blicke kurz auf und – es ist nichts da.

Es dauert einige Sekunden, bis mir klar ist, dass der Teller tatsächlich nicht da ist.

Ich hebe meinen Blick etwas höher und glaube, dass ich nun doch halluziniere.

Vor mir ist kein Teller, es ist auch kein Kellner in der Nähe, sondern an meinem Tisch sitzt ER. Kurze Zwickprobe, kein Blutzuckerkoma, es ist tatsächlich Jimmy Boyyd, der sich zu mir gesetzt hat. Und ich habe ihn mit meinem Kellner verwechselt!

Vielleicht ist es ja ein Doppelgänger und irgendein Fernsehsender hat wieder eine neue Sendeidee oder will mit heimlicher Kamera Leute beim Essen erschrecken.

Doch es ist Jimmy Boyyd. Er sieht genauso aus wie in den Fernsehzeitschriften.

Kann es wirklich sein, dass in Mannheim ein ehemaliger Boygroupstar aus England nichts anderes zu tun hat, als sich hier in der „Blauen Zitrone" ein biologisch korrektes Vegetariermenü an meinem Tisch zu gönnen? Als Teenie habe ich alles von ihm gesammelt: Zeitungsausschnitte, Massenautogrammkarten in Jugendzeitschriften, Sticker, Jimmy-Boyyd-Servietten, Jimmy-Boyyd-Bleistifte, Jimmy-Boyyd-Nagellackkollektionen, Jimmy-Boyyd-Schlüsselanhänger.

Ich müsste noch eine Jimmy-Boyyd-Puppe mit Duftkissen irgendwo versteckt haben. Es existiert ein Jimmy-Boyyd-Fanbuch mit seitenlangen Schriftvariationen von immer denselben Wörtern: JIMMY, I LOVE YOU! Sämtliche Bilder und Artikel, die ich finden konnte, habe ich dort unsauber ausgeschnitten, teilweise gerissen eingeklebt.

Natürlich war mein Fanbuch irgendwie anders als die meiner Freundinnen und Klassenkameradinnen. Nicht so ordentlich einsortiert und mehr verkritzelt und bemalt als die anderen Exemplare. Dafür existiert es noch: unten in meinem nichtesoterischen Keller. Dort liegt es seit vielen Jahren unbeachtet in einem orangefarbenen Plastikköfferchen. Ich muss zugeben, ich hatte das alles schon vergessen. Diese unkoordinierte Schwärmerei für meinen Boygroupstar währte knapp ein Jahr.

Meine Person wandte sich langsam, aber sicher den reellen Exemplaren des männlichen Geschlechts zu, während die Gruppe von Jimmy Boyyd sich trennte. Er verschwand erst einige Jahre im Untergrund, bis er vor kurzem ins Filmgeschäft einstieg. Nach dem durchschlagenden Erfolg einer englischen Sitcom (ich muss gestehen, ich habe sie mir nie angesehen) dreht er jetzt seine zweite europäische Kinoproduktion.

Ich sehe noch einmal kurz nach, ob ich mich auch nicht irre. Doch! Dieses jungenhafte Aussehen, sein Augenbrauenpiercing und diese leuchtenden Augen!

Das ist er tatsächlich! Seltsam, in meiner Teenagerzeit hätte ich bestimmt einen Ohnmachtsanfall bekommen, wenn ich ihm begegnet wäre und jetzt? Jetzt ist es für mich normal. Angenehm, aber ganz normal. Mein Sojagulasch kommt.

„Jetzt kommt dein Essen aber wirklich." Jimmy hatte die Verwechslung bemerkt. Als ich genauer auf den Tisch schaue, sehe ich, dass er das Gleiche bestellt hat wie ich.

„Es tut mir leid, dass ich dich mit dem Kellner verwechselt habe." Ich frage mich, ob ich es schaffen werde, mein Gericht zu verspeisen, ohne mein weißes Kleid zu bekleckern.

„Ist schon o.k. Aber ich muss zugeben, das ist mir bisher auch noch nicht passiert."

Er hatte immer noch diesen jungenhaften Charme von früher. Diese Art, mit seinen Augen von unten nach oben zu blicken, das war schon nicht schlecht. – Das Sojagulasch schmeckt wirklich gut.

„Ich komme gerade aus England. Ein Taxifahrer hat mir das Restaurant hier empfohlen und ich muss sagen, es übertrifft meine Erwartungen." Seine Augen blitzen und er beginnt zu lächeln. Über seinem rechten Mundwinkel kommt ein Grübchen zum Vorschein.

„Mich hat auch ein Taxifahrer hierhergelotst." Ich frage mich, ob das Lokal hier Treff der fahrenden Szene ist. Ich schaue mich um, sehe aber ein gemischtes Publikum.

„Dich auch? Bei mir war es ein älterer Herr mit einem riesigen Rauschebart. Ich traute mich schon gar nicht einsteigen, weil er eher wie ein Relikt aus dem neunzehnten Jahrhundert aussah und ich nicht wusste, ob er überhaupt Bremse und Kupplung auseinanderhalten konnte."

„Anscheinend hat er es ganz gut geschafft." Ich blinzle frech zurück.

„Ihr seid hier schon ganz schön abgefahren. Und dabei habt ihr so herrlich viel Bio-Läden und Naturkostrestaurants hier, davon kann man in London nur träumen. Ich muss mir meinen Dinkel meistens aus dem Internet bestellen."

Soll ich ihm das glauben, oder will er nur Eindruck machen? Egal – er ist mir sehr sympathisch und es gefällt mir, dass er so gar nicht eingebildet ist.

Allerdings weiß ich nicht, was ich von einem getreideschrotenden Ex-Boygroupstar halten soll. Das ist schon etwas gewöhnungsbedürftig.

„Leider habe ich für solche Feinheiten nicht so viel Zeit. Ich bin gerade immer unterwegs ..."

„Ja, ich habe schon gesehen, wie du dich mit diesen Fahrplänen beschäftigt hast. Bist du auch wegen des Filmfestivals hier?"

„Nein, da muss ich dich leider enttäuschen."

„Ich dachte nur, bei deinem Outfit könntest du auch als Loreleystar in einem Rheinfilm durchgehen." Jimmy sieht mich schon wirklich sehr lange an.

„Mit deiner Vermutung bist du auch nicht so weit von der Wahrheit entfernt."

„Und was ist die Wahrheit?" Seine Stimme wird leiser und er sieht mich wieder direkt an. Was um alles in der Welt kann man eigentlich gegen diese Augen machen?

Ich erzähle ihm den Anlass meiner Reise. Er schüttelt sich oft vor Lachen und fängt dabei an zu singen. Das Lied „Ich weiß nicht, was soll es bedeuten" klingt aus seinem Mund wie ein Hit. Schade, dass er nicht mehr singt, sondern nur noch Filme dreht. Langsam werden die Gäste des Restaurants auf uns aufmerksam; wir beschließen deswegen, die „Blaue Zitrone" zu verlassen.

MANNHEIM II

Jimmy ist ein herrlicher Kindskopf! Am ersten Abend hat er mir am Rhein noch Blumen gepflückt. Er schafft es mit seinem schlanken Vegetarierkörper doch in Sekundenschnelle, dieses Geschenk zwischen die Schuhe zu klemmen, in den Handstand zu gehen und mir mit dem Song „I always love you!" zu überreichen.

Er kennt die unanständigsten Witze, ich versorge ihn mit Neuigkeiten aus dem deutschen Fußball. Wir debattieren über die bevorstehende Weltmeisterschaft und über lackierte Fingernägel bei Fußballspielern.

Ich habe schon lange nicht mehr so viel gelacht wie mit ihm. Ich lackiere ihm den kleinen Fingernagel, er trinkt rheinischen Wein aus meinen Händen. Es kommt ein Windstoß und meine Haare verfangen sich in seinem Augenbrauenpiercing. Wir müssen uns, um uns zu trennen, schon sehr nahe kommen. Danach entführt er mich in sein Hotel ...

MANNHEIM III

Stell dir vor, du bist in einer Stadt, und du siehst nichts von ihr. Habe mich eine Woche lang mit Jimmy, einigen Flaschen Wein und einem prall gefüllten Kühlschrank ins Hotelzimmer zurückgezogen. In dieser Woche habe ich außer dem Bett und seiner Umgebung nichts anderes mehr zu Gesicht bekommen. Und das ist gut so!

MANNHEIM IV

Der Abschied fällt uns beiden nicht leicht. Jimmy verliert auf einmal seine Leichtigkeit und wird ganz ernst. Er macht mir sogar einen Heiratsantrag, den ich selbstverständlich nicht annehme. Ich bin zerrissen und es ist nicht einfach, die Reise fortzusetzen. Soll ich mich später wirklich wieder bei ihm melden? Er will ein Jahr lang auf mich warten. Ich kann nicht glauben, dass ihm so viel an mir liegt. Irgendwie fühle ich mich da etwas überfordert und möchte auch über die Zukunft, Familie oder Kinder nicht viel nachdenken. Er fliegt heute nach London zurück. Für ihn wird es etwas Ärger geben, denn er kam weder zur Präsentation noch zur Premierenparty. Sein Management entschuldigte ihn zwar wegen einer angeblichen Grippeerkrankung, aber ich kenne den wahren Grund. Zugegeben, alle waren schon versucht, eine Vermisstenmeldung aufzugeben, aber es hätte zu viel Wirbel gegeben. Jetzt nach einer Woche hat er sich wieder bei ihnen gemeldet. Er ist schon außergewöhnlich.

Stehe auf dem Boot und sehe zum Himmel. Immer wieder sehe ich Flugzeuge. Sie sind winzig klein und hinterlassen einen silberfarbenen Streifen am Horizont. Es dauert nicht lange und auch der letzte Hauch von ihnen ist verschwunden. Ich sehe nach oben und verabschiede mich.

Jimmy! Mein frecher, süßer Jimmy. Ich vermisste ihn immer wieder. Es war eine wirklich aufregende unvergessliche Woche. Ich habe sie nie vergessen, ihn erst recht nicht. Wer weiß, was aus uns beiden geworden wäre. Ich habe ihn nie wiedergesehen.

Er hat tatsächlich über ein Jahr lang in London auf mich gewartet und keine Filmangebote in dieser Zeit angenommen. Als er sah, dass es keinen Sinn machte, nahm er einen Vertrag in Amerika wahr. Er zog nach Miami Beach und wirkte in einer bekannten Krankenhausserie mit. Jimmy wurde über Nacht berühmt und konnte sich nun auch auf diesem Kontinent vor kreischenden Fans nicht mehr retten. Es schloss sich eine erfolgreiche Mitwirkung im „Bonanza-Revival" an und eine Wiederverfilmung von „Dr. Schiwago". Jimmy und Dr. Schiwago! Zuerst dachte ich an einen Scherz, als ich davon in der Zeitung las. Ich musste an seinen Handstand im Rhein denken. Dieser lustige und verrückte Kindskopf spielte diese tragische Rolle? Ich habe mir aus Neugier den Film sogar angesehen. Leider fand ich ihn zu jung für diese Besetzung.

Aber in Amerika kam es gut an. Jimmy hatte es geschafft. Er hatte den Sprung über den großen Teich gewagt und war ein Superstar.

Leider meinte es sein privates Glück nicht so gut mit ihm. Er geriet immer mehr in den Alkohol- und Drogensumpf. Filmzeiten wechselten sich mit Aufenthalten in Entzugskliniken ab. Dazwischen fand er immer noch genügend Zeit, um sich seinen unzähligen, meist blonden Gespielinnen zu widmen. Jimmy hat nie geheiratet.

In Hollywood war sein Ruf der eines „bad boy". Er galt als einer der größten Frauenhelden und wurde auch zur Hauptrolle des „Giacomo Casanova" vorgeschlagen. Dann geschah das Unfassbare. Während sich in seiner Villa seine „Betreuerinnen" tummelten, begann der Dreh. Die erste Filmszene war, was Jimmy bestimmt gefiel, eine Bettszene. Mit mehreren Geliebten auf einmal, gepudert und mit weißen Perücken bestückt, tollte er als der italienische Lebemann durch das Bild. Der Regisseur war zufrieden. Es fehlten nur noch wenige Minuten, ein kurzer Dialog, als Jimmy mitten im Reden zusammensackte. Es war sein Herz. Ein kurzer, schonungsloser Infarkt hatte ohne Vorankündigung seinem jungen Leben ein Ende bereitet.

„Giacomo Casanova war hässlich und roch aus dem Mund. Dieser großnasige Angeber war alles andere als gut und amüsant. " Loreley war zwar froh, dass ihr Vater Zeit für ein kurzes Gespräch hatte, aber dass er mit diesem unsympathischen Italiener wieder anfing.

„Du willst auch nur immer das ‚Eine' von den Männern. Du vergisst, dass er ein talentierter Staatsmann war", entgegnete ihr Vater.

Loreley befürchtete schon, ihr Vater würde ihr wieder etwas von diesen langweiligen Verträgen und Briefen erzählen. Davon hatte sie schon oft genug gehört. Aber wie es schien, entspannte ihn die Gesichtsmaske doch so sehr, dass sie hiervon verschont blieb. Sie war froh, dass sie endlich die Möglichkeit hatte, mit ihm zu sprechen und sich nicht andauernd mit den Menschen beschäftigen musste.

Sie hatte gewusst, dass sie ihn hier finden würde.

Hier war sein Lieblingshotel. Jedes Jahr verbrachte er hier im Frühsommer ausgedehnte Wellnesswochenenden. Fangopackungen, Reflexzonenmassagen, Ayurvedabehandlungen, das war in dieser Zeit immer genau das Richtige für ihn. Er war dann immer besonders ruhig und gelöst. Die beste Möglichkeit, mit ihm zu sprechen.

„Apropos Talent – Papi-Rheinilein, wie lange muss ich diesem Gewissen noch hinterherschwimmen? Es ist ja alles noch langweiliger als sonst." Die Nixe war der Ansicht, dass sie schon genug gelitten hatte.

„Was heißt hier langweilig? Du hast wohl schon alles vergessen?" Der Rhein verzog sein Gesicht, so dass die eingetrocknete Masse auf seinen Wangen zu bröseln begann.

„Deine Maske geht ab. Pass auf, sonst war die ganze Anwendung umsonst. Mir ging es auch einmal ..."

„Lenke nicht ab. Du weißt, was ich gesagt habe. Ich werde dir schon Bescheid geben, wenn es an der Zeit ist", unterbrach der Fluss den Wortschwall seiner Tochter.

„Aber es ist wirklich nichts los. Seit dieses ‚Gewissen' da ist, gibt es keine Möglichkeit, mit Männern ..."

„Strafe muss sein!" Trotz der sich in alle Bestandteile auflösenden Gesichtspackung strahlte ihr Vater einen furchteinflößenden Respekt aus. Seine Augen blickten streng und hart, während sich seine Lippen fest aufeinanderpressten. Seine Tochter kannte diese Geste. Ob mit oder ohne Maske.

„Sie nimmt ja fast keine Möglichkeiten wahr. Bei so vielen Angeboten so wenig auszunützen ist ja schrecklich. Es tut schon beim Zusehen weh", versuchte Loreley ihre Ausführungen zu unterstreichen, *„immer so viel Mitgefühl, Einöde, Einsamkeit. Gib zu, du hast sie aus einem Kloster bestellt, um mich zu ärgern. Mir wird dabei schon ganz schlecht. Aus lauter Langeweile beginne ich mich sogar zu erinnern und du weißt, da kann man ganz schön Kopfschmerzen bekommen. "*

„Da neben dem Spiegel steht ein Fläschchen Pfefferminzöl. Versuche es doch da-

*mit!" Jetzt musste der Flussgott aber lachen. Er stand auf, um sich seine Maske ab-
zuwaschen.*

*„Ich finde das gar nicht lustig. Das sind Qualen über Qualen. Aber so lange wie
mit dem Felsverbot wird das doch nicht dauern?" Seine Tochter war sichtbar beunruhigt.*

*Ihr Vater trocknete sich sorgfältig ab. Er hasste es, wenn in seinem Bart die Reste
hängen blieben und verkrusteten. Es war dann überhaupt kein Vergnügen mehr, diese
zu entfernen. Vielleicht sollte er bei der nächsten Behandlung seine Haare mit einer
Frischhaltefolie abdecken?*

*„Dass du nicht mehr auf dem Loreleyfelsen sitzen und dich aufhalten kannst, das ist
wohl nicht allein meine Schuld. Das weißt du ganz genau."*

*„Aber es ist dort doch so schön. Es ist schon wirklich so lange her und nie darf ich
dorthin. Das könnten wir doch langsam wieder vergessen. Diese Bedingungen, um diesen Fluch zu beseitigen, sind doch wirklich nicht möglich. Ich finde das Ganze sowieso
absolut altmodisch. Fluch, Bedingungen, Gewissen, davon will doch heute wirklich
keiner mehr etwas wissen. Papi-Rheinilein, du musst mit der Zeit gehen. Vergiss die
alten Kamellen. Morgen, wenn ich wieder auf meinen Felsen sitze, fragt kein Mensch
mehr danach", versuchte sie, ihn zu überzeugen.*

*„... eben, es fragt kein M e n s c h mehr danach. Wir schon." Für sie gab es hier
kein Entgegenkommen.*

*„Ach, du weißt schon, wie ich das meine. Niemand kommt auf die Idee, das auf dem
Felsen zu tun, was vor vielen Jahrhunderten verlangt wurde. Außerdem ist es unge-
recht, dass niemand über diese komplizierte Möglichkeit, den Bann zu lösen, Bescheid
weiß."*

*„Ich habe mir diesen Bann nicht ausgedacht und seine Aufhebung schon zweimal
nicht." Der Rhein drückte auf den Dimmer, damit das Licht in dem orangen Raum
sanfter schien. Der Fluss mochte diese Farbe. Es war sein Lieblingszimmer. Dieses
saftige Orange mit seinen gelben Bordüren – das hatte etwas! Mit einem reduzier-
ten Lichteinfall nach der Maske konnte man herrlich entspannen. Er griff nach der
Weinflasche und schenkte sich ein Glas ein. Diese Menschen wussten schon, wie man
es sich gut gehen lassen konnte, das musste man ihnen lassen!*

*Das Personal war auch sehr höflich und hatte ein gutes Gedächtnis. Sie hatten es
sich gemerkt, dass er keinen Sekt vertrug. Davon bekam er immer so schreckliches
Sodbrennen.*

*„Du hörst mir ja gar nicht mehr zu!" Loreley war empört. Sie hatte diesen in sich
versunkenen Gesichtsausdruck entdeckt. Es schien ihren Vater nicht sonderlich zu interessieren, was sie zu sagen hatte.*

„Sicher höre ich dir zu", beschwichtigte er sie.

*„... wie gesagt, du darfst nicht immer an dem Ewiggestrigen hängen. Du musst mo-
dern und innovativ sein!"*

*„Das letzte Mal, als ich modern und innovativ war und auf die Leute gehört habe, die
mit der Zeit gingen, passierte d a s hier!" Erzürnt wies der Flussgott auf die Narben,
die seine Haut bedeckten.*

„Das kannst du mir aber nicht in die Schuhe schieben. Ich habe dir nicht zu diesen Schönheitsoperationen geraten. Du wolltest es schon selbst. Du selbst wolltest wieder jung und unwiderstehlich sein." Es war der Nixe unangenehm, dass er dieses Thema anschnitt. Es stimmte schon, diese Begradigungen und Kanalisationen waren alles andere als richtig gewesen. Diese Operationen hatten ihn alles andere als jugendlich gemacht. Von den vielen Schlängelungen, Flussarmen, Biegungen und Kurven blieb so gut wie gar nichts übrig. Gut, schmal war er schon geworden und er hatte auch etwas abgenommen. Zugegeben, er war schneller und tiefer, aber von dem wilden rebellischen Unwirsch aus den Urzeiten war nicht mehr viel übrig.

Er glich jetzt äußerlich schon sehr den anderen Flüssen. Allerdings tief in seinem Inneren war er immer noch der Alte.

Natürlich hatte der Rhein sich mit dieser Situation nicht zufriedengegeben. Nachdem es nicht möglich war, die Eingriffe rückgängig zu machen, ärgerte er die Menschen fast jedes Jahr mit Hochwasser. So einfach wollte er es ihnen dann doch nicht machen. Wenn sie meinten, dass ihr Vater zum alten Eisen gehörte und sie mit ihrer Technik alles beherrschen könnten, dann hatten sie sich geirrt. Immer wieder schickte er ihnen die Fluten in die Keller. Immer wieder standen ihre Häuser im Wasser. Diese Menschen sollten sich nur nicht zu sicher sein.

„Ruhe jetzt! Ich möchte nichts mehr darüber hören!" Der Flussgott machte mit seinen kräftigen Armen eine abwehrende Bewegung. Langsam zog er seinen weißen Bademantel aus flauschigem Frottee über. Auf der Brust prangte ein goldenes gesticktes „R". Das Hotel hatte es für seinen Stammgast anfertigen lassen. Dieser Bademantel brachte ihn immer sofort in bessere Laune. Er nahm noch einen Schluck Wein und biss in die Hors d'œuvres. Der Service, daran konnte man wirklich nicht mäkeln!

„Ich gehe jetzt noch in den Whirlpool. Gehst du mit?"

„Aber sicher doch! Du weißt doch, dass ich das so gerne mag."

„Aber keine jungen Männer, hörst du?"

Loreley hatte verstanden. Das Gespräch hatte zwar nichts gebracht, es gab auch nichts zum Spielen im Pool, aber immerhin etwas Wellness tanken, das war besser als gar nichts. Vielleicht ließ sie sich dann auch eine Lymphdränage machen. Sie wollte sich überraschen lassen.

RICHTUNG MITTELRHEIN

Ich bin müde und habe keine Lust mehr. Ich sitze hier stundenlang unter Deck und schneide durchsichtige Gummischläuche. Es ist furchtbar langweilig, immer das Gleiche zu tun.

Dabei bräuchte ich mich wirklich nicht zu beklagen. Es ist wahrhaftig wieder einmal eine glückliche Fügung. Bei meiner Fahrt ab Mannheim lernte ich eine nette junge Frau kennen. Meine Haare waren noch von Jimmys Augenpiercing verknotet und ich kämpfte mit meinem goldenen Kamm gegen das widerspenstige Andenken von ihm.

Einige der Fahrgäste waren sehr amüsiert, insbesondere diese junge Frau. Wir kamen ins Gespräch, und es stellte sich heraus, dass ihre Schwester mit einem Binnenschiffer verheiratet war. Diese waren immer von Linz nach Rotterdam unterwegs. Zufällig befanden sie sich ganz in der Nähe und im nächsten Hafen konnte ich zusteigen. Jetzt bin ich hier. Vor lauter Mannheimer Abenteuerspielen habe ich die Installation rund um den Loreleyfelsen vergessen. Zum ersten Mal seit Wochen gibt es so etwas wie eine Terminvorgabe und Verpflichtung. Ich spüre ein unangenehmes Gefühl. Einen Druck, der mit seinen Tentakeln nach mir greifen will.

Ich möchte es nicht zulassen. Thomas und Edith machen mir den Aufenthalt wirklich angenehm. So etwas habe ich noch nie vorher kennen gelernt. Es ist wie ein süßes schnuckeliges Wohnmobil mit Frachtanhänger auf dem Rhein, in dem sie leben. Das Schiff hat einen blauen Anstrich, und mit seinen Häkelgardinen und Seidenblumen fühle ich mich wie in einer anderen und doch bekannten Welt. Thomas und Edith sind nur wenige Jahre älter als ich. Vor acht Jahren haben sie sich auf einer Tanzveranstaltung im Duisburger Hafen getroffen und nur wenige Monate später geheiratet. Vor einem halben Jahr kam ihr kleiner Sohn Jonas auf die Welt. Sie haben noch eine siebenjährige Tochter, Anna. Aber diese befindet sich unter der Woche bei den Großeltern in Mainz. So hat sie die Möglichkeit, auf die Schule zu gehen, ohne ein teueres Schifferkinderheim zu besuchen. Dieses würde tausend bis zweitausend Euro kosten und wäre für die junge Familie unerschwinglich. Die äußerliche Romantik zeigt auch Risse. Ich glaube, so einfach ist es nicht, dieses Leben zu führen.

Wenn man in dem Wohnbereich sitzt, dann kann man auch öfter vergessen, dass man sich gerade in diesem Moment auf dem Wasser befindet. Die Einrichtung unterscheidet sich nicht im Geringsten von den vergleichbaren auf dem Land. Als Ehefrau eines Binnenschiffers hat Edith eigentlich immer etwas zu tun. Wir haben im Grunde nur ab und zu am Nachmittag und am Abend Zeit, uns zu unterhalten.

Neben der Büro- und Computerarbeit für Thomas muss sie auch hier auf dem Schiff diese lästigen Hausarbeiten erledigen. Die Fenster strahlen und Edith zaubert zudem jeden Tag ein leckeres Essen. Ihr kleiner Stammhalter hält sie auch immer auf Trab. Ich hielt es nur einen Tag aus, diesem Teufelskreis von Windelwechseln, Füttern und Kindberuhigen zuzusehen. Jonas ist zwar ein entzückendes Kind, doch er lässt seiner Mutter keinen Freiraum. Ich ziehe mich dann immer in den Aufenthaltsraum auf das geblümte Sofa mit seinen weichen Satinkissen und Olga zurück. Olga ist eine Landschildkröte, die Thomas vor fünf Jahren auf der Herrentoilette einer Kneipe gefunden hat. So behauptet er es jedenfalls. Edith war zwar nicht gerade begeistert, dass sie nun ein Haustier haben sollten, hatte aber wegen des bevorstehenden Winters dann doch Mitleid. Wahrscheinlich wurde die Schildkröte ausgesetzt. Olga schaut etwas verwundert, als ich mit meinen Plastikschläuchen und meiner Gartenschere komme, zeigt aber keinen Anschein von Panik. Zielgerichtet setzt sie ihre leicht nach innen gedrehten Beine in Bewegung. Ich beobachte sie zwar ein Weilchen, aber sie hat schon trotz ihrer Bedächtigkeit etwas anderes im Visier: ein Salatblatt, das Thomas ihr heute früh gebracht hat. Ich muss mich zufriedengeben, dass ich nicht dieselben Reize wie ein Salatblatt habe, insbesondere für Schildkrötendamen, aber vielleicht wird mir dadurch die Weiterarbeit an den Plastikschläuchen versüßt.

Nachtrag: Die netten Gespräche mit Olga haben mir nicht helfen können. Ich bekomme Schwielen und Rötungen an den Händen und kann diese nicht mehr richtig bewegen. Ich weiß gar nicht, wie ich jetzt noch die Spaghetti, die Edith zubereitet hat, essen soll. Aber dafür habe ich es bald geschafft!

MAINZ

Heute kommt Thomas' Mutter an Bord. Sie bringt Anna zu ihren Eltern. Ich bin froh, dass ich mit meiner händefeindlichen Arbeit fertig bin, dann habe ich Zeit, Edith und Thomas zu helfen. Danach wollen wir gemeinsam mit allen essen.

Meine Gastgeber sind in Zeitdruck. Gerade wenn sie einen Hafen anlaufen, bricht Anspannung und eine Art Hektik aus. Die Vorgaben der Firmen setzen sie immer mehr unter Druck. Die Fahrtzeiten wurden verringert und es bleibt nicht viel Spielraum. Jeder muss beim Löschen und Wiederneubeladen mit anpacken. Ich statte mich mit einer arbeitstauglichen Frisur und einem Arbeitskittel über meinem Loreleykleid aus und versuche, wenigstens etwas zur Hand zu gehen. Ich gebe zu, meine Schneidearbeit der letzten Tage ist gar nichts dagegen. Es beginnt schon damit, dass ich beim Anlegemanöver durch einen starken Ruck beinahe von Bord purzle. Edith tröstet mich damit, dass schon jede Schiffersfrau einmal eine „Schiffstaufe" erlebt hat. Sagt's und springt an Land, um ein dickes Seil einzuhängen.

Ich frage mich, wie Thomas es schafft, dieses hundert Meter lange Schiff so genau an den Pier hinzufahren.

Danach überwacht er die Löschung, während Edith die Papiere fertig macht. Ich gehe kurz nach drinnen und schaue nach dem kleinen Jonas. Ich bin froh, dass er so tief schläft. Wahrscheinlich hat er sich von Geburt an an die lauten Motoren gewöhnt. Es ist ein Glück, dass er nicht aufwacht, denn ich glaube, da wäre ich absolut hilflos.

Eine halbe Stunde nach Ankunft kommt die Mutter von Thomas mit der kleinen Anna an Bord.

„Hallo, du bist also unsere neue Glücksbringerin an Bord. Nenn mich Helga!", begrüßt die Frau mich mit kräftigen Händen. Sie ist einen Kopf kleiner als ich, versprüht aber eine Kraft und Resolutheit, die ihre Größe vergessen lässt. Ihre Hände sind rau und voller harter Schwielen. Es fühlt sich an, als würde ich auf grobes Schleifpapier langen, das an einigen Stellen abgewetzt ist. Ich sehe sie an. Ihre braunen, knopfförmigen Augen stecken voller Elan. Frech blitzen sie unter dem Pony mit knallrot eingefärbten Haarsträhnen hervor. Nichts mit in Lockenwicklern gelegten weichen Wellen und Schürzenkleid à la sechziger Jahre. Eher buntes Glitzer-T-Shirt und Jeans.

„Oma, die sieht aber gar nicht aus wie die Loreley!" Ihre Enkelin scheint enttäuscht.

„Schließlich will unser Gast ein wenig mithelfen." Helga überreicht mir ein Paar Arbeitshandschuhe.

„Kann ich jetzt rausgehen?", frage ich.

„Natürlich, gehe nur zu. Die fangen jetzt an, die Ladung zu löschen. Ich koche uns inzwischen etwas Gutes. Kleine, du kannst dann schon mal die Kartoffeln waschen."

Sie wendet sich Anna zu und verschwindet mit ihr in der Küche.

Ich habe so eine Arbeit noch nie gesehen, geschweige denn gemacht. Ein großer Kran befindet sich am Pier, das Schiff ist genau neben ihm. Edith steht mit einem älteren Mann wie selbstverständlich auf den riesigen Containern, die sie befördert haben. Er hat schon schlohweiße Haare, steckt aber im selben blauen Arbeitsanzug wie Edith.

Wenn ich mich umsehe, dann wimmelt es in der ganzen Umgebung von bunten Containern. Blaue, gelbe, rostrote, Container auf Schienen, Container auf Schiffen, riesige Kräne und Bagger bestimmen das Bild. Bin auf dem Industriestern gelandet.

„Komm nur her. Du kannst dich gleich neben mich stellen. Es ist nicht so schwer."

Etwas unbeholfen klettere ich auf den Container.

„Hallo!", begrüße ich etwas außer Atem den Mitarbeiter.

„Das ist mein Vater! Er hilft uns beim Laden, dann kann Thomas seine Maschineninspektion machen und wir haben mehr Zeit zum Mittagessen."

Termindruck gibt es auch hier. Ich habe mir das Leben der Binnenschiffer gemächlicher und ruhiger vorgestellt. Es bleibt auch mir nicht viel Zeit, darüber nachzudenken, denn ich darf auch mit anpacken.

Vielleicht ist mir vor lauter Verwunderung der Mund offen stehen geblieben, aber ich kann es kaum glauben, dass es die Edith ist, die ich kenne, als ich ihr beim Arbeiten zuschaue. Gewandt und sicher schnappt sie sich den riesigen Haken vom Kran. Instinktiv ducke ich mich. Mit diesem riesigen Eisenteil möchte ich keine nähere Bekanntschaft machen. Edith und ihr Vater lachen lauthals. Bestimmt habe ich auch zu komisch ausgesehen.

„Spring dort auf die niedrige Ladung. Vater kommt dann nach!" Sie kichert immer noch. Etwas zögerlich mache ich es. Anschließend traue ich meinen Augen kaum, als ich sehe, wie ihr Vater wie ein junger Sportler auch zu mir auf die Container springt. Ich schäme mich, dass ich mich so anstelle. Aber wann habe ich denn zuletzt auch solche Sprünge gemacht? Gut, dass ich auf die Sandalen verzichtet und Stiefel angezogen habe, denn sonst könnte ich zur Hauptdarstellerin eines Komikfilmes avancieren.

Edith hat inzwischen den Haken in den Container eingehängt und verbolzt. Ich erkenne sie nicht wieder.

„Ich gehe dann auf die andere Seite. Wenn der Kasten hochgehoben wird, kannst du beim Festhalten helfen, damit das Ganze nicht so hin- und herschwingt. Sonst kann sich vielleicht einmal die ganze Geschichte losreißen." Der Vater hat wirklich Humor. Er lacht schon wieder und verschwindet.

Als seine Tochter zu mir hinunterhüpft, beginnt sich mit einem Knarren und lautem Krachen die Ladung anzuheben. Mir fällt ein Stein in der Größe des Containers vom Herzen, dass ich diese Arbeit nicht allein bewältigen muss. Diese Familie hat Humor! Ließen mich in dem Glauben, ich müsste die Seite allein halten. Ich weiß nicht, ob meine Hilfe etwas bringt, aber es ist wirklich anstrengend!

Nach einer mir unendlich lang erscheinenden Zeit waren wir dann fertig. Ich hätte mich am liebsten in meinen Schlafsack zurückgezogen, aber das Essen war schon fertig. Also nur ein kurze Dusche und dann ins Wohnzimmer. Es war unglaublich, welches Festmahl Helga in dieser kurzen Zeit gezaubert hatte. Neben den vier Gängen und reichlich Wein gab es auch eine Unmenge von Beilagen. Alles hatte nur nacheinander auf dem nicht gerade kleinen Tisch Platz.

Thomas konnte keinen Wein trinken. Nach dem Essen wollte er sich kurz hinlegen, um dann weiterzufahren.

„Du hast heute wieder Nachtfahrt?", wollte sein Vater wissen.

„Ja, das kennst du ja. Die Fahrtzeiten werden auch immer kürzer", antwortete ihm sein Sohn.

„Es ist auch nichts mehr wie früher. Alles wird schneller und schneller. Da wird man ja verrückt dabei. Also ich könnte das nicht mehr machen."

„Bärchen, das musst du ja auch nicht mehr!" Helga strich ihm über die Wange.

„Ja, Gott sei Dank! Aber Helga, wohin soll das noch führen? Schau dir die jungen Leute an! Für nichts mehr Zeit, sehen sich gar nicht mehr!"

„Aber w i r sehen uns doch!", protestierte seine Enkelin.

„Wir schon, Annalein. Aber deine Eltern haben keine Zeit mehr für ihre Verwandten und Freunde. Oder irre ich mich da?"Thomas und Edith schwiegen.

So hatte ich das Ganze noch nicht betrachtet. Aber es stimmte: Beim Beladen und Löschen mussten alle mit anpacken, nur dadurch konnten wir uns jetzt in Ruhe unterhalten und zusammensitzen. Thomas hatte heute nur vier Stunden gearbeitet, musste aber für seine Nachtfahrt vorschlafen.

Beim nächsten größeren Hafen würde es wie heute sein. Da gab es nicht viel Zeit, um andere Verwandte oder Freunde zu treffen.

„Arbeiten mussten wir schon immer sehr hart. Wir Frauen haben euch ja den Matrosen ersetzt. Nicht zu vergessen die große Wäsche. Die Männer machten mit ihrer Kohle ja ständig Dreck. Immer war es rußig. Alles war rußig. Irgendwie habe ich mich immer wieder gefragt, ob es sich überhaupt lohnen würde zu putzen. Irgendwie wollte dieser Dreck auch gar nicht mehr weggehen. Und wie anstrengend war es immer, das Wasser aus dem Rhein mit dem Eimer zu hieven. Aber so, wie das Edith jetzt machen muss, nein, so möchte ich nicht mehr leben."

„Wie meinst du das?", wunderte sich ihre Schwiegertochter. Während des Essens hatte sie die ganze Zeit geschwiegen, wahrscheinlich war sie von der Arbeit sehr müde.

„Na immer diese Hetze, und dann nie Zeit für die Freundinnen. Schau dich an! Wann hast du zum letzten Mal jemanden getroffen? Wann hast du Zeit für einen Bummel oder einen Kaffeeklatsch an Land gehabt?"

Edith schwieg. Sie wusste, dass ihre Schwiegermutter recht hatte.

„Es ist ja nicht, dass ich unbedingt wieder mit der Ehefrau des Steuermannes auf einem Schiff wohnen möchte, aber es würde mir fehlen, nicht die anderen Schifferfamilien zu treffen."

„Nicht zu vergessen deine anderen Freundinnen. Wie diese kleine Françoise. Die war doch mit dem Steuermann der ‚Konstanz' verheiratet. Das war vielleicht eine wilde Hummel."

„Papi, was ist eine wilde Hummel? Ist das eine Biene?" Anna hatte dem Gespräch gelauscht.

„Nein Liebes, das ist kein Tier, ich erkläre dir das später." Thomas schien auch müde, ließ sich aber von seiner Tochter ermuntern.

„Immer später. Immer später!" Die Kleine wurde ungeduldig.

„Opa meinte nur, dass Françoise sehr temperamentvoll war. Aber Vater, hast du nicht gesagt, dass sie sehr viele Jahre unglücklich war. Sie hatte einen guten Beruf und ihre Eltern ein schönes Haus und sie musste alles aufgeben. Viele Jahre war sie unglücklich und es dauerte lange, bis sie sich umgestellt hatte. War es nicht so?" Edith hatte sich in das Gespräch eingemischt. Ihre Müdigkeit war auf einmal wie weggeblasen. Ihre Augen füllten sich mit Leben und ihr Gesicht wurde munter.

„Stimmt, Françoise war sehr unglücklich. Aber wenn es dann einmal Zeit zum Tanzen war, dann lebte sie auf. Sie plapperte dann unentwegt und ließ keinen einzigen Tanz aus. Sie konnte nie schnell genug auf das Tanzparkett kommen. Am liebsten hätte sie den Mantel dann vor lauter Übermut in die nächste Ecke geworfen. Sie wollte kein Lied verpassen."

„Trotzdem – sie war etwas Besseres", meinte ihr Mann.

„Stimmt, aber sie hat es sich nie anmerken lassen. Es hat sie so verletzt, dass sie von den Behörden und den Landratten so naserümpfend behandelt wurde."

„Weißt du noch, als sie tränenüberströmt auf unser Schiff gerannt kam? Sie war gerade beim Einkaufen, als eine ältere Dame sie als ‚Zigeunerin' beschimpfte. Sie konnte genügend Deutsch, um den Sinn dieser Beschimpfung zu verstehen."

„Ja, Bärchen, das war schlimm. Wir kannten ja schon von Kindheit an diese schlechte Behandlung, aber Françoise ..."

„Aber als ich sie kennen gelernt habe, war sie doch so eine starke Frau. Ich dachte immer, dass nichts ihr etwas anhaben könne", wandte Edith ein. Sie schien jetzt zwar nicht mehr so müde, wie zu Anfang des Essens, musste aber den Tisch verlassen, weil ihr Sohn aufgewacht war. Sie hob ihn aus der Wiege und ging in den Nebenraum, um ihn zu wickeln.

Da hatte sie gerade etwas Erholung tanken können, schon rief die nächste Verpflichtung. Ich hätte mir nie so ein Leben für mich vorstellen können. Da war ja kein Millimeter Platz für einen selbst. Ich fragte mich sowieso, wie sie das machte. Dieses ewige Herumputzen, Kindversorgen und dann auch noch das anstrengende Be- und Entladen. Sie hatte meine volle Bewunderung.

„Oder was meinst du?" Helga hatte sich an mich gewandt.

„Es tut mir leid. Ich war gerade mit den Gedanken woanders", gab ich zu.

„Unsere kleine Loreley wird wahrscheinlich von der vielen Arbeit schrecklich müde sein. Aber sie hat sich gut gemacht." Ich war froh, dass sich der Vater von Thomas nicht noch weiter über mich lustig machte. Es stimmte, ich war wirklich müde.

Thomas war aufgestanden. „Entschuldigt, wenn ich jetzt schon mit dem Abspülen anfange, aber ich muss dann gleich in die Koje. Wir haben noch eine nette Nachtfahrt vor uns." Er nahm ein Stapel Teller und ging in die Küche.

„Also, bei uns hätte es das nicht gegeben. Ein Mann und spülen", zwinkerte sein Vater.

„Leider, leider sage ich da nur. Die Männer von heute, das sind wenigstens richtige

Männer! Die sehen, was ihre Frauen leisten und da wird die Arbeit geteilt. Die machen das schon richtig!", ereiferte sich Helga. Sie war so in Rage, dass ihre roten Strähnen ihr immer wieder ins Gesicht fielen.

„Ist schon gut, mein Mädchen. Vielleicht helfe ich dir morgen beim Wäscheaufhängen. Dann habe ich wieder bessere Chancen bei dir", beschwichtigte sie ihr Mann.

„Ja, da müssen wir dann schauen. Aber unser Gast hat ja noch gar nichts von der Pfirsichcreme gegessen. Essen Sie nur, gute Loreley. An ihnen ist so gar nichts dran. Da können Sie so etwas schon vertragen. Ich habe die Creme mit den besten Pfirsichen vom Markt gemacht. Nehmen Sie nur."

Ich nahm mir eine Portion, denn ich wollte sie nicht beleidigen. Nachher war ich froh über meine Höflichkeit, denn die Nachspeise schmeckte wirklich köstlich.

„Und? Schmeckt's?", wollte Helga wissen.

Ich nickte mit dem Kopf. Leider ergriff die Müdigkeit wieder von mir Besitz und ich merkte, dass ich mit jedem Wort sorgfältig umging. Ich wollte lieber zuhören als reden.

„Ist auch guter Rheinwein drin. Ich gebe dir das Rezept, dann kannst du es für deine Familie einmal nachkochen."

Ich nickte nochmals, musste mir aber länger überlegen, für wen ich die Pfirsichcreme zubereiten wollen würde. Ich war zwar keine moderne Schiffersfrau, aber ich hatte meine Freunde und meine Familie immer seltener gesehen. Der Beruf ließ mir zu wenig Zeit dazu. Oft war ich froh, wenn ich abends noch die Kraft besaß, mir ein Falafelsandwich beim Orientalen um die Ecke zu holen, geschweige denn ein mehrgängiges Gericht für andere zu kochen. Hulk war in dieser Beziehung sehr praktisch, denn wir verbrachten die meiste Zeit im Bett. An großen Kochevents war er nicht so interessiert. Und dieses Geschirr, das dann immer anfiel.

Mir fiel Thomas in der Küche ein. Ich stand auf, um ihm beim Abtrocknen zu helfen. Helga kam mit.

Während ihr Mann und Anna immer wieder hereinkamen, um das Geschirr zu bringen, erzählte sie mir ihre Erlebnisse und die ihrer Familie. Von ihrer unglücklichen Liebe zu einem Bankangestellten, dessen Familie sie aber ablehnte, da sie „nichtsesshaft" und „eine vom Rhein" war. Von ihrer zweiten großen Liebe, ihrem „Bärchen", der eigentlich aus Kiel kam und nach Argentinien wollte. Von der harten Arbeit an Bord und ihrem harten, aber glücklichen Leben und wie froh sie war, dass ihr Sohn seine Frau gefunden hatte. Edith stammte auch aus einer Schifffahrtsfamilie. Sie hatte ihr Patent als einzige Frau in der Prüfungsgruppe mit dem besten Ergebnis abgeschlossen.

„Edith ist eben die Beste", bestätigte Thomas und zog den Stöpsel.

„Das hat auch niemand bestritten, aber ihr beide habt Glück gehabt, dass ihr euch gefunden habt. Ediths Eltern mussten das Schiff verkaufen, weil ihr Vater krank wurde. Ohne ein eigenes Boot hätte sie nie eine Aussicht darauf gehabt, Binnenschifferin zu werden", meinte seine Mutter. Der Ausguss gluckste und man hörte jeden Kubikzentimeter Wasser, den er in sich einsog.

„Dafür hat sie zufälligerweise einen selbstständigen Schiffer geheiratet. Wer hätte das gedacht, als wir uns in Duisburg kennen lernten. Schließlich laufe ich nicht mit einem Schild in der Gegend herum und habe mir darauf geschrieben: Hallo hier selbstständiger Schiffer." Thomas trocknete die Spüle sorgfältig nach, um gleich anschließend den Essig zu holen und alles nachzupolieren.

„Wir haben eben Glück gehabt. Oder? Jonas ist gleich nach dem Essen wieder eingeschlafen. Lege dich nur hin, ich mache schon alles fertig." Edith war zurück.

Jetzt saßen und standen wir alle wieder zusammen, nur dass sich alles in die Küche verlagert hatte. Thomas musste uns zwar recht bald verlassen, um „vorzuschlafen", aber wir anderen saßen noch lange in der Küche und erzählten uns gegenseitig lustige Geschichten. Von Edith erfuhr ich, dass sie außerdem noch Mitbegründerin eines Vereins für Binnenschifferinnen war. Sie schrieb regelmäßig an den Sozial- und Verkehrsminister und machte auf ihre Situation und die ihrer Mitstreiterinnen aufmerksam. Jedes Jahr vor Weihnachten. Sie hoffte, die Vorweihnachtszeit könnte die Regierungsmitglieder empfänglicher für ihr Anliegen machen. Zusätzlich verfasste sie neben ihrem „Fulltimejob" noch einige Artikel für eine Schifffahrtszeitung. Was sollte ich noch zu dieser Frau sagen?

Auch ihre Schwiegereltern berichteten mir noch viel über die Lebensbedingungen als Binnenschifffahrer. Es war früher wie heute eine völlig andere Welt.

Während man früher weder Kühlschrank noch Waschmaschine kannte, stellen heute die vielseitigen Termine ein Problem dar. Wenn meine Gastgeber das nächste Mal an einem Hafen ihre Ladung löschen, muss Anna pünktlich von ihrer Großmutter mit dem Auto abgeholt werden, weil ihre Schule am Montag wieder beginnt. Beim nächsten Halt muss Edith zwischen Löschen und Laden Einkäufe für den Rest der Reise machen, und das muss dann bis Rotterdam reichen, und zusätzlich muss sie noch mit ihrem Sohn zur Schluckimpfung gehen. Den Termin hat sie schon vor vier Wochen ausgemacht.

Für mich hörte sich das ziemlich nach Stress an. Meine Vorstellungen von einem Leben und Arbeiten auf dem Rhein lagen doch ziemlich neben der Realität. Dabei hatte es sich so nach Freiheit und etwas nach Abenteuer angehört. Dass auch hier Stress, Hektik, Druck und Existenzängste ständige Begleiter waren, fand ich bestürzend. Illusionen gehören unter den Teppich!

BINGER LOCH

Meine Fahrt auf dem Frachtdampfer neigt sich dem Ende zu. Edith hat mir noch mein Kleid gewaschen, es ist im Mainzer Containerhafen ziemlich schmutzig geworden. Anschließend hat sie das Schiff übernommen, während Thomas schläft. Die beiden sind ein gutes Team.

Anna hat sich zurückgezogen, sie ist etwas beleidigt, weil sie nicht länger auf dem Schiff bleiben kann und in die Schule muss. Ich kann mir schon vorstellen, dass ihr der Abschied nicht leichtfällt. Mir geht es ebenso. In Bingen legt Edith zusätzlich noch einen Halt ein, damit ich aussteigen kann. Ich muss spätestens morgen in St. Goarshausen sein. Der Herzpunkt meiner Reise steht bevor. Morgen Aug in Aug mit dem Loreleyfelsen. Ich bin froh, dass ich meine Schläuche alle fertig habe. Das wird den Aufenthalt in dem Städtchen einfacher machen.

Ich habe gänzlich vergessen, dass ich in Mainz Tassilo hätte besuchen können. Er studiert dort Archäologie und Frühgeschichte. Ich habe Tassilo seit der Uni nicht mehr gesehen. Vielleicht komme ich noch einmal nach Mainz. Ich bin nicht gebunden und kann so lange reisen, wie ich will – und ich will!

Anfangs dachte ich noch, dass ich in einer Richtung diese ganze Aktion in fünf Tagen erledigt haben würde. Was hätte ich da alles verpasst! Tassilo weiß noch gar nichts von meiner Reise. Ich sollte ihm einmal mailen.

Ich gehe noch einmal kurz vor zu meiner Gastgeberin. Sie sitzt konzentriert am Steuer. Die Armaturen, die sie umgeben sagen mir nicht viel, ich richte mein Interesse nach vorne. Sanft klatschen die Wellen an das Schiff. Der Rhein legt sich vor uns in die Kurve.

Es ist ein schöner Anblick. Ich wehre mich gegen diesen Anflug von Romantik. Ich möchte nicht zu den Abertausenden von Touristen gehören, die sich an kitschiger Postkartenästhetik und vorgegaukelter Süßholzraspelei ergötzen.

Doch der Rhein verändert sich. Er wirkt anders. Links und rechts reihen sich Weinberge aneinander. Er wirkt jetzt eher wie ein Gebirgsfluss. An einer Stelle wird es sogar recht eng.

„Hallo."

„Hallo."

„Jetzt sind wir gleich an einer der spannendsten Stellen." Ediths Blick streift mich nicht, sondern ruht auf dem Wasser.

„Spannend, warum?"

„Hier vorne an der engen Stelle kommen wir zu dem ‚Binger Loch'."

Binger Loch hört sich für mich eigentlich nicht so spannend an.

„Hier war diese Engstelle nicht immer so breit wie heute. Früher konnte man nur im Frühjahr bei bestimmten Bedingungen passieren. Bis zu Bacharach ging dann das ‚wilde Stück'. Erst ab dieser Ortschaft konnte man dann sicher weiterfahren." Sie ist in ihrem Element.

Ich muss zugeben, so genau habe ich mir den Rhein dann doch nicht betrachtet. Ich saß auf dem Schiff, sah hinaus und es war schön, nicht mehr und nicht weniger. Es war schon etwas, wenn ich bemerkte, dass der Fluss vorne bei der Kurve eng wurde.

„Du kannst dir gar nicht vorstellen, wie eng es beim ‚Binger Loch' war. Vor hundert Jahren haben die Leute schon am linken Rheinufer bei Niedrigstand am Fels gemeißelt, weil es dort so schwierig war, durchzukommen. Noch vor nicht so langer Zeit war diese Stelle gerade mal dreißig Meter breit. Dank Nobel wurde es dann so, wie du es heute siehst."

„Du meinst, sie haben dann gesprengt?" Ich sehe auf die Felsen und versuche, die Gewaltspuren an ihnen zu entdecken. Es scheint sich um Quarzfelsen zu handeln, aber sie wollen mir ihre Geschichte nicht preisgeben. Als Nichtgeologin hätte ich mir gedacht, dass diese Formation von Natur aus schon immer so war.

„Es war für die Schifffahrt einfach zu gefährlich. Selbst jetzt staut sich der Rhein auf einen Kilometer, anschließend prescht das Ganze auf zweihundertfünfzig Metern durch. Du kannst dir vorstellen, was das für eine Wucht hat. Wenn du in den nächsten Minuten aufpasst, wirst du es vielleicht sogar merken. Möglicherweise verstehst du dann, wie das erst in früheren Zeiten war."

Was man auf einem Frachtschiff nicht so alles lernen kann. Ich grüße bei der Gelegenheit alle meine ehemaligen langweiligen Erdkundelehrer. Sie hätten uns den Rhein auch etwas schmackhafter näherbringen können. Doch dies ist lange genug vorbei, und bestimmt sind diese Temperamentsbündel jetzt in Pension.

Wir sind beide ruhig. Ich höre auf den Rhein. Es stimmt. Nach der Flussenge klatschen die Wellen lauter an den Schiffsrumpf, die Strömung schlägt höhere Wellen auf. Die Schnellen verlaufen schlingenartig auf der Oberfläche. Edith macht einen souveränen Eindruck. Langsam und bewusst bewegt sie das Steuerrad. Konzentriert ruht ihr Blick auf dem Wasser. Bis jetzt war ich mir noch nie im Klaren darüber, dass der Rhein auch gefährlich werden könnte. Inzwischen mag ich ihn. Wir sind fast wie ein altes Ehepaar. Wir stehen zusammen auf, wir gehen zusammen ins Bett. Natürlich nicht im wörtlichen Sinne. Aber es ist wirklich so: Mein erster Blick ist der Rhein, mein letzter Blick gilt dem Rhein. Das hätte ich mir auch nicht träumen lassen. Vielleicht sind wir auch ein bisschen Vater und Tochter.

Er grummelt und murmelt vor sich hin und ich lasse mir von ihm sagen, wohin die Reise geht. Natürlich ist es dann aber auch eher die Laissez-faire-Erziehung. Schließlich sperrt er mich nicht ein, sondern ich kann machen, was ich will.

Die Wogen klatschen noch immer fest, das Schiff fährt ruhig.

„Edith, ist der Rhein eigentlich noch gefährlich?"

„Du darfst ihn nie unterschätzen. Er ist nicht unterzukriegen und ein wilder Rebell, der meist ganz handzahm ist. Doch Respekt sollte man immer vor ihm haben."

Mein „Vater", der gealterte „James Dean" der Flüsse? Bevor mich dieser Romantikvirus noch ganz übermannt, gehe ich lieber zurück, um meine Sachen zu holen. In wenigen Minuten werden wir in Bingen sein.

BINGEN

Sogar Thomas hat sich noch von mir verabschiedet. Stehe jetzt hier mit meinen blauen Müllsäcken voll Plastikabschnitte. Ich hätte es mir denken können. Die Müllsäcke sind viel zu schwer, ich kann mich mit ihnen kaum bewegen. Wo soll ich mit ihnen hin? Was soll ich tun? Brauche eine Schaffenspause, um meine Gedanken zu ordnen. Dazu setze ich mich erst einmal auf eine Bank. So hat sich Bingen seine Loreley auch nicht vorgestellt: mit blauen Müllsäcken und abgeschnittenen Gartenschläuchen, dekoriert mit Ruck- und Schlafsack. Ich versuche, mich erst einmal zu orientieren. Es sind schon einige Meter bis zum nächsten Taxistand. Alles auf einmal kann ich nicht hinschleppen. Einen Teil der Müllsäcke kann ich auch nicht hier stehen lassen, sonst wird diese tagelange Arbeit möglicherweise noch entsorgt.

Ich bleibe sitzen und warte. Ich warte immer noch. Es ist einfach noch zu früh. Keine Schulklassen, keine Hundebesitzer. Hätte mir doch die Jacke anziehen sollen.

Endlich! Meine Rettung naht in Form von zwei Herren. Sie erklären sich sofort bereit, mir zu helfen, und tragen mein „Gepäck" zum nächsten Taxistand. Sie stellen mir keine Fragen, mit Ruhe und Gelassenheit reden wir über das Wetter. Sie meinen, es soll heute noch schön werden.

Der Bahnhof ist klein und nett. Es gibt nicht sehr viele Schließfächer, ich hoffe, es reicht für mein Mammutprojekt. Leider brauche ich noch mehr Kleingeld, um mein Gepäck zu verstauen. Zwei Schalterbeamte willigen ein, kurz aufzupassen, bis ich mein Geld umgetauscht habe. Es braucht wieder mehrere Passanten, bis ich genügend Münzen habe.

Die Schließfächer sind kleiner und netter als meine Müllsäcke. Muss mir zwei Plastiktüten ausleihen, um alles umzuverteilen.

Die Sonne ist schon um einiges höher, bis ich endlich fertig bin. Beinahe hätte ich vor lauter Geldeinwerfen und Verstauen meinen Rucksack mit eingesperrt. Das wäre weniger erfreulich gewesen.

Gehe wie auf Watte. Alles Schwere ist weg. Die Kämme sind wieder ausgepackt und ich laufe Richtung Zentrum. Dabei überquere ich die Drususbrücke. Einer meiner beiden Retter meinte, die Vorgängerin dieses Bauwerkes wäre noch von den Römern gebaut worden.

Bingen – da fällt mir als Erstes die heilige Hildegard von Bingen ein. Oder ist sie nur seliggesprochen worden? Ich finde auf jeden Fall weitaus weniger Dinkelprodukte und Hildegardgerichte, als ich gedacht hätte.

Ich könnte Nervenkekse der guten Ordensfrau gebrauchen, wenn ich an den Rückweg denke. Irgendwann führt mich der Weg nach „oben". Über Bingen thront eine kleine Burg. In Kürze habe ich mein Wunschziel erreicht und genieße eine wunderbare Aussicht.

Gegenüber liegt Rüdesheim. Eigentlich würde ich diesen Ort auch gerne besuchen. Nach einem längeren Sonnenbad (die Sonne kommt jetzt tatsächlich zum Vorschein) beschließe ich, nach meinem Aufenthalt in St. Goarshausen Rüdesheim zu besuchen. Mal schauen, ob es klappt. Germania winkt von der anderen Uferseite.

Das Binger Loch – ich denke an meine Schiffersleute, die mich hierhergebracht haben. Wo sie jetzt wohl sein mögen? Ich versuche, mir noch einmal vorzustellen, wie klein die Durchfahrt war.

Es dauert ein bisschen und ich muss mir die Zeit dazu nehmen. Wie kamen die Schiffer bei dieser Wucht von Wasser eigentlich durch diesen kleinen Durchgang? Das muss eine riesige Strömung gewesen sein. Vielleicht beförderten sie auch ihre Boote ein Stück über den Landweg. Ich kann diesen Kraftakt anhand meines Transportproblems gut nachempfinden. Ein Turm fällt mir auf.

Er ist weiß mit weinroter Absetzung. Vielleicht ist dies der „Mäuseturm", von dem mir der Taxifahrer erzählt hat. Irgendeine Horrorgeschichte mit einem Bischof, der bei lebendigem Leib von den Nagern aufgefressen wurde. Es ist doch nicht alles Zuckerwatte!

Auf der Burg werde ich wieder mit einer Braut verwechselt, denn das Standesamt befindet sich auch dort. Ich werde hier eher als Heiratswillige denn als Sagengestalt gesehen. Suchende Blicke nach einem nicht vorhandenen Bräutigam, freundliche Wegweisungen Richtung Trauzimmer. Es bleibt mir für Bingen weniger Zeit, als ich gewollt hätte. Meine Müllsäcke rufen!

Ich bin ziemlich entnervt von dieser Schlepperei und möchte mich lieber heute als morgen dieser Last entledigen. Deswegen beschließe ich, noch heute in die Stadt der Loreley zu fahren. Dank eines zupackfreundlichen Taxifahrers und einer hilfsbereiten Schifffahrtsgesellschaft kann ich mein Gepäck auf dem Schiff verstauen.

Es bleiben mir noch fast zwei Stunden, in denen ich hier mein Unwesen treiben kann.

Als Erstes benachrichtige ich den Bürgermeister und einen Stadtrat von St. Goarshausen. Sie sind zwar überrascht, dass ich einen Tag früher komme, aber es klappt!

Der Rhein hat mehr! Er hat mehr als Romantik. Er hat seine Kneipen, Kioske und Cafés. An der Anlegestelle befindet sich eine lustige Kneipe. Viel Gelb und Kitsch, aber durch die Glasfenster einen Blick auf den Rhein. Eine Musikbox hat es mir angetan. Ich lasse mich verführen und zelebriere eine spezielle Tanzperformance. Die Besitzer sind gefasst und machen Fotos. Gäste und die draußen spazierenden Touristen staunen nicht schlecht. Setze mich dann noch an meinen Fensterplatz und trinke meinen Cappuccino zu Ende.

ST. GOARSHAUSEN

Was macht die Loreley, wenn es Schlechtwetter ist? Es hat angefangen zu regnen. Am besten unter Deck gehen, es sich auf blauen Samtsitzen bequem machen und Kämme und Schnur hervorholen. Die Sofas eignen sich hervorragend, um etliche Meter Schnur auszubreiten. Die Bedienung lässt sich nicht aus der Ruhe bringen und serviert köstlichen Kaffee. Neugierige Blicke, Fragen, Autogrammwünsche.

Meine sagenhafte „Heimat" nähert sich. Spontane Rheingesänge mit mehrsprachigen Akzenten. Einige Passagiere knoten mit.

Am Ende geht es etwas unkonventionell zu: Die Fahrgäste wissen vor lauter Kämmen nicht, wo sie sich hinstellen oder gehen sollen. Es wird eng, doch schließlich können alle in sämtlichen Sprachen überzeugt werden, sich an der Schnur festzuhalten und aneinandergekettet das Schiff zu verlassen.

Herzlicher Empfang von den Vertretern der Stadt. Beim Zusammenlegen wird die Kammkette allerdings von ihnen sehr verwirrt, so dass ich noch am Abend eine zusätzliche Freizeitbeschäftigung habe. Die Müllsäcke werden nach dem Begrüßungstrunk von der Bordbesatzung in das Auto des Bürgermeisters verfrachtet, damit sie an ihren späteren Bestimmungsort kommen.

Jetzt bin ich also hier – Neugier – Einladung zu verschiedenen Festivitäten. Das hiesige Gymnasium ist von der Idee der Kammkette, dem Band der Gemeinsamkeit um den Loreleyfelsen, begeistert und will sich mitbeteiligen. Dann muss ich nur noch die Hälfte der Kammtausende auffädeln. Es wird immer besser! Der Stadtrat bringt mich zu meinem Appartement. Morgen werden wir zusammen mit Freiwilligen den Felsen vermessen.

Das Appartement ist eher eine kleine Wohnung ohne Küche. Ich könnte ohne Mühe in jedem Zimmer ein bis zwei Männer unterbringen, ohne dass sie sich gleich in die Haare kommen würden. Das Interieur ist auch sehr beeindruckend. Alles im Stil der Sechzigerjahre. Beige-orange Textiltapete mit faszinierend kitschigen Fotodrucken vom Rhein. Die Farben sind schon etwas verblichen und erinnern mich an die Wohnungsausstattung meiner Großeltern. Es fehlen nur noch die Puzzlebilder des Loreleyfelsens. Das Schlafzimmer ist auch in einem dezenten Orangeton gehalten und hat ein herrlich großes Doppelbett. Ich weiß gar nicht, wie lange es her ist, dass ich in einem so großem Bett allein geschlafen habe. Die geblümte Bettdecke ist wahrlich eine Verschwendung! Auch hier begrüßen mich Impressionen der mittelrheinischen Landschaft. Ganz im Stil der Großmutterbilder im Gang. Unter einer Häkeldecke ist ein Fernseher versteckt.

Darauf erblühen Blumen aus farbigem Strumpfgewebe in einer kleinen Flaschenvase. Was will man mehr? Ein Stuhl mit blumigen Samtkissen und eine Spiegelkommode mit rustikaler mittelgrüner Webdeckchenauflage. Noch nie war ich in so einer spannenden Suite. Es fehlen nur noch die Gartenzwerge.

Fühle mich wie die Königin des Rheins und werfe alle Kleider von mir. Sie landen auf der Häkellampe. Garne mich mit der Kammkette im Zimmer ein und wandle hier auf und ab. Schmeiße alles von mir in jedes Zimmer und wickle und lege alles mit meinen Kämmen voll. Im Nebenraum sind die Pakete des Kleinartikelsponsors. Inspiriert von meinem kleinen Reich reiße ich die Kartons auf und wühle in dem Glitzerwahnsinn aus Gold und Silber. Ich schiebe sie in das Bad und fülle sie in die Badewanne. Dann lege ich mich hinein und lasse es Kämme regnen. Ich schließe die Augen und träume, bis ich unbeabsichtigt einschlafe.

„Sie ist besser, als ich dachte!", sagte Loreley zu sich selbst, als sie sich dem Bannkreis um den Loreleyfelsen näherte. Sie hatte das Handeln der Künstlerin während der Fahrt hierher beobachtet. So schlecht war diese Secondhandbörse, oder wie sich das auch immer nannte, aus dem Internet doch nicht. Der Loreleyfelsen! Sie betrachtete ihn mit gemischten Gefühlen. Wie stark war doch die Sehnsucht, wieder oben zu sitzen. Oben an „ihrem" Platz. Wie schön war es doch, von dort auf den Rhein zu blicken. Die verspielten Wellen und Wogen zu zählen und die versteckten Strömungen zu entdecken. Wie sanft blies dort oben der Wind, wie kraftvoll war der ganze Ort. Hier war ihr Ursprung! Hier war ihr Beginn. Hier durfte sie allerdings seit Jahrhunderten nicht mehr hin. Trotzdem verbanden die Menschen immer wieder diesen Felsen mit ihr, suchten sie. Viele warteten, bis der Sonnenuntergang das Wasser, die Steine und den Himmel rotgolden färbte. Sie sangen und riefen, doch es war umsonst. Sie konnte

und durfte nicht. Selbst ihr Vater konnte gegen diesen Bann nichts ausrichten. In diesen Bereich reichte seine Macht nicht. Es war mehr, als hätte man einem Kind sein Spielzeug weggenommen.

Es schmerzte und oft schwamm die Nixe an dem Felsen vorbei, ohne hochzusehen. Manchmal allerdings, wenn sie gut gelaunt war, dann sang sie von ihrem Platz hinter dem Bannkreis. Es gab zuerst einige kleine Felsen, jetzt sogar eine kleine Landzunge. Von dort konnte sie ihre Lieder erklingen lassen. Häufig brachte das die Männer in ihren Schiffen und Booten erst recht ins Unglück. Sie vermuteten sie auf dem Felsen, waren irritiert und blickten nach oben. Anschließend verloren sie oft die Übersicht und gerieten in eine gefährliche Stromschnelle. Es funktionierte auch mit Bann, machte aber nicht so viel Spaß.

Es war ihr Fels! Der dunkelrote, manchmal schiefergraue Stein rief nach ihr. Auch er wollte wieder ihre Berührung, ihren Gesang, damit er wieder seine vollständige und unvergleichliche Kraft haben würde. Tief in seinem Inneren wartete die Energie, um irgendwann wieder einmal an die Oberfläche und an die Spitze gelangen zu können. Der unsichtbare, alles vereinnahmende Sog würde dem Himmel entgegenstreben, ihn begrüßen und sich mit ihm vereinen.

Der Fels wartete, denn auch ein Fels kannte die Zeit.

Zeit! Zeit! Loreley war ungeduldig. Sie wollte diesen untragbaren Zustand ändern. Schließlich hatte sie lange genug gewartet. Schuld war nur dieser verwahrloste Alkoholiker, der sich als Mönch ausgab. Wäre er nur bei seinen Alanen in Aquitanien geblieben! Seit er gekommen war, war nichts mehr, wie es einmal war. Seit Jahrtausenden war der Fels heilig und die Menschen hatten den Göttern, dem Rhein und auch ihr Opfergaben geschenkt und herrliche Feiern veranstaltet. Gerne erinnerte sie sich an die Priesterinnen, die Fackelzüge, das heilige Feuer, die Liebesreigen, die in besonderen Vollmondnächten hier ihren Platz hatten – es war immer eine Freude, mit dabei zu sein. Gerne hatte sie sich damals unter die Menschen gemischt, war in diesen Stunden eine von ihnen. Den Römern hatte das Ganze dann auch gut gefallen. Sie brachten den Wein und ihren Weingott Bacchus mit. Ein amüsanter, lebensfreudiger, üppiger Kerl mit lauter Stimme. Er kannte die lustigsten Weinlieder und anrüchigsten Witze. Ihr Vater mochte ihn auf Anhieb und es erfolgte schon beim ersten Treffen ein Brüderschaftsritual. Die beiden – sie passten mit ihrer Kraft und ihrem Elan wirklich gut zusammen. Wo sie auftauchten, war immer etwas los und die Feste gingen erst nach Tagen ihrem Ende zu. Bacchus hatte seinen Zweitwohnsitz hier am Rhein. Er nannte das kleine idyllische Örtchen Bacharach. Es war nicht weit entfernt von ihr.

Sie konnte ihm von ihrem Loreleyfelsen zuwinken und er sang ihr mit seiner vollen Stimme sein neuestes Lied entgegen. Jeder Ton schlug gegen die Felsen und kam mit doppelter Lautstärke zurück. Es war ein lustiges Spiel und das ganze Tal hatte seinen Spaß daran. Trotz seiner weiten Reisen, die ihn bis nach Ägypten führten, kam er immer wieder hierher zurück. Die Nixe musste lächeln. Es war schon eine erlebnisreiche schöne Zeit! Doch das war einmal. Man konnte das Rad der Zeit nicht zurückdrehen.

Ein Tag – was ist schon ein Tag! Es ist ein Atemzug, wenn überhaupt! Und doch ist ein Tag manchmal etwas, was man nicht so einfach vergisst. Es regnete damals,

als gegenüber vom Loreleyfelsen dieser verwilderte Kerl mit seinem Boot anlegte. Sie dachte damals bei sich: Gut, dann wird dieses Männlein wenigstens einmal so etwas wie gewaschen. Die Alanen hatten ihn des Stammes verwiesen. Er war trunksüchtig und wegen seines Benehmens nicht mehr tragbar gewesen. Goar belästigte Frauen, stahl, betrog und wollte den Anführer entmächtigen, um an seiner statt den Stamm zu regieren. Das war zu viel. Selbst seine Familie verbannte ihn. Es blieb ihm nichts anderes übrig, als zu gehen. Bei seiner Suche nach einem neuen Verbleib fand er ein wichtiges Instrument, um das zu erreichen, was er wollte: die Kirche. Als gläubiger Eremit kam er auf der anderen Rheinseite an. Er zimmerte sich einen kleinen Verschlag aus Bruchholz und legte Zweige darauf. Dann setzte er sich erst einmal stundenlang auf den Boden und starrte geistlos durch seine verfilzten dunklen Haare auf den Rhein. Sie hoffte schon, dass dieser unangenehme Zeitgenosse endlich verhungern würde, aber weit gefehlt. Zweimal in der Woche legte ein Boot der Kirche an mit genügend Proviant, vor allem mit mehreren Fässern Wein. Bald darauf zeigte sich warum. Es machte im Tal schnell die Runde, dass ein seltsamer Mann gegenüber des heiligen Loreleyfelsens lebte. Er hätte ein Weinfass, welches sich nie leerte, und wenn man sich von ihm taufen ließe, dann könnte man so viel und so oft vom Wein trinken, wie man nur wollte. Das Fest des Bacchus gab es nur zweimal im Jahr. Zur Winter- und zur Sommersonnwende. Die Verlockung, jeden Tag zu trinken und zu feiern, war zu verführerisch.

Es dauerte nicht lange, und alle Männer im Tal waren getauft. Wenn die Kinder und Frauen dasselbe taten, gab es ein kleines Fässchen Wein dazu. Mit dem Feiern und lustigen Zusammensein hatte das nicht mehr viel zu tun. Erst gab es einen gemeinsamen Becher Wein beim täglichen Abendmahl und dann ging es nach Beendigung dieser langweiligen Zeremonie mit dem maßlosen Gelage weiter.

Die Männer ließen sich immer mehr gehen, nahmen das Aussehen dieses ungepflegten Mönches an. Während ihre Haare und Bärte immer mehr verlotterten und ihr Körpergeruch immer strenger wurde, lagen die Felder brach. Sie gingen nicht mehr zur Arbeit und begannen, ihre Frauen und Kinder zu schlagen. Loreley schüttelte sich bei diesem Gedanken. Ekel kam noch immer in ihr hoch, wenn sie an diese Situation dachte. Ein unüberschaubarer Haufen von Filz, Dreck und Lumpen. Johlend und aus den zahnlosen Mündern stinkend. Die Nixe hatte ziemlich schnell genug von diesem Umstand, nur der Fels bewahrte sie vor dem schnellen Weggehen. Bacchus hatte allerdings nicht so viel Geduld. Er gab seine Zweitwohnung in ihrer Nähe auf. Das Örtchen Bacharach blieb und hält bis heute noch sein Andenken hoch. Ihr Vater war deswegen sehr betrübt. Vor lauter Wut hatte er jährliche Hochwasser geschickt und alles, was an den Ufern gelegen war, überflutet. Es half nichts. Bacchus zog es in die weite Welt. Es standen ihm viele Verlockungen offen und Loreley und der Rhein verstanden dies auch. Immerhin versprach der Schwerenöter, von Zeit zu Zeit hierher zu Besuch zu kommen. Vor allem dann, wenn dieser schreckliche Mönch verschwunden war.

Ruhig war es ohne diesen humorvollen Gott. Sehr ruhig. Loreley vermisste seine Lieder und seine unmöglichen Witze. Noch heute hatte sie seine kräftige Stimme in den Ohren. Irgendwie war er ihrem Vater sehr ähnlich. Nach dem Fortgehen von

Bacchus wurde es noch schlimmer. Die Trunkenbolde um Goar verunsicherten die ganze Gegend. Sie stahlen den umliegenden Dorfbewohnern das Vieh und überfielen unschuldige Mädchen. Nichts und niemand war vor ihnen sicher. Sogar dieser hässliche Einsiedler maß es sich an, ihr Avancen zu machen. Sie hatte ihn damals ausgelacht und zum Teufel geschickt.

Wenn die Nixe ehrlich war, hatte sie ihn auch nie wirklich ernst genommen. Irgendwann einmal hatte sie diesen hübschen Erzbischof getroffen. Es war natürlich kein Zufall. Da hatte sie schon etwas nachgeholfen. Sie hatte sich als Wäscherin ausgegeben und wusch, gut platziert am Rhein, laut schluchzend helle Tücher. Rusticus hatte sie sofort entdeckt und ging erfüllt von Mitleid auf sie zu.

Dieser Kirchenmann war schon etwas anderes. Er badete in Rosenöl und war ein für seine Zeit außerordentlich groß gewachsener Mann. Sein ansprechendes sympathisches Gesicht war gut aussehend und kräftig zugleich. Trotz seiner weißen Haare hatte er noch immer eine jugendliche lebensbejahende Ausstrahlung. Rusticus war wirklich ein Mann der Nächstenliebe und wollte sofort etwas tun. Dieser attraktive Mann engagierte sich wirklich überall, wo er nur konnte, und hatte trotzdem seinen Bezug zum wirklichen Leben nicht verloren. Er verstand die Nöte der Frauen und Kinder, die Schwierigkeiten der Bauern und Winzer. Nach ihm hatte Loreley keinen vergleichbaren Erzbischof mehr kennen gelernt.

Ganz schlimm war zum Beispiel dieser Hatto, der mit seinem Geiz und Egoismus schuld am Tod vieler Kinder war. Weil er die Steuern zu hoch ansetzte und in Hungerzeiten nichts von dem Getreidevorrat verteilte, starben in einem Winter Hunderte von Kindern. Loreley lockte ihn damals auf die Insel bei Bingen. Statt einer Liebesnacht gab es einen kleinen Ton und er konnte sich nicht mehr bewegen. Diese plötzliche und geheimnisvolle Krankheit zwang ihn, auf der Insel zu bleiben. In diesem wehrlosen Zustand holte sie mit einem kleinen Singsang alle Nagetiere in das Schlafzimmer. Etwas Getreide und ein kleines Liedchen und die Ratten und Mäuse fielen den Kranken an. Sie fraßen ihn bei lebendigem Leibe an. Am nächsten Tag brachten sie ihn zwar an Land, aber er verstarb qualvoll wenige Tage später. Der Turm auf der Insel erinnerte an dieses Erlebnis. Seitdem hieß er bei den Menschen immer Mäuseturm. Die Nixe befand, dass sie für diesen Mann die richtige Todesart ausgesucht hatte.

Also, dieser Rusticus war schon etwas anderes. Er war voll Liebe, Gefühl und Leidenschaft. Er wehrte sich am Anfang noch gegen seine Zuneigung zu ihr. Doch er konnte nicht anders. Loreley war sich jetzt im Nachhinein sicher, dass er es ernst gemeint hatte. Die Zeit mit ihm war auch wirklich schön und erfüllt. Da sie sich immer weigerte, sang er ihr Liebeslieder und las ihr schöne Gedichte vor. Er besaß auch das erste poetische Vermächtnis seines Landes – das Liebesgedicht eines Priesters.

Dabei sah er sie immer wehmütig und gefühlvoll an. Ahnte er, was kommen würde? Sie hatte damals nicht viel nachgedacht. Es war schön mit ihm und sie mochte ihn wirklich. Sie genoss jede Sekunde mit ihm. Dieser Liebhaber war klug und gut aussehend – er war es wert, mit ihm ein Kind zu zeugen. Nach einem Jahr gebar sie einen Sohn. Sie nannte ihn Siegfried.

Dieses kleine Glück hätte auch weiter so gehen können, doch Rusticus war es leid, dass sich Goar solche Verfehlungen leistete. Die Beschwerden über ihn und seine Säufer wurden so schlimm, dass er ihn exkommunizieren lassen wollte. Doch leider wurde Goar bei anderen Bischöfen vorstellig und leugnete alles ab.

Im Gegenteil, er bezichtigte Rusticus seiner Vergehen und beschuldigte ihn wegen seines unehelichen Kindes. Der Liebhaber stand zu seinem Sohn und zu seiner Geliebten. Er leugnete sie nicht. Rusticus war eben ein Mann mit Prinzipien. Als Erzbischof musste er dann sein Amt niederlegen. Er ging mit Loreley nach Worms und bildete seinen Sohn zur Bekämpfung des Bösen und zum Drachentöter aus. Siegfried bekämpfte den schlimmsten Drachen Europas. Goar wurde von der Kirche zum Heiligen verklärt. Aus der Loreley wurde die Nonne Afflaya (diese Idee des Kirchenvorstandes war wirklich eine Beleidigung!). Einer der Gründe, warum dieser schreckliche Kerl heiliggesprochen wurde, war, dass ein Säugling nach einer angeblichen Aufforderung des Mönches zu gehen und sprechen angefangen hätte. Dabei hätte er behauptet, der Sohn des Erzbischofes Rusticus zu sein.

Diese Kirche war schon ein seltsamer Verein! Also, solche seltsamen Heiligen konnte man wirklich nicht ernst nehmen. Statt Bacchus wurde ein gewisser heiliger Urban als Weinheiliger auserkoren. Die Nixe hatte ihn nie gesehen und wusste auch nicht, ob es ihn wirklich gab. Die ersten Bilder, die von ihm gemacht wurden, sahen allerdings dem römischen Gott schon sehr ähnlich.

Bei der Heiligsprechung belegte Goar sie selbst unvermutet mit einem Bann. Seit dieser Zeit konnte sie nicht mehr auf ihren Felsen. Nur unter bestimmten, kaum lösbaren Bedingungen würde sie wieder zurückkehren können. Eines hatte dieser schmuddelige Giftzwerg trotzdem nicht geschafft: Die Menschen hatten sie nicht vergessen. Solange sie sie nicht vergaßen, würde sie da sein.

Damit hatte der Mönch dann doch nicht gerechnet. Sollten sie ihm doch eine Kirche bauen! Sollten sie ihn doch heiligsprechen! Nach einigen eher ruhigen Jahrhunderten kam ihr Siegeszug, der sie bis in alle Winkel der Welt bekannt machte. Vielleicht fand sich dann auch einmal die Gelegenheit, den Bann zu lösen.

Noch heute gab es Feste und jede Menge Musik auf dem Loreleyfelsen. Ganz konnte Goar das nicht zerstören.

ST. GOARSHAUSEN II

Seit zwei Tagen habe ich nichts anderes getan, als die Ketten zu machen. Kämme auffädeln, nichts anderes, als Kämme auffädeln. Dutzende, Hunderte von abgeschnittenen Plastikschläuchen und Kämmen. Irgendwie ist diese eintönige Arbeit ziemlich langweilig, irgendwie fange ich aber auch an abzutauchen. Jeder Kamm ist ein Stück Erinnerung vom Rhein.

Es ist ruhig im Zimmer und ich höre das Rauschen des Flusses. Wir erzählen uns gegenseitig die Geschichten, die wir schon zusammen erlebt haben und freuen uns schon auf das, was noch kommt. Ein Telefonanruf durchbricht die Zweisamkeit. Herr

Faber hat neue Nachrichten. Es wollen noch einige Bewohner und weitere Schüler von St. Goarshausen einen Kamm auffädeln. Ich finde, das verstärkt dieses Band der Gemeinsamkeit. Als alles fertig ist, stelle ich die Pappschachteln an der Rezeption ab, denn dort wird alles abgeholt. Seit meiner Ankunft habe ich von diesem Ort, auf den ich mich schon so gefreut habe, noch gar nichts gesehen. Nur die Pension und eine Unmenge redender glänzender Kämme. Ich gehe einfach drauflos. Es dauert nicht lange, und ich bin da. Mitten in St. Goarshausen. Das ist i h r Reich. An der Bootsanlegestelle herrscht quirliges Treiben. Eine große Menge von Touristen wartet auf die Fähre. Es sind mir zu viele Leute und ich beschließe, meinen Spaziergang fortzusetzen. Gerade, als ich gehen will, werde ich gesehen. Es ist kaum zu glauben, wie schnell Stifte und Kugelschreiber aus dem Nichts auftauchen können. Ich soll Autogramme geben. Ich fühle mich seltsam.

Die Fähre legt an, und ich kann jetzt wirklich weiter. Bei einem Kiosk komme ich mit der Vielfalt an Andenken und Kitsch in Berührung. Ich werde damit in der nächsten Zeit noch öfter konfrontiert werden. Es ist interessant hier. Lauter nette kleine Häuschen und Gässchen. Es ist ein kleiner, aber sehr charmanter Ort. Die Andenkenläden erinnern mich an meine Kindheit. Ich habe solche Gegenstände schon lange nicht mehr gesehen. All die Loreleyen aus Plastik, Gips und Messing. Barometer in Schlüssel- und Schiffsform auf schwarzem Polyamid, knallbunte Postkarten, Rheinmotive auf Holzscheiben, kleine Plastikfernseher in allen Farben, durch deren kleine Fenster man die verschiedensten Bilder vom Rhein sehen kann, wenn man sie gegen das Licht hält. Zudem Karten vom Rhein, Rheinwein, Rheinwässerchen, Rheinvasen, Rheinteller ... Ich entschließe mich für eine kleine Ausgabe der Rheinsagen in Geldbeutelformat.

Leider muss ich all die eigenwilligen Gegenstände vom Schnapsgläschen bis zur Papierschere hierlassen. Mir fällt wieder die Wohnung meiner Großeltern ein. Ich sehe die Ausstattung ihres Wohnzimmerschrankes nun mit ganz anderen Augen.

Die ausgiebige Suche hat mich durstig gemacht. Ich beschließe, mich in ein Café am Rhein zu setzen. Zuerst herrscht etwas Erstaunen, als ich komme, dann geht ein Raunen durch die Besucherschaft. Es befremdet mich, ich beschließe, trotzdem zu bleiben. Ein leckeres Weinschorle, eine herrliche Aussicht auf den Rhein. In diesen Minuten bin ich nichts weiter als ein Tourist mehr am Rhein. Trinke und genieße.

Der Himmel ist strahlend blau und das Wasser des Flusses scheint wie von kleinen Diamanten übersät. Es glitzert und funkelt auf dem Rhein und ich kann mich nicht sattsehen. Bin wie gebannt und diese kurzen Augenblicke ziehen sich in eine füllige Länge. Das Café lädt mich ein und ich beschließe, Richtung Loreleyfelsen zu laufen. Die Häuser und die Touristen werden weniger und es erscheint auf der rechten Seite ein alter Industriekran. Obwohl er nicht mehr der Jüngste zu sein scheint, ist es, als hätte er vor kurzem erst seine Arbeit beendet. Etwas traurig steht er da. Ich bleibe ein wenig bei ihm. Einige Einheimische fühlen sich anscheinend durch ihn gestört. Er „schade" dem romantischen Erscheinungsbild der Gemeinde. Ich erinnere mich an die Zeit auf dem Frachtdampfer bei Edith und Thomas. Realität muss sein! Der Kran gehört hierher.

NUR NOCH 36 STUNDEN.

Ich hasse es, früh aufzustehen. Aber hier ist wirklich alles anders. Ich verlasse frühmorgens meine Pension und laufe zum Rhein. Er überrascht mich mit seinem schönsten Sonnenaufgang. Ich bin ganz allein mit dem Fluss. Ich will die kräftigen Farben trinken und mich in ihnen einhüllen. Es fehlt nur noch ein Gläschen Wein und ein netter Mann an meiner Seite. Eigentlich ist es ganz gut so, denn sonst würde es mich zu sehr ablenken.

Ich merke zwar noch die Müdigkeit, aber ich kann es genießen. Die Felsen, der Fluss, die alten Häuser, sie haben eine sanfte Ruhe.

Ich weiß nicht, ob sie auch noch etwas verschlafen sind, oder ob sie sich in der Morgenröte sonnen und Kraft tanken. Ich tue es ihnen gleich. Ich bin noch die Einzige, die zu dieser Zeit auf zu sein scheint. Diese Stille ist wohltuend und es wärmt mich.

Wäre ich romantischer, ich würde zugeben, dass es mich ergreift, dass es mein Herz berührt und so weiter und so weiter. Ich muss gestehen, es wird immer schwerer, sich diesen Eindrücken und Gefühlen zu entziehen.

Ich sollte besser zum Frühstücken gehen. Jetzt dürfte es schön etwas geben. Zu viel Romantik macht hungrig.

Leider zu früh gefreut. Es ist immer noch zu früh. Wenn man länger ausschläft, muss man wenigstens nicht auf das Essen warten. Ich beschließe, die Zeit zu nutzen, und gehe um die Pension herum und entdecke eine Art Garten. Er liegt auf der Rückseite des Gebäudes und ist stufenweise angelegt. Kleine Steine sind Begrenzung und Weg zugleich. Er ist schmal und es ist nicht so einfach, nach oben zu gelangen.

Es ist unglaublich, was es hier alles gibt. Immer wieder versperren Rehe, Gartenzwerge, Frösche und Blumenschalen aus Plastik den Weg oder sind wenigstens nahe bei diesem angebracht. Sie warten, starren und lachen.

Ich frage mich, was ich von ihnen halten soll.

Die schmalen Terrassen führen mich zu einem kleinen Gartenhäuschen. Hier hängt eine lange Kette mit Lampions und eine weitere mit Wimpeln. Es ist tatsächlich so, wie man sich eine herrlich kitschige Laube aus dem Bilderbuch vorstellt. Das Gartenhäuschen hat sogar einen Balkon. Auf ihm ist ein kleiner runder Tisch mit einer grellen Vinyltischdecke. Selbstverständlich ist dort eine kleine beige Porzellanvase mit Plastikblumen postiert. Vielleicht hat der Hausherr diese edlen Gewächse auf dem Volksfest geschossen. Rundum sind Stühle, die nur darauf warten, dass man sich auf sie setzt. Ich kann dieser charmanten Einladung kaum widerstehen. Unvorsichtig nähere ich mich. Hinter dem Fenster schaut eine Rüschengardine hervor, der Eingang ist leider verschlossen. Beinahe hätte ich mir den Kopf angestoßen. Ein – ebenfalls aus Plastik gefertigtes – Vogelhäuschen samt Quietschevögelchen war im Weg. Ich verstehe den Wink und setze mich hin.

Das Sitzkissen ist noch etwas nass, zu nass. Ich öffne die Halteschlaufen und werfe es auf den Boden. Es ist zwar nicht die angenehmste Art, Platz zu nehmen, aber das Gesamtdesign macht es wett. Ich weiß gar nicht, wie lange ich nicht mehr so viele bunte Plastikgeschöpfe auf einem Haufen gesehen habe.

Mein früherer Schulweg führte an einem alten Vorgarten vorbei. Es war unüblich, denn in der Innenstadt gab es nicht viel Grün. Es war ein altes Haus aus der Jahrhundertwende, umgeben von einem verschnörkelten schmiedeeisernen Zaun.

Ich blieb immer stehen, denn dahinter befanden sich Dutzende von Gartenzwergen, Rehen und natürlich auch Schneewittchen. Einige der kleinen Wesen lebten in einem Pilzhaus. Diese Märchenlandschaft hat mich immer verzaubert. Mit der Zeit verblassten die Plastikgeschöpfe etwas, aber sie waren immer noch schön.

Ich bin irgendwann einmal weggezogen, aber diesen kleinen Vorgarten habe ich nie vergessen. Ich kam immer wieder vorbei und war froh, dass es ihn noch gab. Sogar meine Straßenbahnlinie fuhr daran vorüber. Selbst als Erwachsene ließ mich dieser Charme nicht unberührt. Vor einigen Jahren wurde das Haus renoviert.

Die Fassade ist nun hell und modern. Die Erde zugepflastert, der Märchengarten verschwunden. Dafür gibt es Vordächer aus Glas. Es ist nicht mehr mein Haus.

Ich habe immer durch das Fenster am Balkon geschaut. Manchmal konnte man einen alten Kronleuchter blinken sehen. In der Weihnachtszeit glitzerte ein hübscher Weihnachtsbaum mit Lametta und Glaskugeln.

Der Kronleuchter ist ebenfalls verschwunden. Einen Weihnachtsbaum gibt es seitdem auch nicht mehr.

Jetzt sitze ich hier auf einem kalten Stuhl und darf Gartenzwerge und Rehchen betrachten. Es ist nun wirklich nicht mein Märchengarten von damals, aber es erinnert mich daran. Ich habe nie gewusst, wem dieser Garten gehörte. Jetzt finde ich es schade, dass ich nie erfahren werde, wer mir diese schönen Momente geschenkt hat. Ich schüttle mich vor Rührseligkeit. Wird hier etwas ins Essen getan?

Ich glaube, es ist besser zu gehen. Die Neugierde lässt mich aber nicht los. So einen Garten habe ich noch nie gesehen. Es geht weiter nach oben. Und es wird immer enger.

Der Weg ist gerade so breit wie mein Fuß. Trotzdem will ich wissen, ob noch etwas auf mich wartet. Das Ganze artet schon in Klettern aus. Ich schaffe es trotzdem. Und es hat sich auch gelohnt.

Anscheinend hat sich schon seit längerem niemand mehr hierher gewagt. Ein verwilderter verwunschener Ort hat auf mich gewartet. Inmitten alter knorriger Bäume und Büsche ein vermooster, fast nicht mehr vorhandener Rasen. Auf diesem befinden sich zwei kaputte Stühle, die sich in gebührendem Abstand gegenüberstehen. Es sind diese Sitzgelegenheiten aus ehemals weißem Stahlgestänge, umschlungen mit dünnen Gummischläuchen. Ich glaube, diese Stühle gibt es gar nicht mehr zu kaufen. Schade!

Schade auch, dass mein Magen knurrt. Jetzt hat das Frühstücksbuffet bestimmt schon geöffnet.

Meine Vermutung ist richtig. Nur wenige Minuten und ich sitze auf einer Eichenbank mit dazu passender grün-bräunlicher Sitzgarnitur. Die Essenszeit war schon zu Ende. Ich war einer der letzten Gäste, die zum Frühstück kamen. Die englische Schulklasse ist schon weg. Trotzdem gibt es eine überwältigende Auswahl und genügend Nachschub.

Ich beschließe, auf den Loreleyfelsen zu gehen. Herrn Faber werde ich heute Abend treffen, um noch Details für die Installation zu besprechen.

Ich packe meine Kammkette und jede Menge weitere Kämme in den Rucksack.

Man ist hier sehr gastfreundlich. Der Bus nimmt mich umsonst mit, und so kann ich mir den doch sehr weiten Marsch sparen. Ich laufe die letzten Tage sowieso mehr, als ich es gewohnt bin. Deswegen habe ich mich für ein Paar weißer Lackstiefel als Schuhwerk entschieden.

Es geht in einem weiten Bogen aufwärts. Schon hier bekomme ich leichtes Herzklopfen. Die Felsen, die Bäume, die immer wieder wie hervorgezaubert auftauchen, beeindrucken mich. Dabei kann ich gar nicht so richtig sagen, was genau mich so beeindruckt. Während der Busfahrt werde ich befragt, bestaunt. Ich darf wieder als Fotomotiv dienen, so dass ich mich nicht mehr so auf die Landschaft konzentrieren kann. Auf einmal sind wir da. Der Busfahrer verabschiedet sich mit einem Hit aus den späten Siebzigern. Während ich noch mit meinem Rucksack kämpfe, schmettert er ein lautes „Loreley, -ley, -ley – Schiffe zieh'n an dir vorbei". Die Leute im Bus lachen und applaudieren. Verlegen winkt der Sänger und wünscht uns allen einen schönen Aufenthalt. Gut gelaunt verlassen wir den Bus. Ich bin mir nicht sicher, wohin ich gehen muss. Es sieht hier nicht gerade nach einem atemberaubenden Ort aus.

Man fühlt sich eher an eine landwirtschaftliche Wiese mit Parkplätzen erinnert. Nach wenigen Minuten fügt sich die Straße in eine Kurve. Mir begegnet wieder ein Souvenirladen mit einem großen Sortiment. Ein wenig lasse ich der Inspiration freien Lauf. Doch es zieht mich weiter. Ich will endlich zu der Spitze, zu dem berühmten Ausblicksort. Natürlich habe ich meine Kindheitserinnerungen nicht ganz vergessen und erwarte mir nicht sonderlich viel.

Erstaunt reagiert die Besitzerin des Andenkenladens. Bei der Antwort erfahre ich auch, warum. Ich bin nur wenige Schritte von meinem Ziel entfernt. Der kürzeste Weg geht direkt durch das Restaurant. Da ich meine Kämme ordnen muss, beschließe ich, die Damentoilette aufzusuchen. Während ich aufgeregt probiere, auf dem Waschbecken alles zu entwirren, höre ich seltsame Geräusche, die aus einer Kabine kommen.

Merkwürdige Seufzer und Stöhngeräusche pressen sich durch den Raum. Durch die Kacheln gibt es ein wunderbares Echo und ich fühle mich direkt darin eingewickelt.

Was passiert hier gerade?

Während ich abwäge, für welche Antwort ich mich entscheiden soll, stört ein lautes Krachen meine Gedanken. Irgendetwas schlägt gegen die Kabinenwand. Das Geräusch klingt dumpf und menschlich. Erschrocken warte ich ab.

Wird hier meine Hilfe gebraucht oder störe ich etwa und bin in eine peinliche Situation geraten? Gehen oder bleiben? Meine Kammkette zwingt mich zu Letzterem. Vielleicht sollte ich sicherheitshalber unter die Toilettentüren schauen?

Andererseits wäre das dann doch zu intim. Die nächsten Minuten noch abwarten und auf die Zeichen, beziehungsweise auf die Geräusche achten. Unwillkürlich folgen weitere Stöhngeräusche. Es poltert laut. Und gerade, als ich ansetze, in die Knie zu gehen, gibt es einen Riesenkrach und die Türe knallt auf. Ich versuche, meinen Blick auf die Kammkette zu lenken und bewege – sehr reaktionsbereit – meine Kämme hin und her.

Möglichst unauffällig versuche ich, in die Richtung der Lärmquelle zu schauen. Ich kann so aber nichts sehen. Also wasche ich meine Hände und blicke dabei in den Spiegel. Dort offenbart sich alles: eine dunkelhaarige Dame mittleren Alters blickt mich ebenfalls an. Hinter uns bewegt sich die noch halb offene Toilettentüre. Unbewegt fährt diese Dame fort, weiter zu stöhnen, da sie verzweifelt versucht, aus ihrer Kleidung zu kommen. Ihre stark geschminkten Augen würdigen mich keines Blickes, ich bin mir nicht einmal sicher, ob sie mich überhaupt wahrnimmt.

Eigentlich macht sie eher einen gepflegten Eindruck. Sie scheint nüchtern zu sein, wahrscheinlich ist sie auch nicht geistig verwirrt.

Mehrmals hintereinander schließe ich meine Augen, um sicher zu gehen, dass ich wirklich hier bin. Ich bin mir sicher, dass ich auf dem Loreleyfelsen in einem Restaurant in einer Damentoilette bin.

Ganz sicher stehe ich gerade in diesem Moment mit meinen Kämmen am Waschbecken. Hinter mir ist ein seltsames, nichts registrierendes weibliches Wesen aufgetaucht, welches Solarium, starke Schminke und starr frisiertes, dunkel gefärbtes Haar liebt. Diese Dame passt eher in den Schalter einer Bankabteilung oder in den Verkauf eines Haushaltswarengeschäftes, stattdessen versucht sie qualvoll, sich zu entkleiden. Dabei stößt sie sehr, sehr seltsame Laute aus.

Erst jetzt habe ich Zeit, ihr eigenartiges Gewand zu betrachten. Es gleicht eher einem Zeltoverall, als irgendetwas anderem. Das Textildesign erinnert an eine sumpfbraune Couchgarnitur aus dem Verwandtenkreis. Der Verwendungszweck dieses Freizeittipis ist schwer nachzuvollziehen. Was, um Gottes willen, hat diese geheimnisvolle Toilettenbekanntschaft da eigentlich an? Weil die vordere Knopfleiste des Overalls oder Zeltes oder wie auch immer bis zur Bauchnabelhöhe zugenäht ist, erweist es sich als fast unmöglich, sich dieser voluminösen Textilhülle zu entledigen.

Also doch peinliche Situation.

Ich kann ihr weder meine Hilfe anbieten, noch kann ich spontan den Raum verlassen. So bleibt mir nichts anderes übrig, als mich meinen Kämmen zu widmen und tatsächlich alles zu entwirren.

Wahrscheinlich sind es nur wenige Minuten, doch für mich scheint es eine kleine unangenehme Ewigkeit voll Stöhnen, Stoffmengen, beige-brauner Unterwäsche, ächzendem Körpergewinde zu sein. Nach diesen unangenehmen Minuten ist es vollbracht: Der Zeltoverall liegt ohne Inhalt auf dem Boden. Erschöpft versucht die Dame, sich von ihren Anstrengungen laut nach Luft ringend zu erholen.

Nach einer kurzen Erholungsphase geht sie zurück in die Toilettenkabine, um Sekunden später mit einer schwarzen Ledertasche zu erscheinen.

In ihrer Gegenwart fühle ich mich unsichtbar. Vielleicht hat sie mich einfach noch nicht gesehen. Ich bin mir da wirklich nicht sicher. Ungestört stöbert sie in ihrer Tasche, um allerlei Buntes hervorzuziehen. Jetzt geht es aber schnell. In unglaublicher Geschwindigkeit und Stille zieht sich meine WC-Genossin an. Nach kurzer Zeit steht eine gut und bunt gekleidete Dame hinter mir. Ihr türkisfarbenes T-Shirt und ein dazu passender, groß gemusterter Rock leuchten schon von Weitem. Abschließend wirft sie noch einen prüfenden Blick in den Spiegel, immer noch ohne mich wahrzunehmen.

Zackig greift sie nach ihrer Ledertasche und verlässt wort- und gestenlos die Toilette. Zurück bleibe ich und bin ratlos. Ungläubig komme ich ins Grübeln. Das Ganze war schon real? In den ersten Minuten war ich mir nicht sicher. Ebenso schnell und unvorbereitet, wie ich in diese Situation geschlittert bin, ebenso schnell war alles vorbei. Es blieben keine Spuren. Nicht einmal der überdimensionale Zeltoverall lag am Boden. Es bewegte sich keine Türe und es waren auch keine Geräusche mehr zu vernehmen. Ich war hier ganz allein, alles war still. Komme mir vor wie in einem Trash-Film. Oder wie bei der „versteckten Kamera". Doch nichts geschieht. Nichts, einfach nichts. Kein Trash-Film, keine versteckte Kamera.

Ich hole noch einige Male tief Luft und glaube mich in der Realität. Danach wende ich mich meinen Kämmen zu, um endlich zum Ende zu kommen. Jetzt kann ich diesen ereignisreichen Ort verlassen. Meine Kammkette trage ich auf beiden Armen. Ohne viele Umwege gerate ich von der Restaurantstube zu der Türe nach draußen.

ICH BIN DA ! ! !

Sonnenschein, Himmelblau und Windhauch – beim Öffnen der Türe nach draußen hätte es ein Werbefilm auch nicht besser machen können. Es gibt sogar eine kleine Showtreppe. Zwar nur wenige Stufen, aber wirkungsvoll. Ich bleibe mit ausgestreckten Armen, bedeckt mit den Kämmen stehen. Erst jetzt eröffnet sich der ganze Ort. Aber es sieht anders aus. Nichts, aber auch gar nichts erinnert an den kahlen spröden Platz aus meiner Kinderkurzeit. Doch, es ist schon der richtige Platz, aber es wurde einiges angelegt. Jede Menge Grün, Steine und Skulpturen.

Ein kleiner Weg führt rundherum. Ich gehe langsam drei Runden. Allmählich spüre ich ein unangenehmes Gefühl in den Armen. Dieses lange Gestreckthalten macht sich bemerkbar. Zudem muss ich aufpassen, dass ich nicht hinfalle. Es ist ein geheimnisvolles Gehen.

Der Wind lässt die kleinen Blätter der Äste leise rascheln. Wind und Blätter begleiten mich. Zum Schluss gelange ich zu der vordersten Felsspitze. Fahnenmasten warten schon auf die Erhebung zum UNESCO-Weltkulturerbe. Eine kleinere, dreieckige, sehr weibliche Fläche wurde freigelassen. Ich lege meine Kammkette darauf ab. Aus meinem Rucksack hole ich Salz, Kerzen und eine Flasche Wein, die hier von den umliegenden Weinbergen stammt. Es folgt ein Reinigungsritual, ich bedanke mich beim Felsen. Es ist ein Gefühl der Zusammengehörigkeit. Ich lasse dieses Gefühl zu. Nach der Ruhe beginnt der Ansturm. Es kommt eine Touristengruppe.

Aufräumen und Kette aufwickeln. Jetzt ziehe ich wieder meine Kämme hinter mir her. Langsam bewege ich mich vor zum Geländer. Erst jetzt kann ich die Aussicht genießen. So weit von oben habe ich den Rhein bis jetzt noch nicht gesehen, so kommt es mir auf jeden Fall vor. Schroffe, steile Felsenhänge weisen gnadenlos den Weg nach unten zum Rhein. Allein vom Hinschauen wird es einem dabei schwindlig. Die Landschaft, die Weinberge, der Flusslauf – was soll man dazu sagen, ohne dass man in romantisches Schwelgen kommt?

Unbeschreiblich!

Hinter mir erklärt gerade eine Dame auf Italienisch die Geschichte der Loreley. Ungläubig wandern die Blicke der Zuhörer erst zu mir, dann wieder zu ihr.

Man spürt diese Blicke im Rücken. Man fühlt, dass man angeschaut wird.

Langsam drehe ich mich um. Noch langsamer setze ich wieder einen Fuß vor den anderen. Ich gehe weiter, die Kammkette hinterher. Das Klappern der Kämme und das Klicken der Fotoapparate begleiten mich.

Der Platz der Loreley! Wie für mich gemacht. Großflächig und mit Rückenlehne.

Es gleicht einem einfachen Sitz aus Bronze. Fast ein kleiner Thron. Naturnah und doch geheimnisvoll. Zuerst wickle ich meine Schnüre herum, um später bequem darauf Platz zu nehmen. Hier macht das Kämmen Spaß. Der Wind spielt mit meinen Haarsträhnen und lässt sie heiter tanzen. Fühle mich wohl hier. Es ist angenehm, fast vertraut.

Natürlich kommt eine Unmenge Neugieriger auf mich zu. Ob aus Japan, England, Frankreich, Italien – ich werde immer wieder mit „Ich weiß nicht, was soll es bedeuten" von Heinrich Heine angesungen.

Natürlich Fotos, Autogramme, aber auch interessante Gespräche. Ein netter grauhaariger Herr im weißen T-Shirt ist besonders an meiner Idee interessiert. Er ist Jugendleiter auf dem Campingplatz nebenan. Es ist so eine Art internationales Treffen auf der Loreley. Hier gehört er zum Aufsichtspersonal.

Die Idee, grenzenüberwindend und völkerverbindend zu reisen, findet er interessant. Er empfiehlt mir, auf meiner Reise nach Remagen zu fahren. Dort leitet ein Bekannter von ihm das Friedensmuseum. Es ist genau dort, wo die viel umkämpfte Brücke von Remagen war und viele Tausende Soldaten aus Deutschland den Tod fanden. Das Gespräch berührt mich.

Ich beschließe deswegen, auf jeden Fall in Remagen auch Halt zu machen.

Auch Jugendliche vom Zeltplatz kommen und sind neugierig. Wir diskutieren über Länder, Grenzen, Geschichte, Rheinabenteuer und vieles mehr. Weitere Leute jeder Nationalität, jeden Alters gesellen sich dazu. Auf einmal sehe ich, wie an der Felsenspitze die UNESCO-Flagge gehisst wird. Ungefähr ein Dutzend Leute im Anzug stehen dabei. Eine dieser Personen geht auf mich zu. Erst jetzt erkenne ich, dass es der Bürgermeister ist. Er begrüßt mich freundlich und stellt sich mit mir zusammen den Bilderwünschen der Umstehenden.

Das Stadtoberhaupt ist etwas nervös. Anschließend entschuldigt er sich, dass es mit der Einladung nicht geklappt hat. Um welche Einladung es sich handelt, will ich wissen. Verlegen blickt er nach hinten zu der UNESCO-Delegation, die gerade den Felsen verlässt. Ob ich heute noch zu einem Weinfest mit dem Pfarrer kommen möchte? Da ich einen Termin mit Herrn Faber und morgen sowieso meinen „offiziellen" Auftritt habe, sage ich ab.

Morgen wollen wir uns zur Anbringung der über zweitausend Kämme treffen. Es gibt noch eine schnelle Verabschiedung und der Bürgermeister eilt mit kurzen hastigen Schritten der Delegation hinterher.

Eine interessierte japanische Reisegruppe holt mich auf den Loreleysitz zurück.

Freundliches Lächeln, Verbeugungen, singendes Englisch und die Frage, wann ich denn nach Japan komme.

Nach der Zeit des Kämmens brauche ich jetzt eine Zeit für das leibliche Wohl. Ich setze mich an einen Tisch vor dem Restaurant, lasse es mir schmecken. Als ich schon gezahlt habe, erscheint ein bärtiger, etwas älterer Kellner.

Er kommt mir irgendwie bekannt vor, aber bei den vielen Menschen, die ich schon auf meiner Reise getroffen habe, kann ich ihn nicht einordnen. Mit „eine Aufmerksamkeit des Hauses" überreicht er mir ein Kristallglas mit Weißwein. Nachdem ich diesen getrunken habe, fühle ich mich wie umgewandelt. Ich nehme noch alles intensiver wahr. Die Szenerie um mich herum scheint verändert.

Trotz nicht weniger Besucher ist es geräuscharm. Irgendwie läuft alles viel langsamer ab. Gemächliche Schritte, wenige Gespräche, sanfte Gesten. Die Touristen, die hier sind, sehen sehr entspannt und ausgeglichen aus. Während ich auf der Terrasse sitze und beobachte, sehe ich niemanden, der schreit oder streitet.

Diese Augenblicke versuche ich in mein Gedächtnis einzubrennen. Dieser schöne Ort, die atemberaubende Schönheit, die sanften Geräusche. Nichts, nichts möchte ich vergessen. Eine Liebe auf den ersten Blick!

Es fällt mir schwer, diesen Platz zu verlassen. Doch es gibt noch einiges zu tun. Ich erreiche wieder den Andenkenladen, da höre ich Musik.

Neugierig folge ich dieser und gelange zu einer Freilichtbühne. In zwei Wochen spielen die „Toten Hosen", leider bin ich dann nicht mehr da. Schade, aber so lange wird auch mein Aufenthalt hier nicht gezahlt. Schaue noch auf das Plakat am Eingang und ärgere mich. Schlechtes Timing! Es kostet hier heute keinen Eintritt und ich beschließe, kurz hineinzugehen. Rockmusik und eine Menge junger Zuhörer. Lege mich ins Gras und schlafe ein wenig ein. Verrückte Träume von Musik, Feuer, Loreleyfelsen, Wein und Mönchen, der Rhein spült alles weg und ich wache auf. Etwas verwirrt schaue ich auf die Bühne. Mein Körper fühlt sich eingeengt, ich atme tief durch. Der blaue Himmel lacht mir ins Gesicht und es scheint, als hätte ich ihn so schon lange nicht mehr gesehen. Es dauert etwas, bis ich weiß, wo und wer ich bin. Irritiert blicke ich nach unten und sehe mein weißes Kleid. Ich suche mich, betrachte meine Arme und Hände. Zu lange habe ich doch nicht geschlafen. Die Musik spielt noch. Trotzdem scheint es, als wäre es ewig lang gewesen.

Ich fühle mich benommen und komisch. Meiner selbst immer noch nicht sicher, nehme ich meinen Rucksack und gehe weiter. Jetzt möchte ich nicht mehr mit dem Bus zurückfahren, irgendwo gibt es bestimmt noch einen anderen Weg nach unten. Meine Schritte fühlen sich noch etwas fremd an. Besser noch: befremdlich. Es ist, als würde ich auf Zuckerwatte treten. Alles an mir ist leichter und weicher. Wahrscheinlich zeigt der Wein von vorhin noch seine Wirkung. Allerdings fühle ich mich nicht angeheitert, es ist mir auch nicht schwindlig. Besser, ich mache mir nicht so viele Gedanken. Zielgerichtet tragen mich meine Füße, mein Körper. Ich gehe mit. Schnell gelange ich wieder zu meinem Andenkenladen. Doch ich folge einem kleinen Weg. Stück um Stück entferne ich mich von der Spitze. Vor mir eröffnet sich ein märchenhafter, immer wilder werdender Weg. Wenige Leute haben sich für den Fußmarsch entschieden.

Erstaunt lasse ich mich von dem märchenhaften Charme dieses Felsabschnittes beeindrucken. Ich würde mich nicht wundern, wenn hinter einem alten knorrigen Baum das Rotkäppchen hervorkommen würde.

Allerdings ein heruntergebeamter Mr. Spock vom Raumschiff „Enterprise" wäre auch nicht schlecht. Während ich mir das Ganze bildlich vorstelle, erscheint auf einmal ein heller Lichtblitz. Ich werde in einen vierdimensionalen Spiralsternnebel gehüllt und mir schwinden die Sinne. Als ich erwache, steht ER vor mir. Spock steht da. Leibhaftig.

„Faszinierend."

„---."

„Wirklich, faszinierend."

„---."

Da die Vulkanier alle sieben Jahre paarungsbereit sind, war der Zeitpunkt nicht schlecht. Die Romanze: der Offizier und die Loreley. Der Stoff, aus dem Hollywoodlegenden gemacht sind. Sofort entwickelt sich eine dramatische Liebesgeschichte. Er nimmt mich mit zu Ausflügen hin zu allen unbekannten Ecken des Universums.

Grelle Polyesterkleider, blaues, grünes Haut-Make-up, hochtoupierte Lockenwicklerfrisuren, kurze enge Besatzungsuniform. Ich bin in dem Land meiner Mädchenträume und fühle mich wohl. Selbstverständlich kann ich diesem Mann nicht widerstehen. Ich besiege ihn im Mehretagenschach. Er ist entzückt und hebt seine frauengefährliche Augenbraue. Weder der Maschinenraum noch der Computer noch intergalaktische Nebenräume oder die engen Luftschächte sind vor uns sicher.

Er ist hingerissen und unsere Handflächen berühren sich, unsere Gedanken ebenfalls. Ein Strudel zieht mich hinab in die Weiten des Weltraumes und ich sehe Geschöpfe, Planeten und Welten, wie ich es nie zuvor erlebt habe. Einfach ein intergalaktischer Höhepunkt.

Anschließend essen wir noch Tryptoon-Sushi und Diklonaneis mit rotem Marsbohnenpüree. Ich hätte es noch länger an Bord ausgehalten, aber die Pflicht ruft. Spock muss weiter zu einer neuen Mission.

Wir sind enttäuscht und liegen uns noch einmal in den Armen. Noch einmal lesen wir unsere Gedanken und können das jähe Ende unserer Romanze nicht fassen. Zum Abschied fasst er sich mit seinen langgliedrigen Fingern an die Schläfen. Ich höre einen Überschallton. Fragend sehe ich Spock an.

„Ich habe mir deinen Kuss für alle Lichtjahre auf meine Lippen gescannt", erklärt er mit seiner überwältigenden Stimme.

Wer kennt die wahre Stimme von Mr. Spock? Ehrlich – so warm, tief und berührend. Sie sendet Vibrationen aus, die meinen Körper elektrisieren.

Ich kenne die Stimme von Mr. Spock.

Spock. Ich weiß, dass er gehen muss. Er streicht zuerst über seinen, dann über meinen linken Unterarm.

"Für dich!", flüstert er. Verwundert sehe ich ihn an.

Auffordernd weisen seine Blicke auf meinen Arm.

Ich blicke nach unten. Da entdecke ich seinen Liebesbeweis.

Er hat mir Sommersprossen geschenkt. Klein, rund, golden und vulkanisch. Das Andenken unserer Gefühle für alle Lichtjahre.

Ein letzter Kuss, ein letzter Blick. Ich stehe traurig bereit zum Beamen.

Spocks Augen glänzen. „Wir sehen uns wieder auf dem Loreleyfelsen. Ich werde auf dich warten!", sagen mir seine Gedanken.

Diese Sicherheit, ihn wiedersehen zu können, diese absolute Sicherheit rettet mein Augen-Make-up. Noch ein letzter Blick. Er hebt die Hand zum Gruß. Dann nimmt mich ein vierdimensionaler Spiralsternnebel in sich auf und mir schwinden die Sinne.

Schon wieder komme ich nur langsam zu mir und suche nach klaren Gedanken. Ich weiß nicht, was ich von dem allem halten soll. Diese Erlebnisse, diese Gefühle, sie waren so real, dass ich zuerst nicht weiß, ob es nicht doch echt war. Sicherheitshalber schaue ich auf meinen linken Arm und erblicke – Sommersprossen. Eine Flut von Sommersprossen. Wie um alles in der Welt soll ich denn eine vulkanische von einer irdischen unterscheiden? Vielleicht sollte ich nach dieser Reise zur NASA gehen.

Vielleicht kennen die ein Testverfahren. Ich will diese Sommersprosse! Ich will diese Sommersprosse! Ungeduldig, wütend suche ich meinen Arm ab. Immer wieder suche ich ihn ab.

Ich habe diesen Liebesbeweis vor meinem geistigen Auge. Ich weiß doch, wie er aussieht. Mein Pech ist nur, dass sehr viele meiner fröhlichen goldenen Punkte so aussehen. Sie sehen sich zu ähnlich! Irgendwann gebe ich auf. Weinend werfe ich meinen Rucksack auf den Boden und setze mich darauf.

Ich schlage mir auf den Arm vor Verzweiflung, bis ich erschrocken zusammenzucke. Warum rege ich mich eigentlich so auf? Die „Enterprise" und Spock – der Traum meiner Kindheit ist doch nur ein Traum! Ein Traum – die Erfindung eines Science-Fiction-Autors. Nichts anderes.

Die Besatzung war eine Crew von Schauspielern. Mein intergalaktischer Liebhaber reine Fantasie. Warum, um Gottes Willen, bewegt mich dieser Abschied von einer Filmfigur aus dem Reich der Träume? Warum diese Sehnsucht nach Spock? Warum diese verrückte Suche nach einer vulkanischen Sommersprosse?

Die letzten Tage waren wahrscheinlich zu anstrengend für mich. Wahrscheinlich habe ich auch etwas Lampenfieber vor dem morgigen Tag. Tief durchatmen und entspannen.

Alles halb so schlimm. Besser gesagt: alles gar nicht schlimm.

Außerdem finde ich die Idee von dem eingescannten Loreleykuss auf Spocks Lippen romantisch.

Jetzt bin ich meiner Mutter dankbar, dass ich früher jede zweite Woche die Science-Fiction-Serie „Enterprise" sehen durfte. So wechselten wir uns mit unseren Fernsehwünschen ab: eine Woche „Enterprise", eine Woche „Sportschau". Das gab mir die Möglichkeit, meinem Helden nahe sein zu können. Wer weiß, ob mir diese „Romanze" sonst möglich gewesen wäre.

Nach einer Weile geht es weiter.

Ich sehe mich um. Es ist wunderschön hier. Die Steine sind grün bemoost, dicht belaubte Bäume verschlingen ihre Zweige leicht ineinander. Die Büsche zeigen sich in verschiedensten Formen. Zu ihren Füßen hat sich neben der dunklen Erde etwas kupferfarbenes, getrocknetes Laub verirrt. Ich spüre hier keinen Wind.

Langsam wandert mein Blick. Plötzlich bleibt er stehen. Leicht verborgen an einem Felsabhang unter dem Plateau entdecke ich eine Tafel. Die rostbraune Farbe hat sich etwas an die Umgebung angepasst. Wahrscheinlich befindet sie sich schon länger hier. Ich versuche, etwas näher zu kommen. Es ist ein Denkmal für die Gefallenen des Krieges. Die genaue Inschrift kann ich nicht erkennen.

Liebe und Tod liegen nahe zusammen. Es durchfährt mich wie ein Blitz. Hier an meinem – kann ich „geliebten" – Rhein sagen? Hier an meinem geliebten Rhein gab es auch Krieg und Tod. Wie viele grausame Schicksale von Männern, Frauen und Kindern wohl hinter diesem kurzen Wort „Krieg" stehen? Gefallene Soldaten, Witwen und Waisen auf beiden Seiten! Schmerz, Unglück, Hunger, Ungerechtigkeit, Leid. Wie oft habe ich schon Brücken und Grenzen auf meiner Reise überschritten? Sicher, ich weiß um das Besondere, aber die Geschichte im Vorfeld ist mir noch nie so bewusst gewesen wie hier und jetzt. Jede Grenze birgt oft eine kriegerische Auseinandersetzung.

Bin erschüttert und starr. Ich kämpfe mit den Tränen. Es sind leise, kleine, tiefe Tränen, die mein Gesicht nicht erreichen. Ich stehe da und denke an alle Opfer aller Kriege.

Es dauert, bis ich mich aus dieser inneren Erstarrung löse. Irgendetwas in mir drängt mich. Ich will allen Opfern meine Ehre erweisen, ihnen etwas von mir, vom Frieden geben. Natürlich denke ich keine Sekunde nach. Ich gehe zu meinem Rucksack und hole meine Jacke und ein T-Shirt heraus. Da ich heute Morgen nicht wusste, wie das Wetter wird, habe ich diese weißen Bekleidungsstücke sicherheitshalber mitgenommen – zum Glück, wie sich jetzt herausstellt.

Zuerst vorsichtig umschauen, ob jemand kommt – niemand in Sicht. Ich ziehe mir das T-Shirt an und binde mir die Jacke um meine Hüften. Danach entledige ich mich unter vielen Verrenkungen meines Kleides. Zwar bin ich nicht sportlich und meine Lackstiefel sind alles andere als die richtige Ausrüstung, aber ich müsste es schon schaffen.

Vorsichtig klettere ich entlang der bemoosten Felsen. Ich rutsche beinahe ab, kann mich aber gerade noch halten. Es ist nicht so einfach. Die Steinplatten sind groß und man findet nicht auf Anhieb eine Möglichkeit, sich festzuhalten. Zwischendurch blicke ich mich öfter um, ob Passanten vorbeilaufen. Ich habe Glück – es geht gerade niemand vorbei.

Im grünen Dunkel thront der Mahnstein über mir. Er scheint einsam über die Jahre hinweg geworden zu sein. Wahrscheinlich wird er oft genug übersehen. Weit weniger noch beachtet.

Ich will ihm für einen Augenblick mein Kleid geben.

Es gibt nicht viel nachzudenken. Es muss einfach getan werden. Das letzte Stück gestaltet sich als schwierig. Die Steintafel ist zu weit entfernt. Nach mehreren sinnlosen Kletterversuchen werfe ich mein Loreleykleid. Es landet schon beim ersten Versuch auf seinem Ziel. Zufrieden betrachte ich alles und klettere vorsichtig zurück.

Gerade in diesem Moment erscheinen Touristen, die des Weges kommen. Verwundert bleiben sie stehen, gehen aber schon nach kurzer Zeit weiter. Ich bin froh, bekleidet zu sein, und setze mich an den Wegesrand. Ich ruhe mich aus und schließe die Augen.

Bilder erscheinen. Schreckliche, blutende, schreiende Bilder. Ich denke an mein Kleid. Es erscheint eine wohltuende Wasserwoge. Sie wächst und wächst und bäumt sich auf, um mit mächtigem Tosen alles zu überfluten. Langsam kehrt Ruhe ein. Noch spielen einige Wellen auf der Wasseroberfläche ihr Spiel. Ich atme tief durch.

Die letzten Wasserbewegungen verklingen. Nichts ist mehr zu sehen und das Wasser gleicht einem Spiegel mit unendlicher Tiefe. Ein dumpfer, öffnender Ton erklingt. Er greift von unten zur Oberfläche. Der Spiegel bebt und ich habe Angst, dass er bricht. Der Himmel bebt, die Wasseroberfläche wird starr.

Das weiße Kleid legt sich wie ein Mantel auf die Wasseroberfläche und beschwichtigt. Stille kehrt ein. Nichts, wirklich nichts ist mehr zu hören. Spiegel und Wasser werden weich und ruhig.

Keine Ahnung, ich habe wirklich keine Ahnung, wie lange ich so sitze. Irgendwann öffne ich die Augen und sehe den Himmel. Langsam wird es Zeit weiterzugehen. Ich klettere noch zu dem Gedenkstein und hole mein Kleid.

Ein seltsames Gefühl durchfährt mich, als ich es anziehe.

Kribbeln

Helligkeit

Honig

Bewegung

Wellen

Erleichterung

Das Kleid hat sich verändert.

Ich packe meine „Übergangskleider" in den Rucksack und mache mich auf den Weg. Zum Schluss lese ich nochmals den Text des Mahnmals:

UNSEREN OPFERN

ZUM GEDENKEN

1914–18 1939–45

TURNGAU SÜD-NASSAU

Der Rückweg ist kürzer als der Hinweg, der über einen weiten Bogen zur Spitze führte. Schritt um Schritt nähere ich mich dem Rhein. Bäume und Grün liegen hinter mir; es geht etwas steil nach unten. Die Aussicht ist atemberaubend. Mein Rhein, er ist wieder da – in seiner vollen kräftigen Pracht. Kann man einen Fluss lieben?

Am Fuß des Loreleyfelsen erstreckt sich eine Landzunge, die im Rhein mündet. An der Spitze thront eine Bronzefigur der Loreley. Gehe mit meiner Kammkette mehrmals auf und ab. Am Sockel begegnen mir Fischer, Liebespaare und Familien. Sie genießen das schöne Wetter und grüßen mich.

Der Weg ist schmal, ich muss die Kette öfter auf meinen Armen tragen. Das Land ist nach einigen Minuten zu Ende.

Ich habe die Loreleyfigur erreicht, die mit knallgelber Farbe besprüht ist. Ihre Haare und ihre Brüste sind durch diese Graffiti-Aktion hervorgehoben. Die Ausgestaltung scheint noch neu zu sein. Unter der Plastik ist alles gepflastert. Abfallend bahnen sich die Steine ihren Weg Richtung Wasser. Meine Lackstiefel sind rutschig und ich hätte mit Leichtigkeit ein unfreiwilliges Bad im Rhein nehmen können.

Am liebsten möchte ich mit meiner Kammkette immer weiterlaufen. Geradewegs in den Fluss. Warum eigentlich nicht? Es ist schön warm und mein gutes Polyester trocknet schnell. Außerdem habe ich bis jetzt noch nicht im Rhein gebadet. Schnell die Lackstiefel auszuziehen, und los! Gute rutschige Lackstiefel!

Man kann zwar nicht weit hineingehen, aber es ist schön. Ich spüre ihn! Ich spüre meinen Rhein. Freut er sich auch so wie ich? Was ist das für ein Fluss? Er ist kräftig und feinfühlig. Ich spüre eine große unerklärliche Sehnsucht. Ich bin in meinem Rhein und es ist wunderschön. Wärme und Vertrautheit umspülen mich. Ich bin zu Hause.

Gehen, nur gehen, an Schwimmen denke ich nicht. Lasse mich noch mehrmals von meinem Fluss umarmen, bis einige Schiffe mich an die Gefährlichkeit meines Handelns erinnern. Die Kämme hinter mir bewegen sich wie Blätter im Wind. Ihnen scheint dieses Bad auch zu gefallen.

An Land erinnere ich mich, dass ich noch ein T-Shirt habe und zweckentfremde dies zu einem Handtuch. Es friert mich nicht. Ich liege auf den Pflastersteinen und lasse mich von der Sonne trocknen.

Für den Rückweg habe ich mich für den höher gelegenen und breiteren Weg entschieden. Meine Kammkette bleibt des Öfteren hängen. Als ich wieder einmal die Schnur von einem Stein lösen möchte, knicke ich auf einmal zur Seite. Ich versuche weiterzulaufen, aber es klappt nicht. Ein ungewohntes Gefühl irritiert mich. Ich kann nicht auftreten. Geschweige denn laufen. Verwundert schaue ich nach unten.

Nein, das darf doch nicht wahr sein! Ich habe keinen Absatz mehr. Ungerührt ragen mir drei Metallstifte entgegen. Ich werde unruhig. Ich brauche den Absatz! Wie soll ich nach Hause kommen?

Unglücklicherweise ist mein verloren gegangener Kautschukquader auch noch braun. Bei dieser Umgebung ist er nicht sofort zu entdecken. Vor allem ist es mir nicht bewusst, wann ich ihn verloren habe, und warum.

Normalerweise muss man doch merken, wenn einem dieses wichtige Stiefelteil abhandenkommt. Meine Blicke wandern um mich herum, aber ich kann nichts entdecken.

Eine Gruppe junger Leute kommt mir entgegen. Sie gehen mit ihren zwei Hunden spazieren. Es hätte nur noch gefehlt, dass die beiden Tiere meinen Absatz vor mir als Beute entdecken und entführen. Angespannt beobachte ich, was passiert. Jedes Schnuppern am Boden lässt mich erstarren. Bitte nicht meinen Absatz!

Wie lange dauert es eigentlich noch, bis sie endlich vorbeigelaufen sind? Müssen die Hunde denn überall stehen bleiben? Die Jugendlichen sind gelassen und bleiben mitten auf dem Weg stehen, um sich Zigaretten anzuzünden. Unruhig wandern meine Augen zwischen meiner Umgebung und den Vierbeinern hin und her. So ein braunes viereckiges Stückchen Gummi wird doch wohl zu finden sein! Es fragt sich nur, wer schneller ist, die Hunde oder ich.

Hitchcock lässt grüßen. Vielleicht hätte er als Fortsetzung zu den „Vögeln" die „Hunde" gedreht. Meuten von Hunden beißen armen blonden Frauen die Absätze ab und verbuddeln sie im Rheinufer. Oder besser noch: Sie schwimmen mit ihnen im Maul etwas im Fluss umher und verlieren das kostbare Stück auf Nimmerwiedersehen im Wasser. Welche Gastrolle hätte der Meisterregisseur wohl übernommen? Vielleicht wäre er als Andenkenverkäufer oder als Graffiti-Sprüher aufgetaucht?

Endlich sind die Zigaretten ausgeraucht. Bis jetzt scheint es so, als hätten die Hunde nichts gefunden, als – mir stockt der Atem – der Kleinere der beiden nach etwas auf dem Boden schnappt. Er wirft seinen Kopf hin und her und kaut auf seiner frischen Beute herum. Wild beißt und schmatzt das Tier. Es scheint hart zu sein, denn es gibt ein lautes knackendes Geräusch von sich. Ich weiß nicht, was ich machen soll. Zu den Hunden humpeln und ihnen mutig den Absatz entreißen? Aber bis ich sie erreicht habe, sind sie schon längst weggelaufen. Oder soll ich die Jugendlichen bitten, ihre Hunde zu entwaffnen? Vor Aufregung kann ich keinen klaren Gedanken fassen.

Das Problem erledigt sich von selbst, denn die Tiere rennen auf mich zu. Ich starre auf den Kleinen und möchte ihm schon seine Beute entreißen, als ich sehe, dass er nur ein Stück Holz im Maul hat. Erleichtert warte ich, bis die Gruppe vorbei ist. Erst dann mache ich mich humpelnd weiter auf die Suche. Am liebsten würde ich meine Stiefel ausziehen, aber es liegen Glasscherben auf dem Weg. Es bleibt mir nicht anderes übrig, ich muss es mit nur einem Absatz schaffen. Unzählige Male gehe ich alles ab. Nichts – ich kann ihn nicht entdecken. Ich hätte in dem Schuhgeschäft doch lieber die teureren Modelle mit den weißen Sohlen kaufen sollen. Die wären nicht abgebrochen und wenn, dann hätte ich sie sofort entdeckt.

Ich kann froh sein, dass mir das nicht einen Tag später passiert ist. Gerade morgen, wenn die Tausende von Kämmen lange Kette rund um den Loreleyfelsen angebracht wird. Da wäre es eine Katastrophe gewesen.

Als ob es nicht schon genug wäre, kommt eine ältere Dame mit ihrem Pudel näher. Ich schließe meine Augen und schüttle vor Ärger den Kopf. Nicht diese Aufregung noch einmal! Beleidigt blicke ich auf meine Stiefel. Vielleicht sollte ich zur Beruhigung Steine zählen und warten, bis das Pudelchen an mir vorbeirennt. Gerade, als ich anfangen möchte, erscheint er vor meinen Augen! Mein Absatz! Hellbraun, hart und unberührt liegt er nur wenige Zentimeter von mir entfernt. Drei kleine Löcher gähnen mich gelangweilt an und warten nur darauf, von mir mit in die Pension genommen zu werden. Humpelnd, aber erleichtert, mache ich mich mit meiner Kammkette auf den Weg.

Lächelnd lasse ich die Dame und ihren kleinen Liebling vorüberziehen. Diese wenigen Minuten ziehen sich doch länger, wenn man einen Absatz und zwei Lackstiefel hat. Meine Kämme sind unbeeindruckt und bleiben trotzdem öfter hängen.

Doch ich ziehe das jetzt durch. Die Sonne brennt heiß. Ich denke an ein kühles Wasser. Vielleicht noch mit einem kleinen Schuss Wein. Es hilft nichts, ich bin weiterhin durstig. Mit meinem lädierten Schuhwerk dauert es noch lange, bis ich endlich wieder an der Straße bin. Erst jetzt wird mir klar, wie weit eigentlich noch der Weg zurück ist, wenn man nicht richtig laufen kann. Ich packe meine Kammkette ein und halte nach Passanten Ausschau. Gerade jetzt ist niemand zu sehen.

Ich wechsle die Straßenseite. Ein Kiosk erscheint. Aber als ich ihn erreiche, muss ich feststellen, dass er geschlossen ist. Ich möchte mir ein Taxi bestellen, weiß aber nicht wie. Glücklicherweise kommt nach einer Weile in junges Pärchen vom Loreleyfelsen herunter. Ich frage die beiden nach einem Mobiltelefon, muss aber feststellen, dass ich heute früh kein Geld mitgenommen habe. Der junge Mann gibt mir trotzdem sein Handy. Verwundert verfolgt er meine Versuche, ein Taxi zu finden. Seine Freundin ist eher verwirrt. Immer wieder betrachtet sie meine sonderbare Bekleidung. Die beiden kommen aus Australien und sind zum ersten Mal hier.

Nach einigen Erklärungen gibt es ein großes Gelächter und sie wollen unbedingt meinen Absatz sehen. Leider braucht das Taxi ziemlich lange, bis es kommt. Das Pärchen verabschiedet sich und möchte morgen unbedingt die Installation sehen. Ich bleibe alleine zurück.

Es ist erstaunlich einsam hier. Kein Passant, kein Spaziergänger. Ich gehe zurück zum Kiosk und warte. Auf einmal höre ich ein lautes Reifenquietschen. Ein Auto, das eigentlich stadtauswärts fahren wollte, wendet und rast auf mich zu. Ein etwas aufgeregter Mann steigt aus.

Er möchte wissen, ob ich echt bin. Immer stupst er mich an. Er ist ein Bekannter des Kioskbesitzers und war auf dem Weg in die nächste Ortschaft. Als er mich gesehen hatte, bekam er Angst, eine Erscheinung gehabt zu haben, und war deswegen sofort zurückgefahren. Ich beruhige ihn und erkläre ihm alles. Da erscheint endlich mein Taxi und ich kann zurück in die Pension.

HEUTE

Seit vorgestern steht es fest: Das Mittelrheintal wird zum UNESCO-Weltkulturerbe erklärt. Dafür wird der gesamte Loreleyfelsen mit meinen Kammketten verwandelt werden. Heute ist der Tag der Tage. Ich kenne inzwischen zwar keinen Stress mehr, aber es sind nur noch zwei Stunden Zeit! Dann muss die Installation rund um meinen Felsen fertig und angebracht sein. Um zwölf Uhr ist es so weit. Habe ich richtig gerechnet und geplant? Sind die Helfer und der Lastwagen pünktlich? Ich stehe etwas nervös und einsam bei meinem Felsen. War die monatelange Arbeit umsonst? Was passiert, wenn eine Kammkette falsch gemessen wurde oder defekt ist?

Meine Handflächen berühren den Felsen und ich werde langsam ruhiger. Da nahen auch schon der Bürgermeister und sein Stadtrat. Sie fahren den LKW selbst. Gleich darauf erscheinen auch die Helfer. Es kann losgehen. Plötzlich ein Schock: Durch das Be- und Entladen haben sich die Ketten ineinandergehakt. Nach meiner jetzt langen Erfahrung mit Kämmen und Schnüren schaffe ich es, alles zu entwirren.

Vor dem Beginn der Arbeit starte ich ein Weinritual zur Reinigung. Der edle Rebensaft stammt direkt von hier.

Wagemutigen jungen Kletterern gelingt es, die langen Ketten innerhalb kürzester Zeit an Felsnasen anzubringen. Die lange Vorbereitung hat sich ausgezahlt. Es ist geschafft!

Ich habe mich allerdings entschlossen, ein Stück der Kette bei mir zu behalten. Nach der geglückten, flinken Installation wird ein Wein genossen. Die Sonne zeigt heute ihre gute Laune, und erst jetzt stellt sich für mich die Frage, was wir gemacht hätten, wenn es geregnet hätte.

Nach dem leckeren Umtrunk geht es weiter. Die Landzunge und die Ufer warten auf mich. Ich schenke dem Rhein noch meinen Ritualrebensaft. Immer wieder begegnen mir verwunderte Menschen. Noch verwunderter sind die Radfahrer. Heute fahren Zehntausende von ihnen beim „Tal total". Sie halten ebenso wie die Fußgänger zunächst irritiert an, sind dann aber begeistert und entdecken die Loreley aufs Neue.

Feier, Wein, Musik, fröhliche Menschen und Trubel. Ich gehe und gehe und weiß gar nicht mehr so richtig, was hier echt ist. Die lauten Stimmen und die Musik werden langsam leiser, um sich schließlich ganz zu verstecken. Ich komme mir vor wie in einem Computerspiel und lasse mich treiben. Von Level zu Level.

Die Fähre nimmt mich auch umsonst mit. Von den oberen Sitzbänken verfolge ich das schwerfällige Manöver. Was erwartet mich?

ST. GOAR

Es gibt keine Brücke, nur Fähren. Man kann nicht so einfach das andere Ufer erreichen. Seltsam ist es schon. Die Nachmittagssonne lässt die Kämme noch lange gleißen. Endlich kann ich „meinen" Felsen in seiner vollen Pracht sehen. Ich spüre seine Mächtigkeit und seine Wucht. Spielerisch winden sich die Kämme um seinen Fuß. Er lacht.

Stell dir vor, du machst eine große Kunstaktion und Deutschland steht im Finale der Fußballweltmeisterschaft. Gerade heute, gerade jetzt. Nie hätte ich gedacht, dass es unsere Mannschaft so weit schafft. Die Organisatoren der UNESCO-Feier und von „Tal total" wahrscheinlich auch nicht. Oder sie sehen kein Fußball. Ich muss an Jimmy denken und würde gerne mit ihm ganz gemütlich vor dem Fernseher das Spiel verfolgen. Es gäbe Kartoffelchips mit Weißweindip, ich würde natürlich während der Pause den übrigen Wein von allen leckeren Körperstellen bestens entfernen. Ich liebe Fußballweltmeisterschaften!

Also mache ich mich auf zur nächstliegenden Wirtschaft und hoffe, dass diese einen Fernseher hat. Sie hat! Doch hier fühle ich mich in eine andere Welt geworfen.

Auf der Suche nach etwas Essbarem gehe ich in den ersten Stock. Dort gibt es Balkonplätze. Leider ist alles besetzt von japanischen Touristen. Es ist kein Platz mehr frei. Also einen Stock tiefer. Erstaunt betrete ich einen abgedunkelten Raum, der sich bei näherem Hinsehen als die eigentliche Wirtsstube entpuppt. Nur die wirklich letzten hart gesottenen japanischen Fußballfans sitzen hier bei Bier und Wein. In romantischer Erinnerung an meinen süßen Jimmy suche ich auf der Speisekarte nach einem vegetarischen Gericht. Dann eben wieder einmal ein netter kleiner Salat.

Das Spiel hat gerade angefangen. Ich habe Glück. Gebannt starren Augen aus dem Dunkeln auf den Bildschirm. Als die Mannschaften einlaufen, gibt es höflichen Applaus.

Vielleicht geht es den japanischen Gästen so, wie mir beim Verfolgen eines Sumo-Ringkampfes. Ich bin fasziniert, habe allerdings nicht die leiseste Ahnung von dieser Sportart. Mich beschleicht das Gefühl, dass es jetzt ebenso ist. Sogar bei den Torchancen der brasilianischen Mannschaft gibt es ein leise an Jubeln erinnerndes „Hoo!" Der ganze Tisch erhebt Bier- und Weingläser und prostet sich und mir zu. Natürlich alles dezent und höflich. Es ist wirklich zu herrlich! Ob ich je wieder so eine Weltmeisterschaft erleben darf? In einer abgedunkelten Wirtsstube, als einzige Frau unter japanischen Fußballfreaks? Wenn es nach mir gegangen wäre, dann hätte ich mir Südkorea und Japan in das Finale gewünscht. Ist es denn nicht herrlich, wenn Underdogs und Außenseiter ihre Chance bekommen? In den zwei Austragungsländern soll sich eine außerordentliche und exotische Fußballeuphorie breitgemacht haben.

Vor allem die Bilder der exaltierten japanischen Fußballspieler in den Zeitungen haben mir sehr gefallen. Allein deswegen sollten sie schon Weltmeister werden.

Von meinem Salat kann ich nicht viel erkennen, aber er schmeckt. Meine Blicke wandern zu den Würsten auf den Nachbartischen, aber ich bleibe standhaft. Was gäbe ich jetzt um ein sexy Sojagulasch mit meinem britischen Vegetarier.

Die japanische Fankurve jubelt wieder, wegen meiner Träumereien weiß ich nicht, für wen. Eine Bushupe zerstört die sportliche Idylle. Meine Tischnachbarn erheben und verabschieden sich. Es ist Zeit zu gehen. Da ich keine Lust habe, allein hier im Dunkeln zu sitzen, zahle ich auch. Da noch ein längerer Rückweg vor mir liegt, beschließe ich, mich noch etwas frisch zu machen. Schließlich ist es wirklich heiß geworden.

Ich räume gerade noch umständlich zwischen den Kämmen in meinem Rucksack, als sich die Toilettentüre sanft öffnet. Erleichtert stelle ich keine seltsamen Geräusche fest.

Eine schlanke distinguierte Japanerin stellt sich neben mich an das Waschbecken. Etwas schäme ich mich, als ich meine Schminkutensilien hervorhole. Als Loreley ist es mir peinlich, in diesem Moment mein Make-up aufzutragen. Gerade als ich beschließe, alles etwas lockerer zu sehen, fasst sich meine Spiegelmitbenutzerin etwas umständlich in den Mund.

Sie reißt und zieht und holt ihr Gebiss heraus, um es ungeniert auf die Ablage zu legen. Ich bin froh, meinen Salat schon gegessen zu haben und schaue ungläubig auf das rosa-weiße Arrangement. Bin ich hier richtig? Ein Blick in den Spiegel bestätigt, dass ich mich hier noch immer in der Toilette befinde. Die japanische Dame hat weniger in der Handtasche als ich im Rucksack. Sie greift nur kurz hinein, um einige Hölzchen und Zwirn herauszuholen. Sushi on WC? Schlimmer! Ungerührt nimmt sie ihre „Dritten" in die Hand, um sie zu reinigen. Zahn um Zahn. Mit einer Seelenruhe holt sie ihre letzten Speisereste hervor. Unglücklicherweise kann man mit nur einem frisch geschminkten Auge schlecht nach draußen gehen. Es dauert unendlich lange, bis ich fertig bin. Die Gebissreinigerin ist immer noch unbeteiligt und konzentriert sich vollkommen auf ihre Tätigkeit. Vielleicht ist das auch eine neue Form der ZEN-Meditation. Egal! Nur weg!

Endlich kann ich das Weite suchen. Vor der Eingangstüre hält ein weiterer Reisebus. Eine Menge von interessierten weiteren japanischen Touristen steigt aus. Noch ein Fototermin, Blitzlichtgewitter und Autogramme. Ob sie auch so euphorische Fußballfans sind?

Der Rückweg ist unbequem. Es ist heiß, die Sonne sticht und ich habe Durst. Außerdem ist der Rucksack schwer und schnürt meine Schultern ein. Ich frage zwei erstaunte Kinder nach dem Stand des Fußballspiels. Weiterlaufen bis zur Anlegestelle der Fähre. Dort wurden Bänke und Lautsprecher aufgestellt und das Spiel per Radio übertragen.

Aber es ist noch ein gutes Stück bis zu meinem Ziel. Da ertönt der Lautsprecher eines Schiffes. Das erste Tor des Finales ist gefallen. Es steht 1:0 für Brasilien. Damit dürfte der Ausgang des Finales wohl klar sein.

Zum Glück gibt es etwas zu trinken und einen Platz im Schatten. Die Reporter versuchen zu retten, was nicht zu retten ist. Es fällt das zweite Tor. Etwas gedämpft stoßen alle mit ihren Gläsern an.

Die Fähre ist gerade weggefahren. Die verbleibende Zeit nutze ich für einen Besuch der örtlichen Kirche. Hier soll das Grab des Mönches Goar sein, der nach vielen Versuchungen, denen er nicht etwa erlegen ist?!, die Nixe Loreley verjagt haben soll.

Der Einsiedler ist mir sowieso suspekt und unsympathisch. Trotzdem traue ich mich in die „Höhle des Löwen". Grauer Schiefer, ich denke, dass es Schiefer ist, bestimmt das Ortsbild. Irgendwie ist etwas Dunkles an der Kirche. Interessiert betrete ich den Bau. Es sind viele spätgotische Malereien im Kircheninneren. Warme Rot-, Ocker-, Hellblau- und Grüntöne können über die kühle Atmosphäre nicht hinwegtäuschen. Mittelalterliche Figuren von Heiligen. Alle dazugehörenden Gegenstände wirken wie Attrappen. Im Hauptschiff einige Apostel, an der Orgelempore prangt eine Verkündigungsszene.

Eigentlich ist es hier interessant, aber die Kirche bleibt mir fremd. Eine Krypta lockt mich. Wer wird wohl hier liegen? Wahrscheinlich dieser seltsame Mönch. Obwohl ich ansonsten recht neugierig bin, verzichte ich auf den Weg nach unten.

Dieses unangenehme Gefühl – ich werde es nicht los. Wo hängt denn dieser Goar überhaupt? Ich entdecke ihn gleich zweimal: als Gewölbe- und als Glasmalerei. Ich muss zugeben, die beiden sehen sich überhaupt nicht ähnlich. Nur eines haben sie gemeinsam: ihr kahl geschorenes Hinterhaupt.

Es sieht zu komisch aus. Unwillkürlich muss ich lachen. Genau, ich mache mich über diesen Einsiedler mit seiner lächerlichen Glatze lustig. Was fällt ihm denn auch ein, nette hübsche Nixen zu verjagen?! Kann ein verklemmter Mann mit Hang zum Alkohol nicht auch was anderes tun?!

Wahrscheinlich hatte sie sein Liebeswerben nicht erhört oder er war nur neidisch, weil er erotisch auf dem Trockenen lag. Ich lache immer noch und lasse seinem Abbild einen goldenen Kamm als Andenken da. Hoffentlich ärgert er sich darüber. Befriedigt verlasse ich die Kirche.

Die Fähre steht kurz vor der Abfahrt. Es ist der letzte Junitag und Brasilien ist Fußballweltmeister.

ST. GOARSHAUSEN – EIN ABSCHIED

Irgendwann muss man gehen. Schön ist es nicht. Leider ist mein Felsen zu unhandlich, zu gerne würde ich ihn mitnehmen. Ich habe schon die Zeit vergessen. Doch die Pensionsrechnung erinnert mich an die Fortsetzung meiner Reise.

Ich möchte aber noch einmal auf meinen Felsen. Dort lege ich die mir verbliebene Kette auf das weibliche Dreieck des Plateaus. Leise glitzern die Kämme ein letztes Mal. Keine Zeit nachzudenken, sondern nur Vertiefung. Bewege mich wie in Trance. Innere Stille. Noch einmal hinabsteigen.

Südlich des Felsens, dort wo der Rhein eine kleine von Bergen eingeschlossene Bucht bildet, bleibe ich stehen. Ich schreie. Ich schreie laut mit meinen Kämmen.

„Ich komme wieder!", schreie ich.

„Ich komme wieder! – wieder! – wieder! …"

Das Echo schallt zwölfmal.

„Sie hat es gut gemacht. Sie hat es wirklich gut gemacht!", freute sich Loreley.

„Magst du noch einen Wein?"

„Da sage ich wirklich nicht Nein!" Der Rhein war auch guter Laune.

„Es ist ein besonderer Wein. Frisch aus dem Wasser und abgefüllt."

„Es ist der Wein von i h r ?"

„Richtig. Er ist tatsächlich von i h r."

„Also mit dem Rheinaroma schmeckt er mir doppelt so gut."

„Wir müssen es feiern, sie hat alles richtig gemacht."

„Du hast recht, aber die Reise ist noch lange nicht zu Ende", warf ihr Vater ein.

„Wie meinst du das?"

„Sie hat zwar alles gemacht, was den Bann aufheben kann, ohne davon zu wissen, aber bis sie Rotterdam erreichen wird, kann noch viel geschehen. Du weißt, sie muss die Reise zu Ende bringen, sonst war alles umsonst."

„Es ist noch nicht ausgestanden?" Die Nixe war empört.

„Du musst noch Geduld haben", beschwichtigte der Rhein seine aufgebrachte Tochter.

„Geduld! Geduld! Immer soll ich Geduld haben! Weißt du eigentlich, wie lange ich schon darauf warte, endlich wieder auf meinem Loreleyfelsen sein zu können? Weißt du eigentlich, wie das ist?"

„Jetzt reicht es! An deiner Stelle würde ich mich zusammenreißen, denn ich habe noch nicht davon gesprochen, dass deine Strafe für die Werbesache schon zu Ende ist."

„Das auch noch?"

„Genau, das auch noch!" Der Rhein runzelte seine Stirn. Dabei rückten seine ohnehin schon dichten Augenbrauen noch dichter zusammen. Er sah dabei seine Tochter lange und bestimmt an.

„Du verstehst mich einfach nicht", versuchte Loreley noch einmal, aber sie wusste, dass sie damit bei ihm nicht weit kam.

„Sicher …"

„Sicher ist, dass es auch noch nie den Hauch einer Möglichkeit gegeben hat, den Bann zu lösen."

„Also, dann freue dich doch, dass es jetzt in greifbare Nähe gerückt ist."

„Ich habe aber keine Lust mehr, noch länger auf meinen ‚Thron' zu verzichten." Loreley war immer noch aufgebracht.

„Denke lieber daran, wie sie über Goars Glatze gelacht hat. Das war doch gut!", lenkte der Fluss sie ab.

Jetzt musste auch die Nixe lachen. Dieser Teil der Prüfung war wirklich der unterhaltsamste.

„Sie ging nicht in die Krypta und ließ ihm auch noch einen Kamm in der Kirche! Das ist mehr, als wir hätten erwarten können. Herrlich! Schade, dass er das nicht mehr erlebt hat."

„Stimmt, man hätte ihn wirklich zu gut damit ärgern können. Diese Menschen machen wirklich Spaß", bemerkte ihr Vater.

„Aber das Ganze vorher – wie sie den Felsen betastet hat, das Weinritual, die Kammkette – sie hat es trotzdem bis zur Spitze mit den Kämmen geschafft, und dann das Echo – es hat alles gepasst."

„Sie hat den Felsen befreit. Er ist jetzt wieder frei. Ich bin zufrieden."

„Eigentlich ist es schade, dass sie gar nichts davon weiß."

„So schade ist es nun auch wieder nicht, schließlich müssen die Menschen auch nicht alles wissen."

„Eigentlich war alles recht einfach."

„Stimmt, aber woher wusste sie …?", fragend schaute Loreley ihn an.

„Man muss nicht alles wissen. Meistens ist es einfach da. Man merkt es nicht, aber es ist wirklich einfach da. Die Menschen würden sagen, es liegt in der Luft."

„Und wenn es regnet?"

„Dann gibt es ja noch das Internet", meinte ihr Vater und lachte.

ZWISCHEN BACHARACH UND BOPPARD

Wohlmeinende Sponsoren machen es möglich, den Rhein und seine Orte auf verschiedenste Weise und mit spontanen Richtungsänderungen zu erkunden.

Allein hier könnte ich ein ganzes Jahr verbringen! Schon die Bootsfahrten sind ein Erlebnis für sich. Gespräche mit Touristen aus allen Ländern. Auch Jugendliche aus allen Ländern werden mit der Kammkette eingebunden. Ist das nicht die Zukunft?

Der Fahrtwind lässt mich nicht gerne los. Immer wieder lockt er mich. Ich lasse mich von dem, was kommt, überraschen. Überall dort, wo es mir am besten gefällt, steige ich einfach aus: ob es die schöne mittelalterliche Rheinfront von Bacharach, das altertümliche Städtchen Oberwesel mit seinen vielen Türmen und schönen Kirchen, oder die Pfalz ist. Geschweige denn diese wundervolle Dichte an Burgen: die Burg Sonneck, die als gefürchtetes Raubritternest galt, Fürstenberg, Marksburg und wie sie alle heißen. Was Namen angeht, war so mancher Ritter dann doch recht humorvoll. Eine Burg heißt doch tatsächlich Katz, die andere Maus. Gebaut hat sie ein gewisser Graf von Katzenelnbogen. Na ja, bei dem Namen muss man doch Humor haben.

Es gibt auch zwei alte Ruinen, die man „die feindlichen Brüder" nennt. Eigentlich heißen sie Liebenstein und Herrenberg, aber der Spitzname gefällt mir besser. Zwar dauerte es länger, bis ich dort hinaufkam (zu Fuß), aber der Blick von der schroffen Höhe auf den Rhein ist unbeschreiblich.

Efeu, Steine, Romantik und Ritter mit komischen Namen und Angewohnheiten – früher gab es das nur in Geschichtsbüchern, jetzt habe ich alles in der Realität. Ich steige einfach aus und laufe irgendwohin. Immer wieder werde ich angesungen, sogar mit der Sonnenbrille erkennt man mich.

Und nicht zu selten lande ich dann auf einer Burg oder in einem Weinberg. So wie heute. Ich befinde mich zwischen Weinstöcken und Trauben und vergesse die Zeit.

„Heut ist ein Tag, so wunderschön, bliebe die Zeit für uns jetzt stehen. Denn dieses Glück darf niemals vergehen. So ist ein Tag so wunderschön." Walter Giller mit einer lockeren Zigarette im Mund in einem roten Straßenflitzer. Seine Freundin mit einem hellblauen Polyamidkopftuch und dazu passendem hellen Lidschatten singen glücklich und verliebt dieses Lied, bevor die Reise der drei Männer in einem Boot auf dem Rhein beginnt. Das Romantikgefühl der frühen Sechziger holt mich wieder ein. Die Augen schließen und sich dahintreiben lassen. Es funktioniert. Ich muss wohl eingeschlafen sein.

Mein Kleid ist über Nacht etwas klamm geworden. Hoffentlich wird es bald wärmer, damit ich es an meinem Körper trocknen lassen kann. Meine Entscheidung fällt auf ein Frühstück mit Trauben mit Blick auf den Rhein. Die Sonne tut mir einen Gefallen und versteckt sich nicht hinter den Wolken. Langsam wird es wärmer. Was will man mehr? So eine Nacht im baldigen Wein ist auch nicht schlecht. Blätterrascheln und gute Aussicht inklusive. Ein Glück, dass das Wetter mitspielt.

Lautes Rufen unterbricht die Ruhe. Ich will schon meine Sachen packen und mich davonmachen, als ich bemerke, dass das ältere Ehepaar, das sich langsam nähert, mich zu sich herruft. Es sind die Besitzer des Weinbergs. Sie halten mich für ein gutes Omen für ihre jungen Stöcke und laden mich zu einer Besichtigung ihres Gutes ein.

In kürzester Zeit erfahre ich jede Menge über die Herstellung des Weines. Natürlich immer untermalt von einem edlen Schlückchen. Zum Schluss werde ich in einen alten Keller geführt. Alte, dick verstaubte Flaschen scheinen dort seit ewigen Zeiten zu lagern. Es ist das Schatzkästchen der Familie. Es ist dunkel und riecht nach Vergangenheit. Schon die Jahrgänge des Großvaters und Urgroßvaters des Winzers befinden sich hier. Nur für besondere Anlässe werden die Flaschen geöffnet. Das Ehepaar lobt die glänzende Farbe, die Komplexität des Geschmackes dieser Schätze. Ich schaue etwas irritiert.

Zur besseren Erklärung gehen wir in einen Nebenraum. Dort warten schon mehrere alte Eichenfässer auf uns. Nur eine Kerze spendet Licht. In kleinen Silberschälchen werden mir jeweils Proben edler Rebensäfte gereicht.

Mit jedem Schluck erscheinen vor meinen Augen warme und kräftige Farben, duftende Blumen, schöne Körper, Sonnen, Küsse und satte Wiesen. Zwar kann ich mit den einzelnen Prädikaten und Bezeichnungen nicht so viel anfangen. Vielmehr sehe und spüre ich Bilder, Geschmack und Gerüche. Das winzige Licht der Kerze wirft seltsame Schatten an die Wand, die meine Weinträume unterstreichen. Ich muss zugeben, so habe ich noch nie Wein geschmeckt.

Meine Gastgeber sind von meinen eigenwilligen Interpretationen überrascht. Wir beginnen ein Spiel – zu jedem Wein muss ich meine Beschreibung abliefern – sehr zur Unterhaltung der Anwesenden.

Damit wir möglichst viele Jahrgänge probieren können, werden die Portionen kleiner. Meine Beschreibungen werden ausführlicher, das Gelächter lauter. Das Gewölbe des Kellers lässt unsere Fröhlichkeit immer wieder und wieder hallen. So geht das über Stunden. Schließlich ist die Kerze nur noch ein kleiner, zerflossener Wachsklumpen. Auch ein lustiger Abend muss einmal zu Ende gehen.

Auf dem Weingut befinden sich nette kleine Gästezimmer, von denen ich mir eines aussuchen darf. Es lebe der Wein!

In den nächsten Tagen durfte ich mehrere Winzer besuchen. Ich sollte für die nächste Weinsaison Glück bringen. Dafür gab es Wein, Wein und nochmals Wein. Es fiel mir nicht leicht, mit diesen herrlichen Proben und Glücksbringereien aufzuhören. Doch irgendwann musste die Reise schließlich fortgesetzt werden.

Bevor die Reise nach Bonn weiterging, noch eine Burg!

Spontan entschied ich mich noch auf dem Rhein für eine wunderschöne, romantisch gelegene Ruine. Zwei Stunden nach der Ankunft im Hafen erreichte ich mein Ziel. Von der alten Pracht ist zwar nicht mehr so viel übrig geblieben, aber die eindrucksvolle Ausstrahlung des Ortes beeindruckte mich. Ich umrundete diesen wunderschönen Ort mehrmals. Trotz seines Verfalls strahlte er eine große Würde aus.

Was sich hier vor vielen Jahrhunderten wohl abgespielt haben mag? Mir fallen bei kurzem Überlegen sinnlose Ritterspiele mit noch sinnloserem, oft tödlichem Ausgang ein. Klappernde, übel riechende Rüstungen, unwirtliche Freilufttoiletten, fettes Essen und schlechte Heizung. Mit dem Minnesang werden die damaligen Feingeister es wohl auch nicht so ehrlich gemeint haben, heute würde es unter die Gattung Kunstprodukt fallen.

Trotzdem, die Burg hat etwas. Vielleicht gab es doch hin und wieder Romanzen, schöne Gedanken und fröhliche Momente.

Der Gedanke, dass die Burgherren sich möglicherweise dann doch ab und zu in einem Waschtrog gebadet haben, erleichterte mich und ließ mich tief durchatmen. Ich versuchte mir also frisch gebadete mittelalterliche Menschen in wallenden Gewändern vorzustellen. Dazu feine zarte Musikklänge und Gesang. Ich begann gerade, mich mit dem Mittelalter anzufreunden, als eine laute Stimme mich aus meinen Gedanken riss.

„Ja endlich, da ist sie ja!" Erstaunt blickte ich auf. Vor mir ist eine Gruppe seltsam gekleideter Leute. Sie waren in schwere Stoffe gehüllt und schienen wie frisch gecastet für eine Wiederverfilmung von König Artus' Ritterrunde. Irritiert rieb ich meine Augen und hoffte, dass mein Augen-Make-up nicht zu sehr verwischte.

„Bitte?"

„Na, du bist doch etwas spät dran, außerdem hatten wir einen anderen Treffpunkt vereinbart." Der Anführer der Truppe warf etwas verärgert seine roten Locken nach hinten und sah nicht gerade freundlich aus seinem etwas rundlichen Gesicht. Seine schon von Natur aus eng stehenden, runden kleinen Augen kniff er noch stärker zusammen.

„Wie zu spät?" Ich begriff nicht so ganz, was dieser seltsame junge Mann in seiner Blechpanzerung und seinem Brokatumhang meinte.

„Wir haben auf der anderen Burgseite auf dich gewartet", erklärte ein grün gekleidetes Burgfräulein. Ihre dunklen Augen sahen mich vorwurfsvoll an.

„Na ja, streiten wir nicht lange herum, immerhin ist sie hier."

Ein Ritter trat nach vorne. Man konnte sein Gesicht leider nicht sehen, da sein Helm geschlossen war. Er hatte ein rotes Schild mit einem Drachen. Seine Stimme klang blechern und unwirklich.

„Trotzdem, es war eine Verfehlung. Lass dich nicht von ihr blenden!" Ein zweiter goldener Ritter ging auf mich zu.

Ich sah mich um. Keine versteckten oder offensichtlichen Kameras. Nichts zu entdecken. Auch kein kleiner Lieferwagen, der für die Übertragung einer Radio- oder Fernsehsendung zuständig war.

„Aber ich ..."

„Egal, wir sollten langsam anfangen, es wird sonst zu schnell dunkel." Ein zarter Jüngling mit einer Leier in der Hand versuchte zu besänftigen. Er legte Hand an die Saiten und spielte eine sanfte Melodie, die der in meinen vorherigen Gedanken sehr nahekam. Bestimmt war er der Minnesänger der Truppe.

„Du hast recht, außerdem wissen wir ja auch schon alles über sie." Der rotlockige Anführer machte eine abwinkende Geste mit seiner Hand.

Ich wusste gar nicht, was ich sagen sollte. Irgendwie war ich von dieser seltsamen Begegnung so beeindruckt, dass es mir schwerfiel, klare und schnelle Gedanken zu fassen. Wenn ich nicht angesprochen worden wäre, wäre es für mich ein Vergnügen, nur zuzuhören und zu beobachten.

„Gut, gehen wir zu dem Felsvorsprung hinter dem ehemaligen Burggraben, dort geht es weiter." Ein großer fester Mann mit einem Schmiedehammer in der einen und seiner Frau an der anderen Hand blickte erwartungsvoll in die Runde. Es dauerte nicht lange, und alle folgten seiner Anweisung. Da er auch mich anvisierte, folgte ich neugierig.

Die Ruine lag hinter uns, der Felsvorsprung ragte etwas steil über den Rhein. Es war besser, sich einen etwas abseits gelegenen Platz unter einem alten Baum zu suchen.

„Du hast dir einen guten Platz gewählt, Gwenlor." Der rothaarige Anführer schien zufrieden. Für einen Mann des Mittelalters ist er schon sehr schnell beim Vornamen. Besser, man klärt die Situation. Ich versuche es mit:

„Wie nennt ihr mich?"

„Du hast wohl vergessen, dass wir alles voneinander wissen. Wir haben aus dem goldenen Kelch des ewigen Flusses getrunken."

Natürlich ist mir jetzt alles klar. Ich wusste gar nicht mehr, was ich sagen sollte.

„Ach, der goldene Kelch ..."

„Siehst du, jetzt kommt die Erinnerung. Aber ich verstehe dich schon, die lange Reise war beschwerlich. Aber ich, Balduin von Yvenstein, verstehe dich. Wie du weißt, gebe ich Anweisungen. Alle halten sich daran und wir haben schon sehr viel Erfolg und Dank erhalten. Also Gwenlor, du bleibst jetzt unter dem Baum."

Gut, ich hieß jetzt Gwenlor, gut, ich befand mich in einem seltsamen Tagtraum, aber es musste ja nicht die ganze Zeit so weitergehen. Vielleicht sollte ich mich irgendwo zwicken, damit ich endlich aufwachte. Der rote und der goldene Ritter kamen auf mich zu.

„Lady, bevor der Kampf der Kämpfe stattfindet, darf ich Ihnen meinen Umhang anbieten? Schon Hunderte Tropfen von dem Blut des Drachens aus dem fernen Land ohne Fluss und Meer hängen wie Perlen in seinen Fäden. Ich lege es zu Ihren Füßen, nehmt doch darauf Platz!" Jetzt verstand ich das Drachendesign auf seinem Schild.

„Lady Gwenlor, darf ich Ihnen mein bescheidenen Stoff an Mantels statt anbieten?" Der goldene Ritter sprach zwar auch recht umständlich, aber hatte gute Manieren.

Der Minnesänger fing an zu spielen. Es war ein passender Auftakt. Lange sang er dramatische Begebenheiten über Ritter, Burgen, edle Damen, Schätze, Zwerge und Kämpfe. Dabei wechselte er von unserer Sprache immer wieder in das Mittelhochdeutsche. Ich verstand zwar nur einen Bruchteil, aber die runden geheimnisvollen Laute dieser alten Sprache übten einen betörenden Zauber aus.

Ich vergaß diesen blödsinnigen Tagtraum und ließ mich in eine alte Welt tragen, von der hier nur einige alte verlassene Steine übrig geblieben waren.

Lange klangen auch noch die letzten Töne über das Tal.

„Gut, Gwenlor, wie wir alle wissen, hast du eine weite Reise hinter dir." Balduin strich über seinen ebenfalls roten lockigen Vollbart.

Woher wussten sie von meiner Reise?

„Du kommst aus dem Land der alten Zauberer. Um den Schatz der Nymphen und Zwerge zu retten, bist du über das große Wasser gekommen. Xyr, der Zwerg des blauen Berges, befindet sich durch Verrat in den Fängen des eisernen Habichts Jadolinn. Du bist durch den Zauber des heiligen Wassers aus den Quellen der Liebe geschützt. Deswegen suchst du den Wächter des Schatzes. Du bist schon viele Meilen entlang des mächtigen Flusses gereist, um ihn zu finden."

Ich konnte weder einen Schatz sehen, noch konnte ich mir diese komplizierten Namen merken. Balduin rief nach einer gewissen Irmingard.

Da erschien das Burgfräulein mit dem grünen Kleid. Sie ging auf mich zu und flehte mich an: „Ich, Irmingard von Erten, bitte euch: Verschont meine Brüder!"

„Euere Brüder verschonen?" Klappte doch ganz gut.

„Ja, bitte lasst ab von ihnen. Die Kunde von Euch erreichte uns schon vor unserer Ankunft. Wir wissen, dass Ihr die stärksten Kämpfer des Landes auch in Liebesdingen prüft, um sie anschließend im Wasser zu ertränken."

Diese Gwenlor verstand nicht gerade viel Spaß. Was sollte ich der beunruhigten Frau denn sagen?

„Ich prüfe Euer Anliegen." Ich versuchte, erhaben zu wirken.

„Die hohe Frau von Erten ist verzweifelt, zieht sich aber in die Burg zurück", erklärte Balduin. Irmingard ging zur Ruine, wie ihr geheißen. Was passierte nun?

Der Minnesänger sah mich wehmütig an und sang ein kurzes Lied über das verzweifelte Flehen der Ertrunkenen. Wenn er dann so sang, dann taten mir die mir nicht bekannten Liebeshelden doch irgendwie leid. Aber ich konnte doch wirklich nichts dafür.

„Balduin, denkt an die Familie. Irmingards Brüder sind die letzten aus der Sippe der Truskats. Ihr Tod wäre entsetzlich! Arbingard und Beowulf müssen geschont werden!" Der Schmied war sichtlich erregt. Fest umklammerte seine wuchtige Hand seinen Hammer.

„Widukind, ich habe dir nicht das Wort erteilt", erklärte der Angesprochene kühl.

Widukind, der Schmied, kam mir das nicht bekannt vor? Nur woher?

„Arbingard und Beowulf müssen im Schwerterkampf gegeneinander antreten. Der Sieger wird der Hüter des Schatzes werden. Gwenlor möchte keine Liebesnacht mit euch und verschont euer Leben, allerdings wird der Schatz in die Hände der Truskats gelegt", erklärte Balduin.

Warum wusste dieser rothaarige Lockenheld eigentlich, was ich wollte? Ich hatte die beiden jungen Brüder noch gar nicht von der Nähe gesehen. Außerdem hatten sie die ganze Zeit ihre Helme nach unten geklappt. Da konnte man wirklich rein gar nichts erkennen. Also keine Liebesnacht!

Der Anführer ließ sich von meiner verständlichen Neugier nicht beeindrucken.

„Arbingard und Beowulf, nach eurer Ehrerbietung an Gwenlor geht ihr in Richtung Felsvorsprung. Nach meinem Zeichen beginnt der Kampf."

Die beiden Ritter verbeugten sich noch einmal langsam vor mir und entfernten sich vom Baum. Beim Felsvorsprung machten sie Halt und zückten fast zur gleichen Zeit ihre Schwerter. Silbern glänzten sie im Licht. Mir wurde es etwas mulmig. Da ich mir immer noch nicht sicher war, wo ich jetzt gerade war, war der Ausgang des Kampfes und seine Konsequenz ungewiss. Durch die Sichtschlitze visierten sich die Gegner.

Balduin hob ein Tuch, um es unter der Aufmerksamkeit aller Beteiligten nach unten zu schwingen. Es begann ein spannender Kampf. Die Schwertklingen klirrten und gleich starke Kräfte stießen aufeinander. Ich war etwas aufgeregt, während die anderen Zuseher eher unbeteiligt schienen.

Arbingard nutzte das Zurückweichen von Beowulf aus und drängte seinen Bruder nach hinten. Dieser zeigte eine Finte auf sein Schwert an und überraschte wiederum seinen Gegner. Beide waren gewandte Kämpfer. Es ging hin und her. Dem Überraschungsangriff der einen Seite folgte ein Trick der anderen. Ich beschloss, dem immer spannender werdenden Treiben nicht mehr zu folgen. Dieses Kämpfen war brutal und sinnlos. Gott sei Dank floss noch kein Blut. Wie lange sollte das noch weitergehen?

Gerade führte Beowulf seinen Schlag nicht zu Ende, sondern gab ihm im letzten Augenblick eine andere Richtung. Er streifte Arbingards Oberarm. Gerade konnte ich noch einen Schrei unterdrücken. Es sollte niemandem etwas geschehen.

„Balduin, sie sind gleich stark!", gab die Frau des Schmieds zu bedenken.

Der Anführer dachte lange nach und grub seine linke Hand in seinen Bart. Er überlegte fast zu lange, denn beinahe hätte der goldene Ritter seinem Bruder das Schwert in den Bauch gerammt. Doch in letzter Sekunde drehte sich Arbingard zur Seite und drängte seinen Gegner wieder zurück. Balduin sah noch eine Weile zu.

„Der Kampf zeigt weder Sieger noch Verlierer. Ich schlage vor, beide Brüder zu Hütern des Schatzes zu machen. Arbingard wird an den langen Tagen des Jahres, Beowulf an den kurzen Tagen des Jahres den Schatz bewachen." Die beiden Angesprochenen hielten inne und senkten ihre Waffen. Unschlüssig sahen sie sich an.

Vielleicht überlegten sie es sich auch noch mit der Liebesnacht. Ja, was passierte denn eigentlich dann damit? Darüber schien sich dieses Rothaupt wohl keine Gedanken zu machen. Außerdem wurde es auch einmal Zeit, dass sich die beiden Brüder zu erkennen gaben. Irmingard kam von der Burg zurück. Sie trug ein Tablett mit Weinkelchen. Sie waren vom Alter gezeichnet und erinnerten mich an das sakrale Inventar einer Kirche.

„Die hohe Frau von Erten gibt euch einen Trunk aus Drachenblut und Wein. Wenn ihr daraus trinkt, werdet ihr zu ewigen Wächtern des Schatzes. Bedenkt die hohen Anforderungen an die Aufgabe, die euch ein Leben lang begleiten wird", sprach Balduin mit ernster Stimme.

Das klang nicht gerade verlockend und der Drachentrunk – da hätte es doch auch etwas Schmackhafteres getan. Wie auch immer, während Arbingard und Beowulf noch wie verzaubert dastanden und von einer seltsamen Ruhe erfasst waren, blieb das Burgfräulein wie versteinert vor ihnen stehen und bewegte sich nicht mehr.

Erst nach einigen Minuten bemerkte ich, dass sich die anderen Beteiligten auch nicht mehr rührten. Widukind, der Schmied, Balduin, der Minnesänger und all die anderen – sie hatten alle starre leere Blicke und sie schienen irgendwie leblos und nicht echt zu sein. Eine nicht gerade heimelige freundliche Situation. Kein Wort, keine Geste, kein Ton. Madame Tusseauds Wachsfigurenkabinett wäre neidisch bei dieser Inszenierung geworden. Vor allem diese Lebensechtheit! Ehrlich gesagt, ich wäre jetzt vielleicht lieber doch in London bei der guten Madame und ihren Wachsfiguren gewesen. Da hätte ich wenigstens gewusst, woran ich war. Einige Container Stearin, Weichmacher, Kunsthaar in allen Farbnuancen und Glasaugen, wohin man schaut.

Natürlich wäre der nächste Pub um die Ecke und in einem viel zu teueren Andenkenladen würde ich mich mit schönen Erinnerungen eindecken. Vielleicht wäre der Euro schon eingeführt und das Ganze wäre etwas günstiger. Aber das hier?

Das mulmige Gefühl in der Magengegend mutierte zu einem Angstgefühl. Ich wurde starr vor Schreck und traute mich nicht mehr, auch nur einen Finger zu rühren. Vielleicht war es eine Nachricht von Spock und er hatte den falschen Knopf gedrückt? Statt einer Party auf der „Enterprise" hatten sie den Körperkoordinationslaser aktiviert. Möglicherweise konnte sich deswegen niemand mehr bewegen. Mich eingeschlossen.

Die Augen? Die Augen gingen noch. Es war möglich, sie hin- und herzubewegen. Kein Körperkoordinationslaser! Krampfhaft überlegte ich, ob ich vielleicht etwas Falsches getrunken hatte. Bei diesen vielen verwirrenden Eindrücken war ich mir nicht mehr sicher, ob ich nicht aus Versehen etwas zu viel Drachenblut erwischt hatte.

Nein, ich war mir sicher. Ich hatte nichts getrunken.

Der Minnesänger – stimmt, der Minnesänger war verdächtig. Vielleicht hatte er mit seinen außergewöhnlichen Melodien mich oder alle hypnotisiert. Damit wären wir alle außer Gefecht gesetzt und er könnte sich entweder an Irmingard oder an den Schatz ranmachen.

Fehlanzeige!

Der zu Unrecht Verdächtigte stand ebenfalls reglos da und nützte die Gunst der Stunde nicht aus.

Wo war ich da nur hineingeraten? Es war unangenehm. Ich fühlte mich in einen Kinofilm hineingezogen und jetzt war Filmriss. Oder auch eine technische Störung.

Zaghaft wanderten meine Blicke entlang des Plateaus. Möglicherweise hätte ich doch noch einen Filmprojektor oder eine versteckte Kamera entdecken können. Ich war noch immer starr vor Schreck und es war mir noch immer unmöglich, mich zu bewegen. Im Gegenteil. Je mehr Lösungen nicht in Frage kamen, desto mehr breitete sich dieses Unwohlsein aus. Bei allen griechischen und antiken Salzsäulen – was war hier los?

Vor allem, was machte ich hier? Die Sonne hatte sich inzwischen hinter dunklen Wolken versteckt und es wurde langsam frisch. Um eine Halluzination konnte es sich demzufolge auch nicht handeln. Keine flirrenden Luftspiegelungen, keine Sinnestäuschungen. Stimmt, was machte ich hier?

Erst jetzt wurde mir bewusst, dass es doch außerordentlich seltsam war, dass mein Erscheinen als so selbstverständlich hingenommen wurde. Ich hatte sofort in das Geschehen hineingepasst. Welche Rolle spielte ich hier eigentlich? Keine Antwort – es gab keine Antwort, ich musste mich damit zufrieden geben.

Da, es bewegte sich etwas. Der Minnesänger – also doch der Minnesänger! Doch statt sich anderweitig zu bereichern, griff er zu seiner Leier und fing wieder an zu spielen. Es war ein langsames pathetisches Lied. Etwas gewöhnungsbedürftig, aber ich beruhigte mich.

„Arbingard und Beowulf von Erten aus der Sippe der Truskats, es steht die Entscheidung an. Wie habt ihr euch entschieden?" Balduin sah die beiden eindringlich an.

„Ich, Arbingard von Erten aus der Sippe der Truskats, nehme die Entscheidung an."

„Ich, Beowulf von Erten aus der Sippe der Truskats, nehme die Entscheidung an."

Noch bevor Beowulf zu Ende gesprochen hatte, brach ein großer Jubel unter allen Anwesenden aus. Es dauerte eine Weile, bis ihr Anführer alle beruhigt hatte.

„Nun seid doch ruhig. Bedenkt, es ist der Augenblick."

Balduin nahm die Weinkelche und machte ein Handzeichen. Alle außer ihm und den beiden Rittern knieten sich nieder. Wie gut, dass ich schon saß. So konnte ich nichts falsch machen. Zugegeben, ich hätte mich mit dem Knien auch schwergetan.

Langsam und sich der Wichtigkeit dieser Zeremonie bewusst, tranken die Brüder bedächtig und ehrfurchtsvoll aus den Kelchen. Vielleicht war Drachenblut auch nur die Bezeichnung für eine neue Weinsorte. Die beiden verzogen auf jeden Fall keine Miene.

Mit einer kurzen, noch pathetischeren Melodie beendete der Minnesänger dieses anscheinend wichtige Geschehen.

„Ihr geht jetzt noch zu Lady Gwenlor und erweist ihr eine letzte Ehrerbietung", befahl Balduin. Die beiden wären anscheinend nicht von allein darauf gekommen. Dass sich zwei so gut gewachsene Ritter auch noch alles von so einem roten Rübezahldouble sagen lassen mussten! War ihnen nicht von selbst klar, was sich gehörte und was zu machen war? Wie würden sie sich denn erst benehmen, wenn sie ohne ihren Anführer den Schatz bewachen würden? Vielleicht war das mit dem Ausfallen der Liebesnacht dann doch eine gute Idee.

Die beiden Hüter des geheimnisvollen Schatzes näherten sich mir ehrfürchtig. Stumm verbeugten sie sich und küssten ihr Schwert. Das sah nicht lippenfreundlich aus. Hoffentlich rutschten sie nicht!

Leider überreichten sie mir auch noch ihre Waffen! Was sollte ich denn mit zwei Schwertern? Leicht waren sie nicht gerade. Intuitiv nahm ich in jede Hand eines und steckte sie aufrecht in den Boden. Ein prüfender Blick in die Runde. Entsprach das einer Lady von Gwenlor? Kein Widerspruch, kein kritischer oder unverständiger Blick – ich hatte es geschafft. Zur Sicherheit blieb ich erst einmal in dieser Haltung.

„Lady Gwenlor, mit den zwei Schwertern schlagt Ihr die beiden zu den Hütern des Schatzes. Zuerst führt Ihr die rechte Waffe des Rechtes und der Wahrhaftigkeit zur linken Schulter von Arbingard. Er ist der Erstgeborene. Anschließend führt Ihr die linke Waffe des Herzens zu der rechten Schulter", bestimmte Balduin mit sonorer Stimme. Er ging langsam hinter den beiden Rittern her.

Ich muss zugeben, dass so ein Souffleur in dieser Situation recht hilfreich ist. Seine Anweisungen zur Einhaltung des Protokolls waren wirklich idiotensicher.

Zuerst die rechte Waffe des Rechtes und der Wahrhaftigkeit, dann die linke Waffe des Herzens. Während der Schulterschlägerei konzentrierte ich mich etwas nervös darauf, keinen Arm oder Helm aus Versehen zu erwischen. Jetzt verstand ich auch, warum in den alten Ritterfilmen niemand bei dem Ritterschlag sprach. Diese Schwerter waren scharf geschliffen und schwer. Man musste wirklich aufpassen, dass die edlen Herren heil aus dieser Zeremonie hervorgingen. Also dann, wie im Film etwas ergriffen und hoheitsvoll blicken und – das Schwert richtig führen. Keine Miene verziehen und nicht sprechen. Fertig!

Zufrieden blickte ich in die Runde. Anscheinend fehlte noch irgendetwas. Wartend blickten mich alle an. Was war noch zu tun? Irritiert und etwas vorwurfsvoll erschien mir Balduin. Was war denn jetzt noch? Sonst gab er doch auch andauernd seine Anweisungen und befahl, was zu tun und was zu sagen wäre. Und jetzt, jetzt, wo es wichtig wäre, war er stumm wie ein Fisch. Am liebsten hätte ich an seinem roten langen Bart gerissen und ihn angeschrien, er solle mir doch endlich sagen, was ich jetzt machen solle. Aber eine Lady Gwenlor hätte dies bestimmt nicht getan. In Windeseile grub ich sämtliche Kindheitserinnerungen in Richtung Ritterfilme aus. Was wurde denn außer Schulterschlag noch getan? Dass Balduin mir in dieser Situation es auch so schwer machte. Robin Hood, König Artus und Lancelot – wie war das doch noch einmal? Alle warteten immer noch.

Ich entschloss mich zu: „Hiermit schlage ich euch zu den Hütern des Schatzes."
Lieber nicht so viel sagen und abwarten. Ich schaute mich um. Anscheinend waren alle zufrieden. Der goldene und der rote Ritter standen langsam auf. Sie hatten die Helme immer noch auf und ich konnte ihre Gesichter nicht erkennen.

Sie drehten sich gerade um und wollten gehen, als der goldene von den beiden eine schnelle Kehrtwendung vollzog. Wartend blieb er vor mir stehen. Ich verstand nicht ganz, versuchte aber, mir nichts anmerken zu lassen. Neugierig wartete ich auf Reaktionen. Niemand verzog eine Miene. So blieben wir unangenehm lang stehen. Niemand sagte etwas. Irgendwann – glücklicherweise – nickte der Ritter. Sein Helm schien in Richtung Boden zu weisen.

Verwundert folgten meine Augen. Da, ach jetzt verstand ich, da lag noch der Umhang. Anscheinend nur geliehen und nicht zum Dauergebrauch. Schade, er hätte gut zu meinem Kleid gepasst.

Möglichst hoheitsvoll versuchte ich, ihm sein Eigentum wiederzugeben. Vielleicht war es nicht so schlimm und die anderen hatten es nicht bemerkt.

Wenn diese mitteilsamen Brüder doch endlich einmal ihre Helme abziehen würden!

Für Balduin war das alles jetzt schon uninteressant geworden. Er drehte mir den Rücken zu und wandte sich zu Widukind, dem Schmied, und dem Burgfräulein.

„Widukind, du gehst jetzt zu Lady Gwenlor und holst die Schwerter."

Stimmt, ich hatte noch die Schwerter! Arbingard und Beowulf hätten doch auch daran denken können. Der Schmied handelte, wie Balduin es ihm gesagt hatte.

„Widukind, du wirst jetzt nach Hause gehen und aus diesen Schwertern noch bessere Waffen schmieden. Du wirst sie mit dem Schweiß der stärksten Reitpferde und der kräftigsten Bullen stählen und mit dem Goldvlies polieren. Beim nächsten vollen Mond wird Zodogar, der Druide des Flusses, zu dir kommen und seinen Zauber der sieben Stärken für die Schwerter sprechen."

„Und das Tal des harten Regens? Wird es Zodogar nicht hindern?", wollte eine Magd wissen, die sich bisher im Hintergrund gehalten hatte.

„Besuche nach zehn Nächten zur Dämmerungsstunde den Minnesänger. Sprehe die Worte seines dritten Liedes langsam nach. Dadurch wird der Druide an körperlicher Stärke gewinnen."

„Wird es genügen, ihn vor den Verletzungen des Regens zu schützen?", wollte der Minnesänger wissen.

„Zodogar wird bei Waldemut im Tausch gegen einen magischen Salamander eine gläserne Hülle bekommen. Dies wird beim nächsten Tausch eine weitere Stufe bei den Zauberdingen fordern, aber durch die Stärkung der Schwerter kann er das wieder wettmachen", erklärte Balduin. Ich verstand jetzt wirklich nichts mehr. Der Minnesänger und die Magd waren zufrieden und begriffen besser.

„Und was ist mit Irmingard?", wollte Widukind wissen.

„Gut, dass du fragst. Sie wird dich auf deinem Rückweg begleiten. Du bietest ihr statt Arbingard und Beowulf Schutz und Hilfe", antwortete Balduin. Er hatte auf wirklich alles eine Antwort.

Die beiden Angesprochenen nickten zustimmend. Für mich war alles sehr verwirrend. Doch der gute rote Balduin war mit seinen abgehobenen Anweisungen noch nicht fertig.

„Ihr beide müsst jetzt den Zwerg Xyr aus den Fängen Jadolinns befreien. Das gestaltet sich nicht einfach, denn keiner von euch beiden hat den Kampf gewonnen. Dadurch habt ihr nur an halber Kraft dazugewonnen. Auch die Stärkung des Herzens kann euch nicht auf den Weg gegeben werden, da keiner von euch beiden eine Nacht mit ihr verbracht hat", wandte sich der Anführer den beiden Rittern zu.

Ist ja interessant! Was eine Liebesnacht mit mir anscheinend bringen soll.

„Ihr müsst das Rätsel des verschwundenen Weinbergs lösen. Dann werdet ihr drei Gulden erhalten. Davon könnt ihr euch im nächsten Dorf ein Schwert kaufen. Doch es hat nur Stärke, drei Gegner zu bezwingen. Ihr werdet gezwungen sein, eine List anzuwenden. Der Umhang von dir, dem goldenen Ritter, und das Bild des roten Drachens werden euch helfen. Außerdem seid ihr durch den Trunk gestärkt."

Langsam konnte Balduin mit seinem Ritter-Magie-Wirrwarr aufhören. Hier konnte man wirklich absolut nichts mehr verstehen. Und dieser Rotkopf kam mit immer mehr und verrückteren Geschichten. Natürlich noch ein Nachschlag!

„Du Magd und du Widukind – ihr habt durch euere weitsichtigen Fragen einen Pluspunkt im geistigen Bereich bekommen. Bei dem nächsten Anlass könnt ihr euch auf eine höhere Stärke im geistigen Bereich freuen. Dann könnt ihr eueren Namen schreiben." Jetzt übertrieb er aber wirklich.

„Ich erkläre den jetzigen Nachmittag für beendet. Danke für euer Kommen. Wann der nächste Spielenachmittag stattfindet, werde ich euch per E-Mail mitteilen. Also dann, bis zum nächsten Mal!" Balduin hatte wie immer das letzte Wort.

DÜSSELDORF

Ein Fantasy-Rollenspiel! Ich bin so mir nichts, dir nichts in ein Fantasy-Rollenspiel geraten. Darauf hätte ich auch früher kommen können! Es war aber auch wirklich zu verwirrend und täuschend echt. Balduin meinte, er hätte über das Internet von „mir" erfahren. Eine gewisse Lady Gwenlor wollte als neue Mitspielerin an ebendiese Burg zu ebendiesem Zeitpunkt zu ihnen kommen. Per Fantasy-Chat wurde die Rolle definiert und die Stärken und Fertigkeiten ausgelost. Glücklicherweise habe ich meine Sache ganz gut gemacht und es wurde nicht zu peinlich für mich. Diese abgedrifteten Typen machten es auch sehr spannend.

Im Nachhinein musste ich immer noch den Kopf über diese verrückte Geschichte schütteln. Lady Gwenlor auf der Suche nach dem Hüter des Schatzes! Das wäre besser etwas für Stephen Spielberg gewesen.

Die Geschichte mit meiner Loreleyreise habe ich dann lieber nicht erwähnt, es wäre nur noch verwirrender geworden. Leider habe ich die Gesichter der beiden Ritter trotz allem nicht sehen können. Sie verließen den „Spielplatz" ziemlich schnell, denn sie mussten zum Zug.

Jetzt sitze ich im Düsseldorfer „Aquazoo". Ich fühle mich wie in einer riesigen Unterwasserwelt und kann es nicht fassen. Ich habe noch nie so große Aquarien gesehen. Hunderte von riesigen Skalaren bewegen sich sanft zwischen saftigen grünen Wasserpflanzen. Leise ist es. Ganz leise. Lautlos und schwerelos schweben sie in einem großen Schwarm dahin. Sie gleichen bunten Segelschiffen. Die majestätischen Fische lassen sich durch nichts beeindrucken. Ich kann also beruhigt auf einer kleinen Bank vor der riesigen Scheibe Platz nehmen. Das Becken ist leicht geschwungen und gleicht sich dem Raum an. Eine kleine Espressobar hätte bestimmt dahinter Platz. Ich muss lächeln. Die Einrichtungsgegenstände müssten schon seltsam angeordnet sein. Barhocker und Kaffeemaschine im Skalarbecken!

Eine Loreley darf sich das vorstellen. Es ist gut, hier zu sein, denn ich muss mich erst einmal von allem erholen.

Eigentlich wollte ich nach Bonn. Da das Schiff aber direkt nach Düsseldorf fuhr, habe ich erst hier einmal Halt gemacht. Natürlich hat es mich sofort in die Altstadt verschlagen. Zentrum und Altstadt, das klang immer gut. Nach meinem Romantiktrip ist das hier ein geeignetes Kontrastprogramm. Imbissbuden, Bierhäuser, Kneipen dicht an dicht. Es war hier wirklich offensichtlich, dass die Düsseldorfer gerne Bier trinken. Man wurde von einem riesigen Angebot an verschiedenen Sorten geradezu erschlagen. Überhaupt wusste ich gar nicht, wie ich diese vielen neuen Eindrücke und diese völlig andere Welt verarbeiten sollte. Diese Mystik-Fantasy-Geschichte wirkte noch nach.

Eben noch mitten in einer Geschichte von Schwerterkampf, Burgen, Minnesängern und rotlockigem Spieleleiter mit schwer nachvollziehbaren Geschichten. Dann plötzlich – nach Drachenblut und Zauberwein – jede Menge Bierangebote.

Es dampfte in den Ecken, es roch nach Pizza, Currywurst und Dönerkebab. Langsam bekam ich Hunger. Doch was sollte ich in dieser fleischlastigen Umgebung wo zu mir nehmen?

Meine Entscheidung fiel auf ein kleines niedliches Häuschen, das an einer Ecke stand. Es bestand nur aus einem Stockwerk und schien sehr alt zu sein. Die Karte versprach jede Menge Kuchen und Torten nach Großmutters Art. Die Lösung lag auf der Hand: ein Kaffeekränzchen mit mindestens drei leckeren Gebäcksorten und jeder Menge Schlagsahne.

Das Café war ein lustiges Sammelsurium aus allen Epochen des Kitsches. Bunte, verschieden gemusterte Plastiktischdecken bedeckten kleine Tische, die nicht dazu passenden Holzstühle und diverse Seidenblumengestecke verströmten ihren eigentümlichen Charme. Die Gardinen stammten aus den frühen Neunzigern und waren handmade by Großmama. Die großen Rüschen umrahmten die kleinen Holzfenster, die mit verschiedenem Zierrat vollgestellt waren. Von schrecklichen Harlekins über niedliche Steingutgänse reichte das Angebot. Ich musste erkennen, dass es verschiedene Stilrichtungen von Kitsch gibt. Die örtlichen Gegebenheiten nehmen einen großen Einfluss auf Inhalt und Gestaltung. Der Mittelrhein hatte eine andere Prägung. Dieses Arrangement zeigte sich als verwandter, aber doch eigenständiger Vertreter seiner Gattung. Vielleicht sollte jemand eine Doktorarbeit über Nippes am Rhein schreiben.

Ich nahm mir einen Platz am Fenster. Das Angebot auf der dunklen Schiefertafel offerierte Käse- und Apfelkuchen. Der Tagestipp war Schokosahnetorte. Da ich mich bei diesen süßen Verlockungen nicht entscheiden konnte, wählte ich alle. Vier ältere Damen mit gewellten Kurzhaarfrisuren in den verschiedensten Farbnuancen von Platinblond bis Violettgrau saßen in der Nähe der Theke an einer ebenfalls grellbunten Plastiktischdecke mit Troddeln. Knallgelbe Zitronen und saftig rote Erdbeeren aus Vinyl dienten als Tischtuchhalter und Beschwerung. Silberne Klammern hielten sie dezent zwischen den etwas verwirrten Fransen der Saumverzierung fest. Die älteren Damen, deren Alter nur schwer zu bestimmen war, rauchten genüsslich ihre Zigaretten und redeten in einem mir nur schwer verständlichen Dialekt. Es brauchte einige Winkversuche, bis ich die Bestellung aufgeben konnte. Die Kuchenkünstlerinnen waren begeistert über meinen großen Hunger und machten gleich einige Witze. Leider verstand ich fast gar nichts, was der guten Laune aber keinen Abbruch tat.

Man muss hier einmal gewesen sein: Düsseldorf – Köln – Mainz. Die beiden letzteren Städte wollte ich auch noch besuchen, aber ich war mir sicher, auch dort einen ähnlichen Humor anzutreffen. Es hätte mich nicht verwundert, wenn in der nächsten Minute ohne Vorwarnung die Köchin in Violettgrau eine Musikbox hervorgeschoben und in Betrieb gesetzt hätte. Ihre Freundinnen hätten Pappnasen und Papierhütchen aufgesetzt. Dazu noch einige handgeblasene Tröten und Konfetti. Ein polonaisetanzendes Cafépublikum mit Schunkelliedern und Partystimmung hätten mich wirklich nicht überrascht. Der Karneval lag in der Luft. Und die vier Damen von der Kuchentheke hatten jede Menge davon eingeatmet.

Es geschah zwar nichts dergleichen, aber ich hatte es bemerkt. Die gute Laune steigerte sich sekundenschnell, als meine Kuchen kamen. Die Teller hatten fast keinen Platz mehr auf dem Tisch. Die Besitzerin des Cafés wollte mir noch eine Schlagsahne frisch aufschlagen, es war fast wie bei „Muttern" am Ostersonntag. Zufrieden und entspannt lehnte ich mich zurück. Bis das weiße Gold die Kaffeetafel krönte, wollte ich noch die Atmosphäre genießen. Es war hier ein bunt gemischtes Publikum. Aber alle hätten in eine Polonaise gepasst. Bis auf einen Tisch mit jungen, außerordentlich attraktiv aussehenden Männern. Sie hatten zwei Tische zusammengeschoben und tranken alle nur Kaffee – wahrscheinlich wegen ihrer Linie. Ich muss zugeben, diese Linien waren überaus sehenswert, und dass sie so wenig aßen, störte mich in diesem Fall überhaupt nicht. Vielleicht standen sie hier als Aperitif bereit und alle Frauen dieses Cafés bestellten dann die doppelte Portion Kuchen. Statt in den Karneval hätte ich diese Boygroup auch in der Unterwäsche- oder Rasierwasserwerbung angesiedelt.

Ich konnte es kaum glauben:So viele Exemplare mit gutem Aussehen auf einem Fleck! Die Jungs blickten auch immer wieder in meine Richtung. Sie stupsten sich gegenseitig in ihre durchtrainierten Seiten und flüsterten sich etwas zu. Möglicherweise handelte es sich um mich, denn immer wieder zeigten sie mit ihren manikürten schönen Fingern auf mich. Da mir dies auf der Reise häufig passierte, verwunderte es mich anfangs nicht. Eine leibhaftige Loreley gab es nicht allzu oft in ihrem Alltag. Außerdem durfte man nicht vergessen, dass sich eine Riesenbestellung auf meinem kleinen Tisch befand. Damit hätte man gut und gerne drei von ihnen satt bekommen können.

Während ich mir noch gedanklich diese Großstadtmodels in einer Krankenhausserie vorstellte, kam meine Schlagsahne an. Was will man denn mehr? Ich ließ diese süße Kaloriensünde auf meiner Zunge schmelzen. Gedankenverloren leckte ich die letzte Spur von Rahm auf meinem Kaffeelöffel ab. Ich glaube, ich habe noch nie so langsam Sahne gegessen.

Plötzlich kam der erste dieser Adonisse direkt auf mich. Er war eher der südländische Typ. Oh Gott, wo war ich?

Er steuerte zielsicher auf meinen Tisch zu, um abrupt stehen zu bleiben. Wie auf einem Laufsteg drehte er sich geschmeidig um, um mir seine atemberaubende Rückenansicht von der Nähe zu zeigen. Wortlos zog er blitzschnell seine Jeans nach unten und präsentierte mir sein Hinterteil. Mir war wahrscheinlich vor Überraschung der Mund offen stehen geblieben. Mir schoss nur die Bewertung „Boskop in Schoko 1a" durch den Kopf, dicht gefolgt von der Überlegung, wie man sich so schnell und so gekonnt entkleiden konnte.

„Erinnert dich das an etwas?" Der Latinlover blickte mich vorwurfsvoll an, richtete seine Jeans wieder ordentlich zurecht und ging ungerührt zu seinen Freunden zurück. Noch bevor ich mich fassen und meine Gedanken ordnen konnte, stand der nächste seiner Kameraden vor mir. Er erinnerte mich etwas an den Highlander. Seine langen Locken fielen über seine Schultern. Ein Schottenrock hätte ihm bestimmt gut gestanden. Doch er trug eine Hose. Gebannt starrte ich ihn an. Auch dieser eigenwillige Kaffeehausbesucher verlor kein Wort, drehte sich um und zeigte sich von seiner besten Seite.

„Und, fällt dir dazu was ein?" Fordernd durchdrangen mich seine grünen Augen. Was fällt einem in dieser Situation ein? Granny Smith, knackig und frisch, aber das konnte ich wohl kaum sagen. Aber auch mein Highlander bedeckte seine Pracht wieder, um effektvoll an seinen Tisch zurückzukehren. Wie auf Kommando erhob sich sein Stuhlnachbar. Ein blonder kräftiger Jüngling, Marke Sonnyboy. Er hätte auch als Sohn von Robert Redford durchgehen können. Aber ob er auch so viel Intellekt hatte? Sein Hinterteil sprach allerdings für sich. Jonathan in Crème Caramel. Nahtlos cremig und wohlgeformt. Vielleicht hatten die Jungs mit Silikon nachgeholfen und mich als Testerin auserkoren.

Seltsamerweise meinte er nur: „Und, klingelt's?"

Langsam nahm mein Verstand wieder überhand und meine Hormone beruhigten sich. Es war ja ganz nett und lecker, vielleicht war es auch eine spezielle Art des rheinischen Humors. Möglicherweise hatten die jungen rheinischen Männer eine unbekannte Art des Balzverhaltens. Oder es handelte sich um ein gastfreundliches Begrüßungsritual. Dafür war diese Boygroup aber dann doch zu schlecht gelaunt.

Selbst nach meiner jetzt inzwischen langen Abstinenz war es für mich jetzt genug. Ich wollte schon laut um Einhalt bitten, als sich ein sehr muskulöser Glatzkopf näherte. Ich sage nur: Kaffee!

Mit seinem Aussehen hätte er in jede Sambaschule von Rio de Janeiro gepasst. Temperamentvoll und feurig tanzte er auf mich zu. Leider sahen seine glutvollen Augen nicht gerade freundlich auf mich. Ich schluckte und wusste schon, was auf mich zukam. Abwehrend erhob ich die Hände. Doch mein Sambatänzer hatte keine

Zeit. Leidenschaftlich drehte er sich um.

Ich muss zugeben, einige kurze Gespräche zum Kennenlernen vorher wären mir lieber gewesen. Seine helle Leinenhose hatte nur einen Gummizug. Mit einer Leichtigkeit entblößte er alles. Ob ich ihn bitten sollte, sich umzudrehen?

„Schämst du dich denn gar nicht?" Auch er hatte nicht gerade viel zu sagen. Noch während er sich wieder professionell seiner Kleidung annahm, wurde mir bewusst, dass wir nicht allein waren. Verlegen sah ich mich um. Es war still. Zu still. In dieser Situation war es nicht zu leugnen, dass jeder dieses Ereignis mitbekommen hatte. Jeder Gast hatte sein Gespräch unterbrochen, alle Augen waren auf mich, meinen kuchenüberladenen Tisch und die hemmungslosen Jungschauspieler gerichtet. Kann es eigentlich etwas noch Peinlicheres geben? Ich hoffe nicht. Dabei hatte alles doch so vielversprechend angefangen.

Selbst die netten älteren Damen zeigten kein Verständnis. Mitleidsvoll betrachteten sie die jungen Herren. Dabei hatte ich nichts getan! Ich konnte mich an nichts erinnern, ich kannte diese Jungs nicht einmal! Die Blicke der Besitzerin hatten nur Vorwürfe und Ablehnung für mich übrig. Am liebsten hätte sie mich durch Telekinese auf den Loreleyfelsen katapultiert. Langsam wurde es ungemütlich.

Nein, jetzt kam auch schon wieder der Nächste! Nicht schon wieder dieselbe Handlung!

Wegen mir kann hier eine ganze Apfelhandlung mit sämtlichen Schokoladen-, Karamel- und Kaffeesoßen aufmachen. Wegen mir kann hier auch gerne der nächste Werbespot für eine Zahnpastawerbung gedreht werden – ich habe genug.

„Ich habe nichts gemacht!" Jetzt hatte ich einmal das erste Wort.

„Sicher hast du nichts gemacht, das ist eben das Problem!"

„Welches Problem?"

„Natürlich, jetzt stellst du dich unschuldig, das haben wir gerne."

„Sicher bin ich unschuldig." Ich war mir nicht sicher, ob sie das wirklich so gerne hatten.

„Schon vergessen, du hast uns den ganzen Schlamassel eingebrockt!"

„Welchen Schlamassel?"

„Wie immer, Madame Loreley weiß von nichts. Aber damit kannst du dich bei uns nicht herausreden."

„Ich will mich gar nicht herausreden. Aber wir können uns gerne ..." Es war zumindest ein Versuch.

„Nichts können wir gerne. Dass du dich traust, nach dieser Sache noch so unverfroren zu sein." Zugegeben, dieser Hübschling konnte mehr reden als die anderen, aber es war nicht sehr bereichernd.

„Es muss sich um ein Missverständnis handeln. Ich kenne euch doch gar nicht. Leider!"

„Wegen dir ging uns dieser Superwerbeauftrag durch die Lappen. Natürlich hast du nichts getan. Wegen dir ist uns viel Geld verlorengegangen. Du kannst uns gerne kennen lernen." Der Vielredner zeigte Anwandlungen, seine Freunde zu sich zu winken. Auch die anderen Gäste kamen unangenehm näher.

Vielleicht handelte es sich hier um eine Kaffee- und Tortenmafia. Die Omas sahen auch nicht mehr vertrauenerweckend aus. Nervös suchte ich den nächstbesten Geldschein und warf ihn auf die immer noch jungfräuliche Kuchentafel. Gut, dass ich so nahe am Ausgang saß. So konnte ich schnellstmöglich das Weite suchen.

Es war nicht so einfach, in einer Stadt, die man nicht kennt, zu flüchten. In der Fußgängerzone befanden sich zu viele Menschen, die mir den Weg verstellten. Zudem wusste ich nicht, wohin ich rennen sollte. Die verwunderten Blicke nahm ich schon gar nicht mehr wahr. Nur irgendwie weg!

Nur wohin sollte es gehen? Irgendwann einmal tauchte eine Straßenbahn auf. Nichts wie hinein! Ein Blick nach hinten – niemand zu sehen. Erleichtert atmete ich durch. Keiner dieser hübschen Vertreter des männlichen Geschlechtes tauchte auf.

Auch keine platinblonden oder violettgrauen Kurzhaarlocken oder zu gefährlichen Schlagwerkzeugen mutierte Plastikknüppel befanden sich in Sichtweite. Die Fahrt ging los. Ich war in Sicherheit!

Erst einmal hinsetzen. Ohne einen einzigen Gedanken zu verschwenden, starrte ich durch die Fensterscheibe. Form- und inhaltslos vollzog sich ein undefinierbarer Bilderbrei vor meinen Augen. Meine Kondition war wirklich nicht die beste. Ich brauchte schon einige Zeit, bis ich mich erholt hatte. Jetzt war ich nicht mehr außer Atem. Die Fahrkarte. Ich hatte vergessen, eine Fahrkarte zu kaufen. Schnell zum Schaffner. Das hätte mir jetzt auch noch gefehlt, dass ich als verkappte Schwarzfahrerin noch mehr Probleme bekommen hätte. Ich verstand sowieso nicht, was die verwirrenden Hosenzücker von mir wollten. Es konnte sich nur um eine Verwechslung handeln.

Was sollte das Ganze überhaupt? Um welches Problem hatte es sich gehandelt? Ich konnte mir keinen Reim darauf machen. Eine mir ähnliche Dame muss sie wohl sehr enttäuscht haben. Zu dumm, dass sie mir zu ähnlich sah. Und wenn sie mir ähnlich sah, dann hätte sie wenigstens etwas Erfreuliches anstellen können. Dann wäre ich den Jungs wenigstens in guter Erinnerung geblieben. Den lustigen Damen übrigens auch. Dieses Café würde ich nur noch mit Verkleidung betreten können. Oh Gott, die Kuchen. Die herrlichen Kuchen! Ich hatte keinen einzigen Bissen probieren können!

Das durfte doch nicht wahr sein! Außer dem kleinen Klecks Sahne war mir der Genuss dieser Backkunstwerke nicht gegönnt worden. In Gedanken erschien mir der Anblick von Schokosahnetorte, Käse- und Apfelkuchen. War das nicht ein herrlicher Kaffeetisch? Sollte alles umsonst gewesen sein? Ein unangenehmes Gefühl im Magen machte sich breit. Der Hunger meldete sich. Um mich abzulenken, schaute ich wieder durch das Straßenbahnfenster. Die Stadt hatte sich in wenigen Minuten radikal geändert. Moderne Bauten, Hochhäuser, eine riesige Rheinbrücke aus Stahl huschten an mir vorbei. Ich wurde neugierig und beschloss auszusteigen.

Jetzt sitze ich hier also mitten unter Fischen. Unbeeindruckt schwimmen sie schon die ganze Zeit. Ihre ständigen Mitbewohner, die Wasserpflanzen, bewegen sich sanft. Die Blätter zeigen sich in den verschiedensten Grüntönen, einfache Schönheiten – was man von ihren Namen nicht behaupten kann: Anubias, Hornkraut, Wasserpest hört sich eher nach einer Krankheit und nach Fußpflege an. Aber sie sind wirklich schön.

Ich gehe zu einem immens großen Becken mit Riesenschildkröten und Haien. Das sieht nun weniger freundlich aus. Ob die etwas grimmigen Räuber wissen, dass ich vor einer halben Stunde etwas gegessen habe und jetzt wohlgenährt bin? Bevor es mich hierher verschlagen hat, hat sich ein in der Nähe gelegener Imbiss meiner erbarmt und sich so offensichtlich in den Weg gestellt, dass ich ihn nicht verpassen konnte. Die Pommes waren gut, der Ketchup auch. Leider musste ich trotzdem öfter an meine leckere Kuchentafel denken. Selbst die rustikale Einrichtung konnte mich nicht trösten.

Es scheint, als ob der größte der Haie mich anvisiert. Ich fühle mich beobachtet. Vielleicht verfügen diese Respekt einflößenden Raubtiere über einen Röntgenblick und mein Fast Food winkt ihnen zu? Vielleicht verwechseln auch sie mich mit meiner Doppelgängerin und diese hat auch hier irgendetwas angestellt. Was auch immer, es ist besser weiterzugehen.

„Wie siehst denn du aus?" Loreley konnte ihr Lachen kaum unterdrücken. Sie konnte nicht glauben, wie ihr Vater aussah.

„Rede nicht lange herum und hilf mir lieber!" Der Rhein hatte nicht viel Zeit und Lust für große Unterhaltungen.

„Wenn du mir sagst, wo ich denn anfangen soll?" Die Nixe musste nun doch kichern.

„Wo du anfangen sollst! Wo du anfangen sollst! Sag einmal, hast du keine Augen im Kopf?!"

„Sicher sehe ich, was los ist. Rege dich doch nicht so auf! Das bekommen wir schon wieder hin!", versuchte ihn seine Tochter zu beruhigen.

„Das würde ich wohl auch meinen. Sieh dir das an, das ist doch eine einzige Katastrophe."

„Immer schön mit der Ruhe! Das wäre doch gelacht, wenn wir die Geschichte nicht lösen könnten. Wie hast du das denn eigentlich angestellt?"

„Auf der Packung stand Mahagoni – Mahagoni ist eine dunkelbraune Farbnuance."

„Aber auf weißen Haaren kann Mahagoni blitzschnell zu Karottenrot werden. Warum hast du mich denn nicht gefragt? Ich hätte dir bei dem Haarfärbemittel helfen können. Schließlich habe ich Kontakte in der Kosmetikindustrie."

„Erinnere mich nur nicht daran."

„Also mit diesem dezenten Orange hast du wirklich deinen Typ verändert. Dein Bart wirkt auch ganz anders. Er kommt – wie soll ich sagen? – jetzt auf eine interessante Art zur Geltung."

„Werde nicht frech. In dieser Situation kann ich deine infamen Bemerkungen wirklich nicht gebrauchen."

„Entschuldigung, es ist nur sehr – wie soll ich sagen? – ungewohnt." Loreley wusste, dass sie doch etwas zu weit gegangen war. Bei solchen Gegebenheiten war mit ihrem Vater nicht zu spaßen. Seine Laune war alles andere als glänzend. Es wäre besser, ihn nicht weiter zu provozieren, denn wenn er sich zu sehr aufregte, war er oft unberechenbar.

„Also, dann mach einmal." Die Stimme des Rheins hörte sich etwas freundlicher an.

„Das ist einfacher gesagt als getan. Du musst mir schon erst einmal sagen, wie du das geschafft hast."

„Wie ich das g e s c h a f f t habe?" Ihr Vater wurde wieder lauter.

„Ich meine, wie du zu diesem Farbproblem gekommen bist."

„Selbstverständlich habe ich mich genau an die Gebrauchsanweisung gehalten. Ich habe alles so gemacht, wie es auf dem Beipackzettel stand."

„Wirklich? Und du hast nicht geschummelt? Bist du dir sicher, dass du dich bei der Ausgangsfarbe der Haare nicht geirrt hast und bei der Einwirkzeit bei ‚dunkelblond‘ geschaut hast?"

„Ein Rhein irrt sich nicht."

Loreley blickte nach unten, damit ihr Vater ihr Grinsen nicht sehen konnte. Der Fluss mit einer Plastikhaube auf dem Kopf. Die Strähnchenfolie auf dem erhabenen Haupt des Flusses musste wirklich sehr komisch ausgesehen haben. Doch gerade jetzt wäre es alles andere als richtig, wenn er ihr Lächeln sehen würde. Es war aber auch zu komisch.

„Ach so. Dann versuche es doch einmal mit Ausspülen. Du brauchst nur unter die Dusche zu gehen."

„Was du nicht sagst. Stell dir einmal vor, auf diese Idee bin ich auch schon gekommen. Aber diese Tönung geht und geht nicht ab."

„Und du bist sicher, dass du wirklich eine Tönung gekauft hast?"

„Ja glaubst du denn, ich kann nicht lesen. Sicher war Tönung auf der Verpackung gestanden."

„Dann verstehe ich das auch nicht. Erzähle doch noch weiter."

„Also ich habe die Haube hergerichtet und die Plastikhandschuhe angezogen."

Erheitert sah Loreley wieder Richtung Boden. Ihr Vater hatte ihr verlegenes Handeln nicht bemerkt. Ernsthaft fuhr er mit seiner Schilderung fort.

„Dann habe ich alles durchgelesen und die Flüssigkeit, genau wie es in der Anleitung stand, mit dem Pulver vermischt … "

„Da haben wir es!", unterbrach ihn die Nixe.

„Was haben wir?"

„Ja, das mit dem Pulver und der Flüssigkeit! Jetzt liegt es auf der Hand!"

„War etwas nicht in Ordnung? Was soll denn damit gewesen sein?"

„Doch alles war in Ordnung. Aber immer, wenn man zwei Substanzen zusammenmischt, handelt es sich um eine Färbung und nicht um eine Tönung."

„Und? Was bedeutet das?"

„Es … es tut mir leid, aber man kann die Farbe nicht auswaschen!"

„W A S !?! Du meinst, meine Haare und mein Bart bleiben so rot?"

„Genau."

„Ja, und was machen wir jetzt?"

„Auf jeden Fall nicht duschen. Sag einmal, Papi-Rheinilein, warum hast du das denn überhaupt gemacht? Das Ganze war doch eine gewagte Idee."

„Ich ... ich wollte ... Ach, frage mich nicht ständig. Schau lieber, dass ich meine weißen Haare wiederbekomme."

find out about HGH spre
will you f*** me, please
This e-mail is for MEN
more efficient than viagra
Nor prior p+r +escription needed
the scientifically formulated product
sexy hormy ...
reale 6-kontakte
Traumfigur in fünf Wochen
Miss XY live
cheapest viagra
for you your love tool
schnick&schnack suchen ein Zuhause
flrnrxpioxy
Ihre letzte Aktion
wives that like to cheat
never pay 6-tax
Hi – kein Betreff
Real Russian Girls are waiting
more fun in the sun
Big fish is ready
it's safe and healthy g2fb
change your life mit MgH
Deliver< Status Notification
The best Deals on the Net
Re: ABIXI, the first temple
having sleeping trouble? No prescription required
Marriage on the rocks
protect wou dough dkexyb
Best software products at Rock Bolton
ptzbax vwcxh qfor
Top Quality Software for yoz
Best nochmal
changing conducive Sabrine colen
For women sex and dating for the single man, xylghglg
Levrox Mun Generva cocte
Benachrichtigungen zum Anw-Vermittlungsstatus fehlgeschlagen
super-viagra freegel killer
Re:QSTEGKREPX you want to organize
NASDAQ-TIMER – New Trading Range For TRHL Till 180

Es geht doch, Johannes
dogfeet cartilage
difference, hug wih gurantees to buy Viagra Now
cant affor:rt what I want blqrtxvhkleon
suess geht immer noch!
...

Hilfe! Hört das denn nicht mehr auf? Heute habe ich seit Wochen wieder einmal in meine Mail-Box geschaut und traue meinen Augen nicht. Vincent-Torpedo, Maxwels. Hot, annetenet, Orlando, Charlie, Juan, Mandy, Lopez, Bianca, Big Boyz, Janine und wie sie alle heißen. Was schreiben sie mir denn?

Ich habe so viel Post wie noch nie. Allerdings unerwünschte Post. Mit dieser Flut von Spams ist alles vollgestopft. In großen roten Lettern werde ich davon in Kenntnis gesetzt, dass die Speicherkapazität überschritten ist und keine neuen Nachrichten angenommen werden können. Das darf doch nicht wahr sein. Es ist auch schon länger her. Meine kleine Kontaktmöglichkeit erstickt und lahmgelegt von gelangweilten pizzaschlingenden Hackern. Haben die Jungs denn keine Ahnung, was sie damit anstellen? Meine Laune ist nicht gerade die beste. Ich habe keine Lust, diesen Schwachsinn zu lesen und entfernen zu müssen. Mir fällt zu dieser Gelegenheit der verblichene Bruno ein. Sein Liebesleben wie sein Ende waren ein wahres Trauerspiel.

Man sollte ein aktiveres und ausgeglicheneres Sexualverhalten für Computersüchtige fordern. Dann hätten die Mailboxbesitzer weniger Stress. Der Kontakt mit der Technik und Moderne der „Nicht-Loreleyreise-Welt" ist frustrierend.

Eigentlich wollte ich nur eine Mail an Tassilo senden. Er ist ein guter Freund aus Studientagen und wohnt seit mehreren Jahren in Mainz. Tassilo, der gute alte Tassilo. Ich weiß noch, wie ich als Aushilfskellnerin in der damals angesagtesten Kneipe angefangen habe. In diesem gemütlichen Ambiente zwischen Vogelkäfigen, indischen Scherenschnitten, alten Blechwerbebildern und Flyern von Initiativen, Ereignissen und Partys gab es die leckersten Knoblauchbaguettes der Stadt. Tassilo stand damals in der Küche. Er war von diesem neuen Job absolut begeistert und schmetterte, sobald es möglich war, eine Opernarie aus seiner voluminösen Brust. Seine Leidenschaft für gutes Essen machte sich schon damals körperlich bemerkbar. Ich sehe ihn noch wie heute. In der weißen Kittelschürze, seine kurzen und dennoch zerzausten blonden Haare.

Mein singender Hobbykoch kam mit der Zeit zumindest in Bezug auf den Leibesumfang Luciano Pavarotti schon sehr nahe. Vielleicht lag es an der einseitigen Lasagnediät, dass er einfach nicht abnehmen wollte. Eines Abends klingelte das Telefon und ich bekam eine Einladung – zu einer stilechten Beerdigung seines Rüschenhemdes im Wald. Nach unzähligen erfolglosen Versuchen, wieder hineinzupassen, hatte Tassilo es aufgegeben. Er hatte sich dem Schicksal gestellt und verabschiedete sich für immer.

Nur ein kleiner Kreis war zugegen. Ein trauriges Ereignis, aber ein Abschied in Würde. Als Leichenschmaus gab es eine Runde Knoblauchbaguette in unserem Stammlokal.

Natürlich mit Petersilie. Tassilo liebte Petersilie. Wiederholt pries er die universalen Anwendungsmöglichkeiten dieses Gewürzes. Da stand er in seiner Leibespracht in der Kneipenküche und immer wieder fiel ihm ein, worauf man noch Petersilie streuen konnte.

Ich glaube, am liebsten hätte er darin gebadet. Schade, irgendwann ging es dann für ihn nach Mainz. Sein Archäologiestudium brachte ihm einen Doktortitel und rief ihn in die Stadt am Rhein. Seitdem war der Kontakt eher spärlich. Nur an Weihnachten ließ sich Tassilo noch blicken, wenn er seine Mutter besuchte. Vielleicht lag es an dem beerdigten Rüschenhemd, vielleicht an dem übermäßigen Konsum von Petersilie, er wurde etwas schrullig, doch das machte ihn nur noch sympathischer.

Ich habe Tassilo noch nie in seiner neuen Wahlheimat besucht. In der Imbissbude kam mir die Idee, ihn zu besuchen. Nach Bonn hätte ich genügend Zeit, einmal Mainz einen Besuch abzustatten. Wie weit er sich wohl Pavarotti angenähert haben mag?

Da will man einem alten Bekannten nach langer Zeit wieder einmal schreiben und dann d a s hier! Statt einem einfachen Klick auf „E-Mail schreiben" und Betreff „Petersilie in Mainz" eingeben, heißt es erst einmal: löschen, löschen, löschen.

NACHTRAG

Warum ist es so teuer, in Düsseldorf zu übernachten? Selbst in der Einflugschneise von Flugzeugen, die alle zehn Minuten über mich hinwegdonnern, soll ich achtzig Euro und mehr bezahlen. Die Jugendherberge ist überfüllt. Wegen meiner spontanen, etwas weiter gehenden Reise habe ich mich nicht angemeldet. Selbst kleinere Hotels und Pensionen verlangen Spitzenpreise. Ein Schiff zum Übernachten und Weiterfahren ist auch nicht in der Nähe. Erst morgen kann mich ein Ausflugsboot wieder mitnehmen.

Die Nacht in allen Kneipen und Diskotheken der Stadt durchzumachen ist auch nicht die Lösung. Zum Schluss begegnen mir noch diese attraktiven jungen Herren mit der schlechten Laune wieder.

Die lange Suche ist nicht erfolgreich. Die beste Auskunft erhalte ich in der „Waldpension" – einem kleinen, einfachen alten Häuschen. Nach dem einfachen biederen Äußeren zu schließen, verlangen sie vielleicht niedrigere Preise. Hoffnungsvoll läute ich.

„Vielleicht ist die Klingel defekt?", schießt es mir durch den Kopf, denn der Eigentümer lässt mich lange warten. Durch die Haustüre klingt Musik. Es ist also doch jemand zu Hause. Noch einige Versuche, dann höre ich Schritte. Der Pensionsbesitzer oder wer auch immer öffnet und ich merke, dass ich doch irgendwie falsch liege. Eine etwas seltsam behaarte ungepflegte Gestalt mit Bierbauch, die nur mit weißen Unterhosen bekleidet ist, sieht mich entgeistert an. Verwirrt murmle ich etwas von einem freien Zimmer, gehe aber schon während meiner Frage rückwärts. Die immer noch behaarte Gestalt kratzt sich an seinen dunklen, kreuz und quer stehenden Haaren. Während meines Rückzuges suche ich noch nach Warnsignalen, die ich eventuell übersehen habe. Doch ich kann weder Herzchen noch rote Lämpchen entdecken. Irgendwie bin ich mir nicht sicher, was das jetzt war. Ich befinde mich in einem netten ruhigen Wohnviertel in Düsseldorf und muss bei meiner Zimmersuche weiße Unterhosen begutachten. Ich gehe weiter.

Allerdings muss ich dann anschließend doch noch in den sauren Apfel beißen und ein teures Hotelzimmer in Anspruch nehmen. Düsseldorf – deine Männer!

AUF DEM RHEIN

Unfassbar! Es ist unfassbar! Da bewege ich mich seit Monaten auf dem Rhein, da mag ich diesen Fluss, lebe mit ihm und dann geschieht so etwas! Es gibt kein anderes Gesprächsthema mehr: die Jahrhundertflut.

Kleine Bäche, friedliche Flüsse werden zu unberechenbaren tobenden Ungeheuern. Mit ihren furchterregenden Massen rollen sie auf alles zu, was sich ihrer Meinung nach in den Weg stellt, und zermalmen es. Mit ihren wütenden Mäulern fressen sie Bäume, Autos, Häuser. Wasser bricht Stein, Wasser bricht Stahl, Wasser bricht herein. Es bricht vor allem über die Menschen in den „neuen Bundesländern" herein. Zwar gibt es auch große Schäden in Süddeutschland, doch vor allem an der Elbe sind die Ausmaße verheerend. Dass solch eine Flutkatastrophe in Deutschland einmal Wirklichkeit werden könnte, niemand hätte das je geglaubt. Nein, ich bin nicht in Bangladesch oder China, ich bin hier.

Als die Nachrichten von meinem kleinen Radio anfangs von Überschwemmungen im Elbegebiet sprachen, habe ich nicht viel nachgedacht und alles eher in die Kategorie jährliches Hochwasser wie am Rhein getan. Erst als dann nur noch von diesem Unglück berichtet wurde, habe ich, und wahrscheinlich viele andere Menschen auch, begriffen, wie ernst die Lage ist. Es muss ziemlich schnell gegangen sein. Viele Orte wurden überrascht. Die Bewohner hatten Mühe, sich selbst in Sicherheit zu bringen. Die Zeitungen zeigen schreckliche Bilder. Verzweifelte Menschen, die sich, von der reißenden Wasserflut umringt, auf ihr Hausdach gerettet haben. Mitgerissene Häuserhälften und Fahrzeuge. Die Dresdner Oper unter Wasser. Die Musiker versuchen, die wertvollen Instrumente zu retten. Immer wieder sehe ich mir die Bilder an.

In all den Monaten habe ich das Wasser niemals als eine dermaßen ernst zu nehmende und unberechenbare Gefahr gesehen. Nie wäre es mir in den Sinn gekommen, dass hier eine derartige Naturkatastrophe Realität werden könnte. Aber gerade jetzt sieht man, wie klein und unbedeutend wir Menschen doch sind. Was wollen wir mit unserem lächerlichen Beton und den Sandsäcken?

Da haben wir die Flüsse in enge Korsagen gepresst, ihnen die Luft zum Atmen genommen, gemeint, man würde alles beherrschen. Doch das Wasser holt sich alles wieder zurück. Keine Fragen, kein ausgefülltes Formular, keine Erlaubnis und doch, das Wasser holt sich alles, was es will. Man darf die Natur nicht unterschätzen.

TROTZDEM IMMER NOCH AUF DEM RHEIN

Alle wollen helfen. Eine riesige „Welle" der Hilfsbereitschaft schwappt über das Land. Jeder versucht irgendwie, seinen Beitrag zu leisten. Von Decken bis zur Babynahrung, jeder gibt, was er kann. Zum ersten Mal seit der Wiedervereinigung sind wir tatsächlich nicht mehr getrennt. Aber warum braucht es dazu erst eine Flutkatastrophe?

RHEIN

Habe heute etwas von meinem Honorar gespendet. Hoffentlich kann ich etwas damit erreichen. Habe zusätzlich der besonders betroffenen Stadt G. meine Unterstützung angeboten. Vielleicht ergibt sich eine Versteigerung von Bildern diverser Künstler.

Jede Spende hilft. Ärgerlich nur, dass meine Mailbox innerhalb kürzester Zeit vor Spams nur so überquillt. Bevor ich eine Nachricht schreiben kann, muss ich erst einmal wieder entsetzlich lang alles entfernen. Habe meinen Eltern angerufen, damit sie sich keine Sorgen machen.

Mama schickt Decken. Ich sammle Betttücher, die ich für meine Installation in Bonn brauche.

BONN

Habe auf der Fahrt hierher Wäsche gewaschen. Ob mit Wasser vom Fluss, in Plastikschüsseln oder in Waschbecken der Damentoiletten von Rheinschiffen, ich habe Wäsche gewaschen. Bei den großen Betttüchern war es nicht so einfach. Vollgesogen mit Wasser, wurden sie oft recht schwer. Ganz zu schweigen vom Auswringen. Mit der Zeit bekam man auch kalte, aufgequollene Hände. Bei diesen Erfahrungen bin ich froh, dass die Waschmaschine bereits erfunden wurde.

Was haben die Wäscherinnen vom Rhein eigentlich im Winter gemacht?

Das muss ja bis zur Schmerzgrenze gegangen sein. Mit einem Riesenrespekt für diese Frauen und jede Menge getrockneter weißer Kleidungs- und Wäschestücke treffe ich in der ehemaligen Hauptstadt ein. Bonn ist schöner, als ich es erwartet habe. Das Frauenmuseum befindet sich in einem malerischen Altbauviertel. Ich könnte hier auch in Berlin sein. Alternative Kneipen, kleine Läden, Multikulti auf den Straßen. Würde mir jetzt lieber alles genauer ansehen und bummeln gehen, als diesen Riesenwäschesack herumzuschleppen.

Als ich ankomme, laufen die Vorbereitungen auf Hochtouren. Überall wird gehämmert, geschraubt und geschleppt.

Nach längerem Suchen und Fragen habe auch ich meinen Platz und kann mit der Arbeit beginnen. Es dauert nicht lange und der Wäscheberg mit Symbolstücken für die Geschichte am Rhein ist aufgebaut. Der Diaprojektor funktioniert auch nach anfänglichen Schwierigkeiten. Es fehlt nur noch der Blutanker für meine projizierten Schiffe.

Dazu gehe ich in die nächste Bäckerei und besorge mir eine kleine Frühstücksmarmelade, Geschmacksrichtung Johannisbeere. Tauche einen Wattezylinder ein. Fertig!

Jetzt will ich mir aber die Stadt ansehen. Bin begeistert. Mich umgibt ein buntes Stadtbild und ein entspanntes Treiben. Von dem Bankkaufmann im Edelanzug bis zur Reggaelady im knalligen Outfit ist alles vertreten. Locker und sanft sitzen die Leute in den Cafés. Es herrscht eine leichte Heiterkeit. Am liebsten würde ich irgendwo einkehren, andererseits lockt das Fremde. Immer wieder tauchen Straßenschilder auf mit entweder gültigen oder überholten Hinweisen zu Botschaften aus aller Welt. Die meisten sind schon nach Berlin gezogen. Bei Bonn kam mir eigentlich früher immer eine Betonhochburg der Politik in den Sinn. In meinen Gedanken war da ein kleines verschlafenes Rheinörtchen, das nach dem Krieg ohne jegliche Vorwarnung zur Hauptstadt mutierte. Dazu gehörten jede Menge Hochhäuser und moderne Wohnbunker. Wie schon öfter auf meiner Reise werde ich angenehm überrascht.

Es gibt hier ansehnliche Straßenzüge, Jugendstilhäuser und gewachsene Vororte. Bonn hat viele Gesichter und Charme. Einen weichen Charme und vor allem einen überraschenden.

Davon kann ich mich in einem Wohnviertel überzeugen. Bin in einer Bungalowsiedlung gelandet. Ich betrachte gerade die bunten Blumen und Blüten der Vorgärten, als zwei aufgeregte, fein gekleidete Herren auf mich zutreten. Immer wieder weisen sie auf ein großes Haus und geben mir Zeichen mitzukommen. Ich bin etwas verunsichert. Es wird sich doch nicht um eine Entführung am helllichten Tage handeln?

Skeptisch blicke ich mich um. Da sich mehrere Passanten auf den Fußwegen befinden, bin ich mir sicher, genügend Zeugen zu haben und gehe mit. Erst am Eingang sehe ich ein Schild: Botschaft von Indien. Erheitert und mit einem Hauch Mata-Hari-Feeling trete ich näher.

Über der Haustüre entdecke ich eine Überwachungskamera. Jetzt werde ich auch noch gefilmt! Nun fällt mir der Vorfall in Düsseldorf wieder ein und ich hoffe, dass es sich diesmal nicht wieder um eine unangenehme Verwechslung handelt. Meine anfängliche Heiterkeit schwindet sekundenschnell. Die Doppelgängerin! Ich habe doch auch noch eine Doppelgängerin. Nicht auszudenken, wenn sie etwas in den diplomatischen politischen Diensten angestellt hat.

Der Vergleich mit Mata Hari am Eingang war doch nicht so glücklich gewählt. Unglaublich, was alles möglich ist, wenn man eine Doppelgängerin hat. Zum Schluss muss ich noch Aussagen machen, politische Verwicklungen, Skandale wegen der Verfehlungen der Loreley auf höchster politischer Ebene. Rücktritte von Ministern, Schlagzeilen in den Printmedien, Dokuserien über das Leben nach der Botschaft, Reise nach Indien, Comeback in Bollywood. Das Leben steckt voller Überraschungen. Leider bin ich mir nicht ganz sicher, ob ich hier und jetzt das alles möchte.

Meine offiziellen Begleiter verziehen keine Miene. Unbeeindruckt von den Überwachungs- und Alarmanlagen begleiten sie mich in die Botschaft hinein. Mir wird bewusst, dass es jetzt zu spät ist. Ich bin bereits in der „Höhle des Löwen". Als Loreley auf dem Territorium Indiens. Das hätte ich mir auch nicht träumen lassen.

Noch ist allerdings offen, wie dieser Traum ausgehen wird.

In der Eingangshalle erwartet mich eine andere Welt: heller Marmor, goldfarben verzierte Armaturen, Geländer und Vorhangstangen. Von der Mitte der Decke hängt ein großer Kronleuchter herab, dessen Steine wie ein Meer von Diamanten funkeln. Natürlich nur w i e Diamanten. In der Eingangshalle echte Edelsteine aufzuhängen wäre selbst hier etwas übertrieben. Trotzdem – ich fühle mich wie in einem indischen Palast. Auf einem hellroten Teppich werde ich die Treppe in den ersten Stock hinaufgeführt. Was erwartet mich? Leider kann ich die Schönheit der Botschaft nicht auskosten, denn diese Ungewissheit beunruhigt mich doch immer mehr. Zuvorkommend werde ich in einen Raum gebracht, wo ich warten soll.

Vorsichtig nehme ich auf einem dunklen Ledersessel Platz. Man lässt sich hier viel Zeit. Ich habe auf jeden Fall genügend Möglichkeit, die schönen Bilder an der Wand genau zu betrachten. Auch ein Poster wurde aufgehängt. Es schwelgt in gold-roten Farben.

Für mich unentzifferbare Schriftzeichen – ist das Sanskrit? – wollen mir etwas sagen, aber ich verstehe es nicht. Die hübsche Inderin auf dem Bild bleibt stumm. Das Tadj Mahal ebenfalls. Ein Foto von Mata Hari ist nicht zu entdecken. Schade eigentlich.

Unerwartet öffnet sich die Türe. Ein edel gekleideter Mann kommt herein. Er stellt sich als Botschafter vor. Die beiden Herren, die mich hierhergebracht haben, begleiten ihn. Verwirrt nehme ich die Höflichkeiten an. Galant setzt sich mein Gastgeber hinter den schweren Holztisch und lächelt. Ich deute dies als ein gutes Zeichen und bin etwas erleichtert. Nach wenigen Minuten löst sich auch das Rätsel um die etwas eigentümliche Begegnung:

Der indische Botschafter hatte mich am UNESCO-Tag auf dem Loreleyfelsen gesehen. Gerade vorhin, als er eine Eröffnungsrede verfasste und zum Fenster hinausblickte, entdeckte er mich. Um etwas mehr über meine Reise auf dem Rhein und die Loreley zu erfahren, schickte er seine Sekretäre, die mich auf eine Tasse Tee einladen sollten.

Tatsächlich, es ist fünf Uhr, es gibt Ceylon-Assam-Tee und kleine leckere Gebäckstückchen. Die neugierigen Fragen machen mir Spaß. Ich erzähle, was ich bisher erlebt habe. Immer größere Ungläubigkeit macht sich breit.

Manchmal huscht ein Lächeln über das Gesicht meiner Gastgeber. Bei einigen Situationen gibt es sogar Gelächter. Es ist ein heiteres lustiges Treffen. Nach der zweiten Runde Tee erfahre ich viel über Indien. Eine Einladung nach Bombay folgt. Bollywood – ich komme doch noch!

BONN, DIE ZWEITE

Ein ereignisreicher Tag! Nach der Pressekonferenz im Frauenmuseum habe ich Zeit, mir die Ausstellung anzuschauen. Sie ist mehr als interessant, und geduldig werden meine Fragen beantwortet. Hier finde ich Hintergrundinformationen, die mich animieren, noch weiter kreuz und quer den Rhein zu bereisen. Es gibt auch ein Archiv von Künstlerinnen, damit diese nicht vergessen werden, wie so viele vor ihnen. Auch in anderen gesellschaftlichen Bereichen wird hier viel Engagement gezeigt. Anschließend findet noch ein lustiges Rheinfest mit vielen fröhlichen männlichen wie weiblichen Gästen statt. Es lebe die R(h)einromantik!

Natürlich durchquere ich mit meinen Kämmen auch noch die ehemalige Bundeshauptstadt. Das nette kleine rosefarbene Rathaus lacht mich inmitten des geschäftigen Treibens an. Gut gelaunt nähere ich mich dem Gebäude über die kleine Treppe mit dem romantisch verzierten Geländer.

Erstaunte Passanten, Fotos, Gespräche. Es gefällt mir hier.

Die Sonne scheint, und es ist schönstes Wetter. Jetzt habe ich Lust auf ein schönes Freibad. Leider liegt es etwas außerhalb und ich muss doch sehr lange laufen und fragen, bis ich es endlich finde. Kann man als Nixe ohne Badeanzug in einem öffentlichen Bad schwimmen? Man kann. Natürlich habe ich außer den Kämmen und dem Kleingeld weder Handtuch noch die passende Schwimmbekleidung dabei. Doch die Hitze ist nicht zu verachten und ich sehne mich nach einem Sprung ins Wasser.

Mit so wenig Ausstattung bin ich noch nie zum Baden gegangen. Ich fühle mich leicht, unsagbar frei und leicht. Weder die Dame an der Kasse noch der Bademeister wundern sich über meinen Besuch. Suche mir einen ruhigen Platz und beobachte erst einmal die Badegäste. Sie sind genügend mit Einölen, Herumspringen, Schwimmen, Duschen und Essen beschäftigt. Hier scheine ich nicht sehr aufzufallen.

Diese Angelegenheit ohne Bikini – es könnte klappen. Nach einer Weile wage ich es. Ich gehe zum Beckenrand und springe hinein – mit dem weißen Kleid natürlich. Vermutlich hat es niemand bemerkt, also schwimme ich wie alle anderen herum. Mit dem nassen Stoff ist es wirklich nicht einfach, ein seltsames Gefühl um die Beine befremdet anfangs noch. Aber es macht Spaß, herrlich viel Spaß!

Zur Feier des Tages kaufe ich mir noch eine Kette mit Brauseperlen und eine Uhr in derselben Ausführung. Nachdem ich mir beides umgelegt habe (allsize mit Gummischnur), mache ich mich über meinen süßen Schmuck her. Mit meinen Lippen hole ich mir jede einzelne Perle in den Mund und führe sie ihrer Bestimmung zu, bis nur noch eine leere tapfere Gummischnur übrig bleibt. Außer diesem elastischen Faden habe ich alles, was ich brauche: ein schnell trocknendes Polyesterkleid und Kämme.

Bin schnell wieder „zivilisiert" und mache mich auf den Heimweg.

Schon auf dem Weg hierher ist mir dieses wunderschöne Hotel mit dem Restaurant aufgefallen. Es liegt direkt am Rhein und sein Wintergarten ist geräumig mit großen Kastanienbäumen. Diese Bäume haben es mir angetan. Ich will unter ihnen sitzen und auf den Rhein blicken. Dabei ein Gläschen Wein genießen und die Nacht immer dunkler werden lassen! Die Äste und Blätter würden sich nicht bewegen, ganz still würde ich meinen Aufenthalt in Bonn hier beschließen, bevor es morgen weitergehen würde. Etwas unsicher bin ich mir allerdings, wie es genau aussehen würde, denn die Ausstellung hat mich angeregt, noch mehr „schicksalsträchtige" Orte zu besuchen. Und davon gibt es noch viele.

Das Hotel liegt in der Nähe des Schwimmbades. Nur wenige Minuten trennen mich von einem beschaulichen Abschluss des Tages. Zuerst laufe ich noch etwas irritiert am Rheinufer auf und ab, bis ich entdecke, dass der Eingang hinten ist. Die Rückseite ist schneller gefunden und ich gehe erleichtert auf die große Türe zu.

Dort warten zwei junge Angestellte im dunklen Anzug und begrüßen mich. Sie weisen mich an, nach rechts in das Restaurant zu gehen. Hier werde ich mit einem Glas Champagner empfangen, den ich selbstverständlich gerne annehme.

Natürlich bin ich von so viel Aufmerksamkeit sehr angetan. Ich bin zufrieden über meine Entscheidung, doch noch hierherzugehen. Nach dem Champagner möchte ich aber nun endlich zu meinem Kastanienbaum. Aber jetzt ist es etwas anders als heute Nachmittag, als ich hier vorbeiging. Anscheinend bin ich nicht die Einzige, die auf diese Idee gekommen ist.

Der Raum ist gut besucht, trotzdem ist es nicht unangenehm. Konzentriert halte ich nach einem freien Tisch am Fenster unter einem dieser schönen Bäume Aussicht und – finde ihn auch noch.

Wie überall in Bonn werde ich freundlich und zuvorkommend bedient. Überhaupt – die Leute hier sind schon sehr nett! Sie nicken mir von den anderen Tischen zu und erheben des Öfteren das Glas zum Gruß. Vielleicht haben sie mich heute am Rathaus gesehen, wie auch immer, hier ist man sehr nett zueinander.

Gerade als ich von der Dunkelheit des Rheins hinter den riesigen Fenstergläsern und dem dazugehörenden Glas Wein gefangen genommen werde, durchbricht ein lauter Tusch meine Gedanken.

Ein gut gekleideter Herr begrüßt die Anwesenden und kündigt einen bekannten Komiker an. Leider habe ich nicht alles verstanden, aber der Unterhaltungskünstler kommt aus Amerika oder England. Wie auch immer. Bin zwar nicht auf diesen rapiden Wechsel meiner Stimmung eingestellt, finde es aber außerordentlich, was hier so alles geboten wird. Wende mich mit meinem Glas Wein dem Herrn auf der Bühne mit der rot karierten Jacke zu und verschütte fast alles vor Lachen. Dieses Lachen vergeht mir aber schnell wieder, als ich erfahre, dass es sich hier um eine geschlossene Gesellschaft handelt. Geschlossene Gesellschaft? Wo bin ich denn jetzt wieder gelandet?

Bonn! Oh, Bonn, du bist wirklich spontan und verfügst über eine grenzenlose und eigentümliche Gastfreundschaft. Bei dir komme ich zu den seltsamsten und unverhofftesten Einladungen. Mit einer bestimmten Gewissheit kann ich behaupten, dass man in dieser Stadt wirklich nicht ahnen kann, wer und was einen erwartet.

Man sollte sich nicht zu sicher sein. Irgendwo, vielleicht hinter dem nächsten Museum oder Supermarkt wartet der nächste Joker mit einer Tasse Tee oder einem Glas Champagner. Wirklich – ich bin beeindruckt, aber vielleicht sollte ich diese fast südländischen Anwandlungen nicht zu sehr überstrapazieren.

Gerade als ich gehen will, renne ich beinahe meinen Nachbarn vom Nebentisch um. Erst als ich mich entschuldigen möchte, erkenne ich, dass es sich um einen bekannten Moderator aus dem Fernsehen handelt. Jetzt ist er ebenso formvollendet und nett wie vor der Kamera. Er ist keineswegs verärgert, sondern lädt mich zu einem weiteren Glas Wein an seinen Tisch mit seiner Frau ein.

Beide sind sehr sympathisch. Ich erzähle von meiner Reise, sie geben mir noch einige Tipps für weitere Ziele. Werde in Zukunft seine Sendungen immer aus einem anderen Blickwinkel sehen.

„Jetzt beschwere dich nicht! Schließlich warst du es, der mir die Shampoowerbung verboten hat. Bei deinem Haarproblem war ich deswegen auch nicht informiert und musste erst herumexperimentieren, bis wir deine weiße Farbe wiederhatten."

„Erinnere mich nur nicht daran! So viele verschiedene Haarfarben hatte ich noch nie."

„Wer hätte auch daran denken können, dass aus rot gefärbten Haaren mit Hilfe einer Blondierungscreme, die Platinweiß verspricht, Orange wird."

„Vergiss nicht, dass du danach diese Großmutterkalkweißtönung daraufgegeben hast!"

Bei diesem Gedanken musste der Fluss sich stark schütteln.

„Stimmt, aber du musst zugeben, dass das Apricot hervorragend zu der Tapete des Hotelzimmers passte."

„Tapete, Tapete! Einen besseren Vergleich hast du nicht? Ich konnte mehrere Tage nicht mehr vor die Türe gehen. Es war eine Katastrophe!"

„Katastrophe hin oder her. Immerhin siehst du jetzt, dass Beziehungen zu der Kosmetikindustrie nicht immer schlecht und verwerflich sind. Hättest du mich ..." Die Nixe konnte nicht zu Ende sprechen, weil ihr Vater sie aufbrausend unterbrach.

„Das tut nichts zur Sache und von deinen unmöglichen Flausen möchte ich nichts mehr hören!"

„Und was ist mit den armen Jungs, die wegen der Absage den Werbefilm nicht machen konnten?"

„Seit wann hast du denn Mitleid mit Männern? Mach dich nicht lächerlich!"

„Es ist überhaupt nicht lächerlich! Außerdem hast du anscheinend vergessen, dass du ohne den süßen kleinen ,Kojak' nie zu deiner Punkhaarfarbe gekommen wärst."

„Gut, dein glatzköpfiger Eintänzer hat vielleicht im selben Laden seine Pflegecreme für die Kopfhaut gekauft, aber das war auch alles!"

„Immerhin hast du dann endlich wieder weißes Haar gehabt, wenn auch nur einige Tage", kicherte seine Tochter.

„Wer hätte denn auch gedacht, dass diese Farbpampe auf das Salzwasser in diesem Aquazoo reagiert?"

„Na, Grün hattest du noch nie. Aber das war auch nicht schlecht."

„Was glaubst du, wie die Leute in diesem Punkladen geschaut haben? Statt mir einfach noch mal dieses ,Darkwhite' zu geben, haben sie mich andauernd nach der Firma der Haartönung gefragt."

„Du hättest ihnen nur sagen brauchen, dass sie bei Vollmond ins Haifischbecken springen sollten, natürlich mit spezieller Vorbehandlung. Warum hast du das eigentlich getan?", wollte Loreley wissen.

„Das geht dich nichts an."

„Ich mache ja schon. Immerhin ermöglicht dir diese Packung, dass dein Haar nicht mehr so spröde aussieht."

„Bei dem, was sie mit diesen Färbereien mitgemacht haben, war es auch kein Wunder, dass sie so mitgenommen waren."

„Ich hätte auch gerne bei der Kosmetikfirma ..."

„Ich sagte, ich will davon nichts mehr hören!" Der Rhein wurde ärgerlich.

„Ist schon gut, ich meinte nur, es wäre ... Papi-Rheinilein, wenn ich dir jetzt die Haare wieder so schön gemacht habe, dann könntest du dir das mit dem Gewissen doch wieder überlegen."

„Das Gewissen bleibt."

„Aber ..."

„Das Gewissen bleibt."

„Ich finde es aber unpraktisch und langweilig. Ich dachte, diese dumme Reise wäre jetzt bald zu Ende, immerhin war sie jetzt schon in Düsseldorf!"

„Das sagt gar nichts. Es kommt immer anders, als man denkt, und ein Gewissen hilft dabei."

„Aber es macht doch keinen Sinn."

„Was macht schon Sinn?"

„Und warum dieser ganze Zirkus und die Aktion mit dem Internet? Das ist doch außerdem viel zu anstrengend", gab die Nixe zu bedenken.

„Rede mit mir nicht wie mit einem alten Großvater. Es hat schon seine Richtigkeit. Ich habe es so beschlossen und so wird es auch zu Ende gebracht. Schließlich hast du die Göttergabe entehrt."

„Aber ich verstehe nicht so richtig, was das Gewissen sein soll und wofür? Schließlich ist jeder für sich selbst verantwortlich."

„Du siehst zu viele Talksendungen."

„Du bist zu oft im Internet. Denke an die hohe Telefonrechnung. Die war im letzten Monat astronomisch."

„Alles nur Recherche. Außerdem kannst du deinem Gewissen dankbar sein, der Bann ist so gut wie gelöst."

„So gut wie, dass ich nicht lache. Erst, wenn sie die Reise zu Ende geschafft hat, und jetzt wird das Ganze wieder verlängert, mit diesem Professor."

„Etwas dankbarer könntest du schon sein. Außerdem ist das kein Professor, sondern ein Doktor."

„Hmmmm, einen Doktor hatte ich schon lange nicht mehr." Loreley bewegte ihre Zungenspitze über ihre Lippen.

„Du kannst es wirklich nicht lassen. Dein Gewissen ..."

„Was soll das für ein Gewissen sein? Es ist kompliziert und ruiniert meinen Ruf! Es wäre einmal wieder an der Zeit, dass ein Mann das Zeitliche segnet."

„Loreley, du bist unersättlich!" Der Fluss wusste in diesem Augenblick wirklich nicht, was er von seiner Tochter halten sollte. Sie war auch zu niedlich.

„Immerhin habe ich deine Haare gerettet! Stelle dir nur vor, sie wären rot geblieben. Du könntest dich hier schon erkenntlich zeigen und mir wenigstens etwas Spaß gönnen."

„Was heißt für dich ‚etwas Spaß'?"

„Na für diese wirklich arbeitsaufwändige Haarwiederherstellung könntest du mir doch diesen Geschichtsdoktor aus Mainz schenken."

„Warum gerade den?"

„Er liegt auf dem Weg. Komm, Papi-Rheinilein, nur den einen kleinen."

„Und was ist mit seiner Veröffentlichung über die Urgeschichte am Rhein? Die hast du wohl vergessen? Wir brauchen sie noch. Nur dann werden wieder öffentliche Gelder für meine Wellness fließen."

„Wir werden ihn dazu bringen, die Arbeit schneller zu beenden, als er beabsichtigte."

Der Rhein machte keinen sehr überzeugten Eindruck. Irgendwie schien dieser übergewichtige Mainzer aus Süddeutschland noch von Nutzen zu sein, aber andererseits war er heilfroh, wieder seine weißen Haare zu haben.

„Du mit deinen Männern. Sie machen doch nur lauter Ärger."

„Ein Gewissen macht auch Ärger und stört dazu noch. Außerdem fühle ich mich mit diesem Anhängsel nicht mehr richtig attraktiv. Du musst aufpassen, sonst bekomme ich noch eine Depression. Da kommt dieser Studiosus genau richtig, dass ich mich wieder schön und begehrenswert finden kann. Das ist wichtig für mein Selbstwertgefühl."

„Nun übertreibe nicht so. An Selbstwertgefühl mangelt es dir sicherlich nicht."

„Da unterschätzt du die Situation. Ein zu dominanter Vater kann dem Ich-Gefühl unterbewusst enorme Kahlschläge verpassen. Da braucht es positive Verstärkung und Erfolgserlebnisse, damit aus dieser depressiven Verstimmung keine chronische Depression wird."

„Und du bist sicher, dass eines deiner letzten Opfer kein verkorkster Psychologe war, der seine Minderwertigkeitskomplexe durch ein Studium der freudschen Theorien kompensierte?"

Die Nixe schwieg. Sie fragte sich, woher ihr Vater immer alles wusste. Vielleicht sollte sie sich statt an den Geschichtsdoktor lieber an einen Internetfachmann halten. Da hätte man die Informationen immer aus erster Hand.

Aber mit diesen weltfremden, manchmal etwas verwirrten Archäologen hatte man immer seinen Spaß. Entweder konnte man Erinnerungen auffrischen und Anregungen austauschen. Oder man konnte sie necken und auf falsche Fährten schicken, wie bei dem Schatz der Nibelungen. Das Internet und seine neuen Medien konnte noch warten. Erst einmal Mainz.

„Ich will den Mainzer."

„Möchtest du nicht lieber ...?"

„Nein, ich möchte den Mainzer. Er dürfte dir deine Haare wert sein."

„Ich weiß nicht. Ich finde, wir könnten ihn noch gebrauchen."

„Papi-Rheinilein, vergiss nicht das Polaroidfoto, das ich den Ladenbesitzern abgenommen habe."

Diese unangenehme Erinnerung überzeugte den Fluss. Es wäre nicht auszudenken gewesen, wenn das Bild mit den grünen Haaren in die Regenbogenpresse oder in die Boulevardmagazine gelangt wäre. Der Rhein konnte seiner Tochter dankbar sein, dass sie den Ladenbesitzer abgelenkt und ihm das Corpus Delikti entwendet hatte.

„Gut, du kannst ihn haben, wenn er auf der Reise deinem Gewissen begegnet."

„Das ist eine gute Idee. Was glaubst du, wie verwirrt er erst durch diese Treffen werden wird. Dem Wahnsinn nahe in den Tod. Herrlich! Ich wusste gar nicht, dass

du hier so behilflich und großzügig sein kannst. Danke! Du weißt gar nicht, welche Freude du mir bereitest."

Loreley wollte ihren Vater umarmen, doch dieser wehrte ab und wies sie an: „Jetzt hüpfe hier nicht so verrückt herum, sonst könnte man ja glauben, jemand anders verliert seinen Verstand. Passe lieber auf, dass dir dein Essen nicht herunterfällt."

„Mit diesem Sushi ist es bei diesem aufregenden Gespräch auch nicht so einfach. Wie findest du das Essen überhaupt?"

„Sushi hin oder her – das meiste ist ein alter Hut!"

„Wie kommst du denn darauf?"

„Schau dir die grünen Röllchen an. Koste sie einmal!" Der Fluss hielt seiner Tochter die Essstäbchen vor den Mund. Die Nixe probierte vorsichtig.

„Algenröllchen – nichts anderes als herkömmliche Algenröllchen! Du warst früher die Erste, die sich über dieses altmodische Essen beschwerte. Jetzt heißt es Sushi und du bist begeistert. Algen – die gibt es tonnenweise bei uns. Aber eines muss ich denen lassen – die Präsentation ist nicht von schlechten Eltern." Der Rhein blickte zum Buffet.

„Na ja, das hätte ich mir wiederum etwas anders vorgestellt. Ist sie wirklich echt?"

„Darauf kannst du dich verlassen. Sie ist Natur pur."

„Etwas zu pur."

„Seit wann bist du denn so konservativ?"

„Ich finde es nur nicht gerade appetitlich."

Der Fluss blickte wieder auf das Buffet und schmunzelte.

„Also, von dieser Unterlage hole ich mir gerne Algenröllchen. Ist doch lecker." Er nahm einen Teller, um wieder einige Sushistückchen zu holen.

„Gib es doch zu, du holst dir das Essen nur, damit du noch mehr sehen kannst."

„Alles, was recht ist, aber von diesen kleinen Happen wird man alles andere als satt. Das müsstest du doch zugeben."

Eigentlich wollte die Nixe ihm widersprechen, aber sie hatte wirklich noch Hunger. „---."

„Außerdem musst du zugeben, dass diese bemerkenswerte Dame schon seit einer Stunde regungslos mit ihren asiatischen Röllchen auf dem Bauch diesen harten Tisch ziert. Das ist nicht gerade einfach."

„Beneidenswerter Job hin oder her! Mein Geschmack ist das nicht!"

„Nun beruhige dich, Töchterchen. Wenn du dir noch etwas holst, dann bringe mir noch einige Austern mit. Vergiss aber nicht, recht viel von dem Eis auf den Teller zu tun. Sonst friert sie unnötig."

DER TRAURIGE TURM UND WINKEL

Lag es an den letzten dramatischen Orten? Zu dem traurigen Turm habe ich es zwar geschafft, aber ich will ihn dann doch nicht betreten. Ein englischer Teenager der Romantik hatte hierher einen Ausflug gewagt und wollte einige Skizzen machen und schreiben. Als sie sich auf den Rückweg machen wollte, brachen die Treppen ein. Wie durch ein Wunder überlebte das Mädchen das Unglück, um in dem Turm zu verhungern. Ihre verzweifelten Eltern hatten sie überall gesucht, aber nicht gefunden. Ihr Schicksal blieb ein Geheimnis. Erst im nächsten Jahrhundert tauchten ihre Aufzeichnungen bei Renovierungen des alten Gebäudes auf. Sie waren im Mauerwerk versteckt.

Fahre dann lieber noch einmal Richtung Bonn. In Winkel will ich eigentlich nur das Brentanohaus besichtigen und stoße auf das Schicksal von Karoline von Günderrode. Es ist eine Landzunge mit Blick auf den Rhein, wie ich sie schon öfter gesehen habe. Weder die leise rauschenden Bäume noch der friedlich fließende Fluss weisen darauf hin, dass diese talentierte Dichterin sich hier aus hoffnungsloser Liebe zu einem verheirateten Universitätsprofessor, einem Altertumswissenschaftler, das Leben nahm.

Dieser Friedrich Creuzer war ohne Rückgrat. Während Karoline alles aufgegeben hatte, bekam er es dann doch mit der Angst zu tun. Er wollte auf seine gesellschaftliche Stellung und seine finanzielle Absicherung nicht verzichten. An einem schönen Sommertag im Juli erfuhr sie durch einen Brief das Ende ihrer Beziehung.

An dem Rest war nur Goethe schuld. War es nicht Goethe, der einen Freitod durch Dolchstiche als den edelsten bezeichnete? Warum musste Karoline von Günderrode das auch gleich so ernst nehmen und einen Dolch für alle Fälle schon einmal bei sich tragen (übrigens seit Jahren!)? Verrückt, diese Romantiker. Sie hat nicht lange gewartet. Kurz nach dem Brief schrieb sie noch ein Gedicht an die Mutter Erde, ging zu diesem netten Platz und stieß sich dreimal ins Herz. Ihr letztes Gedicht ist ihr Grabspruch:

Erde, du meine Mutter, und du,
Mein Ernährer, der Lufthauch,
Heiliges Feuer, mir Freund, und du,
O Bruder, der Bergstrom,
Und mein Vater, der Äther,
Ich sage Euch allen mit Ehrfurcht
Freundlichen Dank;
Mit Euch hab ich hienieden gelebt;
Und ich gehe zur anderen Welt,
Euch gerne verlassend.
Lebt wohl, Bruder und Freund,
Vater und Mutter, lebt wohl.

Gebracht hat es nichts. Tage später wären ihr mehrere nette Herren begegnet, unter denen sich zwei befunden hätten, die gleichgesinnt, emanzipiert, gut aussehend und reich gewesen wären. Sie hätten sie nach England mitgenommen und ein Verlag hätte ihre Gedichte veröffentlicht. Sie hätte weder am Hungertuch nagen, noch ihr Leben als Stiftsdame beenden müssen. Auch ein dicker, um dreißig Jahre älterer Ehemann, der ihr alles verboten hätte, wäre ihr erspart geblieben. Hätte sie doch nur einige Tage gewartet. Goethe ist an allem schuld.

Als Dichterin ist sie so gut wie vergessen. Ich habe jedenfalls zuvor nichts von ihr gehört oder gelesen.

Friedrich Creuzer hingegen hatte noch ein ruhiges, gut situiertes Leben. Was den literarischen Werken von Karoline passiert ist, weiß man nicht. Sie hatte ihm vieles überlassen und einiges ist bis heute verschwunden. Auf jeden Fall hat er viel Anerkennung und Lob für seine Altertumsforschungen bekommen.

Liegt es an der Dramatik oder an dem Wetter? (Es wird kälter.) Werde jetzt Tassilo besuchen und eine Weile bei ihm „untertauchen".

REMAGEN

Keine Worte. So lange keine Worte. Bin dem Rat des freundlichen Herrn am Loreleyfelsen gefolgt und hierher zum Friedensmuseum gekommen. Habe mein Rot gesammelt und lasse es rinnen. Breite meine Arme aus und finde keine Worte.

„What is this?"

„Don't care about it."

„But what is this, Mum?"

„Come on, let's go."

„But ..."

„Be quiet!"

„Dad, who is she? What is she doing?"

„I don't know. But she is so beautiful."

Mein weißes Kleid ist rot geworden. Ich gehe um das Museum herum auf eine kleine Toilette. Es ist ein alter Schuppen ohne Licht. Knarrend schließt sich die Türe. Durch einige Schlitze kommt müdes Tageslicht.

Reinwaschen. Ich möchte mich reinwaschen. Deswegen möchte ich ein Zitronensafttütchen vom Ausflugsdampfer aufreißen. Dieses kleine Stückchen Plastik mag nicht und leistet gekonnt Widerstand. Nach vielen vergeblichen Versuchen beiße ich entnervt zu.

Am Ende des Manövers habe ich mehr von dem sauren Saft in Mund und Gesicht als irgendwo sonst. Trotzdem versuche ich, die Flecken mit dem kalten Wasser zu entfernen. Es dauert lange und ich muss lange daran arbeiten. Trotzdem, einige Schatten bleiben.

WIEDER MAINZ

Es hat doch eine Weile gedauert, bis ich wieder „hier" bin. Empfindlich kalt ist es geworden. Die weiße Jacke, die ich noch in Bonn gekauft habe, ist goldrichtig. Wenn es so weitergeht, muss ich mich noch „unterfüttern".

Seltsam – ich war schon hier, lerne diese Stadt aber jetzt anders kennen. Es scheint mir, als wäre ich vorher nicht da gewesen. Der Hafen und seine Container sind eine andere Welt. Gehe jetzt weiter.

Um das Wiedersehen mit Tassilo zu feiern, habe ich wieder meine Kräuter mitgebracht. Werde ihm meine „wilde Loreleysuppe" kredenzen. Als alter Feinschmecker wird er sich bestimmt darüber freuen. Den Schlüssel zu seiner Wohnung hat er für alle Fälle in einem benachbarten Gemüseladen hinterlegt. Da er an der Universität unregelmäßig doziert, kann es ein, dass er jetzt nicht zu Hause ist.

War ich wirklich schon einmal hier? Eine seltsame Stimmung liegt in der Luft und die Stadt wirkt fremd. Je mehr ich mich dem Zentrum nähere, desto mehr Leute befinden sich auf der Straße. Irgendwo höre ich Musik.

Anscheinend hat sich auch die Mode geändert. Ich kann mich auf jeden Fall nicht daran erinnern, so viele bunte Mützen und Schals vorher gesehen zu haben. Selbst stricken und häkeln ist anscheinend wieder „in". Die Leute drängen sich immer dichter zusammen. Ich höre nur ein „aufpassen, sie kommen!", als ich langsam in richtige Bedrängnis gerate. Alle schauen in die Mitte und drängen, also schaue ich auch einmal in die Mitte.

Die Mainzer Stadtbevölkerung hat sich zu einem Riesenmeer an Menschen formiert, an dessen undefinierbarem Horizont sich langsam, aber erkennbar riesengroße Papierköpfe nähern.

„Die Schwellköpp kommen! Die Schwellköpp kommen!" Jetzt weiß ich zwar, was der Grund für diesen Massenauflauf ist, es wird aber trotzdem sehr eng. Freundliche, mir sehr nahe stehende Damen sind bester Laune und lachen mir zu. Trotzdem würde ich jetzt lieber in einer warmen ruhigen Wohnung sein. Die Fahrt hierher war doch sehr anstrengend.

Ich versuche, inmitten jubelnder und singender Leute den Stadtplan hervorzuzerren und mir meinen Weg durchzubahnen. Vorbei an Karnevalskappen, untersetzten Herren mit blauen Uniformen und Orden, die auf der Bühne stehen. Die überproportional großen, seltsam lächelnden Pappköpfe folgen mir. Die Menschen werden dadurch nicht weniger und ich komme fast nicht voran. Es wird gedrückt, geklatscht und ich weiß nicht, wie ich die Straßenschilder erkennen soll.

Ich beschließe, in eine ruhigere Seitenstraße abzubiegen. Dann geradeaus. Immer geradeaus! Die Menschen werden weniger und die Straßenschilder erkennbarer.

Der Gemüseladen kann nicht mehr weit weg sein. Der Stadtplan hat es überlebt. Nach einer Viertelstunde bin ich da.

Es ist ein netter kleiner Tante-Emma-Laden, der eine gemütliche Ausstrahlung hat. Eine ältere ruhige Dame mit rundem Gesicht (sie scheint ihr bester Kunde zu sein) und einer blau gemusterten Kittelschürze gibt mir lächelnd den Schlüssel.

„Heute angekommen?" Sie blickt auf meinen Rucksack und den zerfledderten Stadtplan.

„Ja, ganz schön viel los."

„Da haben Sie sich auch ein gutes Datum für Ihre Ankunft ausgesucht.

„Warum?"

„Heute ist doch der 11.11.!"

Mir fällt auf, dass ich die letzten Wochen ohne Kalender gelebt habe. Einfach in den Tag hinein. Ich bin immer so lange an einem Ort geblieben, wie ich wollte. Die Ankünfte und Abfahrten der Schiffe bestimmten meinen Rhythmus. War eines der

Rheinschiffe in Sicht, bin ich eingestiegen. Dann fahren, auf dem Fluss sein und sich tragen lassen. Gut, ich habe schon gemerkt, dass es kälter wurde. Die Jacke habe ich schließlich nicht umsonst gekauft. Aber dass es jetzt schon November ist? Geschweige, dass ich weiß, welchen Wochentag wir heute haben. Doch das will ich dieser freundlichen Dame nicht so direkt sagen. Vielleicht hätte sie es missverstanden.

„Ach ja, das hatte ich ganz vergessen", murmele ich. Unruhig wandert mein Blick im Laden umher. Das Inventar ist in einem wohligen Durcheinander. Ich fühle mich in meine Kindheit zurückversetzt. Fast wie in der Süßwarenwerbung. Ein alter Laden, eine nette ältere Verkäuferin in der Kittelschürze. Fehlen nur noch die Gläser mit den Bonbons und Lakritzeschnecken.

„Wir haben heute frische Zitronen bekommen."

„Zitronen, ja Zitronen wären gut." Mir fällt das heute geplante Essen mit Tassilo ein. Als die Gemüseverkäuferin sich bückt, um die Südfrüchte zu holen, entdecke ich sie: die verräterischen Gläser mit den Süßigkeiten. Es gibt sogar Himbeerbonbons. Diese leckeren, roten runden Himbeerbonbons von früher. Es muss Ewigkeiten her sein, dass ich sie gegessen habe. Außerdem entdecke ich Baguettes, Knoblauch und Petersilie. Tassilo und seine Knoblauchbaguettes und sein Universallieblingsgewürz von früher: Petersilie.

Vollbepackt mit allerlei Leckereien suche ich den Weg zu Tassilos Wohnung. Die Zitronen duften nach Sonne und natürlich nach Zitrone. Die gute Dame hatte recht, sie sind wirklich frisch und herrlich. Freue mich schon auf das Wiedersehen mit meinem alten „Professor".

Stell dir vor, du besuchst einen Freund und er ist nicht da. Und er ist nicht nur nicht da, sondern wirklich nicht da. Ein seltsames Gefühl, eine Wohnung zu betreten, die einem fremd ist, dabei kenne ich deren Besitzer doch schon seit Jahren. Schäme mich fast ein bisschen, tröste mich aber, dass es für ihn in Ordnung ist, und es so abgemacht war.

Das Haus ist unscheinbar und fällt nicht sonderlich auf. Ebenso das Treppenhaus. Acht Parteien wohnen hier, aber man hört niemanden. Das Treppenhaus ist stumm und sauber. Kein verräterisches Geräusch. Nichts.

Die letzten Monate kannte ich nur Schiffskabinen, Zeltplätze, Weinberge und manchmal auch Hotels, aber jetzt war ich in einem richtigem Haus. Ein richtiges Wohnhaus. Es ist fremd und ich schäme mich immer noch, einfach die Türe zu öffnen. Doch mein Klingeln hatte keinen Erfolg – er ist immer noch nicht da.

Die Wohnung ist klein und übersichtlich – sein Brief fällt sofort auf. Meine Melange aus Vorfreude und Peinlichkeit weicht einer Enttäuschung.

Hallo Nixe,
habe mich schon so auf unser Wiedersehen gefreut. Leider sind unsere schönen Pläne „über den Haufen geworfen worden". Stell dir vor: Absolut überraschend erhielt ich heute eine Mail von der Universität Tübingen. Ein Grabungsleiter ist an plötzlichem Herzversagen völlig unerwartet verstorben. Vielleicht weißt du, das Professor F. eine Koryphäe auf seinem Gebiet ist, besser gesagt war.
Kurz und schlecht: Ich soll die Grabung übernehmen. Angesichts des herben Verlustes

für die Wissenschaft werde ich alles tun, um dieser Aufgabe gerecht zu werden und sein Werk fortzuführen.

Es tut mir wirklich leid, dass wir uns nach all den Jahren nicht sehen können. Denn diese Abberufung dauert mehrere Monate und führt in die Türkei. Schade, ich hatte mich schon auf deine ominöse wilde Suppe und unser gutes „altes" Knoblauchbaguette und noch viel mehr auf unser Wiedersehen gefreut. Nach deinen letzten Mails war ich schon ganz neugierig auf deine Erlebnisse und Geschichten.

Wenn du möchtest, kannst du die nächsten Monate hier wohnen. Habe noch einige „Gesellschafter" für dich: meine Fische!

Auch ein eingefleischter Junggeselle braucht etwas Zuspruch. Deswegen habe ich mir vorigen Monat die Aquarien angeschafft. Keine Angst! Sie brauchen nur einmal am Tag eine Prise Fischfutter. Alle sechs bis acht Wochen kommt ein Herr Mayer und reinigt das Ganze. Du wirst also keine Arbeit damit haben.

Hier im Haus ist es schön ruhig. Die meisten Parteien sind unschuldige Studenten, die ich mit auf die Grabung nehmen werde. Lass es dir gut gehen, fühle dich wie zu Hause.

Bis bald
Tassilo

DANACH

Einige Tage Bedenkzeit. Eigentlich möchte ich am liebsten wieder abreisen. Fühle mich eingesperrt und will wieder an meinen „Rhein" zurück.

Im Grunde ist er ja nicht weit entfernt, aber mir scheint es, als wäre er unerreichbar. Am liebsten möchte ich sofort auf das nächste Schiff springen und meine Reise fortsetzen. Abends, wenn ich auf dem Sofa liege, spüre ich noch seine Wogen und höre sein tiefes, leises Rauschen. Kaum schließe ich die Augen, dann fühle ich mich im Fluss. Das Wasser hat mich umschlossen und ich treibe im Wasser. Der Rhein nimmt mich in seine Arme und schaukelt mich hin und her.

Sehnsucht hin oder her – ich muss zu einem Entschluss kommen. Weiterfahren oder Pause einlegen? Draußen ist es kälter geworden und es regnet. Irgendwie bin ich auch müde. Werde doch erst einmal bleiben und die nächsten Tage ausschlafen.

DAS AQUARIUM

Bin erst heute so richtig dazu gekommen, die Fische zu beobachten. Es ist äußerst beruhigend, wie schwerelos sie im Wasser schweben. Ihre Ruhe und Stille breitet sich bis ins Zimmer aus. Marmorierte und goldene Skalare bewegen sich majestätisch in ihrem Bereich. Sie halten ihre großen Rückenflossen wie königliche Segel.

Manchmal stupsen sie sich mit den Mäulern an. Fast scheint es, als würden sie sich küssen.

Alles erinnert mich an den „Aquazoo" in Düsseldorf. Nur im Kleinformat. Ein riesiger Schwarm metallisch glänzender kleiner Neonfische tanzt zwischen seinen Mitbewohnern. Dabei kommt es zu den schönsten Choreografien. Ein Ballett im Aquarium, ohne sichtbaren Vortänzer, ohne Choreografen. Woher sie wissen, wie sich bewegen sollen? Unbeeindruckt ziehen drei gelbe große Wasserschnecken ihrer Wege. Neugierig strecken sie ihre Fühler aus. Es ist wohltuend, ihnen zuzusehen. Diese Langsamkeit der Bewegung fasziniert mich. Diese netten kleinen Schnecken schenken mir Zeit.

Wasserpflanzen, die mich an Algen erinnern, bewegen sich im Luftstrom des Filters. Die Kleinste des Schneckentrios ist auf ein Blatt gekrochen und lässt sich die Luftbläschen ins Gesicht wehen. Manchmal lässt sie sich taumelnd fallen, um gleich anschließend ihr lustiges Spiel zu wiederholen.

Im Nachbarbecken gibt es nur Steine und keine Pflanze. Tassilo hat hier blaue, gelbe und gestreifte Barsche eingesetzt. Letztere erinnern an Zebras unter Wasser. Diese netten beiden Zebras stupsen sich wie die Skalare auch an ihre Mäuler. Einige der gelben Barsche sind schüchtern und trauen sich noch nicht so recht heraus. Wahrscheinlich liegt es daran, dass die Becken noch neu sind und Tassilo die Fische erst vor kurzem eingesetzt hat. Aber in einiger Zeit wird das bestimmt anders aussehen. Dann werden sie sicher mehr Vertrauen haben und öfter rauskommen. Ein großer dunkler Wels schlummert auf einem großen Felsvorsprung und lässt sich durch nichts stören.

DIE WOHNUNG

Werde doch bleiben. Auf jeden Fall so lange, bis es wieder etwas wärmer ist. Die Fische machen mir das „Festsitzen" leichter.

Gehe jeden Morgen zum Rhein. Nebel, Kälte – zurzeit zeigt er mir seine andere Seite. Diese ist nicht minder interessant. Eine neue, unbekannte raue Seite mit Ecken und Kanten. Herb und doch strotzend vor Persönlichkeit. Ich mag ihn auch so.

Diese Treffen am Rheinufer brauche ich. Diese tägliche Berührung. Sie helfen mir, in der Wohnung bleiben zu können. Zum Glück hat Tassilo einen bestens ausgestatteten Computer. Was man von seiner Speisekammer nicht gerade sagen kann. Außer einer bestimmt verjährten Mehltüte und einer halben Nudelpackung kann ich selbst Gewürze nicht finden. Seltsam, ein Haushalt ohne Gewürze.

Während ich den Essbereich „human" einrichte, kommen mir die Gespräche auf den Schiffen in den Sinn. Ich beschließe, mein bisher Erlebtes aufzuschreiben.

WINTER

Vor dem Computer merkt man nicht, dass die Tage kürzer werden. Verlorene Blätter, kahle Bäume, schneidende Luft.

Der Rhein begrüßt mich frostig in diesen Tagen. Vielleicht, weil ich mich in der letzten Zeit rargemacht habe. In der Stadt wurde schon fleißig Weihnachtdekoration aufgehängt.

Rote Weihnachtsmänner. Eine Flut von roten, dicken Weihnachtsmännern. Anscheinend werden sie von Jahr zu Jahr mehr. Mit ihren dicken Bäuchen scheinen sie die Engel wegzuschubsen. Rote, dicke Bäuche an Balkonen, auf Dächern, auf Plastiktüten, Karten, Geschenkpapieren ... Wo sind die Engel geblieben?

ADVENT

Die Fußgängerzonen quellen über und entnervte Menschen schleppen massenhaft bis oben hin vollgestopfte Plastiktüten. Von Besinnlichkeit merke ich in diesen Tagen nicht viel.

Glücklicherweise hat Tassilo keinen Fernseher. Es reicht schon, was sich über das Radio an sinnlosen Weihnachtswerbesprüchen über einen ergießt. Wenn man glaubt, die Spitze der Sinnlosigkeit gehört zu haben, dann kommt noch eine weitere Steigerung. Ich muss mich erst an die Welt „neben dem Rhein" gewöhnen. Laut, schnell und schrill ist es dort „draußen". Die letzten Monate war ich eben mehr im, am und auf dem Wasser als auf dem Land, mehr „Rhein".

Während meiner Reise war ich nie so lange hintereinander an einem Ort, auch wenn ich mich in einer Rheinstadt befinde, es ist irgendwie anders. Bin nicht mehr ununterbrochen bei „ihm".

Veränderung? Hat er mich verändert? War doch früher mitten-„drin" in diesem Tumult. Ein großes Plakat mit Einladung zum „X-Men-Strip". Gut gebaute Männer und Frauen schmücken sich mit roten Zipfelmützen und rote Samtmäntel winken verheißungsvoll. Es weihnachtet sehr.

WEIHNACHTEN

Verblasste Plastikblumen warten am Fenster. Sie müssen schon länger dort stehen, denn die Sonne hat ihnen die Farbe genommen. Dem benachbarten Obst aus demselben Material geht es nicht besser. Es sieht nicht zum Anbeißen aus und hat schon Staub angesetzt. Über allem schaukelt eine giftgrüne Weihnachtskitschgirlande.

Etwas ungewöhnlich drapiert, erfüllt aber ihren Zweck. Kleinste bunte Lämpchen in dezentem Zitronengelb, Gummibootrot und Omaviolett strahlen zwischen den borstigen, sehr frei nachempfundenen Kunststoffnadeln. Ab und zu sieht man zwar eine kahle Stelle, aber das tut dem Ganzen keinen Abbruch. Die gesamte Komposition wird gekrönt von einem kirschfarbenen Glitzerball in der Größe eines Apfels. Er hängt fast in der Mitte des Fensters.

Auf meinem Tisch liegt eine weinrote Plastiktischdecke mit orangefarbenen Glitzermargeriten. Ein lackbraunes Weidenkörbchen mit Lametta und elektrischem Glitzerstern steht vor mir.

Am Nachbartisch sitzt eine ältere Dame vor ihrem Bier. Sie starrt in die Leere und hat schon die ganze Zeit nichts gesagt und sich nicht bewegt. Ihr Rücken ist gebeugt und rund. Es scheint, als läge ein großer Koffer darauf. Spielautomaten leuchten im Hintergrund. Zahlen und grelle Früchte bewegen sich wie von Geisterhand. Drehen sich, vermischen sich zu einem undefinierbaren Farbbrei, um dann urpötzlich ohne Vorwarnung stehen zu bleiben. Fließend bewegt sich eine Lichtertreppe auf einer Münzpyramide rauf und runter. Die Zahlen und Früchte bewegen sich erneut weiter. Das Spiel nimmt wieder seinen Lauf.

Eine etwa fünfzigjährige Frau mit einer müden Dauerwellenpracht im Mahagoniton hat neben der ruhigen alten Dame Platz genommen.

„Darf ich ihnen ein Bier spendieren?" Ihre Betonung verrät, dass sie aus Sachsen kommt. Ihre raue, kratzige Stimme scheint das Ergebnis langer trinkfreudiger Abende und einer guten Menge Zigaretten zu sein.

Die alte Dame nickt, ihr Glas ist fast leer.

„Ich bin die Roswitha. Das Bier ist gut hier." Sie winkt den Ober zu sich und bestellt.

„---."

„Eigentlich wäre ich heute bei meinen Kindern eingeladen gewesen. Aber bis nach Leipzig ist es mir heute zu weit."

„---."

„Die Straßen. Die Straßen können heute vielleicht überfrieren. Da muss man schon aufpassen."

„---."

Roswitha spricht laut. Ich kann es nicht verhindern, dass ich das Gespräch höre. Mir fällt ein, dass es hier am Rhein viel weniger schneit. Der Winter ist milder. Es gibt bis jetzt kaum Schnee. Auch heute ist von weißer Pracht nichts zu sehen.

Mein Blick wandert wieder zu dem eigenartigen Weihnachtsfenster. Eine dunkle blaugraue Nacht mit grellen Leuchtreklamen von der gegenüberliegenden Straßenseite starrt mich unbeeindruckt an. Ab und zu fährt ein Auto vorbei. Heute am Heiligabend ist weitaus weniger Verkehr. Eine geringe Zahl von Scheinwerfern streift den Imbissladen, in dem ich sitze.

„Das Wetter ist auch nicht mehr das, was es einmal war. Das kommt von den vielen Flugzeugen. Die Leute fahren viel zu viel mit dem Flugzeug." Roswitha nimmt einen kräftigen Schluck.

„---."

„Diese Flugzeuge sprühen dieses Zeug in die Luft. Dieses weiße Gas, man kann diese Streifen immer am Himmel sehen. Kein Wunder, dass es nicht mehr richtig schneit."

„---."

„Ich werde vielleicht meine Kinder noch anrufen. Mal schauen, ob es bei ihnen schneit. Aber in Leipzig gibt es ja auch immer mehr von diesen Flugzeugen."

„---."

„Waren sie schon einmal in Leipzig? Leipzig, das ist eine Stadt! Die müssen sie sich einmal anschauen!"

Die alte Dame sagt nichts.

„Das gute Leipzig! Nur zu viele Flugzeuge! Ob es da schneit?"

„---."

„Vielleicht sollte ich doch meine Kinder anrufen. Wer weiß, wie das Wetter ist."

„---."

„Wissen Sie, ich bin nämlich glücklich geschieden."

„---."

„Neunzehn Jahre. Dann eine gute Scheidung."

„---."

„Ich bin nämlich sehr glücklich geschieden."

„---."

Roswitha zündet sich eine Zigarette an. Ihre künstlichen Fingernägel sind mit einem dunkelroten Nagellack bestrichen. Ihre Lippen presst sie fest aufeinander, um kein Wort mehr herauszulassen. Ihre Oberlippe ist fliehend, der Lippenstift verschmiert. Sie nimmt noch einen Schluck von dem restlichen Bier. Die Zigarette ist nach oben gerichtet. Man kann nicht erkennen, wohin der Rauch geblasen wird.

Es ist ruhig geworden. Jetzt kann ich die Musik aus dem Radio wieder besser hören. Irgendwie schaut jeder in diesem kleinen Dönerladen irgendwohin. Die Blicke suchen ihren Weg und bleiben dann lange und starr liegen. Unbeweglich und schwer. Eine bekannte Stimme tönt aus dem Lautsprecher. Es ist ... Ja, es ist Jimmy.

Mein süßer Jimmy. Es ist ein neues Liebeslied. Sanft und kraftvoll schmeichelt seine Stimme. Er singt von langem blonden Haar. Ich weiß, für wen er singt, lächle und muss an ihn denken.

Einige Tische entfernt haben zwei jüngere, übergewichtige Damen Platz genommen. Bedächtig teilen sie sich einen Salat. Das weiße Dressing hat die Tischdecke vollgekleckert. Wie weiße dicke Schneeklumpen auf weinrotem Grund. Passt wunderbar zu den beiden Jogginghosen. Rot mit weißen Streifen. Die rechte Salatesserin trägt ein graues, viel zu kleines Sweatshirt. Das Unterhemd sieht verknittert hervor.

Die nicht gerade frisch gewaschen wirkenden Haare werden von einem abgeschabten Kamm aus dem Gesicht gehalten. Dadurch werden die halbrunden, roten Weihnachtsohrringe mit silbernen Sternchen sichtbar.

Mein Essen kommt. In dem türkischen Gemüse lacht mich eine Herzkartoffel an. Wirklich, eine Kartoffel in Herzform. Ein gutes Weihnachtsgeschenk. Ich werde es erst zum Schluss essen.

Jimmys Lied ist vorbei.

Heute hatte ich wirklich keine Lust zum Kochen.

Nur aus Zufall bin ich hierhergekommen. Der türkische Besitzer meint, es würde länger dauern. In der Zwischenzeit könne ich einen Tee trinken. Lasse mich überreden.

Lächelnd füllt er das starke schwarze Getränk aus dem Samowar. Es sieht auf jeden Fall irgendwie aus wie ein Samowar. Aber gibt es die nicht in Russland? Auf jeden Fall stehen zwei silberne Kännchen aufeinander. Ein Kleineres auf einem Größeren.

Nein, ich möchte keinen Zucker. Trinke den Tee pur aus einem mit goldenen filigranen Ornamenten verzierten kleinen, geschwungenen Glas. Der goldene schmale Rand hat kleine Blumen, keine Sterne.

Gemüse im Fladenbrot ist ungünstig wegen der Soße. Lasse mich nochmals überreden. Werde das Gericht auf dem Teller und im Lokal zu mir nehmen. Eigentlich wollte ich nur kurz mein Essen holen.

Zu den beiden übergewichtigen Damen hat sich eine weitere mit vielen Pfunden gesellt. Sie hat ihr Kind mitgebracht. Es sitzt im Rollstuhl. Die Mutter mit dem Kind setzt sich nach vielen Debatten doch noch hin und bestellt sich ebenfalls einen Salat mit viel weißem Dressing.

Die Sächsin vom Nebentisch ist verschwunden. Vielleicht will sie nur kurz ihre Kinder anrufen und fragen, wie das Wetter in Leipzig ist. Ich habe ihr Gehen nicht bemerkt. Interessant, dass eine Frau mit einer solchen lauten rauchigen Stimme und so vielen Flugzeugproblemen so leise den Raum verlassen hat.

Das Gemüse schmeckt wirklich gut. Die Herzkartoffel ebenfalls. Die Salatesserin mit den roten Plastikohrringen dreht sich um. Ich bin überrascht. Sie ist viel jünger, als ich vermutet hatte. Ihr junges pausbäckiges Gesicht verrät, dass sie kaum älter als sechzehn Jahre alt sein mag. Gelangweilt blicken ihre Augen auf den Boden. Nach einer Weile entschließt sie sich, zu dem Spielautomaten zu gehen, und wirft einige Münzen ein. Nebenbei zündet sie sich eine Zigarette an, die sie sich in die Mundwinkel steckt. Dort hängt sie während des ganzen Spiels achtlos herunter. Die Aschenkippe wird immer länger.

Die Glastüre öffnet sich. Eine Glocke kündet einen neuen Gast an. Doch es ist kein neuer Gast. Es ist die Sächsin. Sie war anscheinend in der Tankstelle nebenan und hat einen Berg roter, dickbäuchiger Weihnachtsmänner gekauft. Lächelnd verteilt sie an uns alle ihre Geschenke.

Die alte Dame hat ihr Bier ausgetrunken. Sie nimmt den kleinen, rot gekleideten Weihnachtsmann mit dem dicken Bauch in ihre dünnen, schmalen Hände. Wortlos bezahlt sie und geht.

SILVESTER

Die Leute wünschen sich ab und zu noch einen „guten Rutsch". Man hört dies in letzter Zeit häufiger als „Frohe Weihnachten". Ich bin mir noch nicht sicher, was ich an diesem letzten Jahrestag machen soll.

Entscheide mich, in Ruhe das Jahr zu beschließen. Ordne Bücher und Notizen, füttere die Fische, koche meine Suppe und schicke Glückwünsche per E-Mail. Habe mich so sehr beim Aussuchen der digitalen Karten verzettelt, dass ich die Zeit vergessen habe. Es ist dunkel geworden und spät.

Der Rhein wartet. Ruhig und in sich ruhend liegt er vor mir. Dumpf murmelt aus seinem tiefen Grund. Es scheint, als würde er sich kaum bewegen. Die Dunkelheit schluckt die Wellen und Geräusche.

Der Rhein wartet wirklich. Ein Treffen der besonderen Art. Irgendwie sind wir unzertrennlich geworden. Habe immer wieder Sehnsucht. Muss immer wieder bis zu den Ufern. Heute ist der letzte Tag des Jahres. Ein Tag wie jeder andere und doch nicht.

Der Rhein versteht. Es liegt schon ein großes Stück hinter uns. Vieles ist geschehen. Vieles hat sich in meinem Leben geändert. Auch durch ihn.

Der Rhein nickt mir zu. Das tiefe Wasser stimmt mit glucksenden, plätschernden Lauten zu. Gleichmäßig schwappen die weichen Wogen an das harte Ufer. Die Kälte hat das Landende erstarren lassen. Alles wirkt verlangsamt. Jede Welle scheint eine große Ruhepause nach sich zu ziehen.

Der tiefe, dunkle Himmel stülpt sich über uns. Er weiß, was ihm bevorsteht. Ich habe keine Uhr, aber dafür Wein. Ich weiß gar nicht, wann das neue Jahr kommt. Dann warte ich eben zusammen mit dem Fluss. Das Dunkel hat die Minuten verschluckt.

Halte mit meinem Rhein stumme Zwiesprache. Wir gehen zusammen dem Morgen entgegen. Das halbgefrorene Glas steht verheißungsvoll neben mir. Die Kälte und die Feuchtigkeit vermengen sich zu einem weißen, glitzernden Beschlag. Eine dünne Kruste aus kleinsten Eiskristallen hat das einfache schmucklose Glas überzogen. Eiswein der eigenen Art. Fülle das Glas und warte, bis das erste Licht am Horizont erscheint.

Es ist so weit. Ich proste dem Rhein zu. Wir wünschen uns ein gutes neues Jahr. Der Wein ist zwar viel zu kalt, aber ich spüre trotzdem eine wohlige Wärme. Das Feuerwerk ist weit entfernt. Man hört das Knallen gedämpfter.

Leuchtende, strahlende Farben tanzen und springen am Himmel. Sie spiegeln sich auf der Wasseroberfläche. Der Fluss spielt mit ihnen. Ich bleibe, bis die letzten Rauchschwaden verschwunden sind.

NEUJAHR

Fische sind doch nicht so friedlich. Das nette Stupsen, das anfänglich fast wie Küssen wirkte, ist in Wirklichkeit ein Kampf unter Männchen. Die Weibchen aller Arten werden außerdem ununterbrochen durch das Becken gejagt.

Bei den gelben Barschen müssen sich die weiblichen Fische den ganzen Tag hinter den Felsen verstecken. Jeder Zentimeter nach draußen wird mit Brutalität bestraft. Selbst wenn ich füttere, trauen sie sich nicht hervor. Leichte Schwanzflossenbewegungen ermöglichen ihnen ein fast regungsloses Verharren.

ILLUSTRIERTE ENZYKLOPÄDIE

Gestern habe ich mir eine illustrierte Enzyklopädie und ein Fachbuch „Aquarium für Einsteiger" gekauft. Doch dies hilft auch nicht weiter. Es scheint für die Weibchen keine Aussicht auf Besserung ihres Daseins zu geben. Dieses Jagen im Becken ist wohl artenübergreifend.

Ein Weibchen hat ein dickes Maul und ein Versteck hinter dem Heizstab gefunden. Laut Fischknigge brütet sie ihren Nachwuchs zwischen den Kiefern. Im Nachbarbecken ist auch kein Frieden eingekehrt. Die Skalare stupsen und jagen sich. Ab und zu schreitet der kleine dicke, unansehnliche Wels ein, was allerdings nicht lange wirkt.

Die Flossen einiger Fische sind zerfetzt. Vereinzelt fehlen schon Schuppen. Zwei kleine marmorierte Skalare scheinen kleiner zu werden, während zwei ihrer anderen Artgenossen immer mehr an Größe und Fleisch zunehmen.

Bin unzufrieden. Auch meine Neuerwerbungen können mir keinen Rat geben. Gibt es Baldrian für Fische?

AQUALAND

Ich versuche seit Tagen, Tassilo zu erreichen. Leider habe ich immer noch keine Antwort erhalten. Soll ich ihn wegen der Fische fragen? Nicht, dass er zu beunruhigt ist. Hoffentlich klappt alles mit seiner Ausgrabung.

Die Fische – ja die Fische. Nichts mehr mit Entspannung. Im Barschbecken brüten die gehetzten Weibchen trostlos vor sich hin. Es gibt immer mehr dicke Backen. Während sie ihre Kleinen im Mund hoch ziehen, fressen sie nichts. Immer nur hinter den Felsen oder dem Heizstab. Trostlos, einfach trostlos.

Die Revierkämpfe in beiden Becken gehen weiter. Jedes Einschreiten von mir und dem Wels ist sinnlos. Kein Holzstab, kein Fangnetz, keine Fütterungsablenkungsmanöver haben Erfolg. Es gibt immer Kampf. Kampf um Futter, Kampf um Felsen, Kampf um Befruchtung.

FEHLSCHLAG

Da sitzt man Stunden vor diesem summenden, blubbernden Glaskasten und wartet. Laut der Fachliteratur wäre es an der Zeit gewesen und der Nachwuchs hätte ausgespuckt werden müssen. Endlich ist es dann an der Zeit.

Beinahe hätte ich es verpasst, da mir die Milch in der Küche überkochte. Hellgelbe Brösel, wimmelnde Punkte. Die kleinen Fischbabys sind da! Die gelbe Dame hinter dem Heizstab war die Erste. Es ist doch nicht alles so schlimm in dieser brutalen Fischwelt.

Leider währt diese Erkenntnis nicht lange. Das Leben der kleinen Gerade-eben-erst-Geborenen auch nicht. Ungerührt machen ihre Väter und Verwandten sich über sie her. Innerhalb weniger Minuten sind alle aufgefressen.

DAS DRAMA

Die Backen aller sind leer, im Gegensatz zu den Bäuchen der anderen Fische. Jetzt verstecken sie sich eben nichtbrütend. Das farblose Weibchen des größten blauen Barsches wird auch seit Tagen von den anderen Mitbewohnern gejagt. Da ihr Männchen das größte und schillerndste Exemplar im Becken ist, nenne ich die beiden Kaiser und Kaiserin. Bis zu den Attacken schwammen sie immer majestätisch und schön durch das Becken.

Die Angriffe auf die Kaiserin interessieren ihr Männchen nicht. Er zieht ungerührt weiterhin seine Runden und präsentiert sich. Seinem Weibchen eilt er kein einziges Mal zu Hilfe.

Ich finde sie heute Morgen mit einem verletzten Auge. Die anderen Fische knabbern daran herum. Immer wieder kommt ein hungriges Tier und reißt ihr ein Stückchen ihrer Netzhaut weg. Das Opfer scheint erschöpft und kann sich nicht mehr wehren. Wie soll ich ihr nur helfen?

Durchstöbere orientierungslos Schubladen und Hängeschränke, bis ich ein Sprossenkeimgerät finde. Es hat unten Löcher und oben einen festschließenden Deckel, ebenfalls mit winzig kleinen Öffnungen. Leider bin ich nicht das, was man einen geschickten Aquarianer nennen würde.

Trotz seiner Verletzung zappelt der Fisch fürchterlich. Ich habe Angst, dass er mir aus dem Netz springt. Irgendwie habe ich es doch geschafft. Die halb blinde Kaiserin ist sicher vor Angriffen in ihrem Becken. Ihre Artgenossen stoßen umsonst an die Plastikwand. Sie taumelt, liegt halb schräg im Wasser, ich hoffe, sie überlebt.

Das arme massakrierte Weibchen ist zwar gerettet, aber im Nachbarbecken kommt meine Hilfe zu spät. Ein kleiner marmorierter Skalar liegt parallel zur Wasseroberfläche. Seine Kiemen bewegen sich nur noch langsam und die anderen Fische fressen an seinen Flossen. Ich finde zwar noch ein Keimgerät, aber es ist zu spät.

NOCH MEHR DRAMEN

Jeden Tag liegt ein weiterer Skalar regungslos im Wasser. Zurzeit muss ich jeden Tag ans Rheinufer, um Fische zu bestatten. Ich kaufe Margarinebecher im Dutzend, um sie auszukratzen und kleine Särge für die Verblichenen zu haben. Beim ersten Fisch habe ich es noch mit Gefrierbeuteln versucht, fand es aber nicht passend.

Meine Freizeitbeschäftigung besteht tatsächlich momentan darin, aus Margarinebechern ansehnliche Särge zu machen. Bei diesen dramatischen Zuständen frage ich mich, ob ich nicht ein, zwei Stück im Voraus anfertigen soll. Da stehen sie unschuldig und bunt und noch leer, meine kleinen Plastiksärge und werden von Tag zu Tag weniger. Die Dame im Lebensmittelladen wundert sich schon über meinen hohen Fettverbrauch und mein neu erwachtes Interesse für Goldfolie, Beileidskarten und Abziehbildchen. Das Leben ist manchmal unerbittlich. Was macht man mit Unmengen von Margarine?

Gerade als ich den vierten verstorbenen Skalar in seine letzte Ruhestätte lege, entdecke ich noch einige Fettreste an der Seitenwand. Durch die Samtauflage der Außenseite schimmert es dunkelrot.

Heute habe ich die Kaiserin freigelassen. Nachdem sie anfänglich Schwierigkeiten hatte, ihr Futter zu sehen und zu erwischen, scheint sie sich an ihre neuen Sichtperspektiven gewöhnt zu haben. Seitdem versteckt sie sich mit den anderen wieder brütenden Weibchen hinter den Felsen.

Einen einzigen kleinen Sprössling aus ihren Mäulern konnte ich retten und in das zweite Keimgefäß geben. Vorsichtshalber stecke ich ihn lieber in das Nachbarbecken und päpple ihn mit Kraftfutter hoch.

Gestern war Herr Karos vom Aquariumcenter da und hat die Becken sauber gemacht. Er konnte mir mit meiner hohen Sterblichkeitsrate auch nicht weiterhelfen und erzählte irgendetwas von natürlichem Verhalten.

HINTER DEM HORIZONT

Was soll ich noch zu dem Aquarium und seinen Bewohnern sagen? Heute Morgen durfte ich eine sich zu Tode brütende Dame bestatten und von den Skalaren schwimmt auch nur noch ein Exemplar herum. Es ist der Mörder.

Mein Richterspruch ist kurz und schmerzlos. Mit dem Netz fange ich meinen Gewalttäter ein und spüle ihn, ohne mit der Wimper zu zucken, die Toilette hinunter. Kein Plastiksarg am Rheinufer.

Die Weibchen sind aber auch nicht besser. Da mein geretteter Sprössling groß genug ist, lasse ich ihn in dem verwaisten Becken frei. Doch anscheinend gibt es Diktatur auch bei den Kleinen. Die letzten verbliebenen Fischchen werden von dem kleinen gelben Barsch terrorisiert. Sie dürfen ihre Ecken nicht verlassen. Nicht einmal ans Futter lässt dieser kleine Tyrann sie!

Da ich das nicht länger mit ansehen kann, beschließe ich, ihn zu seinen Verwandten in das Barschbecken zu setzen. Er hat diese Familienzusammenführung nicht überlebt. Keine halbe Stunde.

ROSENMONTAG

Es ist Karneval und ich gehe nicht hin. Dieser Verkleidungs-Prunksitz-Gesangs- und Trinkmarathon ist mir fremd. Kann mir schlecht ein rotes Papporgan auf meiner Nase vorstellen, geschweige denn ein Stimmungslied auf meinen Lippen. Tagelanges Besinnungsschunkeln – vielleicht ist es ein postmodernes Ekstaseritual in Hinblick auf mögliche Befruchtungsrituale im Frühjahr.

Wie gesagt, es ist mir fern. Doch Tassilo, selbst ein Verkleidungsmuffel, schwärmt mir seit Jahren von den Freuden des Karnevals vor. Seit er hier lebt, wandelt er jedes Jahr als orangelockiger Clown im froschgrünen Kostüm durch die Straßen. Lange konnte ich mir dies nun wirklich beim besten Willen nicht vorstellen. Mein guter, mein vernunftsorientierter, eigenbrötlerischer Bücherwurm als feuchtfröhlicher Rosenmontagsgroupie? Erst einige Fotos in verräterischer Montur konnten mich überzeugen. Die Bilder brachten seine zweite Seite ans Licht. Eindeutig und unmissverständlich.

So habe ich ihn noch nie gesehen. Den Ursachen für dieses eigenwillige Verhalten wollte ich auf den Grund gehen. Gab es hier im Rheinland verdächtige Wein- oder Biergetränke? War es der Karnevalvirus, der die Bewohner mutieren ließ? Ich wollte und will es verstehen. Zusammen mit Tassilo wollte ich auf „Expedition" gehen. Er hätte mir die Gepflogenheiten gezeigt und mehr oder weniger analytisch erläutert. Wie gesagt, hätte. Wenn er nicht gerade in der Türkei nach alten Scherben graben würde.

Nicht nur jetzt finde ich es schade, dass er nicht hier ist. Mit ihm wäre es bestimmt eine lustige Zeit in Mainz geworden. Außerdem wäre die Zahl der Aquarienbewohner nicht so stark dezimiert, wie zurzeit.

Ich will gar nicht an diese Tragödien denken. Nur der gute alte Homer würde sich daran erfreuen und sich für die Stoffsammlung zu den „aquarianischen Kriegen" bedanken. Vielleicht sollte ich eine Art trojanischer Fische in den Becken versenken, um diesen schrecklichen Wirren ein Ende zu bereiten.

Zwar hat mich in den letzten Wochen noch immer keine Nachricht von Tassilo erreicht, aber ich muss zugeben, in der jetzigen Situation bin ich heilfroh, dass er nicht nach seinen Mitbewohnern fragt. Kein Tassilo, kein archäologisch ambitionierter Clown, keine überbesorgter Fischvater.

Das Leben hat nicht immer nur Nachteile. Eigentlich wollte ich mich dann „undercover" allein und vielseitig interessiert in das Stimmungsgetümmel stürzen, als mich diese Grippe erwischte.

Jetzt ist es Rosenmontag, und ich kann nicht hin. Dabei habe ich schon von Abenteuern mit Matrosen, feurigen Mexikanern und wilden Indianern geträumt. So viel Auswahl und Möglichkeiten auf einmal gibt es so schnell nicht wieder. Gut gelaunte, willige Männer und ekstatische Tänze und Gesänge – was will man mehr?

Was ich mehr will? Ich will raus aus dem Bett und hinein ins Leben! An meinen Fenstern branden Gute-Laune-Wellen vorbei. Jeder rheinische Radiosender scheint nur noch Karneval in seinem Äther zu haben und auch in den Printmedien outen sich Prominente und Politiker als Clowns, Narrenordensträger und Rosenmontagsshowtalente. Es muss etwas dran sein. Nur dank dieser erbarmungslosen Grippeauslöser darf ich statt lustiger Rheinländer Lindenblütentee mit Honig und Wadenwickel genießen.

Manchmal kann ich es nicht mehr aushalten und schleppe mich dann doch ans Fenster. Draußen toben und schwanken Karnevalisten in sämtlichen Arten und Nuancen. Ich schließe das Fenster und beobachte das Treiben weiter. Ohne Ton ist das Ganze noch befremdlicher und unverständlicher. Trotzdem macht es mich neugierig.

Hopsende, bunte, verrückte, entrückte Gestalten. Man hört nichts, doch ich sehe ihre rhythmischen, nicht immer kontrollierten Bewegungen. Die Münder öffnen sich weit, doch ich kann sie nicht verstehen. Ich verstehe sie nicht – trotzdem, in diesen Tagen ist Mainz äußerst exotisch!

ASCHERMITTWOCH

Das närrische Treiben ist vorbei. Ich habe es auch gestern nicht geschafft, wenigstens noch den letzten Rest Karneval zu erleben. Bin immer noch krank. Wenigstens brauche ich keine Wadenwickel mehr. Jetzt kann ich das Fenster öffnen. Kühle, feuchte Luft weht mir entgegen und ich atme tief durch. Ob ein bisschen Rhein dabei ist? Es ist ruhig geworden. Keine Gesänge, kein Klatschen, kein Stampfen im Zwei-Drei-Vierteltakt. Nur das Geräusch der Straßenreinigungsmaschine durchbricht das betrübte ernüchterte Schweigen. Die letzten Reste von verschmutzten Papierschlangen, aufgeweichtem Konfetti und zertretenen Getränkedosen werden weggeräumt. Ab und zu sind auch Reste von Perücken, Plastikbrillen und Riesenschnullern dabei.

Die lustigen Rheinländer sind zurück in ihren angestammten Behausungen und versuchen jetzt mehr oder weniger erfolgreich, ihre Räusche auszuschlafen, oder in den schlimmsten Fällen, sich wieder im Alltag zu erproben.

Ob sie heute auch alle so gut aufgelegt sind, wie sie es noch gestern waren? Ob sich dieses jährliche, immer wiederkehrende Fröhlichkeitsverhalten prägend auf ihre Wesensart auswirkt? Wer weiß, möglicherweise ist das Ganze schon genetische Veranlagung. Die runden, rotierenden Bürsten nehmen viele Antworten und Spuren mit in das unendliche Mülluniversum. Viele Beweisstücke verschwinden für immer. Das monotone, einsame Geräusch der Maschine entfernt sich immer weiter, bis es den Anfang der nächsten Seitenstraße erreicht, um dort weiterzuräumen.

E-MAIL FÜR MICH

Hallo Nixe,
endlich ist es möglich, Dir zu schreiben. Du glaubst gar nicht, was alles passiert ist in den letzten Wochen.
Entschuldige, dass ich so gar nichts von mir hören ließ, aber so wie ich Dich kenne, kommst Du bestimmt ohne mich auch ganz gut zurecht.
Hier in A. ist so viel geschehen, dass man einen Roman darüber schreiben könnte. Da ich aber kein großer Literat bin, hier die Kurzform:
1. Bin den ganzen Tag mit Arbeit überversorgt und habe wenig Zeit. Meistens bin ich so müde, dass ich schon beim Zähneputzen fast einschlafe.
2. Irgendwie gibt es mit der Technik hier immer wieder Probleme. Ich weiß auch nicht, an was es liegt, aber oft funktioniert hier einiges nicht.
3. Ganz zu schweigen von meinem Computer. Dessen Funktionsweisen sind mir oft unerklärlich. Nicht nur dass die Mailbox überflutet wird von Hunderten von Spams. Was stellen diese Idioten sich eigentlich vor? Soll ich jetzt auch noch meine Zeit mit Kontrollieren und Löschen von Nachrichten vergeuden? Entschuldige bitte den Ausdruck „Idiot", aber die Umstände lassen mich die Beherrschung verlieren. Selbst die Spamfilter brauchen wieder meine Überprüfung, denn sonst werden alle verdächtigen Nachrichten entfernt. Es kann sein, dass auch einiges von Dir dabei war, denn ich

habe keine Mail von Dir gefunden.

4. Stell Dir vor: Hierher an diesen geschichtsträchtigen Ort wurden uns „trojanische Pferde" geschickt. Das sind leider keine antiken Spielereien, sondern ärgerliche Computerviren, die sämtliche Systeme bei uns im Camp zum Abstürzen gebracht haben. Es hat zwei Wochen und eine Menge Geld gekostet, das alles wieder in Ordnung zu bringen.

5. Wie geht es Dir? Gut den Karneval verbracht?

6. Ich komme Ende des Monats.

Freue mich
Tassilo

PS: Wie geht es meinen Fischchen?

MALLORCA

Wieder Sommer. Nein, ich war immer noch auf dem Rhein und nicht auf Mallorca. Doch als ich mich umblickte, sah es immer noch sehr befremdend aus: Bikinis, Badehosen, Sangria-Eimer und lange Strohhalme. Aus den Boxen tönte tosende Musik und irgendjemand hatte spanische Kastagnetten unter die Leute gebracht.

Ich saß in der Ecke an einem der vielen unzähligen, runden Tische mit dem sandgestrahlten Muster auf der Oberfläche und versuchte mit viel Mühe, meine Tapas (ohne sichtbare Flecken auf meinem Kleid zu hinterlassen) zu verspeisen. Bis jetzt gelang es mir und ich versuchte mich an meinem Kaffee. Die Stimmung um mich herum war unerbittlich gut.

Die in Laune gebrachte Menge hatte alles daran gesetzt, aus einem Pop-Flamenco eine Polonaise zu machen, aber ich hoffte, wenn ich mich gezielt an die Bar hinter die Plastikpalme setzen würde, verschont zu bleiben.

Palmblätter wackelten und Kaffeetassen waren noch nie so schwer transportierbar gewesen wie in diesen frohen Stunden. Bald, bald müsste ich es geschafft haben. Einige junge Männer hatten sich leider in den Weg gelegt, um ihren Rauschträumen zu folgen, aber es klappte. Ich wusste nicht wie, aber es klappte. Irgendwie ergatterte ich unbemerkt den vergessenen Barhocker am Tresen hinter der Palme.

Ich war immer noch auf dem Rhein. Dieses Schiff war die einzige Möglichkeit weiterzukommen. Leider gab es keine Kabinen, um sich zurückzuziehen. Aber vielleicht gab es noch irgendeinen unentdeckten Raum, um dem Trubel zu entgehen. Der Kaffee war gut und stark. Zusammen mit der Musik würde ich bestimmt nicht einschlafen.

Die Polonaise hatte sich aufgelöst. Gut gelaunte junge Männer und Frauen, die hier als Animateure arbeiteten, zogen lächelnd tanzend gut gelaunten Männern die T-Shirts aus. Es gab eine Art Wetteincremen mit anschließendem Pudern. Ich war froh, dass es nicht zum Wiegen sämtlicher Oberweiten kam, denn sonst wären wohl sämtliche Männer an Bord noch willenloser und noch alkoholisierter geworden, als sie es jetzt schon waren. Noch mehr dreidimensionale Bettvorleger der schwer begehbaren Art brauchte ich wirklich nicht.

Na ja, bald hatte ich es geschafft! Die Lämpchen, die über den Tresen hingen, leuchteten immer noch grell und ich merkte die Müdigkeit. Der nette ältere Herr hinter dem Tresen lächelte mir zu, als würde er mich verstehen. Er sah aus, als käme er aus Italien. Nein, vielleicht doch Spanien? Auf jeden Fall ein drahtiger, agiler kleiner Mann, der mit einer unglaublichen Geschicklichkeit und Wendigkeit unablässig Eimer mit Sangria und Orangen befüllte. Neugierig schaute ich um die Ecke hinter den Palmenblättern hervor. Ich dachte, ich würde ihn Antonio nennen. Mir kam gerade kein anderer spanischer Name in den Sinn. Zumindest kein anderer passender. Juan wäre zu erotisch, Pablo zu mächtig und um diese Nachtzeit fiel mir wirklich nichts weiter ein. Wenn er doch wenigstens von mir für einen Italiener gehalten werden würde, dann würde mir sofort Mario, Giuseppe, Serafino, Adriano wie Celentano, Leonardo, Marco, wenn nicht gleich Eros einfallen.

Aber es musste ein Spanier sein! Halt! Joaquin wäre auch nicht schlecht. Da gab es doch so einen herrlichen Flamencotänzer ... Ich schaute Antonio an. Nein, Joaquin passte nicht. Ich blieb bei Antonio.

Ich verstand nicht, warum sich Antonio das noch antat. Sein kleines Gesicht war zwar dunkel gebräunt, aber es hatten sich schon tiefe Falten in seine Wangen gegraben. Die kleinen Augen glichen dunklen Knöpfen und die buschigen dunklen Brauen waren wie seine welligen kurzen Haare mit kleinen silbernen Fäden durchwirkt.

Antonio redete nicht viel, er musste Orangen schneiden. Aber wie er schnitt! Es war unglaublich, mit welch einer Geschwindigkeit er mit dem Messer auf den Orangen herumwirbelte. Bei diesem Licht konnte leicht ein Schnitt danebengehen! Die grelle Partybeleuchtung war weitestgehend ungerührt. Selbst dann noch, als eine rötliche Flüssigkeit sich über dem weißen Schneidebrett ausbreitete. Antonio blieb wie seine Partyleuchten gelassen. Mit unbewegter Miene schob er das Obst in den Sangriaeimer. Ich musste schlucken. Der kleine drahtige Spanier nahm eine weitere Orange und wirbelte, ohne mit der Wimper zu zucken, weiterhin mit seinem Messer herum. Die Orange bewegte sich keinen Millimeter und stand noch da wie vorher.

Nichts! Keine Schnittspuren waren zu sehen. Ob Antonio nur aus Showzwecken danebenhaute? Ein kleiner Schub mit der Klinge beförderte die Orange in den Eimer – mit der roten Flüssigkeit. Die Frucht fiel in einzelne Scheiben auseinander und erst jetzt bemerkte ich, dass es sich um Blutorangen handelte. Blutorangen. Ist es wirklich schon so spät?

Ich war auf jeden Fall froh, Antonio kein Pflaster angeboten zu haben. Meine schlechte Sehfähigkeit beeindruckte ihn anscheinend wenig. Er hatte drei Orangen genommen und jonglierte mit ihnen in der Luft. Seine kleinen Augen wurden zu schmalen Schlitzen. Sie rissen seine schmalen Lippen mit und verbanden sich mit den knochigen Wangen. Antonio lachte und freute sich wirklich. Ich freute mich auch und applaudierte. Außer mir schien niemand die spanischen Kunststücke zur Kenntnis genommen zu haben.

Gerade erfolgte eine Abstimmung oder so etwas Ähnliches. Auf jeden Fall standen alle teilnehmenden Männer gepudert auf der Bühne. Viele hatten sich bis auf die Badehose entkleidet. Sie hoben ihre nicht immer ansehnlichen Bäuche und drehten sich. Erfreut blickte Antonio um die Ecke und lachte, dass seine Goldzähne seitlich blitzten. Er hatte mich entdeckt und warf mir eine Orange zu. Ich bedankte mich mit einem Nicken – zu mehr kam es nicht, denn eine genervte Bedienung näherte sich, beladen mit einem Tablett leerer Gläser. Ihre pinkfarbenen Shorts waren teilweise mit Puder bedeckt und ihr Gesichtsausdruck sah nach allem anderen aus, nur nicht nach Mallorca. Nach diesem Abend benötigte sie bestimmt eine Auszeit. Unwirsch zeigte sie auf die leeren Eimer und die Orangen.

Bestimmt brauchte sie dringend Nachschub. Antonio wirbelte noch schneller mit seinem Messer und hatte keine Zeit mehr.

Erst jetzt entdeckte ich kleine gelbe Plastikstöpsel in seinen Ohren. Das wäre es gewesen! Ich bedauerte, nicht auf die gleiche Idee gekommen zu sein. Gleichzeitig fragte ich mich, wie er es schaffte, die Bestellungen aufzunehmen. Aber nach dem, was ich gesehen hatte, traute ich ihm sogar das Lippenablesen zu.

Mein netter spanischer Barmann schnitt noch immer, während die Bedienung immer unfreundlicher auf ihn einredete. Es war manchmal doch ganz gut, nicht von den Lippen ablesen zu können. Der letzte Schluck Kaffee war schon kalt geworden, ich trank ihn trotzdem.

„Ich habe sie alle bedient!" Eine tiefe Stimme neben meinem Ohr ließ mich zusammenzucken.

„Alle – und zwar alle."

Ich fühlte mich einfach nicht angesprochen und schaute geradeaus.

„Wenn ich alle gemeint habe, dann meine ich alle, verstehst du?"

Die laute Ansprache war direkt an mein rechtes Ohr gerichtet. Instinktiv drehte ich mich in diese Richtung, bereute es aber sofort. Mein Gegenüber ergriff sofort die Chance und tippte meine Schulter an.

„Weißt du!"

„Nehmen Sie bitte Ihre Hand von meiner Schulter!"

„... Entschuldigung, Entschuldigung."

Die Betonung und Aussprache des Letzteren sowie sein streng riechender Atem verrieten keine Nüchternheit. Am besten wieder Grundhaltung einnehmen.

„Vor allem im Osten. Mann, im Osten!" Mein nichterwünschter Gesprächspartner lächelte versonnen, sofern man das noch so nennen konnte, und stülpte dabei seine breite bläuliche Unterlippe nach außen. Sein Gesicht war vom häufigen Alkoholgenuss zu einem mächtigen Quader aufgequollen. Dazu wollten die solargebräunte Haut und die schicke Fönfrisur nicht so recht passen. Die Kragenspitzen seines gelben Hemdes zeigten in die falsche Richtung. Ein verbogenes Eisschirmchen steckte etwas ratlos hinter seinem Ohr. Seine kräftigen Hände ruderten wild durch die Luft, was wiederum das Eisschirmchen umso stärker beben ließ. Ich wartete nur darauf, bis es herunterfiel. Es fiel aber nicht. Wahrscheinlich war es festgeklebt. Bei diesem Mann bestimmt mit Haarspray oder Kaugummi. Vielleicht auch mit beidem. Aber so genau wollte ich es auch nicht wissen.

„Nach dem Fall der Mauer war es das Goldland. Der Osten war Goldland, verstehst du?" Erfreulicherweise hatte er die Hand von meiner Schulter genommen. Trotzdem wich ich zurück. Dabei entdeckte ich, dass neben dem Eisschirmchen ein durchsichtig bläulich schimmernder Plastikkörper im Ohr meines Nebenmannes steckte. Dieser hatte leider meinen Blick gemerkt.

„Tinnitus – ich muss diese Dinger wegen meines Tinnitus' tragen."

Schnell meinen Blick zurück! Sonst hört dieser interessante Monolog niemals auf!

„Klingeln! Immer laut Bimmelimm! Man wird verrückt davon. Wäre doch besser, wenn die Kassen klingeln. Nicht wahr, Orangenmann?" Laut rief er den letzten Satz in Richtung Antonio. Doch dieser zeigte sich ebenso wenig beeindruckt wie ich. Schließlich hatte er auch einen Gehörschutz. Wer wusste schon, was er wirklich hörte.

Seelenruhig scheibelte er weiterhin seine blutigen Orangen und füllte Eimer um Eimer. Durch nichts schien er sich aus der Ruhe bringen zu lassen.

„Im Osten hatten die Kassen geklingelt. Die hatten doch nur auf mich gewartet. Alles habe ich ihnen gegeben, alles: Hausratversicherungen, Unfallversicherungen, Krankenversicherungen und vor allem Lebensversicherungen. Mann, die guten Lebensversicherungen gaben eine prima Provision."

Antonio hatte die Bar kurz verlassen. Der Wein war ausgegangen. Er musste noch einige Kisten Nachschub holen. Der Versicherungsverkäufer hatte das Verschwinden des Spaniers bemerkt und wandte sich mir wieder zu.

„Mensch, Lady, das war ein Leben. Da hättest du mich sehen sollen. Ich hatte an jedem Finger zehn!" Er hob seine fleischige Hand zum Beweis mit einer unkoordinierten Bewegung hoch.

„Zehn, wenn nicht noch mehr! Zeiten waren das: Leipzig, Halle, Magdeburg. Sie brauchten Versicherungen – und mich. Lebensversicherung mit Gratisprobe dazu, du verstehst?"

Er grinste unangenehm mit seinen wulstigen Lippen. Das Eisschirmchen wackelte nicht mehr. Die Fönfrisur saß.

Antonio war immer noch nicht da. Konnte er nicht einfach ganz schnell auftauchen und Orangenkopfnüsse für Versicherungsmakler verteilen?

„Am besten waren sie in Wismar. Oder war es Weimar? Weimar, Wismar? Was weiß ich. Irgendwo bei Rostock da oben. Woher soll ich denn das nach so langer Zeit noch wissen?" Suchend schaute er sich um.

Antonio war wiedergekommen. Er schleppte voller Mühe drei Weinkisten. Ich fragte mich, wie er das bei diesem Getümmel überhaupt geschafft hatte.

„Sangria! Aber schnell – ich will noch einen Sangria." Der Versicherungsmakler lag mit seinem Oberkörper auf dem Bartresen. Sein gelbes Hemd war nach oben gerutscht. Das ramponierte Schirmchen hing auf seiner solariumgebräunten Wange und hatte wie ich den gleichen Wunsch: gehen!

„Mallorca – wir sind auf Mallorca!" Loreley warf aufgeregt alle Plastikblumen, die sie mit einer Hand greifen konnte, in die Luft. Der Rhein blickte entnervt nach oben.

„Hier ist es einfach herrlich. Stimmung, tolle Musik und jede Menge Männer. Paps, ich verstehe nicht, was du dagegen hast."

„Was ich dagegen habe? Sieh dich doch um! Das ist keine Party, sondern ein Gelage. Und diese schreckliche Musik!"

Loreley ließ sich nicht von ihrer guten Laune abbringen. Sie bewegte ihren Körper im Rhythmus der Musik. Weich und geschmeidig, ihre Körperrundungen glichen den Wellen des Flusses. Trotz der lauten, durchdringenden Rhythmen war ihr Körper unbekümmert und erotisch zugleich. Die Musik wurde lauter und Loreley fasste sich in ihr Haar und wirbelte es wild durcheinander.

„Und jetzt noch ein Flamenco gefällig, Papi-Rheinilein?" Keck ließ sie ihre Augen blinzeln.

„Höre auf mit dem Unsinn! Schließlich weißt du, wo du bist und wer du bist."

„Du bist ein Spielverderber. Denke doch an die römischen Rheinschiffe. Da gab es doch schon damals lustige Feiern."

„Ach was. Du kannst froh sein, dass alles so gut läuft und ich gute Laune habe – selbst mit diesem Mallorca." Der Rhein runzelte die Stirn und zeigte den ernstesten Blick, der in diesem Moment möglich war. Die bunte Partybeleuchtung ließ seine Mimik weicher erscheinen. Die Farben wechselten sich ruckartig ab und malten sich auf seinem Gesicht immer wieder zu einem neuen Spiel. Bei dem Gedanken, er könnte gute Laune haben, musste der Rhein lächeln. Schnell blickte er zu Boden, in der Hoffnung, seine Tochter würde es nicht bemerken.

„Na, dann bei deiner guten Laune doch ein Tänzchen?"

Loreley warf einen kecken Blick auf ihren Vater. Sie wusste, dass er niemals auf dieses Angebot eingehen würde. Doch es machte ihr Spaß, ihn etwas zu necken.

„Treibe es nicht zu weit! Du weißt, was ich von diesem Treiben halte."

„Du bist ein alter Griesgram, Paps." Die Tochter schob vorwurfsvoll ihre Unterlippe nach vorne.

„Von wegen! Wer hat dir schließlich erlaubt mitzukommen?" Die Stimme des Flusses wurde dunkler und stärker. Seine Wellen vibrierten und er erhob sich langsam.

„Ist schon gut. Ist ja schon gut. Es ist wirklich nett von dir." Die Nixe versuchte mit einem kleinen Lächeln ihren Vater zu beschwichtigen. Sie wusste, wenn er erst einmal richtig wütend würde, dann wäre alles zu spät.

„Das will ich aber auch hoffen. Vergiss nicht, immerhin ist s i e auch auf dem Schiff." Der Rhein schaute bestimmt und lange seiner Tochter ins Gesicht, ohne den Blick abzuwenden.

„Gewissen – immer dieses Gewissen. Ich verstehe das Ganze sowieso nicht."

„Immerhin, du darfst jetzt zusammen mit ihr auf einem Schiff sein. Wenn wir Glück haben, dann klappt es."

„Ja, und jetzt? Es ist doch so eine gute Stimmung. Hör einmal – jetzt kommt ein neuer DJ." Aufgeregt sprang Loreley um ihren Vater herum und zog ihn übermütig an seinem Bart.

„Lass das! Du darfst dich von mir aus gerne ins Getümmel mischen. Sie ist gerade im Fitnessraum."

„Im Fitnessraum? Was macht sie denn da?"

„Sie sucht im Gegensatz zu dir Ruhe."

„Ruhe? Im Fitnessraum?"

„Ja. Aber wenn du schon unbedingt deinen Spaß haben willst, dann übertreibe nicht. Haben wir uns verstanden?"

„Ich versuche es, Papi-Rheinilein", sprach Loreley und war sich im nächsten Moment nicht mehr so ganz sicher, ob sie es wirklich ernst gemeint hatte. Zielgerichtet wanderte ihr Blick zur Bar. Ein Orangen schneidender Barkeeper und ein etwas angetrunkener, in die Jahre gekommener Schwiegermutterschwarm hatten ihr Interesse geweckt. Mit ihrem ganz eigenen Funkeln in den Augen sah sie zu den Männern und ging langsam, weich und wogend in den Hüften auf sie zu.

Irgendjemand hatte die Schaummaschine angemacht. Alles war voll Schaum. Weißer, glitzernder, überquellender Schaum. Er suchte sich jeden freien Raum und kroch vor sich hin. In jede Ecke, in jede Ritze. Die eigentliche Leichtigkeit verschwand zusehends mit dem immer wieder nachquellenden Nachschub. Schaumberge, Schaumwälle, Schaumkegel, Schaumwände, Schaum als Barriere, Schaum als nicht loslassende Begleitung. Viele Passagiere hatten sich ihrer Kleidung nun unfreiwillig entledigt und bewegten sich mehr oder weniger kontrolliert. Ich musste den Fitnessraum verlassen, weil der Trupp eines Jungschützenvereins, auf die Idee kam mit Schaum und Badekleidung etwas für ihre körperliche Ausdauer zu machen. Laut grölend fielen sie über die Räder und Gewichte her. Der Älteste unter ihnen stimmte noch ein „lustiges" Jägerlied an, bei dem alle begeistert mitsangen.

Das hätte nun wirklich nicht sein müssen. Genervt verließ ich meinen ehemals ruhigen Rückzugsort. Draußen war es auch nicht besser. Die Gänge waren überfüllt. Schaumberge und Menschen darin quollen auf mich zu. Je näher ich der Bar kam, desto schaumiger wurde meine Umgebung. Ich erkannte den Tresen kaum, geschweige das, was sich dort abspielte. Aufgeregt sprangen Passagiere und die Besatzung umher. Stimmengewirr, leicht hysterische Rufe.

Ich habe nicht alles erkennen können, auch verstand ich die Worte nur schwer. Keiner wusste anscheinend genau, was eigentlich passiert war. Als ich ankam, sah ich Antonio auf einer Trage. Seine Augen waren geschlossen, der Körper regungslos. Ich sah seine Lippen, wie sie immer wieder dasselbe murmelten: „Die schöne Frau! Die schöne Frau! Die ..."

Auf einmal hielt er inne und starrte mich an. Erschrocken riss er seine Augen auf. Sein Oberkörper bäumte sich mir entgegen. Ungläubig blickte er mich an und wollte noch etwas sagen. Doch er kam nicht mehr dazu. Ohnmacht überfiel ihn und er sank zurück auf die Trage.

„Er und der Gast, der bei ihm etwas zu trinken bestellt hatte, haben einen ‚Schlag' bekommen." Eine Stimme aus einem Schaumberg neben mir sprach mich an.

„Einen Schlag?"

„Ja, und zwar gleichzeitig."

„Aber gleichzeitig mit dem anderen Herren. Das ist doch seltsam." Ich konnte es nicht glauben.

„... war eben Zufall", murmelte die Stimme neben mir und ging schäumend auf die Tanzfläche. Irritiert blickte ich zu Boden. Vor mir sah ich schmelzende Schaumreste und zwei Paar Ohrenstöpsel.

IMMER NOCH AUF DEM WEG NACH KÖLN

Gestern Mallorca – heute Nizza. Bin auf einem Luxuskreuzfahrtschiff gelandet. Goldene Zierleisten, ansehnliche Stewards, Vier-Gänge-Menü und Sektfrühstück! Ich kann es kaum glauben, lasse mich aber gerne auf dieses Abenteuer ein. Da auf der normalen Linie dieses Unternehmens kein Platz mehr frei war, wurde mir ersatzweise dieses „Praliné" geschenkt. Da konnte ich nicht Nein sagen. Liege den ersten Tag nur in meiner Kabine und schaue zum Fenster hinaus. Es ist herrlich ruhig und ich sehe durch die Scheiben auf das Ufer. Wasser plätschert vor sich hin und ich schaue. Ich mache nichts anderes, als zu schauen. Langsam kann ich mich von den vorangegangenen Strapazen erholen. Manchmal möchte ich durch die Scheiben greifen, kurz aus dem Fenster springen und zum Boot tauchen. Etwas die Wellen necken und einige mit ans Ufer nehmen. Bin müde, werde wahrscheinlich noch etwas schlafen.

VOR KÖLN

Bald wird das Schiff Köln erreichen. Auf dieser Flusskreuzfahrt ist es herrlich. Sekt, Lachs, Meeresfrüchte, Obst – alles in rauen Mengen. Meine Tischnachbarn sind unterhaltsam. Lucas, ein amerikanischer Immobilienmakler aus Kalifornien hat in seiner Freizeit eine Rockband und will demnächst eine CD herausbringen. Er verspricht, mir ein Lied zu widmen. Thilda, seine ebenso humorvolle Frau, ist einverstanden und zudem sein bester Groupie.

Ich glaube, wir sind der lauteste Tisch auf dem Schiff, aber die attraktiven Stewards tragen es mit Fassung. Yannick und Ida sind ein nettes, junges Paar aus Schweden. Sie haben die Reise bei einem Wettbewerb gewonnen und genießen wie ich jede Minute.

Mit Vorliebe erzählt Lucas Witze über sich selbst, wobei Ida gerne noch einige Bemerkungen nachlegt. Ja, wir sind der lauteste Tisch und es geht lustig zu. Bis auf Alain, einen schon leicht ergrauten Franzosen. Kann nicht viel über ihn sagen, da er nicht so viel spricht. Das Essen ist wirklich zu empfehlen. Ich habe schon lange nicht mehr so gut gegessen. Sonderwünsche sind kein Problem und ich fühle mich einfach gut. Und morgen, morgen sind wir in Köln.

„Ich habe dir gesagt, du sollst es nicht übertreiben. Vor allem nicht jetzt!" Der Rhein war misslaunig.

„Es ist doch nicht viel passiert. Immerhin leben sie noch", widersprach ihm seine Tochter. Betreten sah sie längere Zeit auf den Boden. Das Temperament war ihr durchgegangen. Aber bei dieser günstigen Gelegenheit konnte sie kaum widerstehen.

„Aber das auch nur, weil sie einen Hörschutz hatten. Du kannst auch nie Nein sagen."

„Aber das mit den Orangen war auch zu lustig. Dieser Barkeeper konnte das Messer aber auch wirklich schnell herumwirbeln. Das hättest du sehen sollen", versuchte Loreley zu erklären.

„In einem Punkt hast du recht: konnte", brummte der Fluss.

„Aber diese herrliche Farbe der Früchte und dazu der Wein. Sicher, er hatte nicht die Qualität. Aber das müsstest du auch einmal versuchen." Die Nixe legte ihren Kopf schräg zur Seite und blickte möglichst unschuldig nach oben. Sie wusste, dass ihr blondes Haar jetzt besonders schön auf die Schultern fiel und das Licht in ihren Strähnen spielte. Mit dieser Geste hatte sie schon als Kind bei ihrem Vater Erfolg gehabt und konnte ihn beschwichtigen. Vielleicht würde es ihr jetzt aufs Neue gelingen.

„Jetzt fängst du schon wieder an. Du weißt doch ...", ihr Vater konnte nicht weitersprechen, denn seine Tochter machte mit einem unvorhergesehenen Satz einen Purzelbaum, tauchte um das Boot, neckte die Wellen und nahm einige mit ans Ufer.

„Hast du meinen Kamm gesehen?", sang sie leise.

„Kamm, warum in aller Welt möchtest du jetzt deinen Kamm? Außerdem, was machst du eigentlich für einen Unsinn, wenn ich mit dir spreche?" Der Fluss war schon einiges von seiner Tochter gewöhnt, aber auf diese urplötzliche Wellenspielerei war er nicht gefasst. Doch der weiche Gesang der Nixe besänftigte ihn.

„Ich weiß es wirklich selbst nicht. Eben habe ich mich noch so geschämt und mit einem Mal kam es so über mich. Ich musste es einfach tun. Einfach so."

„Immer diese Ausreden. Aber immerhin bist du ja jetzt wieder da und schaust mir ins Gesicht." Mahnend blickte der Rhein seine Loreley an. So richtig böse konnte er ihr einfach nicht sein.

„Stimmt. Und weißt du, diesen Wissenschaftler konnte ich auch nicht haben", fügte sie hinzu.

„Wer hätte auch wissen können, dass sein Projekt verlängert wird und sie sich nicht begegnen. Den hätte ich dir gerne geschenkt, der war mir sowieso zu neugierig", meinte der Vater nachdenklich.

„Zum Schluss hätte er noch unangenehme Sachen herausgefunden, die dir weniger gefallen hätten, z.B. ..."

„Schweig!", herrschte der Vater sie an.

„Papi-Rheinilein. Sag einmal, hast du abgenommen?" Mit großen Augen betrachtete die Nixe ihren Vater.

„Ich – ja, ich habe etwas für mich getan. Da war von der Weihnachtszeit noch zu viel auf den Rippen."

„Sieht prima aus."

„Meinst du wirklich?"
„Wenn ich es doch sage!"
„Ja, dann ..."
„Es fällt sofort auf. Du siehst um einiges jünger aus."
Der Fluss war geschmeichelt. Zufrieden mit sich, seinem Fastenergebnis und dem Urteil seiner Tochter, legte er den kräftigen Arm um sie.
„Jetzt müssen wir aber mit dieser Geschichte weitermachen – Köln kommt."
„Und wer?"
„Das wirst du schon sehen."

ELIAH

Eliah ist ein hübscher Steward. Androgyn und mit großem Charme. Er hat schöne Umgangsformen und gepflegte Hände. So einen Steward würde ich mir auch gerne mit nach Hause nehmen. So für das Frühstück ans Bett.

Über zu wenig Interesse von seiner Seite kann ich mich auch nicht beklagen. Oft bekomme ich ein Kompliment von ihm. Immer mit diesem frechen Zwinkern in seinen braunen Augen. Eliahs Augen sind Öfen. Was sage ich – Stahlkocher! Seine netten Worte schmeicheln mir. Seine getönte Haut sagt Süden. Ich brauche wohl nicht beschreiben, wie umwerfend ihm seine weiße Uniform steht. Verbotener Zucker auf Vollmilchschokolade! Und dann erst die Art, wie er sich bewegt.

Ich hätte nichts dagegen, wenn sich etwas ergeben würde. Jetzt gehe ich auf jeden Fall erst einmal zum Mittagessen! Eliah wird mir immer sympathischer.

Eben hat er beim Servieren mein Trinkglas umgestoßen. Glücklicherweise war nur Wasser darin. Es war ihm sichtlich unangenehm. Beim Nachtrocknen mit der Serviette bemerke ich, wie seine Hand zittert. Hastig wischt er das Wasser von der Tischdecke. Mein Kleid hat nur wenig abbekommen. Aber diese kleine Menge reicht für eine Erfrischung aus.

Lucas faltet schnell ein kleines Schiff aus Papier und schenkt es dem verdutzten Steward. Ida und Yannick prusten los und auch Thilda kann sich kaum halten. Irritiert sieht Eliah sich sein kleines Geschenk an, entschuldigt sich vielmals und blickt mich lange von der Seite an.

Ich spüre eine warme Welle an meinem Gesicht entlangstreichen. Warm und weich fühlt es sich an. Doch nicht nur Stahlkocher. Ein gut aussehender Mann mit kleinen Schwächen – fühlt sich gut an. Ich genieße diesen Moment und erwidere seinen Blick.

„Kann ich irgendwie helfen?" Alle am Tisch halten inne. Alain hat den Speisesaal betreten und sieht Eliah und mich ratlos an. Abrupt endet die sanfte Annäherung.

Haben denn Männer über vierzig mit Drang zu falschem Timing kein romantisches Feingefühl?

Ein Kollege holt eine neue Tischdecke. Ungerührt nimmt Alain Platz und lässt sich Rotwein bringen. Langsam beginnt sich wieder eine Unterhaltung zu entwickeln. Leider noch stark abgebremst von der Ernsthaftigkeit des Franzosen. Dieser lässt sich von seiner nicht vorhandenen Fröhlichkeit kaum beeindrucken und studiert währenddessen das Weinetikett.

Ich bin noch etwas verstimmt wegen seines störenden Verhaltens, muss aber zugeben, der Mann versteht etwas von Wein. Gekonnt schwenkt er seine Probe, riecht und beißt auf seinem Schluck herum.

Und Eliah? Leider ist Eliah zu sehr beschäftigt. Er muss sich um die anderen Tische kümmern. Keine Zeit, keine Blicke!

Schade, hätte mich gerne noch einmal so ansehen lassen. Vielleicht sollte ich diesem unterkühlten Franzosen mit seinem wichtigen, noch immer nicht endenden Weinbeißen einmal einen kräftigen Schubs verpassen. Dann hätten wir wenigstens wieder etwas zu lachen. Das nächste gefaltete Papierschiffchen wäre auf jeden Fall von mir!

Eigentlich war es viel zu früh. Ich hätte nicht so früh aussteigen sollen. Aber nur, wenn ich mir sicher sein konnte, dass niemand auf der Straße war, konnte ich meine Performance richtig planen. In der Nähe des Bahnhofs legten wir an. Der Weg zum Dom konnte nicht mehr weit sein.

Die Stadt schlief noch. Widerwillig ignorierte sie den Morgen und zeigte mir auf ihre direkte Art ihr ungeschminktes Gesicht. Vielleicht war ich auch zu lange auf dem Wasser. Ich musste mich wahrscheinlich erst wieder daran gewöhnen. Nachdem ich zum dritten Mal die Treppen, die Richtung Dom führen, gezählt hatte, steuerte ich das Museum an. Römische Fundstücke zierten seine Außenmauer. Zwei Obdachlose hatten ihre Schlafstatt zu ihren Füßen gefunden. Regungslos lagen sie auf ihren Pappkartons.

Auf der Seite lehnte ein altes, verrostetes Damenrad. Von der Ferne konnte ich nicht beurteilen, ob es überhaupt noch funktionstüchtig war, zumal ein riesiger Berg mit prall gefüllten Plastiktüten seinen Lenker und den Fahrradsitz vollkommen bedeckte. Die ehemals farbig glänzenden Hüllen waren abgekratzt und stumpf. Man sah ihnen ihre häufige Verwendung an. Ihre gefüllten Bäuche hatten teilweise schon Löcher. Die Ecken hatten ihre Farbe gänzlich verloren und fristeten teilnahmslos ihr weißes Dasein. Gelangweilt hielten Schnüre verschiedener Art alles zusammen. Sie schnitten in die Bäuche und krallten nach dem Fahrrad. Paketschnüre, Plastikseile, Gürtel, ausgedrehte Fahrradspanner, quellend vor Innenleben, Plastikbäuche.

Spucke lag auf dem Boden. Wasser glänzt schöner. Wasser spiegelt. Alte Kaugummis wurden hart. Wollten Stein sein.

Weg vom Spucken und Kauen. Ich ging weiter Richtung Bahnhof. Irgendwo hatte jemand in die Ecke gekotzt. Das Erbrochene war schon hart geworden und hatte eine dicke Haut bekommen. Hatte die Wartezeit hinter sich.

Fünfzehn Minuten. Fünfzehn Minuten können lang sein. Fünfzehn Minuten. Eigentlich nicht lang. Ich war ungeduldig wie schon lange nicht mehr. Seltsam, dieses Gefühl der Ungeduld. Lange war ich auf dem Rhein unterwegs. Wasser, Wellen, nichts als Wasser und Wellen. Ließ alles geschehen, ließ alles auf mich zukommen. Bis jetzt. Jetzt waren es diese fünfzehn Minuten. Ich konnte sie nicht auf mich zukommen lassen, ich musste warten. Ich hatte weder Uhr noch Handy. Bisher hatte ich sie vergessen, diese Zeit. Hatte auch mein Ziel vergessen, ich war nur immer auf dem Weg.

Immer wieder ging es auf den Rhein zurück, links zum Ufer, rechts zum Ufer und dann noch einmal das Ganze von vorne. Ich reiste kreuz und quer auf dem Rhein, und die vielen Begegnungen hatten mich immer wieder an neue Orte gebracht, die ich sonst übersehen hätte.

Zum Beispiel den Turm, auf dem das englische Fräulein zu Zeiten der Romantik verhungert war. Oder da war auch die nette alte Dame, die mir das Versteck der Räuberhauptfrau zeigte. Es lag kaum einsehbar und unbemerkt am Mittelrhein zwischen zwei Weinbergen. Ein alter Steinhaufen soll der Nachrichtenübermittlung gedient haben.

Da die verborgen lebenden Männer der Räuberbande nur schwer an Informationen herankamen, waren die Frauen für das Überleben der Bande wichtig. Sie besorgten Einbruchswerkzeuge und versteckten sie, fälschten Pässe und transportierten das Diebesgut. Eine Zeit lang hatten die Frauen obendrein allein die Führung übernommen, als die Anführer im Kölner Frankenturm saßen. Die Räuberhauptfrau organisierte sogar den Ausbruch, und die Flucht gelang.

Die alte Dame, die ich in einer Weinstube kennen gelernt hatte, beteuerte felsenfest, dass alles stimmte. Sie erzählte mir von in Röcken eingenähten Brecheisen und Feilen, von Kartenlegerinnen und Hausiererinnen, die die Häuser ausspionierten, von Liebe und Eifersucht. Auf der Speisekarte fertigte sie mir eine Zeichnung an. Es sollte der Lageplan sein. Auf den abgehenden Hang sollte ich aufpassen und mir ordentliches Schuhwerk anziehen (ich hatte doch nur ein Paar Schuhe!). Es stimme alles, schließlich sei sie eine direkte Nachfahrin der Räuberhauptfrau und sie müsse es ja wissen.

Mit dieser Geschichte saß ich damals vor den Steinen. Der Ort war nicht leicht zu erreichen. Abrutschende Erde hatte mich immer wieder zur Vorsicht überredet. Gefunden hatte ich leider nichts, aber ich hatte auch nicht alle Steine umgedreht und nicht alles durchsucht. Stattdessen setzte ich mich daneben und blickte auf den Rhein. Nichts wies auf den Hintergrund dieses Ortes hin. Romantik statt Leidenschaft, Poesie statt Räuberpistolen. Schade, dass ich keinen Brief oder Ähnliches gefunden hatte.

Leider regnete es die nächsten Tage und ich konnte nicht noch einmal zu dem Versteck gehen. Aber ich hatte es mir vorgenommen. Wie bei vielen Plätzen am Rhein wollte ich auch hier noch einmal zurückkommen.

Menschen, Worte, Eindrücke, sie kamen und klopften leise, besuchten mich. Mir wurde erst jetzt ihre Vielzahl bewusst. Ich hatte die Mitte durchschritten. Immer unterwegs, ohne Handy, ohne Uhr und ohne Regenschirm. Ich hatte es nicht bemerkt. Es konnte nur nach vorne gehen. Kurz schaute ich mich nochmals um.

Fünfzehn Minuten. Ich stand hier im Erdgeschoss des Bahnhofes und war im stummen Zwiegespräch mit einer weißen Uhr. Ihre einfachen, schörkellosen Zahlen waren äußerst uninteressiert. Es wollte und wollte nicht später werden. Ich war wirklich zu lange auf dem Wasser. Habe einfach Uhren vergessen. Jetzt musste ich warten. Warum konnte Zeit nicht fließen?

Auch fünfzehn Minuten gehen irgendwann einmal vorbei. Langsam schlurfend kam endlich eine dickliche Frau mit schweren Füßen und breitem Gesicht auf mich zu. Ich konnte sie lange genug betrachten, wie sie ungerührt mit dem langsamsten Schritt, der in ihrem Repertoire zu finden war, auf die Glastüre zukam. Die knapp sitzende Schürze war aus einem festen Stoff genäht. Die Fleischesfülle drängte nach außen, doch der Stoff hielt. Auch ihre ausgeweiteten Schuhe begleiteten ihre Behäbigkeit mit Gleichmut. Wahrscheinlich war hier alles in allem nichts mehr aus der Ruhe zu bringen. Unbewegt erreichte sie die Glastüre und steckte den Schlüssel ins Schloss.

„Offen", brummte sie mit einer kehligen, tiefen Stimme.

Ich hätte ohne ihre Hilfe diese Begebenheit bestimmt nie von selbst entdeckt. Ohne ein Wort zu verlieren, folgte ich ihr, konnte aber ihrem Tempo nur schwerlich folgen. Kleine Schritte nützten auch nichts. Plastikstille.

Der Schnellimbiss schlief auch noch inmitten seiner Plastikstille. Geschmacksfreie Stühle auf geschmacksfreien Tischen. Ruhe ohne vorheriges Leben. Der Boden war sauber gewischt. Das Licht neonkalt. Jeder meiner Schritte war doppelt so laut. Meine Absätze klangen hart. Kleine Schritte störten zusätzlich.

Es klapperte in der Plastikstille. Klapperdiklapp, wie das Rad einer quietschbunten Plastikwassermühle, die es in jedem Spielzeugladen zu kaufen gab. Klapperdiklapp. Ihre Schritte waren nicht zu hören. Die immer noch gleichmütigen Sohlen waren bestimmt bandscheibenfreundlich oder auch einfach nur aus weichem Gummi. Klapperdiklapp.

„Und?" Ihr breites Gesicht mit der kurzen Nase tauchte nicht unverhofft hinter dem Edelstahltresen auf. Suchend blickte ich auf die große Leuchttafel hinter ihr.

„Zweimal Frühstück, groß." Vielleicht klang meine Stimme auch wie meine Absätze. Alles klang seltsam. Klapperdiklapp.

„Kaffee braucht noch." Meine Frühstücksschenkerin drehte mir ihren runden, großen Rücken zu. Langsam verschwand sie hinter dem Kassenbereich Richtung Küche. Die Leuchttafel verdeckte die Sicht. Man konnte nur ihre Beine sehen. Sie waren dick angeschwollen, obwohl der Arbeitstag noch nicht angefangen hatte. Wie sie wohl am Abend aussehen würden? Immerhin hatten sie schwer zu tragen.

Ich blickte auf meine Füße. Ich hatte Glück mit den Schuhen. Ich hatte sie ohne große Überlegungen ausgewählt und nie Blasen bekommen. Nur einmal war mein Absatz gebrochen, aber das war es dann auch.

Ob Eliah gut Füße massieren konnte? Bestimmt. Von diesem netten Steward sollte ich mich unbedingt noch einmal verwöhnen lassen. Selbstbewusst, unverbindlich, gut aussehend mit leichtem Hang zu Wassergläsern. Das wäre doch ein Lichtblick.

„Zum Mitnehmen?" Die Frühstücksschenkerin dehnte ihre voluminösen Lippen in die Breite. Die großen Poren ihrer Haut traten noch deutlicher hervor.

„Zum Mitnehmen." Blecherne Stimme klang nach Plastik. Leicht angewärmt.

„Sonst noch etwas?" Ihr Blick war nicht im Geringsten fragend. Ihr Verhalten zeigte Routine. Es war früh am Morgen, da sind keine Blicke fragend.

„Nein, danke." Langsam bin ich auch geübter mit den Wenig-Wort-Sätzen. Das Danke könnte mich allerdings verraten.

„Zwölf-fünfzisch!" Ihr leerer Blick ging an mir vorbei. Ein Griff in mein Portemonnaie reichte aus, um ihr den Geldschein zu geben.

„Nit klejner?"
Ich schüttelte den Kopf. Natürlich viel zu schnell für ihre Verhältnisse. Ebenso zügig verließ ich die Frühstücksschenkerin und stellte den beiden Schlafenden das Essen neben das Fahrrad.

Meine Schnur war bald zu Ende. Ein Königreich für eine neue Schnur! Meine Kämme gingen niemals aus – aber für eine Kette braucht man mehr und ich hatte ein Problem. Nach meiner Frühstücksaktion war ich noch einmal den Weg abgegangen und hatte anschließend meinen Rucksack kontrolliert. Glücklicherweise, denn sonst hätte das leicht ins Auge gehen können. Ich musste noch einige einsame Runden durch die leere Fußgängerzone drehen, ehe die Geschäfte endlich aufmachten. Diese Passagen sahen in den meisten großen Städten gleich aus. Gleiche Läden, gleiche Ware, manchmal sogar gleiche Preise. Ich konnte auch hier nicht viel Unterschied erkennen.
Vieles wurde gleich. Mein Königreich lag in einem dieser gleichen Kaufhäuser. Eine Rolltreppe führte mich hinauf zur Haushaltswarenabteilung und ich fand sofort eine gleichwertige weiße Plastikschnur. Neben der Rolltreppe befand sich ein Stuhl. Ich setzte mich hin und fing wieder an zu knoten ...
Junggesellen suchten Aufgaben. Eine kleine Gruppe junger Männer kam auf mich zu. Schüchtern ließ sich ein schlanker junger Mann zu mir schubsen. Er würde morgen heiraten und musste Aufgaben erfüllen. Sein violetter Blazer bebte und er traute sich nicht, mich zu fragen. Seine Kameraden übernahmen die Bekanntgabe. Er brauchte einen Kuss von mir. Seine gelbe Krawatte flatterte ratlos im Wind. Ich war ebenfalls ratlos. Ein Kuss der Loreley vor der Ehe! Ob es hier wohl keinen Schiffbruch geben würde? Kurze Überlegung. Ich blickte kurz und fest entschlossen in sein fragendes Gesicht. Nahm meine Handfläche, streckte sie Richtung Junggesellen, spitzte meine Lippen und hauchte. Viel Glück für die Ehe!
Es war wieder ein heißer Tag. Heiß wie all die letzten Tage. Ich war froh, wieder auf das Schiff zu kommen. Kölner Dom, Heilige aus Stein, Fratzen aus Stein, Steinberg, Steingebirge. Grau und schwarz aus Stein. Ruß auf Stein. Ein Mönch trug im Inneren des „Gebirges" eine Kasse vor sich her. Stein bräuchte Renovierung. Spendete mein Kleingeld. Gold, Kerzen, Pracht. Doch die Kraft des Platzes war zugepflastert. Die betonschwere Schicht störte. Ich merkte nichts. Nichts von den Heiligen Drei Königen, die hier angeblich ihre letzte Ruhe gefunden hatten. Nichts von dem mysteriösen Grab. Ich habe nur Stein bemerkt und künstliche Berge gespürt. Alte Berge.

„Siehst du, sie mag diese vielen Steine auch nicht." Selbstgewiss lächelte Loreley *ihren Vater an.*
„Wer sagt denn schon, dass diese Art der Steine an diesem Ort gut ist?", entgegnete der Fluss.
„Früher ..."
„Ja, früher. Mit früher kannst du es nicht vergleichen. Sind die Menschen doch selbst schuld, wenn sie die kräftigsten Stellen zupflastern. Kein Wunder, wenn nicht mehr viel davon übrig ist."

„Weißt du noch, als im Tempel, der vorher da war, der Frühling mit den ersten Blüten aus der Umgebung geschmückt wurde?" Die Nixe schloss die Augen und sann ihren Erinnerungen nach. Die untergehende Sonne schickte ihre letzten Strahlen auf ihr Gesicht. Das Haar der Flusstochter glänzte golden und ihr Gesicht bekam weiche Züge. Ihre wohlgeformten, sinnlichen Lippen entspannten sich.

„Sicher, weiß ich das. Die Steine waren vorher gesegnet, kein Ochsenblut im Mörtel. Das Gebäude war luftig und konnte atmen. Und dann noch diese schönen Geschenke, immerhin habe ich neben meinem Vetter auch immer etwas abbekommen." Der Rhein ließ sich ebenfalls den Sonnenuntergang gefallen.

„Leider haben sie ihn dann weggejagt, diese Dummköpfe. Dass es seitdem viel mehr Krieg gab, haben sie nicht bemerkt."

„Sie haben es einfach nicht gewusst", versuchte Loreley sie zu verteidigen.

„Nicht gewusst! Sie meinen, sie wissen alles, dabei wissen sie nichts!" Verärgert schlug der Fluss mit seiner Hand in die Wellen.

„Rege dich nicht auf. Es ist sowieso nicht mehr genügend da!", beschwichtigte ihn seine Tochter. Vorsichtig nahm sie seine Hand und legte sie auf ihr Haupt: „Du wirst zu dünn!" Besorgnis war in ihrer Stimme.

„Findest du? Wo ich so erfolgreich abgenommen habe."

„Was zu viel ist, ist zu viel!" mahnte Loreley.

Die nächsten Tage steckte das Schiff fest. Der Rhein hatte zu wenig Wasser und es war unmöglich weiterzufahren. Die Schiffsbesatzung bekam bis auf wenige Diensthabende frei. Wir hatten die Möglichkeit, entweder an einer Busfahrt mit anschließenden Besuchen von Sehenswürdigkeiten teilzunehmen, oder die Zeit nach Belieben zu gestalten. Ich mochte lieber nach Belieben.

„Super!", hatte er gesagt. Nicht mehr und nicht weniger als „super". Erfreut hatte Eliah mich angesehen, als wir uns in der Altstadt verabredeten. Er musste nur noch seine Abschlussarbeiten machen, dann würden wir uns treffen.

Eliah hatte „super" gesagt und die Reise abgebrochen, unvorbereitet, hart, schmerzvoll. Keiner hat gesehen, wie dieser Unfall geschehen war.

Zwei gebrochene Beine und ein Steward weniger an Bord. Eliah sagte nicht mehr „super" und ich habe ihn nie wiedergesehen.

Zurzeit klappt auch nichts. Erst diese Geschichte mit dem Schiff, dann das verpasste Vergnügen mit Eliah. Wenigstens war der Abend passend. Lustig singende Kneipen der Altstadt. Bierlaune, Weinseligkeiten. Viel Körper, wenig Platz und ein gefälliges Zwillingspärchen an der Bar. Nur ein Leberfleck half, die Jungs auseinanderzuhalten. War wieder versöhnt und nahm die beiden ins Schlepptau.

Gerade, als wir gehen wollten, fielen beide gleichzeitig, wie auf Kommando, ins Bodenlose, nämlich auf den Kneipenboden. Wohl zu viel getrunken. Irgendwie machten sie auch keine Anstalten aufzustehen. Heute hatte ich wirklich keinen Spaß. Nicht einmal doppelt!

KÖLN – DÜSSELDORF

Wir sitzen noch immer in Köln fest. Gebrochene Männerbeine hin oder her. Bin heute wieder in Düsseldorf. Komme an und gehe wie immer irgendwohin und lasse mich überraschen.

Einige Schiffe nehmen mich mit und ich lande in einem schönen Park am Rhein in Düsseldorf. Dieses schöne Örtchen lädt mich zum Nichtstun ein. Wasserplätschern, Sonnenschein und gezielte Steine – ich fühle mich wie in Japan. Augen schließen und tief durchatmen. Meine Bauchdecke hebt sich und ich stelle mir vor, ein kleiner Schmetterling hätte sich verirrt. Ein zarter Distelfalter mit rollender Zunge. Ob es kitzeln soll? Weiß nicht, ob Distelfalter mit rollender Zunge kitzeln. Ich kann die Vögel hören. Leider gehöre ich nicht zu den ornithologischen Höhenflüglern, sonst würde ich sie einzeln begrüßen, die Singvögel, die sich abwechselnd ein Konzert abliefern. Es duftet nach Grün und Bunt.

Im Wasser schwimmen riesige Kois. Diese japanischen Karpfen sind die Teddybären unter den Teichbewohnern. Zutraulich nähern sie sich. Sie erkennen mich am Uferrand und tummeln sich in meiner Nähe. Strecke die Hand aus und tauche ein. Zwei dieser japanischer Zierkarpfen drängen sich nach vorne. Die anderen Fische wollen auch zu mir, trauen sich aber nicht. Diese beiden Kois sind wirklich Prachtexemplare. Der kleinere der beiden wirkt, als wäre er aus Porzellan. Quirlig bewegt er sich hin und her, als würde er tanzen. Dabei schwingt seine herrlich goldene Rückenflosse weich und anmutig mit den Wellen des Wassers. Man kann Kois berühren. Man kann sie streicheln. Sie heben den Kopf und schauen. Mein kleiner weißer Fisch mit der sonnengoldenen Rückenflosse sieht mich auch an. Frech und anmutig zugleich. Was für ein Tier! Einfach bezaubernd! Am liebsten würde ich diesen Koi mit nach Hause nehmen. Ihn einfach bei mir haben, das will ich in diesem Augenblick.

Ich versuche, es ihm zu zeigen, ihm zu sagen. Und würde ich es nicht besser wissen, dann würde ich behaupten, er hätte gelächelt. Wirklich! Es scheint, als hätte er seine wohlgeformten Lippen gestreckt und die Mundwinkel nach oben gedrückt. Das kommt von meiner Schmetterlingsmeditation! Meine Vernunft beziehungsweise meine Sehkraft will mich wohl verlassen. Ein Koi, der lächelt! Ich schließe die Augen und schüttle meinen Kopf hin und her. Fühle mich leicht benommen, öffne meine Augen wieder.

Jetzt lächle ich. Mein schöner weißer Fisch hat sich hinter dem größten Exemplar im Teich versteckt und schaut mich weiterhin interessiert und immer noch lächelnd an. Dieser andere Riesenkoi sieht unglaublich würdevoll aus. Kein anderer Teichbewohner traut sich, sich ihm zu nähern. Ein Kreis der respektvollen Distanz scheint um ihn gezogen. Kein Schuppenkleid gleicht dem seinen, neben ihm scheint alles zu verblassen. Und diese Farben! Blau, Grün, Metallic – sie erinnern an die Tiefen und Wellen von Wasser. Jede Schuppe schillert. Jetzt fehlt diesem edlen Tier nur noch eine Krone. Das ist der König! Richtig, das ist der König der Zierkarpfen.

Ich weiß gar nicht, dass es blaugrüne Züchtungen mit fehlender Krone gibt. Ein Fisch mit würdevoller Kopfhaltung!

Ich glaube es nicht und schaue irritiert zu meinem lächelnden weißen Koi. Schade, dass Fische nicht sprechen können. Was würden sie mir sagen? Der Grüne hätte bestimmt eine sehr tiefe, murmelnde Stimme. Ich verbeuge mich vor ihm, begrüße ihn, streichle ihn aber nicht. Diesen König kann man nicht streicheln. Zufrieden blickt er auf und hebt seinen Kopf über Wasser. Er muss schon sehr alt sein, denn er ist wirklich riesig groß und hat dicke Barteln. Wie mächtige Barthaare bewegen sie sich im Wasser.

„Kois sind empfindliche Fische. Man muss behutsam mit ihnen umgehen." Erschrocken drehe ich mich um. Ich dachte, ich wäre allein am Teich. Frankreich in Japan! Wie kommt Alain hierher?

„Bist du schon lange hier?" Hoffentlich merkt er mir meinen Schreck nicht an. Der Versuch, eine möglichst gleichgültige Miene zu ziehen, scheint zu glücken.

„Lange genug."

„... lange genug für was?" Seit wann wollte mein französischer Tischnachbar denn Spannung erzeugen?

Er lächelt vieldeutig. Oder lacht er mich aus? Egal – auf jeden Fall zeigt er mir sein Grübchen auf der linken Wange.

„Als der erste Sohn von König Shoko von Ro zur Welt kam, soll er dem chinesischen Konfuzius einen Koi geschenkt haben. Der Philosoph hat aus Dankbarkeit seinen Sohn nach dem Geschenk benannt." Alain weicht meiner Frage aus. Sehr geschickt, wie ich finde.

„Zum Glück musste der Sohn nicht Hering heißen", entgegne ich.

Alain lächelt schon wieder. So entspannt und humorvoll habe ich ihn bisher noch nicht kennen gelernt. Sein Grübchen auf der Wange zeigt sich wieder und lässt ihn sympathischer erscheinen. Vielleicht habe ich ihm Unrecht getan. Vielleicht ist er nicht so langweilig. Auch sieht er nicht so alt aus, wie ich zuerst dachte. Die meisten Haare sind noch dunkel und fallen in großen Wellen auf die Schultern. Nur die vorderen sind silbrig geworden. Na ja, aber dieser häufige ernste Blick! Der macht ihn nicht gerade jünger. Dafür fönt er sich bestimmt täglich die Haare. Vielleicht benützt er auch Haarspray. Wer weiß!

„Niemand weiß so richtig, woher sie kommen." Alain kann keine Gedanken lesen – erfreulicherweise.

„Woher wer kommt?" Ich kann seinen Gedanken nicht so schnell folgen.

„Natürlich die Kois. Die Experten streiten sich noch immer, ob sie aus der Donauregion, dem Kaspischen oder dem Schwarzen Meer, vom Aralsee oder aus China stammen."

„Ist doch klar, woher sie kommen."

„Wie? D u weißt das?"

„Klar."

„Ja, und woher kommen sie denn dann?"

„Na, offensichtlich aus dem Rhein!" Ich lache und hätte am liebsten, um diesen besonderen Augenblick zu würdigen, ein Glas Wein zu Ehren dieser schönen Fische erhoben.

„Gute Idee. Jetzt fehlt nur noch ein Gläschen Wein, um dieses weltbewegende Ereignis zu feiern." Vielleicht kann Alain doch Gedanken lesen?

„Ich könnte dir ein kleines Mineralwasser anbieten." Ich durchsuche meinen Rucksack.

„Dieses Angebot kann ich dann wirklich nicht abschlagen", meint er und nimmt an. Ich den Becher, er die Flasche.

„... und hiermit erklären wir öffentlich und feierlich ...", beginnt er seine Rede, mit der Mineralwasserflasche in der Hand.

„... dass ab heute die Herkunft der Kois im Rhein liegt!", beende ich. Wir prosten uns zu und blicken anschließend zu den Fischen. König und Goldflosse beobachten uns, so, als würden sie uns verstehen. Noch immer traut sich kein anderer Fisch, sich ihnen zu nähern.

„Sie sehen uns an", meine ich.

„Stimmt. Die beiden Fische scheinen uns zu fixieren. Diese Augen!", stimmt Alain mir zu. Dabei blickt er mich lange an. Lange, wirklich lange sieht er mich an. Ich merke, wie ich verlegen werde und blicke zu Boden. Zu dumm, jetzt weiß ich auch nicht, was ich noch sagen soll. Also sage ich nichts.

So stehen wir beide wortlos in der Sonne und sagen nichts. Wir lassen uns von zwei eigenartigen Kois hypnotisieren und sagen nichts. Windhauch, unbekannte Singvögel, und einfach Wortstille. Wir sagen einfach nichts.

Doch! Irgendwann einmal hat Alain wieder das Wort ergriffen: „Jetzt bist du so nett wie gestern Abend."

Gestern Abend? Bitte wie? Was war gestern Abend? Ach, die – lustig singende – Kneipentour durch die Kölner Altstadt. Stimmt, ich hatte ihn kurz vor meinem Zwillingsfiasko getroffen und ein paar Worte mit ihm gewechselt. Aber ich kann mich nicht daran erinnern, dass dies so außergewöhnlich war. Es war doch ein sehr kurzes Ereignis. Wahrscheinlich hatte Alain gestern zu viel des Guten getrunken und mehr in alles hineininterpretiert. Möglicherweise erschien ich ihm als eine Fata Morgana. Aber diese Vermutung musste ich ihm auch nicht unbedingt verraten.

Gerade, wo er heute ausnahmsweise sympathischer und amüsant war. Wenn dieser ansonsten trockene Franzose einen guten Tag hatte, dann musste man das schon ausnützen!

„Hineininterpretiert – das war doch ich! Ganz und gar ich und sonst nichts!", protestierte Loreley und sah den Rhein ärgerlich an.

„Sicher warst das du. Und du hast deine Sache schließlich auch ganz gut gemacht. Fast zu gut!", entgegnete der Rhein mit ruhiger, tiefer Stimme.

„Er ist auch zu nett! Vater, er gefällt mir. Kann ich ihn denn nicht haben? Er ist irgendwie – irgendwie wie dieser Dichter – du weißt schon." Die Nixe war aufgeregter, als es sonst ihre Art war.

Der Rhein wunderte sich, dass sie ihn „Vater" nannte. Doch es gefiel ihm.

„Du und dein Dichter! Es gibt und gab viele Dichter."

„Vater, du weißt ganz genau, wen ich meine. Und dieser Franzose schaut ihm irgend-

wie ähnlich. Diese schönen wachen Augen! Nur das Haar ist länger." Seine Tochter schloss die Augen, als würde er dadurch wahrhaftig vor ihr stehen.

„Etwas vielleicht. Aber er hat weniger Fleisch auf den Wangen."

„Ach ja, die Wangen. Aber das macht ihn noch attraktiver", ereiferte sich Loreley. Sie fuhr mit den Fingern durch ihr Haar und schüttelte es heftig.

„Dir gefällt dieser Alain anscheinend sehr gut. Immerhin – er lebt noch."

„Siehst du? Ich mache mich doch! Außerdem ist er sehr geistreich und feinfühlig."

„Geistreich und feinfühlig!" Der Rhein lachte laut auf. Seine Bauchmuskeln erbebten und seine Bartsträhnen stoben auseinander.

„Geistreich und feinfühlig! Ihr Frauen und Nixen seid doch alle gleich!"

„Ich bin aber nicht wie alle! Du als mein Vater müsstest das schließlich am besten wissen. Da brauchst du dich nicht so lustig über mich machen. Du weißt ganz genau, wie er ist." Loreley war ungehalten. Warum riss der Rhein denn diese Witze? Es war wirklich unpassend. Zudem bei diesem Mann.

„Ist schon gut. Rege dich nicht so auf. Sicher bist du nicht wie alle. Es war nur ein Witz." Der Fluss hatte aufgehört zu lachen. Mit seinen unergründlichen, tiefen Augen sah er sie durchdringend an. Diesem Blick konnte niemand ausweichen, auch seine Tochter nicht.

„Mir scheint, dir gefällt dieser Franzose zu gut!" Ihr Vater war mit einem Schlag nicht mehr zu Späßen aufgelegt. Er sah sie immer noch lange an, ohne seine Augen zu schließen. Alles schien zu verstummen. Lange sprach keiner ein Wort. Nach einer Weile fasste Loreley Mut und meinte:

„... und wenn das so wäre?"

„Bist du verrückt geworden? Weißt du, was du jetzt gerade sagst?" Die Stimme des Rheins brodelte wie er selbst. Sein Grollen sammelte sich am Grund und schob sich wie eine große Welle empor. Der Fluss hatte wenig Wasser, dadurch wirkte sein Ärger noch stärker. Seine Tochter kannte diese Stimmung. In diesen Momenten war mit ihrem Vater nicht zu spaßen. Trotzdem wollte sie nicht so einfach aufgeben.

„Ich will ihn aber haben, Vater." Sie hielt kurz inne, bevor sie *„Vater"* sagte und sah ihn bittend an.

„Nichts da! Hast du den Verstand verloren?"

„Außerdem mag er mich."

„Was heißt hier: mag mich? Das heißt in der heutigen Zeit nichts. Außerdem weiß er nicht, dass er d i c h mag. Und das ist auch gut so. Lasse ihn in Ruhe!"

„Ich will ihn aber nicht in Ruhe lassen."

„Du hast gehört, was ich gesagt habe. Gefühlsduseleien können wir hier nicht gebrauchen!"

„Aber es ist doch amüsant."

„Amüsant, sagst du? Amüsant? Nichts als Eitelkeit ist es!"

„Na, und? Es ist doch schön und endlich einmal etwas anderes. Endlich einmal wieder Abwechslung."

„Ich sagte, ich erlaube es dir nicht! Verstehst du, was ich gesagt habe? Ich erlaube es nicht!" Der Fluss war über das respektlose Verhalten seiner Tochter mehr als erbost.

„Ich verstehe dich, Vater, aber ich muss ihn wiedersehen. Und wenn du es nicht erlaubst, dann treffe ich ihn eben ohne deine Einwilligung."

„Das würdest du nicht wagen!"

„Und ob ich das wagen würde." Die Nixe wandte dem Fluss ihren Rücken zu. Sie machte Anstalten, ihren Vater zu verlassen.

„Loreley!!!" Es war ein harter Ruf. Ein harter Ruf, den sie ignorierte.

Der Rhein erkannte, dass ihm keine Wahl blieb. Er holte tief Luft, außergewöhnlich tief Luft, so viel Luft, dass um ihm herum Luftströme entstanden. Aus den Luftströmen wurden Winde, die Winde zu kleinen Stürmen. Er sog alles in sich auf: die Ströme, die Winde, die Stürme. Die ganze Kraft, die ganze Bewegung – alles war in ihm. Sein Körper brauste und tobte. Die Winde schienen den Fluss zu zerbersten.

Nichts bewegte sich mehr. Alles war starr vor Schreck. Auf diese unglaubliche Szenerie war nichts und niemand gefasst. Auf die Bedrohung folgte ein Regen des Nichts. Mit einem Schlag war alles verstummt. Nichts und niemand war zu hören.

Eine ungewohnte Stille machte sich breit. Der Fluss, er atmete aus. Er schien von der Ruhe erfasst und atmete aus. Er atmete weiß. Weiß aus den Nasenflügeln ins wartende starre Nichts. Weiß suchte sich seinen Weg. Weiß umhüllte.

Die Nixe wurde von den Schwaden umhüllt. Sie atmete auch – tief und ruhig.

Sanft glitt sie zu Boden und atmete noch tiefer und ruhiger, bis der Schlaf sie vollkommen in ihren Händen hielt.

Es regnet. Dunkle Wolken beschweren den Himmel, aber das helle Blau wartet. Ich gehe rein. Die Treppen führen nach oben. Ein Mann liest ein Buch. Er blickt auf und ich sehe in seine wunderschönen Augen. Das sind Augen! Sie sehen mich an, verschlingen mich, ziehen mich in ihren Bann. Sie ziehen mich an ihn heran. Ich muss ihm körperlich nahe sein. Ich halte es sonst nicht aus. Ich brauche seine Nähe. Jede Faser seines Körpers.

Er ist jung und gefällt mir. Seine warme Stimme spricht schöne Worte. Ich versuche, mir zu merken, was er zu mir sagt, aber es ist eine fremde Sprache. Nur in diesem Augenblick kann ich sie verstehen. Worte, auf die ich schon so lange gewartet habe. Worte, wie ich sie noch nie vorher gehört habe. Worte, die zärtlich sein können, Worte, die durchfluten. Worte, die in den Arm nehmen. Worte, an die ich nie vorher gedacht habe. Worte, nach denen ich mich schon immer gesehnt habe, ohne sie zu kennen.

Sanft nimmt er meine Hand und küsst ihren Rücken. Er liebt mich. Ich weiß es. Gedanken – Worte – Küsse – alles eins und wunderschön. Liebesszenen stürzen auf mich ein. Alle zeitgleich. Von „Casablanca" bis „vom Winde verweht". Er ist Humphrey Bogart, Clark Gable, Brad Pitt, George Clooney, Joaquim Phoenix und Erol Flynn. Er ist sie alle und es stört mich nicht im Geringsten.

Trotzdem – die vielen Eindrücke verwirren mich. All diese Männer auf einmal und in einem und zwar sofort. Dazu diese unbekannte massive Romantik. Mir wird schwindlig und ich sinke nach hinten. Der Rhein ist mein Bett. Weiße und blaue Rosenblätter. Silberne Tropfen sitzen auf ihren Oberflächen und glitzern. Ich liege und schwimme gleichzeitig.

Es riecht nach Frühling und Sommer und das helle Blau des Himmels ist überall und oben. Ich mag dieses Gefühl – ich schwebe fast. Schwereloses Wattebad im Blütenmeer – es ist unglaublich. Der Himmel strahlt in seinem schönsten Gold. Mein Blick geht in die Weite des Rheins. Kurze, zeitlose Ruhe.

Kurz, denn es taucht urplötzlich und unvermutet aus den Tiefen des Wassers mein romantischer Liebhaber mit diesen schönen Augen auf. Das Wasser perlt von seinen breiten Schultern ab. Sein Körper sagt mir, was er will – ohne Worte. Ich warte.

Aufgeregt, bebend, mein Atem verrät mich. Meine Versuche, mir nichts anmerken zu lassen, schlagen fehl. Mein Brustkorb hebt sich unkontrolliert. Zitternd stehe ich da und warte, bis er endlich bei mir ist. Wenn ich seinen Körper doch endlich an dem meinem spüren könnte – mit seiner ganzen Männlichkeit.

Der Rhein wird zu einem riesigen Strudel, der mich und ihn in seine Gefühlstiefen zieht. Ich atme schwerer und fester, dann immer lauter, bis ich es nicht mehr aushalte. Es geht immer tiefer und ich glaube mich dem Wahnsinn nahe. Ich kann nicht mehr und bekomme keine Luft mehr. Ich brauche seinen Körper, doch auch dieser ist es, der mich von innen verbrennt. Flammen im Rhein. Brodelndes Wasser. Saugende Strudel. Unbekannte Tiefen. Aber er ist bei mir. Er hält mich ganz fest, bis ich dann loslasse.

Wir sind zurück auf dem Schiff. Wir laufen von einem Raum zum andern. Ich kenne jeden Winkel und hoffe, etwas zu finden. Es ist nicht genau klar, was ich suche, warum wir rennen. Wir haben nicht so viel Zeit. Es wartet jemand im nächsten Hafen.

Wir versuchen, einen Platz zu finden, wo man uns nicht findet. Der Hafenwartende ist präsent und wir spüren, dass wir ihm nicht entrinnen können. Wir spüren das Warten, und dass er aussteigen muss. Küsse – Liebe – Worte – Umarmungen – ich will nichts vergessen, nichts hergeben, ihn immer bei mir haben. Ich will ihn nicht hergeben.

Weg – als ich zu mir komme, ist alles weg. Ich bin benommen und verwirrt. Diese Gefühle waren so stark, dass ich längere Zeit brauche, bis ich zu mir komme.

Gibt es so etwas wirklich? Diese Regungen, die ich verspürt habe, sind mir in diesem Ausmaß fremd. Alles stürzt immer noch auf mich ein und ich weiß gar nicht, was ich denken, geschweige denn tun soll. Das Beste in solch einer Situation ist immer, erst einmal gar nichts tun und in die Gegend starren. Also starre ich – und lande mit meinem Blick im Rhein. Meine Kabine hat dieses große Fenster mit Rheinwasserpanorama. Die Wellen klatschen nicht, denn wir stecken noch immer fest. Doch der Rhein ist da. Es wird mir wieder schwindlig und der Fluss scheint mich in die Tiefe zu ziehen, als ob er mir etwas sagen wollte.

Ich verstehe ihn nicht. Warum macht er mich so benommen? Was will er von mir? Wer ist aufgeregter – ich oder er? Was war das? Bin ich wirklich hier? In Kinofilmen versucht man meistens, alles mit einer riesigen Ohrfeige – natürlich an sich selbst gerichtet – zu klären. Finde diesen Einfall nicht verlockend und zwicke mich lieber.

Ja, es tut weh, aber nicht ganz so schlimm. Ob es dann trotzdem gültig ist?

Ich beschließe, dass auch Zwicken geht und schaue nach rechts. Wenn kein Blick auf das Wasser möglich ist, dann muss die Wand herhalten. Eine schöne tapezierte Wand mit marmorierten Farbvertiefungen. Sie winden sich in gleichmäßigem Rhythmus nach links und rechts, rund, Wellen gleich ...

Ich muss wohl noch einmal eingeschlafen sein. Als ich wieder langsam die Augen öffne, bin ich noch mehr verwirrt, beschließe aber, dem jetzt nicht mehr so viel Bedeutung beizumessen und verzichte auf sämtliche Zwick- und Ohrfeigenattacken.

Die Augenlider sind noch schwer und es macht mir noch etwas Mühe, sie aus freien Stücken über einen längeren Zeitraum offenzuhalten. Mein Körper ist schwer, als hätte ein großer Felsbrocken ihn beschwert und hinabgezogen. Immer wieder ertappe ich mich, wie ich der steinernen Müdigkeit nachgebe und meine Augen aufs Neue schließe. Nur noch ein paar Minuten! Ich bin noch nicht richtig angekommen aus dem Reich der Träume. Die Zeit zieht sich wie ein Kaugummi, meine Bewegungen wahrscheinlich ebenso. Vorsichtig drehe ich mich dem Fenster zu. Die Sonnenstrahlen haben sich orange gefärbt. Noch einmal die Augen schließen und Goldstrahlen durch die geschlossenen Lider sehen. Wie als kleines Kind. Die Augen sind zu und man sieht trotzdem etwas. Man spürt die anderen Farben, manchmal blitzt ein kleiner Strahl ...

Jetzt aber Schluss mit den Kinderspielen! Wie spät ist es eigentlich und wie lange habe ich geschlafen? Geht die Sonne gerade auf, oder geht sie gerade unter? Was habe ich getan, bevor ich schlief? Mein Gehirn arbeitet langsam, aber es arbeitet. Mühsam trenne ich alle Eindrücke, die allmählich auf mich zu kommen, in Traum und Wirklichkeit. Ohne viel Anstrengung gehe ich ruhig und bedächtig vor. Dies ist auch keine wirkliche Leistung bei der Müdigkeit! Was war nur? Was war echt? Zur Abwechslung genieße ich einmal wieder die sanften Farbschattierungen der Wand und nehme mir vor, nicht mehr einzuschlafen. Ich setze mich auf, um der Versuchung nicht noch einmal zu erliegen.

Kois, stimmt ich war in Düsseldorf mit den Kois, danach ein paar Fotos mit Touristen. Eine Gruppe Feuerwehrmänner hat mich dann zurück zum Schiff begleitet. Nett waren sie schon, diese Jungs mit ihren Ausbildern auf Betriebsausflug. Stimmt, einer war doch dabei und hat die ganze Zeit in einem Buch über Sicherheitsbestimmungen geblättert.

Sehr zurückhaltend der junge Mann, aber trotzdem ganz ansprechend. Ich glaube, er war sogar ganz gut gebaut. Breite Schultern, dichtes kurzes Haar. Diese Lebensretter waren alle miteinander recht sympathisch. Gut durchtrainiert mit einer bestimmt herrlichen Kondition. Die Jungs hätten allesamt gute Fotomotive für einen Bildkalender abgegeben, wenn sie das nicht schon gemacht haben. Zum Schluss haben sie mich auf ihren starken Schultern durch Köln getragen. Jeder einige Meter weit. Sogar der junge Schüchterne mit den Sicherheitsbestimmungen hat mitgemacht – schade, ich hätte mehr auf ihn zugehen müssen. So im Nachhinein muss ich sagen, dass er am besten von allen ausgesehen hat. Bestimmt ist er ganz feinfühlig und traut sich nur nicht, viel zu reden. Bestimmt ist er auch sehr romantisch. Ihm könnte ich sogar zutrauen, dass er Liebesbriefe schreibt und in seinem Buch für Sicherheitsbestimmungen versteckt, um sie dann natürlich anonym jemandem zukommen zu lassen. Sicherlich macht er so etwas anonym, denn er ist sehr zurückhaltend. Außerdem glaube ich, dass er ganz nett geschaut hat. Stimmt, er hat nett geschaut und ist feinfühlig. Ich hätte mich wirklich mehr um ihn kümmern sollen.

Aber ich war einfach müde. Absolut müde von dem langen Ausflug nach Düsseldorf. Dafür war es ein einmaliges „Nachhausebringen". Männer können wirklich so nett sein!

Die Jungs haben mir doch einen Zettel gegeben. Irgendwo haben sie mir doch aufgeschrieben, wo sie morgen zu finden sind. Ein Treffen mit österreichischen Kollegen aus Traun. Himmlisch! Noch mehr Jungs mit starken Muskeln und Temperament! Worauf hatte der nette schüchterne Feuerwehrmann nur alles geschrieben? Auf die Cappuccinorechnung vom Vortag oder auf ein Bonbonpapier? Ich weiß es nicht mehr, weil es mir gleichgültig war.

Wie gesagt, war! Ein Papier mit einer kleinen Notiz wird wohl nicht so schwer zu finden sein! Schneller, als ich denken kann, springe ich aus dem Bett und suche. Meine Luxuskabine erweist sich als riesiges Eldorado für Zettelplätze. So genau habe ich mich hier noch nie vorher umgeschaut wie jetzt. Selbst meinen glücklicherweise fast leeren Abfalleimer drehe ich um. Nichts! Aber innerhalb dieser kurzen Zeit kann so ein unglaubliches Stück Papier doch nicht einfach verschwinden. Schließlich habe ich außer Türaufsperren, Ausziehen und Schlafen nicht viel gemacht! Ausziehen – das ist mein Stichwort. Ungelenk tapse ich auf meine Schuhe zu und hebe sie hoch – nichts! Auch das Lüften meines Kleides bringt keinen Erfolg. Immer wieder schaue ich mich in der Kabine um, selbst im Bad versuche ich, erfolgversprechende Erinnerungen an Bonbons und Kaffee zu finden.

Nichts! Ich kann einfach nichts finden. Missmutig dusche ich so lange, bis sich mein Magen meldet. Hunger! Ich habe ganz vergessen, dass ich nicht weiß, wie spät es ist, und dass ich den Namen meines Wochentages nur hoffen kann. Einen ganzen Tag habe ich bestimmt nicht verschlafen. Bestimmt nicht. Das wäre dann das absolute Chaos, denn dann hätte ich mir das Suchen auch sparen können. Es ist bestimmt nicht übermorgen. Oder?

Nein, bestimmt ist es nicht übermorgen. Bestimmt nicht. Es wäre nur interessant zu wissen, ob ich dann als Nächstes frühstücke oder das Abendessen zu mir nehmen werde. Gut, dass ich mir keine Gedanken um meine Garderobe machen muss. Also rein in die Überraschung!

Es ist Frühstückszeit. Überraschung geglückt. Vielleicht sollte ich mir doch einmal eine Uhr zulegen. Ich bin sogar eine der Letzten, die an das Buffet kommen. Aber es ist noch alles in rauen Mengen da: Ananas, Erdbeeren, Lachs, Sekt und Kaviar. Was will ich mehr?

Mehr ist zum Beispiel ein kleines Stück Papier mit einem unscheinbaren Schriftzug. Das würde mir schon den Tag versüßen. Ich nehme mir mehr oder minder betroffen ein Stück Ananas und einige Erdbeeren mit Schlagsahne, bis ich unerwartet noch einen kleinen Stapel American Pancakes mit Blaubeeren und Ahornsirup entdecke. Dann eben noch einen zweiten Teller befüllen und anschließend nachdenken, was ich mit dem angebrochenen Stillstandnichtschifffahrtstag machen soll. Irgendwie ist es sowieso ein sehr seltsamer Tag. Ich weiß nicht, was ich von ihm halten soll. Man schlittert einfach in seinen Anfang hinein und weiß nicht, ob es überhaupt der Anfang ist. Genauso gut hätte er zu Ende sein können. Nichts hätte ich von ihm mitbekommen und wäre schonungslos mit der Nacht konfrontiert worden. Der Pancake lacht mich an und ich bin besänftigt. Wenigstens ein süßer Start. Ungewollt lächle ich meinen zweiten Teller an und setze mich.

„Hallo, wir hatten schon Angst, du kommst gar nicht mehr zum Frühstück", begrüßt mich Lucas. Er grinst verschmitzt von einem Ohr zum anderen und gibt mir das Gefühl, ich hätte wieder einmal etwas Unmögliches angestellt.

„Wir hatten dich schon vermisst", pflichtet ihm seine Frau Thilda bei. Sie hat ihr kinnlanges, blondes Haar zu einem kurzen, frechen Pferdeschwanz gebunden und sieht dabei wie ein kleines, freches Schulmädchen aus.

„Wirklich?" Mehr kann ich nicht sagen, denn in diesem Augenblick fällt mir auch nicht mehr ein.

„Warum sollten wir dich nicht vermissen? Wir hatten schon Angst um dich, als du so sang- und klanglos auf einmal verschwunden warst." Alain ist auch noch da und blickt, während er das bemerkt, kaum von seinem Reiseführer auf.

„Wir gehen jetzt gleich los. Der Veranstalter hat eine Museumsrundfahrt organisiert", erklärt Thilda. Ihr blonder, kurzer Zopf wippt bei jedem Wort.

„Kommst du mit? Vielleicht gibt es auch Kois in Acryl." Alain schaut kurz auf, mich an, um sich gleich wieder seinem interessanten Buch zu widmen. Wahrscheinlich weiß er schon jede Einzelheit eines jeden Museums. Es ist auch irgendwie egal. Ich bin noch gar nicht richtig wach und bemerke, dass ich noch keinen Kaffee habe.

„Ich habe den Kaffee vergessen", murmle ich und stehe schnell auf.

„Die Kanne steht doch schon auf dem Tisch. Bleib doch hier!", ruft Lucas mir hinterher. Diesmal lacht er offensichtlicher und ich kann ihm wirklich nicht böse sein.

„Ich habe schlecht geschlafen", entschuldige ich mich. Natürlich würde es zu lange dauern, ihnen alles zu erklären. Vernünftigerweise verzichte ich auf lange Ausführungen und setze mich wieder hin.

„Wohl zu lange gefeiert?", stichelt Alain. Soll er sich doch lieber mit den Details der Errichtung und der Ausstellungen der einzelnen Museen beschäftigen, als unangebrachte Meldungen von sich zu geben. Zumal ich noch nicht einmal einen Schluck Kaffee genießen konnte.

„Von wegen zu lange gefeiert. Es war nur ... ach, ist ja egal." Es wäre zu zweideutig gewesen, wenn ich mit dem Argument „schlechte Nacht" angekommen wäre.

„Übrigens, ich habe hier einen Zettel vor deiner Kabine gefunden. Gehört er vielleicht dir?" Umständlich blättert Alain in seinem Reiseführer und angelt schließlich irgendwann ein kleines unscheinbares Zettelchen heraus. Es war zu fest in dem Bug der Seiten eingeklemmt.

Es war – tatsächlich es ist, ja es ist meine lang gesuchte Cappuccinorechnung! Vive la France! Bestimmt grinse ich jetzt zu viel, aber das ist nun auch egal.

„Danke, das ist aber freundlich!" Das ist diplomatisch genug.

„Wichtig?" Alain löst sich von seinem Reiseführer und schaut einmal wieder in die Höhe.

„Weiß ich noch nicht." Das ist schließlich auch die Wahrheit.

Ich versuche, möglichst unauffällig und gleichgültig den Zettel auf die Seite zu schieben und gleichzeitig auf die Schrift zu sehen. Zwölf Uhr – heute Mittag um zwölf Uhr fängt das große Feuerwehrleutetreffen also an. Österreich meets Köln, eine feurige Verbindung! Steht auf jeden Fall auf dem Papier. Ich lächle zufrieden und schneide meine Ananas in kleine Stücke, um sie danach unter einem Riesenberg Schlagsahne zu begraben. Ich habe also noch genügend Zeit!

Es ist schon nett von Alain, dass er so aufmerksam ist. Außerdem war der gestrige Nachmittag so richtig entspannend. Der heutige Tag ist auf jeden Fall gerettet!

„Und?", wandte Thilda sich mir neugierig zu.

„Was und?" Lucas' Frau reißt mich derart aus den Gedanken, dass ich meine Erdbeere verliere. Sie fällt von der Gabel herunter und rollt die Tischkante entlang. Gerade noch in letzter Sekunde fange ich sie auf und befördere sie verlegen in meine Serviette. Alle am Tisch benehmen sich so, als hätten sie mein Missgeschick nicht bemerkt. Alle bis auf Alain. Er sieht mich nur mit großen Augen lange an. Was kann denn ich dafür, dass Erdbeeren so uneben auf der Gabel liegen und keinerlei ruckartige Bewegungen vertragen? Es ist mir unangenehm, dass er mich so direkt beobachtet. Kann er sich nicht wie die anderen so verhalten, als wäre nichts passiert? Muss es denn so unbedingt sein, dass er mich so anschaut? Ich weiß auch so, dass Knigge dies nicht so gerne gesehen hätte, geschweige denn hier. Aber jetzt kann ich auch nichts ändern.

Verlegen putze ich noch die unübersehbaren Sahnespuren von der Tischdecke weg. Natürlich auch nicht richtig, Herr Knigge! Lucas lässt mir noch einige Minuten Verschnauf- und Wischpause. Erst dann wendet er langsam und locker sein Gesicht von dem Fenster weg und mir zu:

„Es geht jetzt gleich los. In fünfzehn Minuten kommt der Bus, um uns abzuholen."

Ach richtig, die Museumstour – die hätte ich doch beinahe vergessen!

„Ähm – ich weiß jetzt so gar nicht!"

„Es ist bestimmt interessant. Es sind wahre Meisterwerke zu sehen. Es würde dir sicher gefallen", meint Alain.

„Ich glaube, ich gehe nicht mit. Die Nacht war lang und ich bin noch etwas müde." Um meine Müdigkeit zu unterstreichen, gähne ich noch etwas.

„... aha, die Nacht war also lang?" Fast vorwurfsvoll sieht mich Alain an. Sein Blick berührt mich. Fast versteinert halte ich inne. Jetzt tut es mir fast leid, nicht mitzugehen. Irgendwie ist er doch ganz nett. Doch mein netter Feuermann lockt. Heute ist die letzte Gelegenheit!

„Nein danke, ich bin doch noch etwas müde. Ich werde vielleicht später noch ein bisschen spazieren gehen."

„... spazieren gehen?" Seine Mundwinkel bewegen sich leicht verächtlich nach unten. Anscheinend will er mir nicht glauben. Soll er doch! Soll er doch den Moralapostel spielen. Mir ist das egal. Die Sonne scheint und ein lustiger Nachmittag lockt. Bestimmt wird sich wieder einmal eine Möglichkeit zu diesem Museumsbesuch ergeben. Jetzt hebt er auch noch die Augenbraue und sieht mich lange an! Was soll das? Ja, Herr Wichtig – ich bin durchschaut, aber es ist überhaupt nicht von Relevanz. Er ist mir unangenehm, dieser Blick. Ja, unangenehm!

Fühle mich zusätzlich beobachtet. Genau, durchschaut und beobachtet, wie in der

Schule, wenn ich wieder einmal meine Hausaufgaben „vergessen" hatte.

Nein, so nett finde ich diesen unmöglichen Franzosen dann doch nicht. Soll er sich doch seine weichen Haarwellen im Museum um die Nase wehen lassen. Vielleicht entdeckt ein Künstler seinen unnachahmlichen Blick und er wird in Öl verewigt.

„Genau, ich werde anschließend noch s p a z i e r e n gehen. Oder hat hier jemand etwas dagegen?" Ich warte die Antwort erst gar nicht ab und verlasse, ohne einen weiteren Blick zu verschwenden, den Raum.

DIE FEUERWEHR

Lange brauchte es nicht, das Fest der Feuerwehr zu finden. Laute Musik tönte schon von Weitem. Mit bester Laune näherte ich mich dem Geschehen. Das war nach meinem Geschmack: viele junge Männer auf schmalen Bänken. Es gab auch einige Informationstafeln über die Tätigkeiten der Feuerwehren, aber ich muss gestehen, es hat mich kein bisschen interessiert.

Suchend schweifte mein Blick hin und her. Es waren doch eine Menge Leute gekommen. Da war es nicht so einfach, i h n zu entdecken. Er war einfach zu goldig gewesen. Dieser unschuldige sanfte Blick, diese sensible Ausstrahlung – so weich und gefühlvoll! Ganz zu schweigen von seinen körperliche Vorzügen ... Bei diesem Gedanken setzte ich mich erst einmal hin.

Hoffentlich würde er heute auch kommen! Nicht, dass er irgendeinen Wachdienst schieben müsste oder einen gefährlichen Sondereinsatz hätte – was gab es da nicht alles! Zwar keine Überschwemmungen bei diesem niedrigen Wasserstand, aber da war genügend Waldbrandgefahr im Umland oder irgendeine gefährliche Substanz war ausgelaufen, vielleicht war auch ein Gefahrenguttransporter umgekippt und er musste in diesen unattraktiven Schutzanzügen sehr stark schwitzen und uns alle retten. Ich dürfte ihn zur Belohnung seiner Ehrentaten schön duschen und abbrausen. Ganz ganz lang abbrausen. Äußerst behutsam würde ich ihn einseifen.

Eben so, wie er es in diesem Moment bräuchte. Fest würde ich die Seife in meiner Hand halten, damit sie nur nicht hinunterfallen würde. Ganz fest halten, mit Wasser benetzen und kreisen, kreisen, kreisen, bis sich auf der glatten, festen Oberfläche Schaum bilden würde. Viel Schaum, weißer Schaum. Schaum, der nichts anderes vorhaben würde, als mehr zu werden. Ich müsste den Schaum auf seiner braun gebrannten, goldenen Haut verteilen. Weißer, unerhörter Schaum auf goldener Haut. Kreisen, kreisen ...

„Machen Sie das immer so?" Zwei ungläubige kleine Augen hinter einer dicken Brille sahen mich forschend an.

„Entschuldigung?"

„Ja, ob sie das denn immer so machen?"

„Was machen?"

„Na, d a s!" Der ungläubige, leicht dickliche Herr mittleren Alters wies auf meine Hand. Irritiert blickte ich nach unten. Meine rechte Hand war über und über voll weißem Schaum, aber nicht nur diese. Auch der Tisch, an dem ich saß, war über und über mit weißen Schaumkreisen übersät. Weißen Schaumkreisen?

Erschrocken sah ich mich um. Ich hatte doch wohl nicht? Woher kam dieser Schaum? Und wie dieser Biertisch aussah! Was hatte ich nur angestellt? Unübersehbar sah man meine Fingerspuren entlang des Tisches. Immer schön eingetaucht in weißen Schaum. Ich hatte doch wohl nicht?

„Bier ist eigentlich zum Trinken da." Der nun nicht mehr ungläubige, aber ungehaltene dickliche Herr mittleren Alters sah mich sehr vorwurfsvoll an.

„Bier?"

„Ja, sicher, Bier, was denn sonst?" Seine Stimme klang unwirsch und seine Augen weiteten sich, sofern dies bei ihm möglich war.

„Dann ist das also B i e r?" Ich sprach dieses kurze Wort langsam und distanziert aus. So, als hätte ich es noch nie gehört. In diesem Moment war es mir auch nicht möglich, weiterzudenken. Geschweige denn zu wissen, welches Wort ich als nächstes in den Mund nehmen sollte.

„Sie sind wohl von einem ganz anderen Stern?" Der dickliche Herr war noch immer nicht freundlich. Er zeigte keinerlei Verständnis für meine Lage. Ich begegnete seinem entrüsteten Blick und entdeckte, dass er sein Bierglas fest in der Hand hielt. So, als wollte er es nicht mehr hergeben. Was hatte dieser unsympathische Mann auch so große Verlustängste! Sollte er doch etwas lockerer mit allem umgehen!

Er hielt sein halb gefülltes Bierglas immer noch stark umklammert und senkte seinen Blick darauf.

„Das ist m e i n Bier", betonte er mehr drohend als bedächtig.

„I h r Bier", wiederholte ich mehr unbedarft als bedächtig. Eher wie in einem Sprachkurs für Anfänger. Mein Bier – Ihr Bier. Besitzanzeigende Fürwörter, Wiederholung der letzten Stunde.

„Genau, das ist mein Bier, verstehen Sie?"

Natürlich verstand ich nichts. Sicher war das sein Bier. Das hatten wir doch schon vorher geklärt.

„Ihr Bier, sicher", wiederholte ich leicht ungeduldig.

„Mein Bier!" Nicht schon wieder. Was war denn das für ein eintöniges Gespräch! Mein Bier, dein Bier, unser Bier. Hatte dieser Mann denn kein anderes Gesprächsthema? Gut, jetzt kam noch eine Abwandlung zu unserem amüsanten Dialog. Er hob seinen rechten Zeigefinger und tippte an sein, von der linken Hand immer noch umklammertes, Glas.

Also bitte, wenn er von diesem Spielchen immer noch nicht genug hatte – bitte.

„Ihr Bier – ..." Mitten in meiner eigentlich leicht ungeduldigen Wiederholung musste ich innehalten. Es schnürte mir meine Stimmbänder zu. Ich hatte auf seinen rechten Zeigefinger gesehen und sie entdeckt.

Diese verräterischen, unbarmherzigen kreisförmigen Spuren. Schaumspuren, die das Glas hinaufkletterten und später den ganzen Tisch bedeckten. Schließlich kamen sie bei mir an. Bei meiner Hand, unter der noch immer der verräterische Schaum klebte. Verlegen rieb ich meinen Finger.

„Ihr Bier, sicher. Das ist Ihr Bier." Ich versuchte zu lächeln, aber es glückte nicht. Der kleine dickliche Herr sagte gar nichts.

Na, dann würde ich ihm ein neues Bier ausgeben. Ich hatte noch Kleingeld in meiner Tasche. Möglichst unauffällig griff ich an meine linke Seite. Nein, nicht auch das noch! Ich hatte meine Tasche in der Kabine vergessen. Kein Kleingeld, kein neues Bier.

„Schönes Bier. Aber ich suche Wein." Aufgeregt schwenkte ich meinen Kopf nach links und rechts, um mein Suchen zu demonstrieren.

„Wein?" Hinter der dicken Brille verlor mein Gesprächspartner allmählich die Fassung.

„Genau Wein. Sie wissen schon, dieser gute Rebensaft. Einfach herrlich hier, dieser Wein."

„Wein?" Der dickliche Herr mittleren Alters wiederholte sich.

„Ganz genau Wein. Wo ist er denn nur?" Wieder wanderte mein Blick hin und her.

„Wein ..."

„Wein – das ist genau das, was ich die ganze Zeit suche. Also hier ist er nicht. Dann gehe ich lieber. Vielleicht finde ich ihn vorne bei den Informationstafeln."

„Informationstafeln ..."

„Wie auch immer. Ich wünsche Ihnen noch einen schönen Tag."

„Schönen Tag." Die kleinen Augen hinter der dicken Brille blickten noch immer fassungslos. Fast starr und ohne jeden Spielraum. Dieses „Schönen Tag" war keine Grußformel oder ein Wunsch, sondern diese bekannte sinnlose Wiederholung aus dem Sprachlernkurs.

„Also, dann gehe ich. Auf Wiedersehen und Danke für ..." Mein Blick ging hinab zu dem unseligen Glas. Die linke Hand von ihm hielt es immer noch fest umklammert.

„Wie auch immer – auf Wiedersehen." Schnell erhob ich mich von der Bank. Am liebsten wäre es mir gewesen, er hätte mich jetzt nicht mehr gesehen. Schnell weg von dieser Bank, von diesem in Kreisen verschmierten Tisch. Weg von umklammerten Gläsern und dicken Brillen. Ich musste aufpassen, dass ich nicht stolperte. Mein Kleid wollte schon an der Bank hängen bleiben. Endlich, ich hatte es geschafft. Seifenplatz im Rücken!

Erleichtert atmete ich durch. Es war mir, als würde ich ein unbedarftes sinnloses „Auf Wiedersehen" hören. Leise, zu leise für einen Sprachkurs.

Hände sauber. Kleid zurechtgedreht und dreimal tief durchatmen. Wo war e r nur? Ich entschloss mich, erst einmal eine Weile an einem unauffälligen Ort stehen zu bleiben.

An einem unauffälligen Ort unauffällig schauen. Leichter gesagt, als getan. Es waren auch zu viele Menschen auf einmal hier. Arme verschränken, ab und zu den Blick in die Ferne schweifen lassen und wieder suchen! Es wäre gut gewesen, wenn er mir gesagt hätte, was er anziehen würde. Oder besser noch, wir hätten ein knallrotes T-Shirt vereinbart. Nein, lieber doch nicht rot, das wäre dann doch ungünstig gewesen bei den vielen Feuerwehrleuten.

Dann eben giftgrün. Doch ich sah weder ein giftgrünes noch ein knallrotes T-Shirt samt Inhalt. Langsam machte sich Ungeduld breit. Ich verspürte keine Lust, noch länger mit verschränkten Armen herumzustehen. Geschweige denn indirekt zu schauen. Dazu hatte ich wirklich keine Lust. Wenn ich suche, dann suche ich, wenn ich nicht suche, dann eben nicht. Jetzt war wieder Dann-eben-nicht-Zeit.

„Wein." Ich wagte nicht umzuschauen. Ging der Sprachkurs weiter? Mitmachen oder verweigern. Ich schwieg erst einmal.

„Wirklich keinen Wein?" Mein dicklicher Herr mittleren Alters klang ja auf einmal sehr sympathisch. Aber musste er mich denn unbedingt wiederfinden?

„Wein … also ich ...", meine Augen sahen ihn doch an, „... ich, ... ich, ja, ich ..."

„Etwa keinen Wein? Ich bin doch noch einen Schoppen schuldig." Diese Augen! Ich wurde verrückt, diese Augen! E r war tatsächlich da. Ich hätte ihn gar nicht suchen brauchen. Er hat mich gefunden!

„Wein, sicher. Der Schoppen Wein. Natürlich, der Schoppen Wein." Ich hatte mich gefangen.

„Dann hole ich gleich etwas für uns zwei. Wir können uns dann ja dort drüben hinsetzen. Dort ist es ruhiger."

Ich sagte nichts, ich nickte nur.

Ob es sich so anfühlt, wenn man ein mit Watte umwickeltes Nudelholz auf den Kopf bekommt? Ich weiß es nicht.

Nur eines war klar. Mir war schummrig. Irgendwie nahm ich mein Glas Wein in Empfang und folgte ihm.

„Ich habe den Schoppen Wein versprochen und was ich verspreche, das halte ich auch. Übrigens, ich heiße Norbert."

Gut, dass er das sagte, denn ich hatte vergessen, wie er hieß.

„Tolles Fest!"

„Stimmt, gut, dass das Wetter mitspielt."

Erfreut strahlte ich ihn an. Gleichzeitig setzten wir uns hin. Also wenn das kein gutes Zeichen war!

„Schon lange hier?"

„Ja, schon seit heute Vormittag. Ich habe geholfen, hier mit aufzubauen. Diese Boxen sind übrigens eine Leihgabe von der Firma Schmidt. Stell dir vor, sie haben mir die leistungsstärksten Ausführungen überlassen zu einer Sonderkondition. Da wir schon zum zehnten Mal für unser Fest ausleihen und Stammkunden sind, haben wir einen guten Preis erzielt."

„Ach wirklich?" Ich musste zugeben, dass mich der Preis und die Leihkonditionen von Lautsprecherboxen nicht sonderlich interessierten. Dieser nette junge Feuerwehrmann war vielmehr eine optische Delikatesse. Seine Haut war tatsächlich so braun und glänzend wie in dem Seifentagtraum. Begeistert sah ich ihn an.

„Tatsächlich. Und die Verkabelung habe ich auch selbst vorgenommen. Ich habe mir von dem Heimwerkermarkt am Ende des Nachbarortes fünfzehn Prozent auf den laufenden Meter ausgehandelt." Seine Stimme sprach ruhig.

„Fünfzehn Prozent?"

„Ja, fünfzehn Prozent. Ist das nicht unglaublich! Da hat sich mein Vorgesetzter aber sehr gefreut."

„Das glaube ich."

„Vor allem, weil ich schon im Vorjahr fünfzig Meter Lautsprecherkabel zum Schnäppchenpreis direkt vom Erzeuger verschaffen konnte. Das war zudem kein gewöhnliches Kabel. Das war Profimaterial."

„Wirklich?"

„Das war ein Material! So etwas hast du wirklich noch nicht gesehen! Das war ein Kabel! So geschmeidig, so robust. So ..." Er suchte in seiner Ruhe nach Worten.

„... so leitend?", half ich ihm.

„Genau, so leitend."

Eine Weile sagten wir nichts.

„...und!" begann er wieder mit ruhiger Stimme, weder wechselnd in Rhythmus noch in Betonung.

„Ja, und?"

„Ja und erst dieser Querschnitt. Die Kabel hatten auch noch genau den perfekten Querschnitt!"

„Querschnitt."

„Perfekter Querschnitt, perfekte Leitung!"

„Leitung."

„Sicher, es gibt noch diese modernen hochgestylten, durchsichtigen Lautsprecherkabel."

„Ach, ja?"

„Aber für unsere Feste reichen die zwei Stränge, die mit Kunststoff umwickelt sind, vollkommen aus."

„Tatsächlich?"

„Aber natürlich." Jetzt betonte er sogar, aber leider wie mein ehemaliger Physiklehrer.

„Natürlich", bestätigte ich.

„Man muss das nur den Profi machen lassen. Schließlich weiß der, was er kauft." Auf einmal sprach er von sich in der dritten Person. Verwundert riss ich mich von seinem Körper los.

„... der Profi?!"

„Ein Profi, weißt du, braucht ein geübtes Auge und viel Erfahrung. Da schaut man nur einmal hin und weiß: Dieser Querschnitt passt oder er passt nicht." Er sprach immer noch in der dritten Person. Das war weder romantisch noch seinem blendenden Körper dienlich.

Langsam war auch der gleichbleibende Tonfall und das Thema schon fast zu beruhigend. Ich sah ihm ins Gesicht. Irgendetwas versuchte ich zu finden, ich wusste nur nicht, was. Wenn es mir nicht baldmöglichst einfiel, dann würde ich es mit der bewährten Methode „Namen nennen" versuchen. Ich würde jetzt immer wieder zu mir selbst „Norbert" sagen. Dadurch würde er mir vertrauter erscheinen und ich würde ihn einfach besser verstehen. Es fiel mir nichts ein, also dann „Norbert".

„Hier in der Umgebung kennen sie mich schon." Na also, es half ja schon.

„Wen meinst du mit ‚sie'?"

„Selbstverständlich das Personal der Heimwerkermärkte. Wenn ich komme, dann wissen sie schon Bescheid."

„Bescheid?" Fassungslos blickte ich ihm direkt in die Augen und vergaß, seinen Namen zu wiederholen.

„Klar wissen die Bescheid. Die sehen mich und wissen dann: Hey, hier kommt der Profi."

Hey, hier kommt der Profi. In welchem Film war ich denn hier gelandet? Hey, hier kommt der Profi. Das war sicher ein spezieller Feuerwehrjunglehrlingshumor. Das war bestimmt ein Witz oder besser noch ein Codewort, das nur Eingeweihte verstehen konnten. Das Dumme war nur, dass mir inzwischen die Antworten ausgingen. Da half nur eines: Schweigen.

„Ja, so kann das gehen. Man geht immer wieder in die Heimwerkermärkte und sieht sich um. Und irgendwann, wenn einmal ein günstiger Moment ist, dann ..." Er holte tief Luft.

„...ja, und dann?" Wenigstens konnte ich während seiner Sauerstoffaufnahme etwas zur Konversation beisteuern.

„...ja, und dann, dann mache ich es ganz clever."

Fragend sah ich ihn ohne ein Wort an.

„Ich habe da nämlich einen Trick." Er kicherte fast lautlos.

„D u hast einen Trick?"

„Genau, aber verrate ihn nicht weiter." Es schien ihm ernst zu sein. Seine Miene wurde mit einem Mal irgendwie ernst und ich glaubte ihm. Also musste ich ihn bestätigen.

„Bei mir ist dein Trick sicher. Du kannst mir dein kleines Geheimnis gerne verraten."

„In Ordnung." Er wurde leiser und rückte näher. Näher an mein Ohr, doch interessanterweise löste es nichts bei mir aus.

„Nun verrate mir deinen Trick", flüsterte ich.

„Gut, weil du es bist: Ich gehe also in die verschiedenen Heimwerkermärkte und stelle ihnen eine Frage."

„Eine Frage?"

„Ja, eine Frage. Aber das ist nicht irgendeine Frage. Das ist eine ganz spezielle Frage. Eine schwierige Frage, deren Antwort ich schon weiß!" Er kicherte wieder fast lautlos.

„...deren Antwort du schon weißt", wiederholte ich. Der Sprachkurs war wiedergekehrt.

„Das ist es nämlich. Ich stelle ihnen eine ganz spezielle Frage, die sie mir nicht beantworten können. Wenn sie dann nicht mehr weiterwissen, helfe ich ihnen ..." Er warf sein Kinn zurück und plusterte sehr wichtig seinen breiten Brustkorb auf, „... und dann helfe ich ihnen und verrate ihnen ganz lässig meine Lösung."

„Ganz lässig?"

„Genau. Das mache ich dann ein- bis zweimal und dann ist denen schon klar, was Sache ist." Er sah mich an, als ob ich antworten sollte. Ich tat es aber nicht.

„Die wissen dann ganz genau: D e r weiß Bescheid. Der ist ein Profi. So wissen es alle Heimwerkermärkte, die es wissen sollen."

Jetzt wusste aber ich wirklich nicht mehr, was ich davon halten sollte. Ein ganz lässiger, ganz wichtiger, ganz gut gebauter junger Feuerwehrmann mit einem fatalen Hang zu Lautsprecherkabeln und Heimwerkermärkten. In solchen Fällen wäre es gut, sich nicht zu unterhalten, nichts zu sagen. Sonst wurde das schöne Bild einfach zu schnell zerstört. So schwiegen wir uns eben eine Weile an. Ich versuchte, mir klarzumachen, wie ansprechend dieses muskulöse Muskelpaket war und wie viel Spaß man damit haben könnte.

„Weißt du?"

„Ja, was?"

„DAS war etwas Besonderes."

„Was?"

„Na dieser Preis."

„Ach der Preis?"

„Ja, stell dir vor. Meine Kollegen haben wochenlang nach einem Lautsprecherkabel gesucht, aber nichts gefunden, was preislich in Ordnung gewesen wäre."

„Wirklich?"

„Ja."

Ich beschloss, mich meinem Wein zu widmen. Ich hatte aufgrund des aufregenden Gespräches, vielmehr aufgrund meiner Haut-Seifen-Vergleiche noch keine Zeit gehabt, mich meinem edlen Tropfen zu widmen.

Norbert trank auch. Er trank mit großen Schlücken. Zwischendrin hielt er immer lange inne und machte gar nichts. Er machte einfach nichts. Fast schien es, als hätte er zu atmen aufgehört.

„Preise sind wichtig."

„Sicher."

„Man muss schauen, wo man Geld einsparen kann."

„Sagte mein Großvater auch immer."

„Ach wirklich?"

„Wirklich."

„Und was machte der so?"

„Er hatte einen Heimwerkermarkt."

„Nein!" Norbert riss seine Augen weit auf. Wie vom Blitz getroffen sah er mich an: „Einen Heimwerkermarkt? Das ist ja ein Eldorado: allein die Kabelabteilung. Die großen Kabeltrommeln, die Litzen, die ..."

„Es war nur ein Spaß."

„Sicher ist das ein Spaß. Diese riesigen Trommeln mit den verschieden Kabeln und Drähten für jeden Zweck: Stromkabel, Lautsprecherkabel ..."

„Es war nur ein Spaß mit dem Heimwerkermarkt."

„Hast du nicht zufällig einige Restbestände von Kabeln übrig? Da wäre ich für die nächsten Jahre eingedeckt."

„Bitte?"

„Restbestände – ich kann alles gebrauchen. Vielleicht sind auch noch einige Klemmen übrig?"

„Klemmen?" Jetzt war ich dann doch etwas irritiert.

„Genau, Klemmen, um Leitungen sauber zu verlegen."

„Ich weiß nicht, was du meinst."

„Weißt du, wenn man ein Kabel von A nach B verlegt ..."

„Ach, die meinst du."

„Genau die. Solche Klemmen kann man immer brauchen, sonst hat man immer so eine große Unordnung. Überall bei diesen Möchtegernprofis hängen sie dann rum."

„Hängen sie dann rum?"

„Na, die Kabel. Da brauche ich nur in eine Wohnung zu gehen und weiß Bescheid. Zeige mir deine Kabel und ich sage dir, wer du bist."

Ich versuchte, mich krampfhaft an das Aussehen meiner Kabelgewinde zu erinnern, beschloss aber, dann doch lieber den nicht angekommenen Witz aufzuklären.

„Es war nur ein Witz. Verstehst du? Mein Großvater..." begann ich.

„Ja dein Großvater, der, der war bestimmt einer von der alten Sorte." Enthusiastisch unterbrach mich Norbert. Ganz für seine Person ungewöhnlich, schwang er mit einer kraftvollen Geste seinen rechten Arm von sich weg. Dabei hielt er den Zeigefinger gerade gestreckt. Dieser unerwartete Temperamentsausbruch verwirrte mich.

„Ja, das war er", bestätigte ich.

„Da in seinem Heimwerkermarkt, da war bestimmt alles in Ordnung. Nicht so wie heute."

„Es war doch ein Spaß mit dem Heimwerkermarkt."

„Sicher, da bin ich mir ganz sicher, dass dein Großvater sehr viel Spaß mit seiner Arbeit hatte. Damals haben die Leute sich noch mit ihrer Arbeit identifiziert. Da nahm man das ernst. Da nahm man jede Schraube, jedes Stückchen Draht noch ernst. Man war eben ein Profi, ohne viel Aufhebens zu machen, so wie ich zum Beispiel. Für diese Generation war ein Kabel ein Kabel und ein Heimwerkermarkt ein Heimwerkermarkt. Da war das nicht wie heute, wo man in diesen riesigen Hallen neben Kreuzschlitzschraubenziehern auch noch Kois kaufen kann."

Kois – bei diesem Wort erstarrte ich. Kois, Teich, schöner Nachmittag, gute Gespräche. Ich erinnerte mich an den Vogelgesang und an Alain. ALAIN! Natürlich Alain! Träume sind nicht Schäume!

Ich habe es nur nicht verstanden! Angesichts des ernüchternden, detaillierten Gesprächs mit Norbert vermied ich es, mir zu denken, ich hätte auf der „Leitung gesessen". Mein Herz verkrampfte sich und mir wurde mit einem Mal flau in der Magengegend. Was war nur mit mir los? Hatte ich nicht diesen fragenden Blick von ihm heute bemerkt? Ich spürte diesen Blick jetzt und mit einem Mal in seiner ganzen Intensität. Immer und immer wieder lief diese Szene vor meinen Augen ab. Hatte ich Alain nicht bemerkt? Seine Blicke, seine guten Gespräche? Die Art, wie immer und wieder seine lange Stirnlocke leicht ins Gesicht fiel und er sie wieder sanft zurück schob. Sein fragender Blick mit den, ja, ich konnte das jetzt nun wirklich bestätigen, mit den so gefühlvollen Augen?

Alain, Alain! Wie konnte ich das nicht begreifen? Wieder verkrampfte sich alles in Herz- und Magengegend.

„Ist dir schlecht? Du siehst irgendwie nicht gut aus?" Norbert fragte mich, wie nur ein Kabelverkäufer hätte fragen können.

„Mir, mir ist ..." Ich spürte, wie die Farbe aus meinem Gesicht wich. Was tat ich eigentlich noch hier? Ich musste zurück auf das Schiff. Zurück zu ihm.

„Ich hoffe, es ist nichts Ernstes!" Norbert hatte noch immer den gleichen Tonfall. Doch es war etwas Ernstes. Ich hatte Kabelmigräne mit einem unerklärbaren Drang zur Luftveränderung. Ich musste fort und zwar sofort.

„Ich, es geht mir nicht gut. Ich glaube, ich muss jetzt gehen." Es war wenigstens nicht gelogen.

„Das ist aber schade, wo wir uns doch so gut unterhalten haben."

„Man kann daran nichts ändern." Ich vermied das Wort „schade", denn es wäre eine Lüge gewesen. Ich hatte nur einfach keine Lust und keine Energie mehr, das Missverständnis mit meinem Großvater aufzuklären.

„Doch aber sicher. Ich wüsste da schon etwas."

Jetzt überraschte mich aber mein Prinz Charming der Heimwerkermärkte.

„Was denn?" Diesmal war ich wenigstens anflugsweise neugierig. Sollte nicht etwa doch ein Hauch von sanfter Erotik diesen Mann aus Stahl, Verzeihung aus Kabeln, überkommen?

„Wir könnten rüber in das Feuerwehrauto gehen. Es steht neben der Garage."

Wenigstens das! Alain konnte er mit diesem letzten Versuch zwar auch nicht ausstechen, doch immerhin tat es gut, dieses Angebot noch zum Abschied zu bekommen.

„Welches, das da?" Natürlich hatte ich das Gefährt gleich entdeckt, war aber trotz der optischen Vorzüge alles andere alles interessiert. Ich wollte nur noch zurück auf das Schiff. Was fing er jetzt mit solchen Spontanitäten an? Die halfen doch nichts mehr.

„Ja. Da hätte ich genau das Richtige für dich. Ich habe in meinem Werkzeugfach einen selbst gebastelten Tauchsieder liegen. Glücklicherweise habe ich ihn nicht meiner Mutter geliehen. Der Tauchsieder ist mit einem phänomenalen Stromkabel ..."

„Ist schon gut, du brauchst dir keine Mühe zu machen." Ich ahnte schon, was auf mich zukommen würde.

„Nur nicht so bescheiden. Von meiner Mutter habe ich auch die Beutel dabei."

„Welche Beutel meinst du? Ich verstehe nicht."

„Na, die Teebeutel. Stell dir vor, ich habe sogar Kamille dabei."

Ich wollte schon sagen, ich wäre gegen Kamille allergisch, aber ich befürchtete, mein begeisterter Hobbybastler hätte sonst noch Hagebutten- oder Fencheltee aus dem Hut gezaubert.

„Nein danke. Ich glaube, ich gehe jetzt lieber zurück und lege mich hin."

„Du siehst wirklich blass aus. Soll ich dich nicht lieber begleiten?"

„Nein, das ist wirklich nicht nötig. Ich gehe dann lieber."

„Schade, das ist wirklich schade", wiederholte er und stand auf.

„Dann mache es gut und viel Spaß noch."

„Spaß – klar habe ich heute noch Spaß", sagte Norbert und war felsenfest davon überzeugt.

Wie lange braucht es, bis Wasserflecken vom Parkett verschwinden? Meiner Ansicht nach viel zu lange.

Ich hatte aus Versehen die Wasserflasche am Tisch geschüttelt und anschließend geöffnet. Jetzt war es passiert. Kohlensäuretriebe schossen nach oben und formierten sich zu durchsichtigem Schaum, der mich und meine gesamte Umgebung bedeckte. Das durfte doch nicht wahr sein! Gleich würden alle zu Tisch kommen und jetzt das!

Verstohlen blickte ich mich um. Es schien niemand da zu sein. Glücklicherweise hatte der Tisch nur wenig abbekommen. Möglichst unauffällig nahm ich meine Stoffserviette, um es zu trocknen. Jetzt war es doch mehr, als erwartet. Der Stoff war schon vollgesogen und ich sah voll Entsetzen, dass noch jede Menge Mineralwasser auf dem Parkett und den Marmorfliesen war. Noch einmal sah ich mich um, glücklicherweise immer noch kein Steward da. Aber was sollte ich nur zum Aufputzen nehmen? Ich hatte weder eine Stofftasche noch sonst irgendetwas Vergleichbares dabei. Mein Kleid war selbst in Mitleidenschaft gezogen. Bei dessen Anblick war mir klar, dass ich nach meiner Wasserentsorgungsaktion wohl noch recht lange sitzen bleiben musste, bis es am Körper getrocknet war.

Das wäre jetzt wohl eher etwas für den freundlichen Minigolfplatzbesitzer aus Kreuzlingen gewesen. Eine Nasskleidaufnahme wie für ein Männermagazin gemacht, aber hier zur besten Dinnerzeit. Ich war mir auch nicht sicher, wie ich dieses transparente Erscheinungsbild erklären sollte. Die Zeit drängte weiterhin.

Mein Getränk wider Willen lachte mich immer noch hämisch vom Boden an. Ich dachte, vielleicht würde die Luft das Ganze von selbst verschwinden lassen, ähnlich wie beim Putzen, aber irgendwie wollte es nicht verschwinden. Vielleicht war die Menge zu hoch. Ungeschickt verteilte ich die Pfützen mit den Schuhsohlen. Ehrlich gesagt, es war auch keine so gute Idee.

„Nimm doch die Zeitung."

Herzstillstand, ertappt! Entsetzt drehte ich mich um. Ich war nicht mehr allein. Anscheinend hatte mich schon länger jemand beobachtet. Nein, nicht auch das noch. Kleid bedecken oder Augen aufreißen oder denken?

Nein, da war ALAIN!

„Na, dann nimm doch. Wir haben noch etwas Zeit."

„Aber, ich dachte ..."

„Ich nehme den Wirtschaftsteil, du die Mietgesuche." Er hatte schon die Seiten aus dem Holzhalter gedreht und hielt mir das rettende Papier entgegen. Jetzt hatte ich wirklich nicht mehr viel Zeit zu fragen, da gab es nur noch eines: trocknen!

So einfach wollte es mir das Mineralwasser trotzdem nicht machen. Hartnäckig hielten sich breite Spuren. Mit kreisenden Bewegungen drückte und rieb ich hektisch. Es musste noch alles fertig sein, bevor der Steward kommen würde. Immer wieder sah ich auf, konnte aber niemanden entdecken. Erleichterung machte sich aber trotzdem nicht breit, da ich jeden Augenblick Angst haben musste, nun mit Alain entdeckt zu werden.

Und das in einer mittlerweile sehr peinlichen Situation.

„Es wird noch dauern, bis der Steward kommt."

„Woher willst du das wissen?"

„Na, weil ich das weiß, ganz einfach." Nicht schon wieder dieser gleichmütige französische Charme! Den konnte ich nun wirklich nicht gebrauchen!

„Woher willst du das wissen? Jeden Moment kommen die Passagiere zum Essen und der Wein muss noch auf den Tisch", antwortete ich mit einer Spur von Bedrängnis.

„Wenn der Steward aber damit beschäftigt ist, ein Lied von Edith Piaf zu suchen, das nicht existiert, dann kann das noch dauern. Oder was meinst du?"

„Ich meine, dass wir noch das Fernsehprogramm opfern müssen, weil mein Zeitungspapier nichts mehr aufnehmen kann." Das Fernsehprogramm wurde ohne viel Aufhebens in die Tiefen meines Missgeschicks gedrückt und wir hatten es so gut wie geschafft. Nur, wie entsorgen? Der Raum war zu schön und übersichtlich eingerichtet. Da war wenig Platz für drei triefende Klumpen Papier.

„Der Schirmständer!", rief ich Alain zu.

„Der Schirmständer", antwortete er, nahm mir mein nasses Zeitungspapier aus der Hand und warf dieses äußerst unauffällig hinein. Kaum hatte er das gemacht, hörten wir die ersten Schritte. Mein Kleid! Hoffend sah ich an mir hinunter. Doch es hatte noch immer transparente Flecken an den falschen Stellen.

„Sieht eigentlich bezaubernd aus!" Alain hatte anscheinend schon mehrere Augenblicke lang meine unpassende Bekleidung betrachtet. Ruhig und gelassen stand er neben dem Schirmständer und hatte seine Arme verschränkt. Er sah nicht mehr aus wie dieser distinguierte, gebildete Herr aus Frankreich, sondern eher wie ein jugendlicher Frechdachs, der zufrieden über den Ausgang eines Streichs lächelte. Sah bezaubernd aus! Manchmal hatte er schon Nerven. Was sollte ich jetzt mit diesem durchsichtigen Kleid anfangen? Hinausgehen konnte ich auch nicht mehr, denn da würde ich in die offenen Arme und Augen der anderen Gäste laufen.

Fragend sah ich ihn an.

„Ja, eigentlich sieht es sehr bezaubernd aus, wirklich sehr. Es ist nur schade, dass du dich sofort hinsetzen musst." Jetzt lächelte er.

Ich setzte mich hin und sah kritisch auf die vorgeschlagene Lösung.

„Alles, was über der Tischkante ist, sieht man trotzdem. Und das ist eindeutig zu viel", entschied ich. Immer noch schien meine Sitzhaltung bei Tisch eher für ein Männermagazin bestimmt zu sein. Jetzt ging auch noch die Türe auf!

„Hilfe, ich bin immer noch transparent. Sieh doch!", flüsterte ich aufgeregt und blickte entsetzt zur Tür.

„Aber sicher sehe ich, und wie. Aber keine Panik! Wozu gibt es die gute alte Stoffserviette?", flüsterte er spitzbübisch und lächelte mich wieder an. Dieses Lächeln! Nichts hatte ich mir eigentlich mehr gewünscht, als dass er mich anflüstern würde und so, ganz genau so, sollte er mich anlächeln! Aber doch nicht unter diese Umständen! Verlegen zeigte ich ihm meine noch immer nasse Stoffserviette.

„Na, dann nehmen wir eben meine. So und jetzt komm mal etwas näher, damit ich dir die Serviette umbinden kann." Er beugte sich sanft über mich und ich konnte sein herbes Rasierwasser riechen. Es roch sehr männlich und doch irgendwie blumig-sanft. Alain hätte ruhig noch länger so bei mir bleiben können. So nah, dass ich seinen Atem gespürt hätte, so nah, dass ich ...

„Na, das sieht doch ganz gut aus." Er zwinkerte und grinste dabei. So wusste ich nicht, wie ernst er es wirklich meinte. Nichtsdestotrotz musste ich meine Augen wieder öffnen.

„Sicher?"

„Sicher."

Ruhig und gelassen nahm Alain meine nasse Stoffserviette, faltete sie bedächtig und legte sie in sein Brillenetui. Seine Sonnenbrille wiederum steckte er lässig in sein Haar. Da saßen wir nun: Stoffserviette um den Hals und Sonnenbrille im Haar, ein Benimmbruchpaar für Herrn Knigge, aber in diesem Fall war es dann doch entschuldigt.

Es dauerte auch nicht lange, bis unsere übrigen Tischnachbarn da waren. Mit Erleichterung sahen Alain und ich uns an und versuchten, uns nichts anmerken zu lassen.

„Ach, Alain, da bist du ja. Bist du auch spazieren gegangen?", fragte Thilda neugierig.

„Nein, nein. Ich hatte nur einen unerwarteten Anruf bekommen." Alain war etwas unruhiger, als ich ihn vorher erlebt hatte.

„Einen Anruf? Und deswegen gehst du nicht ins Museum mit? Du hast doch so davon geschwärmt! Und du hattest auch recht, Alain. Es war wirklich wunderbar. Wir haben da ein Bild gesehen ..."

Thilda schweifte ab in lange blumige Schilderungen. Angefangen von den Bildern zu dem interessanten Museumsshop über die lustige Busfahrt. Ich konnte aber, so leid es mir tat, einfach nicht richtig zuhören. In meinem Kopf schwirrte alles durcheinander und noch immer hatte ich den anziehenden Duft von Alains Rasierwasser in meiner Nase. Noch immer spürte ich seinen Atem. Nur noch einmal kurz die Augen schließen und träumen ...

„Oder was meinst du dazu?"

„Wie? Dazu?" Thilda riss mich viel zu schnell aus meinen Wunschvorstellungen, noch bevor sie richtig begonnen hatten. Von was hatten sie nur geredet? Eine peinliche Situation löste die andere ab.

„... na, die Getränke", meinte Lucas.

„Ach, die Getränke. Ja, was fragst du mich über die Getränke? Du kennst doch meinen Standpunkt." Diese Antwort könnte gelungen sein und mein Nichtzuhören nicht verraten.

„Du bist schrecklich!", meinte darauf Thilda. Aus ihrer Gesichtsmimik versuchte ich herauszufinden, wie sie das nun meinte. Hoffentlich war es humorvoll gemeint. Intensiv beobachtete ich jede Regung an ihr. Jetzt, jetzt passierte etwas: Langsam, aber sicher spannten sich ihre Lippen an, zu lächeln. Glück gehabt. Dann war es doch humorvoll gemeint. Tief atmete ich durch und hob dabei verstärkt meine Brust, um zu spüren, ob mein Kleid noch nass war. Tiefer Atem – eindeutiges Urteil, es war noch nass! Leider konnte ich mich dieser hilfreichen, doch reichlich unattraktiven Serviette immer noch nicht entledigen. Gnadenlos spürte ich den Knoten in meinem Nacken.

Ich musste ziemlich seltsam aussehen, aber immerhin noch besser, als des Saales wegen Erregung öffentlichen Ärgernisses verwiesen zu werden. Wenigstens war es den anderen noch nicht aufgefallen. Wie ich bemerken musste, war ich die Einzige, die diesen saugfähigen Baumwollsatinstoff um den Hals gebunden hatte. Und das Brillenetui von Alain? Dicht, es tropfte nichts heraus und alles war dicht.

„Hat es eigentlich einen besonderen Grund, dass du die Serviette so trägst?", fragte Lucas beiläufig. Da hatte ich mich wohl zu früh gefreut!

„Ein Grund, warum ich die Serviette so trage?" Ratlos sah ich Alain an. „Der Grund, warum ich die Serviette so trage, ist ganz einfach: Die, die, ja die roten Flecken gehen so schlecht aus dem Kleid heraus. Und heute gibt es doch Tomatensoße."

„Nein, heute gibt es keine Tomatensoße", meinte Lucas verwundert.

„Keine Tomatensoße? Na, so etwas. Dann habe ich mich wohl geirrt." Mit allen Anzeichen von Verwunderung, die ich kannte, griff ich nach der Menükarte und las möglichst lange in ihr.

„Was wisst ihr eigentlich von dem Wasserstand?", lenkte Alain ab.

„Ja, mit dem Wasserstand, da haben wir Glück. In den nächsten Stunden können wir schon weiterfahren", meinte Thilda und spießte eine flambierte Garnele mit ihrer Gabel auf.

„Schon in den nächsten Stunden?" Auf diese Antwort war Alain wohl nicht gefasst. Unerwartet wendete er den Blick zu mir und sah mich fragend an.

„Dann ist die Reise wohl doch bald zu Ende", fügte er hinzu und sah mich immer noch an. Mein Herzklopfen ließ sich nur schwer unter Kontrolle bringen und ich legte leise die Menükarte wieder auf den Tisch zurück. Las ich in seinen Augen richtig? War es Bedauern? Waren es Fragen? Ich war mir nicht sicher.

„Aber die Reise dauerte sowieso schon länger als erwartet. Wir haben Glück, dass unser Reisebüro den Anschlussflug umändern konnte." Lucas schien unsere Blicke nicht bemerkt zu haben. Genüsslich schenkte er allen den Tischwein in die halb vollen Gläser.

„Kommt, lasst uns anstoßen. Alles hat irgendwann einmal ein Ende und diese Reise war wunderschön in ‚good old Germany'." Alle am Tisch erhoben die Gläser.

„Aber manchmal muss etwas auch erst einmal richtig beginnen", sagte Alain mit leiser Stimme und sah mich dabei an. Jetzt war ich mir sicher, was er meinte.

„Oh, Alain, du schwermütiger Franzose. Manchmal verstehe ich dich wirklich nicht. Du sprichst zwar ein gutes Englisch, aber ich verstehe dich wirklich nicht. Nimm doch alles nicht so ernst und genieße den Augenblick."

Lucas lachte und schwenkte sein Weinglas in die Tischmitte. Wir taten es ihm gleich und die Gläser klirrten verheißungsvoll.

Irgendwann einmal fühlte sich bei tiefen Atemzügen mein Kleid trockener an. Irgendwann einmal war auch das längste Essen zu Ende. Irgendwann einmal waren nur noch Alain und ich am Tisch. Es war dunkel geworden und der Steward hatte uns eine Kerze angezündet. Das Licht zeichnete sich weich auf Alains Gesicht. Warum hatte ich nicht früher bemerkt, wie attraktiv und interessant er doch war! Sein Gesicht war männlich und jugendlich zugleich. Das starke Kinn stand in Kontrast zu den geschwungenen Lippen, die sich harmonisch beim Sprechen bewegten. Sein französischer Akzent – er lullte mich förmlich ein. Am liebsten hätte ich ihm nur zugehört.

Jede Betonung schien ein kleines Kompliment zu sein, ein Handkuss, eine gehauchte Berührung. Alain, warum war ich nur so spät auf ihn aufmerksam geworden?

„Deine Sonnenbrille – ich glaube, du brauchst sie jetzt nicht mehr zu tragen", meinte ich verschmitzt. Mein Blick wanderte dabei zu seinem Etui. Unter diesem war es tropffrei und trocken.

„Stimmt, aber was machen wir mit der Serviette? Der Steward hat schon alles abgeräumt." Ratlos sah er auf den Tisch. Halb ratlos, halb auffordernd öffnete er den Deckel und reichte es mir. Da lag nun fast unschuldig der Baumwollsatin. Genau und säuberlich zusammengelegt. Vorsichtig strich ich mit meiner Hand über die Oberfläche.

„Sie ist fast trocken."

„Wir sitzen schließlich auch lange genug hier."

„Stimmt, wir sind die Letzten."

„Schon längst ist keiner mehr außer uns hier. Bis auf den Steward natürlich." Fragend blickten wir zu diesem. Der Steward hatte sich unmerklich auf die andere Seite des Saals zurückgezogen. Er stand neben dem Schirmständer und blickte durch die Fenster in die Ferne.

„Ich werde sie behalten."

„Wen wirst du behalten?"

„Na sie, sie, die da so hoffentlich vom Bordpersonal noch lange unbemerkt in meinem Brillenetui liegt. Aber diesem besonderen Andenken fehlt noch etwas."

„Stimmt", meinte ich und beugte mich über das Etui. Mit geöffnetem Mund presste ich beide Lippen auf den Stoff. Der Baumwollsatin besaß nur noch einen Hauch von Feuchtigkeit und roch noch etwas nach seinem Rasierwasser.

„Na, du schöne Nixe. Dein Kuss wird mir Glück bringen!"

„Bestimmt, da bin ich mir sicher."

„Wenn du das schon sagst, dann wird es stimmen. Das gebe ich auf jeden Fall nicht mehr her." Er klappte das Etui zu und steckte es in seine Tasche. Dann nahm er meine Hand und wir verließen den Saal.

Der Rhein blickte auf das Schiff und war zufrieden. Alles verlief so, wie es sollte. Bald würde auch das letzte Licht an Bord verlöschen und alles würde wieder ihm gehören. Die Stille wäre nur für ihn da, kurz nur, aber doch sie wäre wieder da. Auch in dieser Nacht ...

Da hatte er sich das Gewissen schon gut ausgewählt. Sie machte ihre Sache wirklich hervorragend, am liebsten würde er sie adoptieren. Warum auch nicht? Heutzutage war doch alles möglich.

Was Hollywood konnte, konnte er allemal. Ja, warum eigentlich nicht?

Schließlich war er der Rhein! Wer wollte ihm schon widersprechen? Und dieses nette menschliche, ansprechende Gewissen schien sich auch an ihn gewöhnt zu haben. Da gab es schon so etwas wie eine Verbindung. Auf beiden Seiten. Der Fluss schmunzelte. Das Internet war nicht zu verachten, da konnte man Sachen finden!

Zum Beispiel auch diese Fastenkur. Nach all den Entbehrungen, die diese spartanischen Tage mit sich gebracht hatten, fühlte er sich fabelhaft. Sein Gewicht hatte sich um vieles reduziert. Leicht und sportlich fühlte er sich und JUNG! Er fühlte sich so richtig bei sich selbst. Die Wahrnehmung war eine völlig andere, viel intensiver. Seine Gedanken waren klar und gleichzeitig weiter. Jede Welle, jeder Schluck Wasser, den er langsam wieder zu sich nahm, war ein absolut bewusstes Erlebnis. Jede Woge spürte er in sich, jeden noch so kleinen Strudel. Das müsste er öfter machen. Vielleicht sollte er diese Fastenkur jährlich wiederholen. Sie tat ihm einfach gut. Jede Bewegung machte ihm Spaß, er erlebte sie jetzt um vieles intensiver. Wendiger war er nun auch! Seine Tochter würde Augen machen! Bestimmt würde sie es nicht glauben. Oder vielleicht doch? Wer würde dies schon wissen? Versonnen blickte der Fluss in die Dunkelheit, aber nicht in die Leere.

Diese liebenswerte, freche Nixe! Kaum war sie vor wenigen Minuten aus ihrem „Schlaf" aufgewacht, schon hatte sie sich auf ihren geliebten Felsen gesetzt. So, als wäre nichts gewesen. Erst einmal hatte sie sich die Haare gekämmt, so wie immer, schon um danach hinunterzuschauen. Hinunter zu ihm. Ihre Haare glänzten auch im Mondschein, ihr Gesang war sogar noch bezaubernder als in vergangenen Zeiten. Nur hörte diesmal niemand ihre Lieder, aber das würde sich in den nächsten Wochen ändern. Kraftvoll und doch mit Bedacht formten ihre Lippen die Laute. Jeder Lufthauch vibrierte in ihrer Kehle. Das war seine Tochter, so wie er sie am liebsten sah.

Der Felsen gehörte zu ihr und nun hatte sie ihn endlich wieder. Ob die Rheinbewohner damit glücklich werden würden?

Vielleicht würden sie es auch erst nicht bemerken oder wahrhaben wollen. Mit vielen Bildern, Gedichten, Liedern hatten sie ihrer gedacht und sie dadurch immer in ihrer Nähe gehabt. Doch was, wenn sie nun wirklich wieder da wäre? So richtig und wahrhaftig wieder da wäre?

Vielleicht war jetzt Loreley etwas – wie sollte er es ausdrücken, ohne zu sehr nach Vater zu klingen? Vielleicht war jetzt Loreley auch etwas vernünftiger geworden. Der Fluss wusste, dass dies seine Tochter nun nicht sehr gerne hören würde. Doch, vielleicht war diese kleine Nixe jetzt etwas reifer und vernünftiger. Aber so sicher war er sich dessen nicht. Zu genau kannte er sie und ihre Schwächen. Und für Überraschungen war sie berühmt. Langweilig wurde es mit ihr nie. Selbst mit mehr Vernunft würde sie immer gut für unerwartete Ideen sein. Ach, was dachte er da? Wer wusste, ob sich seine Tochter überhaupt noch an alles genau erinnerte. Am liebsten hätte er dieses Tagebuch heimlich kopiert und wasserabweisend jede Seite eingeschweißt, damit sie es schwarz auf weiß gehabt hätte. So leicht hätte sie ihm dann auch nicht widersprechen können. Dann hätte sie sich erinnern müssen, dann hätte sie es ihm glauben müssen. Genau! Seine kleine, widerspenstige, diskussionsfreudige Tochter hätte ihm wenigstens dieses Mal einfach so glauben müssen. Ohne viel Widerrede, ohne Gegenargumente, einfach so. Andächtiges Zuhören Hand in Hand mit bedächtiger Stille! So, wie man es sich als Vater wünscht! So würde es sein. Immer wieder würde er ihr es vorlesen. Stimmt, dieses Tagebuch war gar keine schlechte Idee. Doch wie sollte er zu dieser Nachtzeit an einen Kopierer kommen?

TAGEBUCHEINTRAG, DER LETZTE?

Ja, ich gebe es zu. Ich schäme mich. Ich habe dich, mein Tagebuch, zu sehr vernachlässigt. Doch ich hoffe, du siehst es mir nach. Bei all diesen vielen Erlebnissen ist das aber kein Wunder. Es ist doch wirklich viel passiert, da habe ich nicht immer Zeit gehabt, mich jeden Tag hinzusetzen und zu schreiben. Aber ich werde es nachtragen. Bestimmt. Hoffe ich auf jeden Fall. Es ist eben so, dass ich es mir unbedingt wünsche, alles vollständig aufzuschreiben, damit ich sie nicht vergesse – all diese Erlebnisse. Doch dann, wenn ich endlich einmal Zeit habe und schreiben möchte, dann finde ich dich nicht. Bestimmt zwei Stunden habe ich dich gestern gesucht, wenn auch mit Unterbrechungen, zugegeben. Es ist wie mit bestimmten Büchern oder CDs. Erst hat man lange keine Zeit oder kein Interesse für sie und dann, genau dann, wenn man sie wieder beachten möchte oder wieder einmal Zeit für sie hat, dann findet man sie nicht. So, als würden sie aus Trotz verschwinden, um später und unerwartet aus der Versenkung aufzutauchen und so mir nichts, dir nichts wieder da zu sein. So, als wäre nichts geschehen.

Manchmal liegt das Gesuchte genau dort, wo man vorher schon geschaut hat. Seltsam, aber wahrscheinlich Trotz. Na, jetzt habe ich dich ja wieder. Den guten Willen habe ich auf jeden Fall, alles nachzutragen. Vielleicht bist du dann wieder besänftigt.

Es ist so viel geschehen, ich weiß nicht so recht, wie ich beginnen soll. So viel, dass mir irgendwie die Worte fehlen. Aber was sind auch schon zwei Tage und zwei Nächte. Zwei Tage und zwei Nächte, mehr hatten wir nicht für uns. Eine kurze Zeit, die wir aber voll ausgekostet haben. Nie hatte dieses Schiff länger das rote Kärtchen an der Tür gehabt, damit wir nicht gestört wurden. Nie hatte das Schiff mehr an Romantik, Liebe und Begehren so kompakt und auf einmal erlebt.

Alain und ich verließen die Kabine nicht mehr, nachdem wir sie zusammen betreten hatten. Nur kurz kam der Zimmerservice, um uns das Essen zu bringen. Champagner, Lachs und jede Menge Liebe. Was wollte ich mehr? Mit Alain hätte ich das alles auch noch weiterführen können, doch es sollte nicht sein. Musste es denn so tragisch sein. Warum gerade Tragik? Warum gerade mit ihm? Es war doch so herrlich in dieser Kabine, ungestört und immer mit Blick auf den Rhein. Ufer, Orte, Menschen. Sie fuhren an mir vorbei und ich habe es nur im Liebesrausch wahrgenommen. Das hätte doch auch noch länger so weitergehen können! Aber nein.

Ich sage nur Zeugenschutzprogramm. Einfach Zeugenschutzprogramm! Alain wollte mir nicht viel darüber sagen, nur dass er jetzt in ein Kloster dafür gehen würde. Er durfte mir nicht verraten, in welches Kloster. Er durfte mir auch nicht sagen warum. Möglicherweise hieß Alain auch nicht Alain und ich verbrachte aus lebensbedrohlichen Gründen zwei unvergessliche Tage und Nächte mit François, Jean oder Jaques, ohne es zu wissen. Egal, wie er nun hieß, er war herrlich. Aber das Zeugenschutzprogramm, nein, dieses unbarmherzige, aber absolut notwendige Zeugenschutzprogramm!!!

Er verließ das Schiff vor mir. Ich blieb noch im Bett, um so lange wie möglich seine Wärme zu spüren. Ich roch noch sein Rasierwasser und schloss die Augen. Irgendwann klopfte es dann trotz rotem Schildchen an meiner Kabinentür. Nun war es auch für mich Zeit zu gehen. Ich hatte nicht viel Gepäck.

Noch etwas von den Erlebnissen der letzten Nächte abgelenkt, verabschiedete ich mich von der Crew. Im letzten Moment hielt mich der Kapitän noch auf. Ich müsse noch schnell warten. Es habe technische Probleme gegeben und das Faxkopiergerät an Bord hätte erst jetzt wieder funktioniert. Die Papierrolle wäre verschwunden, und man könnte erst jetzt wieder Nachrichten empfangen. Der nette freundliche Kapitän hatte ein Fax für mich. Er winkte damit und ich blieb stehen. Noch an Bord las ich die Nachricht: Man wollte, dass ich meine Erlebnisse veröffentliche. Es wurde sogar etwas Geld dafür bereitgestellt.

Ich blieb noch länger stehen. Mit einem Schlag wurde mir klar, dass meine Reise zu Ende war. Ich hatte keinen Gedanken daran verschwendet, was nach der Rheinreise sein würde. Es gab ein Leben „danach".

Es gab ein Leben nach dem Rhein. Und dies war jetzt der Abschied. Ein Abschied vom Rhein. Von meinem Rhein, der mich so lange begleitet hatte, den ich, sofern es mit einem Fluss möglich war, in mein Herz geschlossen hatte. Meinen Rhein musste ich verlassen. Kein sanfter Wellengang unter meinen Füßen mehr, keine Geschichten mehr, obwohl bestimmt noch nicht alle erzählt waren. Vor allem keine Schifffahrten mehr. Ich sah den Kapitän an. Ob ihm klar war, wie sehr mir diese wunderschönen Schifffahrten fehlen würden? Dieses Verlassen des hektischen Alltags, um in den Fluss einzutauchen. In ihn und seine Zeit? Der Kapitän kannte meine Gedanken nicht, versprach aber trotzdem und sehr überraschend, dass ich jederzeit wieder einmal mitfahren könne.

Er lächelte und am liebsten hätte ich ihm dafür einen Kuss auf die Wange gegeben. Aber vor seiner Mannschaft wäre das dann doch etwas unpassend gewesen. Ich hatte den Rhein also nicht gänzlich verloren. Es war nur ein Abschied auf Zeit! So ein Glück auch, dass manche Kapitäne Gedanken lesen können!

Ich würde meinen geliebten Rhein wiedersehen. Öfter wiedersehen, da war ich mir sicher. In dieser langen Zeit sind wir uns nähergekommen und ich muss sagen, auf eine Weise, die ich nicht erklären kann, gehören wir zusammen. Bestimmt ist er ganz zufrieden mit mir. Ich wusste nicht, warum, aber dessen war ich mir gewiss.

Es war eine schöne Zeit mit ihm, und der Rhein kannte mich inzwischen ganz gut, so wie ich ihn. Ich habe ihm zugehört. Einfach nur zugehört. Habe ihn sein lassen. Habe ihn erlebt. War mit Rhein, bin mit Rhein, war auf dem Rhein, bin wieder auf dem Rhein, immer wieder.

Ja, immer wieder! Bestimmt immer wieder.

Bestimmt.

Kurz nach dem Ende meiner Reise gab es noch zwei Schiffsunfälle, wobei einer direkt vor dem Loreleyfelsen war. Glücklicherweise ohne Personenschaden. Was aus mir geworden ist?

Nun, es war eine erlebnisreiche Zeit. Ich habe ein Buch über meine Reise geschrieben, dann noch ein Loreleykochbuch nachgelegt und bin damit bei mancher Kochsendung Gast gewesen. Ganz zu schweigen von meiner Tätigkeit als Kolumnistin einer Friseurzeitung.

Ich entwarf Unterwäschekollektionen für Männer und wurde Weinbotschafterin. Ich verkaufte alles Mögliche bei einem Internetauktionshaus, später wurde ich Meditationstrainerin für Politiker und Stars aus der Showszene. Ich machte Werbung für Haarpflegemittel und viele andere gute Produkte und konnte sogar bei einigen Filmproduktionen mitspielen. Ein Männermagazin machte sehr ästhetische Fotos von mir und ich bekam die Ehrendoktorwürde einer japanischen Universität. Das Reisen blieb meine Leidenschaft, so mancher Kapitän nahm mich noch nach Jahren auf seinem Schiff mit. Überall, wo eine Nixe benötigt wurde, sprang ich gerne ein. Und es gab viel mehr Bedarf, als ich gedacht hatte.

Doch den Rhein habe ich nie vergessen und auch immer wieder besucht. Ich schenkte ihm jedes Mal etwas, wenn ich ihn sah, und er freute sich darüber.

Jetzt saß ich wieder hier. An meinem Loreleyfelsen. Man merkte, dass der Sommer zu Ende ging, denn der Wind wurde stärker und der Himmel strahlte nicht mehr so klar. Meine Haare hatten so manche weiße Strähne, was meinem Liebesleben aber keinen Abbruch tat – im Gegenteil.

Manchmal wurde ich noch erkannt. Manchmal nicht. Doch was spielte das schon für eine Rolle. Es war unwichtig geworden. Ungewöhnlich still hier oben an m e i - n e m Platz. Ich saß alleine an den Tischen. Sonst gab es keine Gäste mehr. Die Sonnenschirme waren schon abgebaut und das Personal reduziert. Die ersten Blätter der Bäume flogen und rollten über den Boden. Es gab niemanden, der sie beachtete. Auch ich blickte lieber nach vorne. Vor mir flatterten die Flaggen. Neckisch blies der Wind mir die Haare ins Gesicht. Es war fast zu kalt für meinen Weißwein.

M e i n Fels. Hier war ich wieder, hier werde ich immer sein. Hierher würde ich auch immer wieder kommen. Vorne um die Flaggen tanzten meine fünf Töchter. Sie lachten, waren unbeschwert, und ich sah ihnen lange zu.

Ich musste schmunzeln, denn sie glichen ihren Vätern, und alle wurden sie am Rhein gezeugt.

DANKE

Danke an alle Sponsoren, die die Loreleyreise und dieses Buch ermöglichten.
Sponsoren des Projekts (alphabetisch aufgelistet):

Wenco (Danke für die Kämme)
Viking
Vereinigte Schifffahrtsunternehmen für Bodensee und Rhein
St. Goarshausen
Stadt Kreuzlingen
Stadt Konstanz
Stadt Basel
Stadt Augsburg
Schweizer Schifffahrtsgesellschaft Untersee und Rhein
Schweizer Bodensee-Schifffahrtsbetriebe
Schifffahrtsbetriebe Rorschach
Rueg-Schweizer Schifffahrtsgesellschaft
Postart
Personenschifffahrt Merkelbach GmbH
Marksburgschifffahrt Vomfell
Müller (Schifffahrt), Schaffhausen
Mittelrheinforum
Lukullus Maritim GmbH
Loreley-Linie Köln-Düsseldorfer Deutsche Rheinschifffahrts AG
Holzenbein-, Rhein- und Moselschifffahrt
Hebellines
Bonner Personenschifffahrt
Bodenseeschifffahrtsgesellschaft
Basler Personenschifffahrt und
Dr. Marion Nikele, Andrea Horndasch, Marianne, Ellen, Maresa, Gudrun, Tina, John, Martin Wetzke, Frau Marcher, Frau Leipprand, Frau Conradi, Herr Weitzel, Frau Huber, Katja Ebstein

Außerdem Dank allen Auto- und Personenfähren, allen spendablen Winzern
und dem Rhein

QUELLENANGABE

„Ich weiß nicht, was soll es bedeuten"; Heinrich Heine, deutsches Volkslied, 1823.
„Mutter Erde"; Karoline von Günderrode, Gedicht, übernommen aus dem Indischen.

KURZBIOGRAFIE

Silvia Philipp ist eine international arbeitende Künstlerin und in den Bereichen Bildende Kunst, Performance, Tanz und Literatur tätig.

Unter anderem hat sie Kurzgeschichten und Gedichte sowie Fachartikel veröffentlicht. Aufsehen erregte ihre weltweite Kunstaktion mit weißen Gummistiefeln: „Schritte ins nächste Jahrtausend"

Ihr mehrjähriges Projekt „Loreleyreise" inspirierte sie zu dem Roman „Loreley auf Abwegen", dessen Personen natürlich frei erfunden sind.

Informationen gibt es unter www.artsteps.de